Artur Landsberger

Hass

Verone

Artur Landsberger

Hass

1st Edition | ISBN: 978-9-92500-138-5

Place of Publication: Nikosia, Cyprus

Erscheinungsjahr: 2016

TP Verone Publishing House Ltd.

Reproduktion des Originals in Großdruckschrift.

Artur Landsberger

Hass

Der Roman eines Deutsch-Engländers aus dem Jahre 1950

1915

Motto:

»Und es mag am deutschen Wesen
Einmal noch die Welt genesen.«
Emanuel Geibel; Heroldsrufe.

Erster Teil

Erstes Kapitel.

Wie es im Juli neunzehnhundertundvierzehn in einem Schweizer Hotel aussah.

Es war einer der heißen Sommerabende in Luzern. Ende Juli neunzehnhundertundvierzehn.

Die Dinerstunde war vorüber.

Aus allen Hotels strömten die Gäste auf die Promenade.

Die Sprachen aller Herren Länder surrten durcheinander.

Am Straßenrand standen ein paar deutsche Touristen, rissen die Augen auf und bestaunten das glänzende Bild.

Von denen, die dies Bild stellten, schien sich keiner um den anderen zu kümmern. Jeder mied ängstlich den Schein, als achte er auf den anderen.

Aber wer genau hinsah, erkannte: Die gleichgültige Geste war Verstellung. Jeder war interessiert und voll Neugier. Und dieser scheinbar ungezwungene Abendspaziergang war im Grunde nichts anderes als eine bewusste Schaustellung. Je zwangloser sich einer gab, umso gespreizter wirkte er.

Das wiederholte sich jedes Jahr, den ganzen Sommer über, Abend für Abend.

Ein-, zweimal ging man im gleichen Tempo, das keiner angab, und das doch jeder kannte, auf und ab. Die Herren im kurzen Smoking, den Strohhut im Genick, die Hände in den Taschen. Die Damen ohne Hut, das Diadem im Haar, kostbare Brillanten auf den Seidenschuhen, schwere Perlenschnüre unter dem Cape, das wie zufällig, raffiniert über die bloßen Schultern hing.

Wie auf ein Zeichen, das doch keiner gab, verschwand jetzt Gruppe nach Gruppe im Vorraum des Hotel National.

Der seit Wochen in aller Welt verkündete *Concours dansant* kam heute Abend zum Austrag.

*

Der große Saal lag in einem Meer von Licht. In der Mitte war für die tanzenden Paare ein nicht eben breiter Raum gelassen. Unzählige kleine Tische bekränzten ihn, die bis an die bespiegelten Wände kreisförmig dicht beieinander standen.

An den Schmalseiten rechts und links war je ein bühnenartiger Aufbau. Auf dem einen spielte unter der beweglichen Leitung eines exotischen Maestro, in roten
Fracks und schwarzen kurzen Seidenhosen, die berühmte Kapelle Cigellini; auf dem anderen saß hinter einem
Tisch die Jury. Die Gattin eines Frankfurter Industriellen
neben der Komtesse Ephrussi aus Paris; ein Berliner Assessor neben einem belgischen Baron; ein Wiener
Sportsmann neben einem französischen Diplomaten.

Unten tanzten vier Paare um die Entscheidung.

An einem Tisch in der vordersten Reihe saß mit Bekannten der Staatsanwalt von Stoelping. Daneben stand
der Kellner mit einer Magnumflasche Henckel trocken.
Er öffnete, goss einen Schluck ins Glas, schnüffelte, verzog den Mund, kostete, schüttelte sich, sagte: » *dégoutant!*« und wandte sich ab.

»Nanu?«, fragte Stoelping, »nach'm Proppen? Oder
was is damit?«

» *Mais non!*«, widersprach der Kellner – » *pas du tout!
Mais ...*«

»Nun?«, fragte der Staatsanwalt ungeduldig.

Der Kellner zog die Schultern hoch und sagte: » *Pardon,
Monsieur, c'est seulement le gout du vi de Champagne d' Allemagne, qui me frappe.*«

Deutsche am Nebentisch, die Pommery Greno tranken
und schlecht, aber ausschließlich Französisch sprachen,
lachten spöttisch.

»Esel!«, sagte Stoelping und nahm dem Kellner, der
sich höflich verbeugte und erwiderte: » *Je ne comprends*

pas, Monsieur!«, die Flasche aus der Hand und goss selbst ein.

Während die Paare noch um die Entscheidung tanzten, kam aus dem Grill Room eine Gesellschaft von Engländern, meist Herren, für die in dem vollen Saal kein Platz mehr war. Sie schlenderten, unbekümmert um die tanzenden Paare, die Hände in den Taschen, quer durch den Saal; der Direktor und sämtliche Kellner ließen ihre Tische im Stich und mühten sich um die englischen Gäste.

So eng an sich schon der zum Tanzen freie Raum war – die Engländer wichen nicht. Und so schob man ihnen vor die vorderste Tischreihe Stühle, auf die sie sich, ohne Rücksicht auf die Tänzer und die Gäste, die hinter ihnen saßen, die Beine in den Saal gestreckt, hinrekelten.

Ein paar Engländer traten sogar an den Tisch, an dem die Französisch sprechenden Deutschen seit über einer Stunde beim Champagner saßen und sagten, ohne sich zu verbeugen oder zu entschuldigen: »Der Tisch gehört uns!«, worauf die Herren und Damen aufsprangen, auf Englisch um Entschuldigung baten und ihren Champagner im Stiche ließen.

Aber der eroberte Tisch reichte nicht aus.

»Ranschieben!«, befahl einer der Engländer mit einem Blick an den Nebentisch und trat, da der Kellner zögerte, selbst an den Tisch heran, an dem Stoelping mit seinen Freunden saß.

»Der Tisch ist für uns reserviert«, sagte er und wiederholte es laut; erst einmal, dann, als Stoelping sich umwandte und gleichgültig sagte: »Ich verstehe Sie nicht«, noch ein zweites Mal.

Stoelping rief den Kellner heran: »Sagen Sie dem Herrn, er befinde sich in der deutschen Schweiz, wenn er also etwas von mir will, so soll er gefälligst Deutsch mit mir reden.«

Einen Augenblick stutzte der Engländer. Das hatte ihm ein German denn doch noch nicht geboten. Schließlich aber ging er, die Hände in den Hosentaschen, auf Stoelping zu und sagte: »Wuollen Sie aufstehen. Diese Tisch gehören mir.«

Stoelping richtete seine Augen so intensiv auf die Hosentaschen des Engländers, dass der unwillkürlich seine Hände herauszog; dann erst sagte Stoelping: »Wie wollen Sie beweisen, dass der Tisch Ihnen gehört?«

»Wueill das ist selbstverständlich, wuenn wir kommen auf die Kontinent, dass man uns gibt seinen Platz, wuann wir wuollen sitzen.«

Der Maître *d'hôtel*, der hinzukam, erst Englisch, dann aber, als ihn Stoelping anfuhr: »Reden Sie Deutsch!« Französisch sprach, legte sich sofort für den Engländer ins Mittel: »Die ersten Reihen sind stets für unsere englischen Gäste reserviert.«

»Und weshalb, wenn man fragen darf?«

Der Maître *d'hôtel* dachte einen Augenblick nach; dann sagte er, nicht ohne leichten Spott: »Einfach, weil die deutschen Gäste noch nie dagegen protestiert haben.«

»Aha!«, rief Stoelping. »Nun, dann wenden Sie sich gefälligst an einen der anderen Tische. *Wir* protestieren nämlich.«

Und in der Tat machte der Maître *d'hôtel* eine kurze Verbeugung und verschwand.

»Diese verfluchte deutsche Bescheidenheit!«, wetterte Stoelping. Aber seine junge Frau erwiderte, als sich die Engländer gerade mit einer Selbstverständlichkeit, die einfach nicht zu überbieten war, an dem eroberten Tisch niederließen: »Das ist nicht mehr bescheiden, das ist dumm! *Ich wenigstens schäme mich!*«

»Besser, man ist mehr wert, als man scheint«, erwiderte ein Herr an Stoelpings Tisch, »als umgekehrt.«

»Gewiss!« bestätigte Stoelping. »Aber etwas mehr Selbstbewusstsein gerade dem Auslande gegenüber würde uns schon nichts schaden.«

»Wir sind eine junge Nation«, erwiderte der. »Daher diese gewisse Scheu vor allem Fremden. Schon bei der nächsten Generation wird das anders sein.«

»Wir wollen's hoffen!« stimmte Stoelping bei, und seine Frau sah ihn an und sagte: »Unser Junge – da kannst du dich darauf verlassen, wenn der später einmal in die Lage käme, der bliebe den Engländern die Antwort nicht schuldig!«

Stoelping erhob sein Glas: »Also auf unseren Jungen! Morgen wird er vier Jahre!«

Und sie stießen an und tranken auf das Wohl Willi von Stoelpings.

Inzwischen war der Grand Concours, den, wie schon der Name verriet, deutsche Damen und Herren veranstaltet hatten, zur Entscheidung herangereift.

Die Komtesse Ephrussi wollte den ersten Preis einem deutschen Paare zusprechen, das unter großem Beifall eine selbstkomponierte Mazurka getanzt hatte. Auch der belgische Baron und der französische Diplomat waren der Ansicht.

»Aber na«, sagte der Wiener Sportsmann, »der Straußsche Walzer, den die Baronin Springer mit dem Grafen Metternich getanzt hat, ist doch weit herziger als die deutsche Mazurka.«

»An sich schon«, erwiderte die Gattin des Frankfurter Industriellen – und der Berliner Assessor stimmte ihr bei – »aber weder die deutsche Mazurka noch der Wiener Walzer reichen an den Tango und die *Maxice Brésilienne* der Madame Amély und des Serben Dimitrow« – an dem in diesem Augenblick die Augen vieler deutschen Frauen hingen – »heran.«

Da sich die Jury nicht einigen konnte, so appellierte man an das Publikum, und da die Deutschen in der Mehrzahl waren, so wunderte sich niemand, dass der erste Preis dem Serben und seiner Begleiterin zuerkannt wurde.

Der Assessor verkündete das Ergebnis.

»Ich freue mich«, sagte er, und er sprach ein gutes Französisch, »namens der Jury den ersten Preis dem Monsieur George Dimitrow und seiner ausgezeichneten Partnerin zusprechen zu dürfen.«

Den zweiten Preis erhielt das Wiener, den dritten das deutsche Paar.

Und der Assessor fuhr – was der eine und andere wohl wenig am Platze, die meisten aber klug und sinnig fanden – fort: »Mögen derartige Veranstaltungen dazu beitragen, die internationalen gesellschaftlichen Beziehungen immer fester zu gestalten. Kein Zweifel, dass gerade in den letzten Jahren aufseiten Frankreichs und Deutschlands hier merkbare Fortschritte zu verzeichnen sind. Der gesellschaftliche Verkehr schafft über den Tag hinaus Beziehungen, deren Pflege bereits heute zur Beseitigung falscher Vorurteile geführt hat. Bei aller Verschiedenheit des Blutes – in der Sehnsucht nach fortschreitender menschlicher Gesittung begegnet sich die deutsche Volksseele mit der Frankreichs wie mit der keines anderen Volkes. Es bedarf nur des Vertrauens und des Willens, und die Verständigung ist vollzogen, die Europa, wie der ganzen Welt, die Kultur, den Frieden und die Gesittung bringt. Auf deutscher Seite lebt dieser Wille und dies Vertrauen. Ich fasse den Dank für die bereitwillige Unterstützung, die unsere Veranstaltung hauptsächlich von französischer Seite empfangen hat, in den Ruf zusammen: Frankreich, es lebe hoch!«

»*Vive la France!*«, dröhnte es durch den Saal. Und stehend hörten alle die laut gesungene, von der Musik begleitete Marseillaise an.

Dann trat der französische Diplomat vor und dankte namens der französischen Gäste dem deutschen Assessor.

»Wir werden uns freuen«, sagte er in seiner Muttersprache, obschon er fließend Deutsch sprach, »wenn sich die Wünsche, die wir soeben hören durften, erfüllen, sollten. Wir haben unseren deutschen Nachbarn die Achtung nie versagt, die ihr geistiges Streben, und ihre wirtschaftlichen Erfolge wie jedem, so auch uns, abnötigen.«

Doch es schien, dass seine Augen trübe blickten, als seinem Rufe: »*Vive ...*« nach dem er unwillkürlich eine Pause machte, mit gedämpfter Stimme das Wort »*... l'AI-lemagne!*« folgte.

Und als die deutsche Nationalhymne gesungen wurde, fiel es nicht weiter auf, dass ein paar Engländer sitzen blieben, andere, die neben Stoelping saßen, erst aufstanden, als der ihnen die Stühle wegzuziehen drohte.

Maestro Cigellini hatte den Taktstock noch nicht aus der Hand gelegt, als ein Engländer auf den Stuhl sprang, das Maul aufriss und »*Rule Britannia!*« in den Saal brüllte.

Der Ruf fand lauten Widerhall, und als die englische Nationalhymne einsetzte, schien es, als hätte sich die Zahl der Stimmen verzehnfacht. Die Deutschen am Nebentisch sangen mit einer Selbstverständlichkeit mit, als wenn sie mit Themsewasser getauft wären.

Überhaupt hatte man von diesem Augenblick an – ohne dass man recht wusste, woran es lag – das Gefühl, als befände man sich in einer spezifisch englischen Gesellschaft. Dabei waren nach Stoelpings Schätzung mehr als die Hälfte aller Gäste Deutsche und nur jeder Zehnte etwa ein Engländer.

Und doch hörte und sah man sie jetzt überall. Wie auf ein Zeichen, das doch niemand gab, spielte Maestro Cigellini jetzt nur noch englische Melodien. Tanzten zuvor alle Nationen durcheinander, so sah man jetzt nur noch den steifen Engländer die eckige Miss durch den Saal schieben.

Sie gaben die Pausen an, verfügten über Öffnen und Schließen von Türen und Fenstern, ließen Tische entfernen und umstellen – kurzum, sie führten sich auf, als wenn außer ihnen überhaupt niemand im Saale wäre. Und alle anderen fanden sich mit der Rolle des Zuschauers ab, wie mit etwas Selbstverständlichem.

»Wenn ich dafür nur eine Erklärung hätte«, sagte Stoelping, der kopfschüttelnd die Vorgänge in dem Saal verfolgte.

Und als ihn seine Frau fragte: »Wofür?«, wies er auf die tanzenden Paare, auf die Kapelle und die vorderen Tische und sagte wütend: »Für diesen englischen Bluff!«

Dann rief er den Kellner, der sich indessen taub stellte und nur noch auf » *waiter*« reagierte, zahlte, verabschiedete sich, nahm seine Frau unter den Arm und stand auf.

Über die Beine der Engländer, die den schmalen Gang zwischen den Tischen sperrten und sich erst rührten, als er nach fruchtlosem Bitten kräftig zutrat, kamen Stoelpings in die Mitte des Saales – gerade als der Direktor mit rotem Kopf hereinstürzte und einem paar Engländer, die ihm am nächsten standen, irgendeine Mitteilung machte.

Stoelping hörte nur noch, wie er ganz entsetzt und zitternd sagte: »Ist das nicht furchtbar?«

Aber die Engländer verzogen keine Miene. Gleichgültig und gelangweilt sagte der eine: »Gott, ja.«

Und ein anderer meinte: »Das kann ja ein unterhaltsamer Sommer werden.«

Nur einer schien von der Nachricht berührt; er kniff die Augen zusammen, schob das Maul breit, zog die Hände aus den Taschen und sagte: »Womöglich fallen da diesen Sommer die Rennen in Ascot aus.«

Und für einen Augenblick schien es, als wenn in sämtliche Kerle so etwas wie Leben kam.

Aber als sein Nachbar die Schultern in die Höhe zog und spöttisch, fast verächtlich sagte: »Ich bitt' Sie, *wegen eines europäischen Krieges?*« da kehrten sie in ihre alte Haltung und Teilnahmslosigkeit zurück. Und als gar einer äußerte: »Im schlimmsten Falle werfen wir ein englisches Korps auf den Kontinent, dann wird Deutschland schon Ruhe geben«, war das Thema erschöpft; sie traten an ein paar Engländerinnen heran, schoben den Kopf ein wenig nach vorn, sagten: » *Please!*«, und tanzten, indem sie wieder vom Wetter sprachen, durch den Saal.

Der Direktor war sprachlos, sperrte Augen und Mund auf, staunte und sah ihnen nach.

»Was ist?«, fragte Stoelping, der nur ein paar Worte aufgefangen hatte, – und trat an den Direktor heran.

Der sah ihn gar nicht.

»Aber Willi,« vermittelte Frau Stoelping spöttisch und wies auf den Direktor, der regungslos dastand und seine

Augen förmlich in die tanzenden Engländer bohrte –
»siehst du denn nicht, der Herr Direktor hat vor lauter
Ehrfurcht die Sprache verloren, der Ärmste! Vor allem
musst du Englisch mit ihm reden. Er versteht nicht
Deutsch.«

»Ihr Hunde!«, brüllte plötzlich der Direktor.

In dem Lärm des Orchesters ging der Ruf verloren. Nur
Stoelpings hörten ihn und sahen, wie der Direktor wütend die Fäuste ballte und Miene machte, sich auf ein
paar tanzende Engländer zu stürzen.

»Na«, meinte Stoelping, »die Sprache scheint er ja wie-
dergefunden zu haben. Zu seinem Glück sogar die deutsche.«

Er fiel ihm möglichst unauffällig in die Arme und fragte: »Was ist Ihnen denn?«

Der Direktor hatte sich wieder in der Gewalt.

»Hier, lesen Sie!« – sagte er und reichte Stoelping ein
Telegramm, das er zusammengeknittert in der Hand
hielt.

Stoelping entfaltete es und las:

»Berlin.

Der Kaiser hat als Antwort auf die seit Wochen im
Gange befindliche Mobilmachung der gesamten russischen Streitkräfte soeben, 3 Uhr 15 Minuten, die
Mobilmachung des gesamten deutschen Heeres sowie der Marine verfügt. Das bedeutet den Krieg,
auch wenn die stündlich zu erwartende formelle
Kriegserklärung noch nicht erfolgt ist.

Über Metz wird gemeldet, dass französische Truppen die lothringische Grenze bereits überschritten haben.

Der Brüsseler Korrespondent der Kölnischen Zeitung drahtet, dass alle Anzeichen auf den bewaffneten Anschluss Englands an Frankreich und Russland deuten.«

Stoelping, der mit seiner Frau und dem Direktor jetzt mitten im Saal unter lachenden und geputzten Menschen stand, die nach englischen Songs Walzer tanzten, war im ersten Augenblick wie betäubt. Aber er fasste sich schnell. Einen Blick auf den Direktor, der ihm ernst zunickte, dann nahm er die Hand seiner Frau, drückte sie an sich, sagte: »Komm, Ella!«, und ging, den Arm um sie gelegt, mit festem Schritt durch den Saal, schob die tanzenden Paare beiseite, bestieg die Estrade, auf der sich noch vor einer halben Stunde Deutsche und Franzosen auf der Grundlage des Tango und der Marire verbrüdert hatten, trat an die Brüstung und rief mit einer Stimme, die alles im Saal übertönte: » *Ruhe!*«

Dem Maestro Cigellini fiel der Taktstock aus der Hand; die Bogen, die eben noch weich die Saiten der Violinen und Bratschen strichen, standen still, die Flötisten hielten mit aufgeblasenen Backen die Luft an, die tanzenden Paare blieben, ohne sich loszulassen, im Tanzschritt stehen; wer sprach, brach mitten im Wort die Rede ab – wie wenn ein Blitz in den Saal gefahren wäre, stand alles Leben, das eben noch so geräuschvoll wogte, plötzlich still.

»Deutsche Frauen und Männer!«, begann Stoelping – und alle staunten. »In dem Augenblick, in dem wir *dulci jubilo* beim Klange englischer Weisen beim Weine sitzen, macht Deutschland mobil, um sich gegen seine Feinde, die es von Ost und West und vom Meere her bedrohen, zu verteidigen!«

Alles verstand plötzlich Deutsch. Selbst die Engländer begriffen die Situation. Ein Tumult brach los. Alles sprang auf und schrie erregt durcheinander.

Und Stoelping fuhr fort: »Wir fürchten nichts! Denn wir vertrauen auf Gott, unsere Kraft und unsere gerechte Sache! In diesem Augenblick kann es für uns Deutsche, die der Zufall hier zusammengeführt hat, nur einen Gedanken geben: Unsere Pflicht erfüllen gegenüber dem Vaterlande! Diese Pflicht wird den einen hierhin, den anderen dorthin stellen; aber unserer aller Herzen schlagen in dieser Stunde zusammen: Hoch unser geliebtes Vaterland! Hoch unser Kaiser!«

Alle Deutschen hatten sich um die Estrade geschart, hatten Stoelpings Worte immer wieder bejubelt, hatten Tücher geschwenkt und mit erhobenen Armen in den Ruf eingestimmt.

Maestro Cigellini, der sich nicht schnell genug in die neue Situation fand, wurde von dem Direktor sanft beiseite gedrückt. Der Direktor selbst ergriff den Taktstock, und »Deutschland, Deutschland über alles!« brauste aus Hunderten von deutschen Kehlen durch den Saal.

Von den Engländern und Franzosen war nichts mehr zu sehen. Das Auftreten Stoelpings und der plötzliche Zusammenschluss aller Deutschen war ihnen in die Glieder gefahren. Das hatten sie nicht für möglich gehalten! Das war ja gerade, als wenn der Teufel in diese sonst so zahmen Deutschen gefahren wäre; die man bisher kaum bemerkt, jedenfalls nie beachtet hatte.

Die schienen plötzlich wie umgewandelt, unberechenbar und in ihrer Begeisterung zu allem fähig. Dem setzte man sich nicht aus und zog sich zurück, überließ ihnen das Feld, auf dem man eben noch unbeschränkt und unbestritten geherrscht hatte.

An der Saaltür sah Stoelping, wie der Kellner, der noch vor einer Stunde deutsche Gäste von ihren Plätzen verdrängt hatte, um englischen Platz zu schaffen, jetzt mit verächtlicher Geste das Trinkgeld zur Seite schob, das auf einem der »*tables tenues pour les hôtes Anglais*« neben dem Gelde für die verzehrten Speisen und Getränke lag.

»Sind Sie denn Deutscher?«, fragte ihn Stoelping.

»Zu Befehl!«, erwiderte der, »Gott sei Dank!« stand stramm, streckte die Brust heraus und legte die, Hände an die Hosennaht. Heut Nacht noch fahre ich zu meinem Regiment. Deibel ja! Man hatte da draußen in all den Jahren ja schon beinahe vergessen, wo man hingehörte. Aber nun weiß man's wieder!«

»Bravo!«, rief Stoelping – »ja, es war Zeit, dass man sich auf sich selbst besann. Ich bin auch Soldat« – und er streckte ihm die Hand hin – »nun heißt's: Kopf hoch, Kamerad!« –

Die Heimkehr war jetzt der einzige Gedanke, der alle bewegte.

Auf der Estrade stand, von jungen Deutschen umringt, der Direktor. Er war in lebhaftem Gespräch mit einem älteren Herrn. Stoelping erkannte: Es war derselbe, der bei Beginn des Abends mit seiner Familie neben ihm gesessen, Französisch gesprochen und bei Herannahen der Engländer unter Entschuldigung seinen Tisch geräumt hatte.

Es war derselbe! Aber wie anders sah er jetzt aus! Er hatte nichts mehr von jener ängstlich schüchternen Bescheidenheit. Der ganze Kerl hatte etwas Bestimmtes, Straffes bekommen! Als wenn er sagen wollte: »Jetzt gilt's! Wir können auch anders!« So stand er da und redete auf den Direktor ein.

Der Direktor trat vor und verkündete: »Meine Herrschaften!«

»Deutsche!«, tönte es ihm von allen Seiten entgegen.

»Deutsche!« wiederholte der Direktor. »Wir alle haben den Wunsch, so schnell wie möglich in die Heimat zu kommen.«

Stürmisch stimmten alle zu.

»Einer unserer Gäste« – der alte Herr war jetzt zur Seite getreten, sodass man ihn nicht sehen konnte, – »hat soeben erwirkt, dass morgen im Laufe des Vormittags drei Extrazüge ausschließlich für heimkehrende Deutsche von Luzern bis zur deutschen Grenze fahren. Der Herr trägt die Beförderungskosten für Unbemittelte und sorgt auch für deren unentgeltliche Weiterreise von der Grenze aus in den Heimats- resp. Garnisonsort. Näheres wird heute Nacht an den Anschlagsäulen bekannt gegeben.«

Stoelping ging auf den alten Herrn zu und stellte sich vor; der Herr nannte seinen Namen; er hieß Frank.

»Ihr Plan«, sagte Stoelping, »und vor allem Ihre schnelle Entschlussfähigkeit sind bewundernswert.«

»Woher wissen Sie, dass ich es bin?«, fragte Frank erstaunt.

»Ich sehe es!« erwiderte Stoelping.

»Nun, dann leugne ich nicht; denn einem preußischen Staatsanwalt muss man ja wohl die Wahrheit sagen. Mir scheint für, den Augenblick diese Heimbeförderung allerdings das Wichtigste. Ich bedaure nur, dass ich nicht in Paris oder London bin; denken Sie, was man da jetzt durch Energie und schnellen Entschluss Gutes wirken könnte. In 12 Stunden kommt vermutlich kein Wehrpflichtiger mehr über die Grenze. Aber es gibt auch hier genug zu tun. Wenn Sie Zeit haben, Herr von Stoelping, bitte ich Sie, mir zu helfen.«

»Ich täte es gern. Aber als Rittmeister der Reserve muss ich in die Front,« erwiderte Stoelping und stellte seine Frau vor.

Frank reichte ihr die Hand und sagte: »Da gratulier' ich Ihnen, gnädige Frau. Das Glück kann ich meiner Frau leider nicht bieten.« Und stolz fügte er hinzu: »Aber mein Sohn geht mit!«

Dann stellte er seine Frau und seinen Sohn vor und ging mit ihnen und Stoelpings aus dem Saal.

Im Vestibül saßen die Engländer an kleinen Tischen und spielten Bridge.

Die Haupttore zum See standen offen.

Franks und Stoelpings traten hinaus.

Nach dem heißen Tage stieg frische Luft von den Bergen. Über dem blauen See hing die Nacht. Kuhglocken irgendwo. Und hin und wieder das Plätschern von ziehenden Schwänen.

In dieser Stunde war alles bei Gott.

Frau Frank hing am Arme ihres einzigen Sohnes. Tränen standen in ihren Augen. Sie drückte die Hand ihres Mannes und sagte sanft: »Unser Junge!«

Frau Stoelping schmiegte sich fest an ihren Mann. Der schlang den Arm um sie, holte tief Atem und fand das Wort, das alle erlöste: »Gott mit uns!«

Wie ein Gebet klang es; und sie wiederholten es alle: »Gott mit uns!«

Am nächsten Tage reisten sie ab.

Zweites Kapitel.

Vom Tode des jungen Stoelping.

Feldpostbriefe Stoelping an seine Frau.

Meine Liebe, es dauert und bedrückt mich, Dich in Angst um mich zu wissen. So sehr Du Dich in Deinen Briefen mühst, tapfer und zuversichtlich zu scheinen, so fühle ich doch, wie hinter jedem Deiner Worte Dein Herz zittert.

Wie musst Du Dich quälen, Du Arme, Gute, dass mir Dein Zuspruch, Dein Vertrauen, Deine Munterkeit, statt mich zu beruhigen, wie ein Angstschrei ins Herz schneidet. Was gäbe ich drum, könnte ich Dich nur ein paar Minuten lang in den Armen halten und Dich ruhig streicheln.

Denn was kann ich Dir noch sagen, um Dich zu beruhigen?

Glaube mir doch, dass ich stolz und glücklich bin, dabei sein zu dürfen. Bei aller Liebe zu Dir: Ich würde es einfach nicht ertragen, in dieser Zeit zu Haus zu sitzen. Ich würde mich vor Dir und mir und nicht zuletzt vor unserem Jungen schämen, für dessen Zukunft ich letzten Endes ja auch kämpfe.

Einmal musste dieser Krieg kommen; und es ist gut, dass er jetzt kam. Bedenke auch, wenn er später gekommen wäre, dass Du dann vielleicht unseren Jungen hättest hergeben müssen. Denn er wäre nicht unser Sohn, wenn die Stunde der Gefahr ihn in mannbarem Alter getroffen und zu Hause gelitten hätte.

Der aber hatte sein Leben noch vor sich, während ich an Deiner Seite zehn Jahre leben durfte. Diese zehn glücklichen Jahre – *das bedenke, wenn Gott will, dass ich falle, –* waren reich genug, ein ganzes Leben zu füllen.

Aber noch lebe ich! Lebe schöne, unvergleichliche Tage mit meinen Jungens, die sich wie die Löwen schlagen. Sie gehen mit mir durch dick und dünn. Und gilt es mal, ein paar tollkühne Leute für einen schwierigen Ritt zu bestimmen, und ich sage: »Kinder, ich brauche drei mutige Kerls! Wer will freiwillig ...?« Weiter komme ich nie; denn im selben Augenblick brüllt auch schon die ganze Schwadron einstimmig: »Ich!«

In solcher Gesellschaft zu kämpfen und, wenn Gott will, zu fallen, wiegt – zürne mir nicht, Ella – alles Glück der Welt auf.

Aber noch lebe ich! Und die Beruhigung wenigstens darfst Du haben: Meine Jungens würden meinen Tod blutig rächen. Dabei sind unzählige unter ihnen, die Frau und Kind, an denen sie genau so hängen, wie ich an Euch, zu Haus gelassen haben – ohne zu wissen, wovon die morgen leben sollen, wenn sie heute fallen.

Denke immer, wie gut wir es haben, und mit wie frohem Gedenken an Euch ich kämpfe und – was schwerer wiegt – wie *sorglos* ich, wenn es dahin kommt, die Augen schließen kann. Während Tausenden, die fallen, in ihrer letzten Stunde die Not, der Ihren vor Augen steht.

Aber noch lebe ich, Ella, und kann nicht fassen, dass Du so mutlos bist; so ganz anders, als ich Dich in so großer Stunde erwartet hatte. Wenn ich daran denke, wie stark Du warst, als wir Abschied nahmen.

Du musst Dich zusammenreißen, Ella, schon des Jungen wegen. Jetzt, wo sein Vater im Felde steht und für Deutschlands Größe kämpft, ist die beste Zeit, dass die Vaterlandsliebe in ihm Wurzeln schlägt. Indem Du dafür das Verständnis in ihm weckst, hilfst Du Dir am besten über schwere Gedanken hinweg.

Noch lebe ich und umarme Dich und den Jungen, in Liebe Dein Mann.

*

Bester Mann!

Ja, Du siehst mir ins Herz. Du erinnerst mich, wie stark ich war, als wir Abschied nahmen. Und so sehr ich mich mühe, ebenso mutig zu scheinen, wie ich damals war, Du *fühlst* doch, dass ich eine andere bin.

Soll ich Dich in dem Glauben lassen? Muss ich doch immer daran denken, dass ich Dir gerade in schweren Tagen durch meinen Mut und mein Gottvertrauen neben dem »Weibchen«, das man zärtlich liebt, der treue Kamerad wurde.

Muss ich nicht fürchten, Dir wieder *nur Weib* zu sein, wenn ich *jetzt* versage, wo jedes Zeichen, das Dir von mir wird, ganz nur mutige Fassung und freudige Zuversicht sein dürfte?

Mein Vertrauen müsste Dir Sicherheit und Ruhe geben. Und wenn Du Dich, Deinen Jungens voran, in den Kampf stürzt, müsste der Gedanke an mich Dich begleiten und Dich an den Frieden Deines Hauses mahnen, in dem mit Deinem Sohne auch Dein Geist fortlebt. – So unerschütterlich fest müsste ich sein!

Und, bester Mann, ich *wäre* es!

Und wenn Du, was Gott verhüten möge, gefallen wärst: Eine stolze Mutter hätte ihrem Sohne von dem Heldentode seines Vaters erzählt. Die Zähne hätte ich aufeinander gebissen, und keine Träne hätte dem Jungen meinen Schmerz verraten. Und Jahr für Jahr hätte ich die Wiederkehr dieses Tages in stolzer Erinnerung mit ihm gefeiert. *So* hätte ich die Grundlage zur Stärke und Treue – Deine besten Tugenden – in ihm gelegt.

Hätte! Wenn – und nun heraus mit dem Entsetzlichen! – Gott ihn nicht zu sich genommen hätte. –

Da steht's nun! Und ich beuge mein Gesicht über die Worte, die ich eben schrieb und fühle den ganzen Jammer Deines Herzens, und sehe Dich zusammenbrechen, wie ich zusammenbrach und nun mit gefalteten Händen sitze von früh bis spät und spät bis früh und es hinausschreie, um nicht zu ersticken: Ich will meinen Jungen wiederhaben! –

Einer Diphtherie, der Folge einer Erkältung, die er sich auf der Rückreise von Luzern holte, ist er am achten Tage zum Opfer gefallen.

Deine Ella.

*

Meine Ella!

Nun, wo Du weißt, dass ich mit Dir trage, wird Dir leichter sein.

Zu den moralischen Werten, die der Krieg zeitigt, gehört auch der Wille, sich zu überwinden und seine Gedanken von sich und seiner Person ab und der Gesamtheit zuzuwenden; sein Einzelschicksal unbedingt und in allem dem des Vaterlandes unterzuordnen.

Dazu gehört Kraft! Ich hier draußen unter Millionen gleichgestimmter Menschen habe diese Kraft. Dass Du sie nicht hast, nicht haben *kannst* – arme Ella, ich fühle es deutlich.

Dennoch ist es Deine Pflicht, gegen Deinen Schmerz anzukämpfen. Schon um meinetwillen. Ausharren!

Bis ich komme und Dir tragen helfe! Gelingt Dir das nicht, und musst Du Dich erleichtern, so vergiss, wenn Du Deinen Schmerz hinausschreist, nie, dass Du in erster Linie Dich selbst beklagst. Denn wer sagt Dir, ob Gott unserem Jungen, indem er ihn so früh schon zu sich nahm, nicht manchen Schmerz ersparen wollte.

Gedenke des Glücks, das wir vier Jahre durch ihn hatten, und statt zu grollen, sei dem dankbar, der es uns schenkte.

Denn wir wollen uns nicht etwa mühen, *zu vergessen*. Ich wenigstens möchte die Erinnerung nicht missen. Ich habe bisher im Felde alle Tage Zeit gefunden, mich mit Dir und dem Jungen zu beschäftigen. Ich werde es weiter tun, wenn meine Gedanken an unseren Jungen von nun an auch eine andere Richtung nehmen müssen.

Mich gefasst und ruhig zu wissen, wird hoffentlich auch auf Dich seine Wirkung üben. Bin ich erst wieder daheim, soll meine Sorgfalt und Liebe Dich alle Schmerzen, die Du jetzt leidest, vergessen machen.

Zittere nicht, wenn ich jetzt seltener schreibe; je weiter wir nach Frankreich hineinkommen, umso unsicherer wird die Bestellung.

Nächster Morgen.

Gut, dass die Feldpost gestern nicht ging. So kann ich Dir heute eine Freude machen. – Denke Dir, dank dem Schneid zweier meiner Jungens, die des Abends einen kühnen Erkundungsritt unternahmen, gelang es mir heute Nacht, zwei feindliche Batterien zu überrumpeln, und ohne dass ich einen meiner braven Jungens zu opfern brauchte, zu nehmen. Du kannst Dir mein Glück denken. Ich fasse es als eine Art Abschiedsfeier auf, da es beschlossene Sache ist, dass ich in diesen Tagen als Major zum Stabe komme. –

Nun geht's fort! Sei stark und zwinge Deine Gedanken, sich mit dem zu beschäftigen, was wir Deutsche in diesen großen Tagen durchleben: *ein* Wunsch und Wille in den Herzen von Millionen Menschen, denen sterben *nichts*, siegen *alles* bedeutet; die sich, ohne an sich zu denken, in dem Gefühl einer heiligen Pflicht und ungeheuren Verantwortung nur als Teil des Ganzen fühlen. Gegenüber der Größe, die in dieser Selbstüberwindung liegt, erkenne, wie wenig in solcher Zeit das Schicksal des Einzelnen bedeutet. *Erfasse* die Zeit, und Dir wird Dein Leid nicht mehr so groß erscheinen.

In treuer Liebe
Dein Mann.

*

Bester Mann!

Deine Fassung und Dein Mut haben mich vor dem Zusammenbruch bewahrt. Ich war ganz einsam und sah keinen Menschen, seit sie unseren Jungen aus dem Hause trugen. Ich habe jeden Tag von früh bis spät in seinem Zimmer gesessen und das Tischchen, an dem er seine Mahlzeiten nahm, und das leere Bett und sein Spielzeug angestarrt.

Ich konnte nicht begreifen, dass das alles nun aus sein soll.

Ich habe an das Mädchen denken müssen, dessen Bräutigam 1870 in den Krieg zog. Am Tage des Einzugs der siegreichen Truppen stand sie als eine der ersten stolz und mit Blumen geschmückt unter den Linden. Strahlenden Auges sah sie vom frühen Morgen an Truppe nach Truppe an sich vorüberziehen. Jetzt endlich kamen die Jäger, mit denen er hinausgezogen war. Da musste er bei sein! Aber er kam nicht. Das Mädchen stand und wartete. Und als der letzte Soldat vorübergezogen war, und die Menschen sich längst zerstreut hatten – da stand sie noch immer, die Augen, die nun nicht mehr glänzten, zum Brandenburger Tor gerichtet, – stand, bis tief in die Nacht, und wartete. – Aber er kam nicht.

Und an jedem Morgen erschien sie wieder; wartete an derselben Stelle; Blumen in der Hand; sah nicht, was um sie herum vorging; stand, und starrte die Straße hinunter – bis zum Abend.

Jeder kannte sie und wusste, was sie hierhertrieb; aber keiner wagte, mit ihr zu sprechen und ihr zu sagen, dass er ja nun nicht mehr kommen werde.

Ihre Augen sind inzwischen gebrochen, ihr Haar ist weiß geworden – aber sie steht nach 44 Jahren noch immer und starrt auf dieselbe Stelle. Ihr Geist ist umnachtet, und sie weiß wohl nicht mehr, worauf sie wartet. Aber wenn die Truppen diesmal wieder ihren Einzug halten, – vielleicht, dass Gott dann ein Wunder tut, – und dass sie gesundet.

Siehst Du, bester Mann, genau so trieb es mich Morgen für Morgen in das Zimmer unseres Jungen. Genau so treibt es mich noch heute. Aber während ich bisher da saß, die Wände anstarrte und wartete, *ohne zu denken*, arbeitet nun, wo ich Dich gefasst und stark weiß, auch mein Verstand wieder. Denn ich habe nun ein Ziel, dem zuliebe ich gegen meinen Schmerz kämpfe; Dir nachzustreben, Bester, damit Du bei Deiner Rückkehr, an die ich *glaube*, eine stolze, mutige, glückliche Frau findest.

Über Deine Heldentat und die Beförderung zum Stabsoffizier bin ich stolz und zugleich glücklich, weil ich – darf ich das? – Dein Leben nun weniger als bisher gefährdet weiß.

Siehst Du, Bester, ich billige alles, was Du schreibst und begreife und teile sogar Deine Gefühle. Ich fühle die Größe der Zeit wie Du. Ich bete wie Du für unseren Sieg. Ich gäbe alles für ihn hin; und gäbe es freudig. – Aber dass Du mir erhalten bleibst, ist ein Gebet, das ich nicht zurückstellen kann hinter meine anderen Gebete. – Auch nicht hinter die, die unserem Siege und dem Vaterlande gelten. Sei mir darum nicht böse! Ich habe Dich lieb!

Deine Ella.

Drittes Kapitel.

Wie der kleine William Smith zu Frau von Stoelping kam.

In Jouy bei Reims wurde gegen Franktireurs verhandelt.

Das Arbeitszimmer des Bürgermeisters war schnell in einen Gerichtssaal verwandelt. Das Feldgericht bestand aus fünf Richtern im Hauptmannsrange; den Vorsitz führte Major von Stoelping.

Von Amts wegen war ein junger Offizier zum Verteidiger bestellt.

Auf der Anklagebank saßen fünf Bürger und Bürgerinnen aus Combray, die beschuldigt waren, drei deutsche verwundete Soldaten, die in einem Hause der Rue Lépic untergebracht waren, im Schutze der Nacht ermordet zu haben. Sie waren, von einer Patrouille überrascht, geflohen und hatten in einem der umliegenden Häuser Zuflucht gefunden. In dem Hause des Engländers Smith, das in der Rue Tourlaque lag, wurden sie am nächsten Morgen in einer Kammer, die von innen verriegelt war, entdeckt und abgeführt. Mit ihnen das Ehepaar Smith, das die Verbrecher aufgenommen, versteckt und ihre Auslieferung verweigert hatte.

Das war der Inhalt des schriftlichen Berichts, den der Patrouillenführer seinem Dienstvorgesetzten am folgenden Tage eingereicht hatte.

Das englische Ehepaar vervollständigte die Anklagebank.

Die Beweisaufnahme nahm wenig Zeit in Anspruch.

Zwei Soldaten, die zusammen mit den Ermordeten in der Rue Lépic gelegen hatten, und die nur die Wachsamkeit der Patrouille vor dem gleichen Geschick bewahrt hatte, konnten genaue Angaben über die Täter und ihre Schandtaten machen, die sich mit dem Befunde vollkommen deckten.

Etwas länger gestaltete sich die Vernehmung des Ehepaares Smith. Smith war ein reicher Agent, der für Millionen jährlich Champagner nach England vermittelte, in Reims seine Bureaus und in Jouy seine Villa hatte.

Nach Aufnahme seiner Personalien nahm die Vernehmung folgenden Verlauf:

Stoelping: »Stand die Tür Ihres Hauses in der fraglichen Nacht offen?«

Smith: »Ja.«

Stoelping: »Aus welchem Grunde?«

Smith: »Aus Zufall. In solcher Zeit versäumt man manches.«

Stoelping: »Das klingt wenig wahrscheinlich; denn gerade in solcher Zeit achtet man doppelt darauf und hält Tür und Fenster womöglich auch tagsüber verschlossen.«

Smith (nach kurzer Überlegung): »Außerdem fürchtete ich, die Stadt könnte in Brand geschossen werden; um mich und meine Familie im Notfall schnell retten zu können, ließ ich das Tor nachts offen.«

Stoelping: »Also *absichtlich*. Warum haben Sie anfangs behauptet, aus Zufall?«

Smith (nach einer Weile): »Weil mir das für meine Verteidigung besser schien.«

Stoelping: »Wenn Sie ein Interesse an der Verschleierung der Wahrheit haben, so spricht das gegen Sie.«

Smith: »Um mich zu verurteilen, wird man mich überführen müssen.«

Stoelping: »Und wohin dachten Sie, sich für den Fall einer Beschießung mit Ihrer Familie in Sicherheit zu bringen? Man läuft in solchem Fall von der Straße ins Haus, aber nicht vom Haus auf die Straße.«

Smith: »Man überlegt in solcher Lage nicht. Man denkt eben nur daran, dass man fortkommt.«

Stoelping: »Wo befanden Sie sich, als die Angeklagten in Ihr Haus flohen?«

Smith: »Falls es Nacht war, im Bett.«

Stoelping: »Schliefen Sie?«

Smith: »Vermutlich, sonst hätte ich sie wohl kommen hören.«

Stoelping: »Sie haben also weder etwas gehört, noch sind Sie aufgewacht. Sie müssen einen festen Schlaf haben.«

Smith: »Ein guter Schlaf ist ja wohl das Zeichen eines guten Gewissens.«

Stoelping: »Der Schlupfwinkel, in dem die Gesellschaft sich verborgen hielt, liegt so versteckt, dass nur jemand, der genau in Ihrem Hause Bescheid weiß, ihn finden konnte.«

Smith: »Die deutschen Soldaten haben ihn gefunden, ohne in meinem Hause Bescheid zu wissen.«

Stoelping: »Nach stundenlangem Suchen und bei Tageslicht, während die Patrouille, die den Tätern dicht auf den Fersen war und kurz nach ihnen das Haus betrat, es vollkommen ruhig und dunkel fand. Die Täter, die im Dunkeln, und zwar so leise, dass Sie nicht einmal im Schlaf gestört wurden, in das Haus schlichen, müssen das Versteck demnach genau gekannt haben.«

Smith: »Oder sie haben abgewartet, bis die Patrouille das Haus durchsucht hatte und sind dann erst bei Tageslicht aus einem anderen Versteck in mein Haus geflüchtet.«

Stoelping: »Da ein Posten zur Bewachung vor Ihrem Hause blieb, so ist das ausgeschlossen.«

Smith: »Die Aufmerksamkeit eines Postens kann, zumal in der Dunkelheit, leicht durch ein zufälliges oder auch durch ein absichtliches Geräusch auf Augenblicke abgelenkt werden.«

Stoelping: »Dann bliebe für Sie immer noch belastend, dass Sie dem Patrouillenführer, trotz seiner wiederholten Warnungen, gerade die Kammer, in der die Gesellschaft steckte, nicht gezeigt haben.«

Smith: »Wir hatten bereits festgestellt, dass ich einen sehr festen Schlaf habe. Dass man in einem derart verschlafenen Zustande nicht an eine alte Rumpelkammer denkt, die man das ganze Jahr über nicht benutzt, ist, glaube ich, entschuldbar.«

Stoelping wandte sich verzweifelt zu seinen Kollegen und sagte:

»Dann wollen wir mal sehen, ob wir aus der Frau mehr herausbekommen. Treten Sie mal vor, Frau Smith!«

Eine hübsche, schlanke, blonde Frau trat vor den Richtertisch. An der Hand führte sie einen kleinen Knaben, der furchtlos neben ihr herschritt und mit großen Augen zu den Offizieren aufsah.

Stoelping: »Sie haben die Bekundungen Ihres Mannes gehört?«

Frau Smith (mit fester Stimme): »Ja.«

Stoelping: »Wollen Sie diese offensichtlich unwahren Bekundungen Ihres Mannes auch zu den Ihrigen machen, oder wollen Sie meine Fragen wahrheitsgemäß beantworten?«

Frau Smith: »Ich werde dieselben Antworten geben, die mein Mann gegeben hat.«

Die verbissenen Lippen des Smith zogen sich auseinander. Wenngleich ihm seine Frau den Rücken zuwandte, so ließ er doch kein Auge von ihr. Er umklammerte sie mit seinen Blicken, und Stoelping sah deutlich an dem Ausdruck seiner Frau, wie sie die Gegenwart ihres Mannes fühlte und völlig unter seiner Gewalt stand.

»Führen Sie den Smith hinaus!«, befahl er einem der Soldaten, die neben der Anklagebank saßen.

Ein wütender Blick war die Antwort des Smith, während seine Frau, wie ein Kind, das Gehen lernt, und dem man die Hand entzieht, ein paar Sekunden lang zitterte und schwankte, dann aber, als sich die Tür hinter Smith und den Soldaten schloss, ihre Haltung wiederfand. Der kleine Junge riss groß die Augen auf und wandte sich nach dem Vater um.

»So, und nun«, sagte Stoelping in einem Ton, der nichts Militärisches mehr hatte, zu Frau Smith, »frage ich Sie noch einmal: Wollen Sie die Lügen Ihres Mannes aufrechterhalten?«

Sie schwieg und überlegte einen Augenblick, sagte dann aber mit fester Stimme:

»Ja.«

Und als Stoelping den Kopf schüttelte, sah sie weg und wiederholte:

»Es ist so, wie mein Mann es geschildert hat.«

»Ich sehe, es fällt Ihnen nicht leicht, die Unwahrheit zu sagen. Ich will Sie daher nicht mit vielen Fragen quälen.«

In ihrem dankbaren Blick lag die Bestätigung.

»Andererseits«, fuhr er fort, »steht für uns der Tatbestand fest. Und wenn das Auftreten Ihres Mannes überhaupt eine Wirkung hatte, so ist es die, dass es uns in unserer Auffassung bestärkt hat.«

Frau Smith stöhnte und sagte:

»Ich kann daran nichts ändern.«

»Ich meine doch,« erwiderte Stoelping. »Wenn Sie uns nicht Rede und Antwort stehen wollen, denken Sie daran, dass es noch eine höhere Verantwortung gibt.«

»Ich weiß es«, sagte sie gequält.

»Darum erleichtern Sie sich. Es ist nicht gut, so beladen vor Gott zu treten.«

Frau Smith senkte den Kopf.

»Für mich steht es fest, dass Sie die Angeklagten tagelang bei sich beherbergt haben. Tagsüber saßen sie in der Kammer, und nachts gingen sie auf Menschenjagd. Und zwar hat aller Wahrscheinlichkeit nach Ihr Mann, der sich als Engländer nicht gern persönlich in Gefahr begibt, tagsüber die Gelegenheiten ausgekundschaftet, wofür er dann nachts zu Hause bleiben durfte.«

Frau Smith zitterte am ganzen Körper; ihr war die Kehle wie zugeschnürt.

»Sehen Sie, dass Sie uns Deutsche hassen, nehmen wir hin. Dass Sie sich in Ihrem Hass verleiten lassen, Ihre Soldaten in offener Feldschlacht mit eigener Gefahr zu unterstützen, – es ist völkerrechtswidrig, gewiss, aber es ist menschlich, und wenn wir es auch mit dem Tode bestrafen müssen, so ist es doch im Grunde nichts anderes, als eine Verirrung des Patriotismus.«

Frau Smith hörte gespannt. Sie bewegte den Mund, sah ihn an und nickte, als wäre sie dankbar für dieses Verständnis.

»Aber Bürger, die herumschleichen und sich verstecken und dann nachts über wehrlose verwundete Menschen herfallen, sind niederträchtige, feige Bestien, in deren Mund das Wort Vaterland zur Grimasse wird.«

Die junge Frau zitterte jetzt am ganzen Körper und drückte die Hand ihres Jungen, der zu ihr aufsah.

»Ist es nicht so?«, fragte Stoelping.

»Ich – habe – keine – Furcht – vor – dem – Erschießen,« stieß sie mühsam hervor, drückte den Jungen an sich und schloss die Augen. »Nur – ein – Ende –«

»Reinigen Sie Ihr Gewissen vor Ihrem Jungen! Haben Sie den Mut zur Wahrheit!« drang Stoelping jetzt in sie, ohne sich noch des Dolmetschers zu bedienen, – und stand auf.

»Und der Junge?!«, rief sie mit einer Stimme, die allen ins Herz schnitt.

»Bleibt leben«, erwiderte Stoelping, ging auf sie zu und gelobte es ihr in die Hand.

Da ließ sie den Kopf sinken und sagte leise:

»Es ist so – « Und nach einer Weile:

»Seit einer Woche. Seit die Deutschen hier sind. Er hatte den Einfluss auf seine Leute. Und sie mussten tun, was er wollte. Wenn sie zögerten, drohte er. Er fand immer neue Mittel, sie aufzustacheln. Mir sagte er: ›Die deutschen Hunde haben meine Bureaus in Reims zerschossen! Sie sollen's mir heimzahlen!‹– Ich selbst bin mitschuldig. Ich habe sie verborgen gehalten und beköstigt. Und als ein deutscher Offizier fragte, ob Leute im Hause sind, habe ich Nein gesagt. Aber die Leute selbst sind unschuldig und haben unter einem Zwange gehandelt. Die Leute müssen Sie schonen. Ich – und mein Mann, wir tragen alles.«

Dann richtete sie sich auf, sah Stoelping fest in die Augen und sagte erleichtert:

»So, nun wissen Sie's.«

»Sie sind eine tapfere Frau«, sagte Stoelping, legte dem Jungen, als wollte er damit zum Ausdruck bringen, dass ihm nichts geschehe, die Hand aufs Haupt und nahm dann wieder zwischen den vier Hauptleuten Platz.

Smith wurde in den Saal geführt.

»William!«, schrie seine Frau und stürzte ihm zu Füßen.

Er stand kerzengerade, verzog keine Miene und fragte kalt:

»Du hast doch nicht ...?«

»Ja!«, rief Frau Smith und wies auf den Jungen. – »Seinetwegen habe ich ...« und sie brach ab und sagte nur noch: »Was liegt an uns.«

Sein Ausdruck wurde zu Stein. Er sah zu Stoelping herüber und sagte verächtlich:

»Mein Herr, Sie haben das Geständnis einer Frau erpresst. Das tut kein Gentleman.«

Ohne ihn eines Blickes zu würdigen, sagte Stoelping zu seinen Kameraden:

»Für den Banditen ist die Kugel eines deutschen Soldaten zu schade. Dem gebührt der Strick!«

Die blonde Frau war aufgestanden. Sie wollte die Arme um den Hals ihres Mannes schlingen; er stieß sie brutal zurück.

Stoelping erteilte den Angeklagten das letzte Wort. Sie verzichteten sämtlich.

Der Anklagevertreter beantragte für alle die Todesstrafe; der Verteidiger schloss sich an; nur Frau Smith empfahl er der Gnade der Richter.

Die entschieden nach dem Antrage der Verteidigung; verurteilte Smith und die ganze Bande zum Tode. Frau Smith sprachen sie frei.

Spöttisch rief ihr Smith zu: »Ich gratuliere!«

Die blonde Frau war völlig gebrochen. Sie stand da, als verstände sie von allem, was hier vorging, nichts mehr.

Da der Etappenkommandant in nächster Nähe war, so konnte das Urteil sofort bestätigt und vollstreckt werden.

Ehe Stoelping den Befehl gab, die Verurteilten abzuführen, versuchte er, Smith zu bewegen, seiner Frau ein paar gute Worte zum Abschied zu geben.

»Danke«, erwiderte Smith, »Sie brauchen mir keine Lehren über den guten Ton zu geben. Ich bin Engländer und weiß, was sich schickt.«

Dann ließ er sich, ohne einen Blick auf Frau und Kind zu werfen, hinausführen.

Die verzweifelte Frau streckte die Arme hinter ihm her, lief zur Tür und schrie laut:

»William! Ich gehe mit dir!«

Stoelping trat ihr in den Weg. Er wies auf den ahnungslosen Knaben, der sich nach allen Seiten hin umsah:

»Da gehören Sie hin!«, sagte er.

Frau Smith schwankte – einen Augenblick schien es, als wollte sie umkehren – sie trat einen Schritt ins Zimmer zurück – auf den Jungen zu – er warf die kleinen Arme hoch und rief:

»Mutter!«

Draußen an der Gartenmauer nahmen die Verurteilten Aufstellung. Ihnen gegenüber die Soldaten.

Eine Stimme rief: »Feuer!«

Da richtete sich Frau Smith auf. – Der erste Schuss fiel; – sie schrie laut auf und stürzte hinaus – warf sich vor die Gewehre und brach, von drei Kugeln getroffen, zusammen.

Stoelping war ihr nachgestürzt und hatte sie, als sie eben den Garten erreichte, auch eingeholt. Er hatte sie beim Arm gefasst, aber sie hatte sich mit so starker Bewegung losgerissen, dass er ein paar Schritte nach vorn getaumelt und beinahe auch vor die Gewehre geraten wäre.

Als Stoelping wieder in das Sitzungszimmer kam, war es leer, wenigstens auf den ersten Blick. Stärker als alle bisherigen Erlebnisse des Krieges hatte diese Verhandlung und ihr tragischer Abschluss auf ihn gewirkt. Wie er sich stets über seine Handlungen Rechenschaft gab, so auch jetzt. Und es schien ihm, als hätte er in die Frau, die in jedem öffentlichen Verfahren ihre Aussage verweigern durfte, nicht so weit dringen dürfen, dass sie Zeugnis gegen ihren Mann ablegte und so in einen Konflikt geriet, aus dem es für sie nur einen Ausweg gab – den Tod.

Er saß über den Tisch gebeugt, den Kopf in die Hände gestützt, in schweren Gedanken, als irgendwer ihn am Arm zog und mit heller Stimme fragte:

»Wo ist Mutter?«

Er wandte sich um und sah neben sich den blonden Knaben, der aus blauen Augen treuherzig zu ihm aufsah und abermals fragte:

»Wo ist Mutter?«

Stoelping hatte das Gefühl, als bliebe sein Herz stehen. Er hielt den Blick des Jungen nicht aus. Viel weniger fand er den Mut, ihm die Wahrheit zu sagen, die der kleine Kerl ja doch nicht begriffen hätte.

Und was war natürlicher, als dass das Bild seines Jungen jetzt vor ihm aufstieg? Und dass er nun erst ganz die Schwere des Geschicks empfand, das nicht ohne sein Zutun über dieses unglückliche Kind hereingebrochen war.

Er hob den Jungen hoch und setzte ihn vor sich auf den Tisch; fasste ihn behutsam um die zarten Arme, beugte sich zu ihm vor und sagte:

»So! Und nun sieh mich einmal an.«

Der Kleine folgte und sah ihm unbefangen in die Augen.

»Wie heißt du?«, fragte Stoelping.

»William«, erwiderte er, – »William Smith.«

»Nun, William, du bist doch ein mutiger Junge?«

Er nickte.

»Siehst du, ich wusste es ja, – und vor mir, nicht wahr, da fürchtest du dich nicht?«

Er schüttelte den Kopf.

»Weißt du denn auch, wie der Ort heißt, in dem du hier lebst?«

»Jouy.«

»Richtig! Sieh mal, was du nicht alles weißt. Bist du denn hier auch geboren?«

Er schüttelte den Kopf und sagte:

»Nein.«

»Wo bist du denn geboren, William?«

»Zu Hause ... drüben ...« und er zeigte mit der Hand zum Fenster, »überm Wasser.«

»Warst du denn da schon einmal?«

»Noch nicht; aber wenn ich groß bin, dann fährt Mutter mit mir hinüber.«

»Und weißt du auch, wie das Land heißt?«

Der Kleine dachte nach:

»Ich hab's vergessen.«

Gottlob, dachte Stoelping.

»Aber von Deutschland hast du doch schon gehört?«

»Nein ... was ist das?«

»Das ist auch ein Land und eins, das noch viel größer und schöner ist als dies. Mit großen weiten Straßen und hohen Häusern, in denen viele, viele Menschen wohnen, die alle freundlich zu den Kindern sind. Und Kinder gibt es da überall, Jungen und Mädchen, viel mehr als hier. Die haben sich alle lieb und spielen miteinander ... die Großen mit den Kleinen, und singen und laufen und tanzen den ganzen Tag bis zum Abend. Dann werden sie ins Bett gebracht und falten die kleinen Händchen und beten und schlafen ein. Und des Nachts träumen sie von den Engeln, die mit goldenen Flügeln vom Himmel kommen und über die Kinder wachen, damit niemand sie in ihrem Schlaf stört. Und am nächsten Morgen kommt die Sonne und weckt die Kinder auf ...«

»Und sie dürfen wieder spielen?«

»Ja, das dürfen sie.«

»Und singen?«

»Ja, William, den ganzen Tag, bis es wieder Abend wird ...«

»Und die Engelein kommen.«

Die Augen des Kleinen glänzten, er hob die kleinen Patschen hoch und strampelte mit den Beinen.

»So sieht es in Deutschland aus, William«, sagte Stoelping.

»Bitte, bitte!«, rief William und streckte die Arme nach ihm aus: »Ich will nach Deutschland.«

»Willst du?« wiederholte Stoelping glücklich, sprang auf, hob den Jungen hoch und drückte ihn an sich. Der schlang die Arme um ihn und freute sich auf das Singen und Spielen; und Stoelping fühlte, während er ihn mit festen Schritten aus dem Hause trug, dass er seine Ruhe wieder hatte.

*

Am Abend desselben Tages ging ein Zug mit Verwundeten nach Berlin. Einer Oberin, die mit anderen Schwestern den Zug begleitete und etwas Englisch sprach, vertraute Stoelping den kleinen William an. Der hatte wohl noch ein paar Mal nach seiner Mutter verlangt, dann aber immer von Neuem darum gebeten, nach Deutschland zu kommen.

Die Oberin, die sich liebevoll des kleinen William annahm und ihm während der Fahrt nach Möglichkeit den Anblick der Verwundeten ersparte, konnte ihn schon am Abend des nächsten Tages der ahnungslosen Frau von Stoelping in Berlin übergeben.

*

Der Begleitbrief Stoelpings enthielt nur wenige Zeilen; aber da eine Abschrift des Verhandlungsprotokolls beilag, und Frau Ella nicht nur ihren Mann genau kannte, sondern auch selbst ein fein empfindsamer Mensch war, so genügten diese wenigen Worte, um sie alles verstehen zu lassen.

*

Beste Frau!

Damit Du begreifst, weshalb ich Dir den Jungen schicke, und weshalb wir ihn bei uns aufnehmen und bei uns behalten müssen, brauchst Du außer dem, was in den Protokollen steht, nur zu wissen, dass auch seine Mutter von den auf ihren Mann gerichteten Gewehren getroffen und getötet wurde.

Sieh in dem Jungen ein Geschenk Gottes. Hüte ihn, aber verwöhne ihn nicht! Rühre nie an Vergangenem, sondern suche in ihm die Erinnerung an alles, was hinter ihm liegt, auszulöschen.

Von England sprich nie, viel von Deutschlands Größe. Lehre ihn *deutsch* denken und empfinden, unterdrücke schon jetzt in ihm Neid, Lüge und Heuchelei, und lehre ihn wahr, treu und furchtlos sein! Nenne ihn Willi und bringe es über Dich, Dich von ihm Mutter nennen zu lassen, wie er mich Vater nennen soll, wenn ich, so Gott will, zu Euch zurückkehre.

Dein Leben kennt nun wieder Zweck und Pflichten. Ich weiß, dass Du sie nicht nur erfüllen, sondern in ihnen aufgehen wirst. Umso leichter und lieber, als Dein feines Gefühl Dir sagt, dass dies Kind glücklich machen, mein Gewissen erleichtern heißt.

In   Liebe
Dein Mann.

*

Mein Guter!

Ich habe ihn bei mir! In mir ist alles ganz ruhig, und es gibt Augenblicke, in denen mir zumute ist, als könnte ich noch einmal glücklich werden.

Ich habe ihm den kleinen Salon eingeräumt. Er ist heiter und ahnungslos. Nur manchmal scheint irgendein Bild oder eine Erinnerung in ihm aufsteigen. Dann lässt er, was er gerade in der Hand hat, fallen, reißt die blauen Augen auf und starrt in die Luft. Ich bringe ihn dann durch ein Spielzeug oder was mir grad' einfällt, schnell auf andere Gedanken. Gestern, als es wiederkam, und zwar so stark, dass ihm Tränen in die Augen traten, und ich, da ich selbst nicht gerade in Stimmung war, nicht schnell wusste, was ich mit ihm beginnen sollte, habe ich, denke Dir, *aus unseres Jungen Zimmer* ein Spielzeug geholt und es ihm gegeben. Er war sofort wieder vergnügt und ließ das Spielzeug den ganzen Nachmittag nicht mehr aus den Händen. Ich schickte Fritz zu Soehlke, und er brachte genau das gleiche Pferdchen wie das, mit dem er spielte. Abends, als er schlief, tauschte ich sie aus und stellte das neue Pferd vor sein Bett, das andere trug ich auf seinen alten Platz, in unseres Jungen Zimmer, zurück und wurde die ganze Nacht über das Gefühl nicht los, etwas Unrechtes getan zu haben.

Was Du über seine Erziehung schreibst, beherzige ich streng. Wenn in mir auch noch alles wund ist, und ich daher etwas weich bin und ihm dies und jenes nachsehe, – einen furchtlosen, aufrechten Menschen will ich schon aus ihm machen. Und unerbittlich streng will ich in der Bekämpfung jener Laster sein, die man durch eine deutsche Erziehung hoffentlich schon im Keime erstickt.

Mit guten Wünschen, bester Mann, bin ich
in treuer Liebe
Dein Weib.

Zweiter Teil

Erstes Kapitel.

Wie es zwanzig Jahre später bei Stoelpings aussah.

»Donnerkluck!«, rief Generalstaatsanwalt von Stoelping, setzte mit einem Ruck die Tasse auf den Tisch, griff nach dem Brief, der ausgebreitet neben ihm lag, schob ihn dicht vors Gesicht, las ihn noch einmal, schüttelte den Kopf und wiederholte:

»Donnerkluck!«

»Was ist?«, fragte seine Frau, – »etwas Unangenehmes?«

»Ich muss nach Paris! Noch heute! Sofort!« – und er stand auf und goss im Stehen den Tee herunter.

»So lass dir doch wenigstens Zeit zum Frühstück,« drängte Frau Ella.

»Ich habe keine Zeit,« erwiderte Stoelping und stellte die Tasse auf den Tisch. »Wann kommt Willi vom Fliegen?«

»Wie jeden Morgen! Um acht!«

Der alte Stoelping sah nach der Uhr:

»Es ist bereits zehn Minuten drüber.«

»Verzeihung«, sagte verlegen der Diener, der ein paar Schritte hinter dem Frühstückstisch stand, »ich hatte vergessen – der Herr Staatsanwalt lässt sich entschuldigen – er probiert heute einen neuen Apparat und wird daher erst um viertel neun zurück sein.«

»Schon wieder einen neuen Apparat?«, sagte der Alte verärgert. »Dabei habe ich ihm erst vor ein paar Wochen gesagt, man kauft sich nicht Apparate wie Pferde, solange die Steuer auf Luxusflugzeuge derart hoch ist.«

»Ich gebe zu, es ist unmodern«, erwiderte Frau Ella – »aber mir wäre auch lieber, er ließe das Fliegen. Für mich gab es nichts Schöneres, als im Auto durch die Welt zu reisen. Es hatte etwas so Behagliches und Beruhigendes, auch wenn man nur sechzig Kilometer in der Stunde vorwärts kam. Was lag daran? Man ließ sich eben Zeit und hatte den doppelten Genuss vom Leben. Vor allem hatte man etwas von der Gegend, durch die man fuhr. Heute, in den Flugzeugen, sieht man überhaupt nichts mehr.«

»Du bist und bleibst eben eine Idealistin!«

»Mit welchem Zuge fahren der gnädige Herr?«, fragte der Diener, der inzwischen die für plötzliche Reisen stets fertig gepackten Koffer bereitgestellt hatte.

»Das hängt davon ab, wann mein Sohn nach Haus kommt. Auf alle Fälle aber muss ich heut Abend noch in Paris sein.«

»Dann müssten der gnädige Herr die Züge 11 Uhr 10 oder 11 Uhr 27 benutzen.«

»Geht nicht einer kurz nach 3?«, fragte der Alte.

»Jawohl! 3 Uhr 8; aber der fährt nicht durch, sondern hält in Köln und braucht beinahe zwölf Stunden bis Paris.«

»Danke!«, erwiderte Stoelping, – »das ist für Leute, die viel Zeit haben und gern Eisenbahn fahren. Also 11 Uhr 27! Wann ist der in Paris?«

»7 Uhr 45.«

»Gut! – Meine Mappe bitte!«

Der Diener reichte sie ihm. Stoelping entnahm ihr einige Schriftstücke, die er auf dem Frühstückstisch ausbreitete, durchsah und unterschrieb.

»Das Telefon!«, rief er dem Diener zu. Der stellte es auf den Tisch, und Stoelping telefonierte, ohne die Arbeit zu unterbrechen.

»Bitte Paris. Hotel Meurice.«

Die Telefonistin wiederholte.

»Donnerkluck! Wie lange dauert denn das!«, rief Stoelping, ohne von den Akten aufzusehen.

»Aber du hast ja kaum die Verbindung genannt,« beruhigte ihn Ella.

Da meldete sich auch schon Hotel Meurice in Paris, und Stoelping bestellte für den Abend seine Zimmer.

Frau Ella sah alle paar Augenblicke zum Fenster. Wo nur der Junge bleibt! Dachte sie. Aber sie sprach es nicht aus und ließ sich ihre Unruhe nicht merken.

Stoelping klappte die Akten zu, warf schnell noch einen Blick in die Zeitung und rief:

»Bravo! Bravissimo! Die Sünden der Väter rächen sich!«

»Hat sich England wieder mal in die Nesseln gesetzt?«, fragte Frau Ella, die Stoelpings leidenschaftlicher Ton sofort auf die richtige Fährte wies.

»Es hat den Anschein«, erwiderte er. »Es wird die Geister, die es rief, nicht los. Der japanische Fuchs gibt keine Ruhe. *Par nobile fratrum.* Uns kann's recht sein, wenn sie sich gegenseitig zerzausen. Das trägt mehr als ein gewonnener Krieg und kostet kein Blut.«

»Wo nur der Junge bleibt?« platzte Frau Ella jetzt gegen ihre Absicht heraus. Und Stoelping, obgleich auch er längst ungeduldig war, beruhigte sie und sagte:

»Das ist nicht anders bei einem neuen Apparat! Da geht es nicht auf die Minute!«

Der Diener war wieder im Zimmer.

»Soll ich Plätze besorgen?«, fragte er.

»Ja«, erwiderte Stoelping. »Ein Abteil mit Schreibmaschine und Bedienung. Und zwar eine Dame, die auch Englisch stenografiert.«

»Gönn' dir doch wenigstens während der paar Stunden Fahrt mal Ruhe«, bat Frau Ella.

»Neun Stunden still sitzen?« – erwiderte er, – »das ist unmöglich!«

Sie schüttelte resigniert den Kopf und fragte:

»Wann wirst du zurück sein?«

»Ich hoffe mit einer Konferenz auszukommen; bin also auf alle Fälle morgen Mittag wieder bei dir.«

Die Hupe eines Kraftwagens tönte vom Park herauf.

»Großer Gott!«, rief Frau Ella, sprang auf und lief ans Fenster, – »das ist doch Willis Auto!«

Auch der alte Stoelping fuhr in die Höhe, riss die Balkontür auf und trat auf die Veranda.

Es ist ihm was zugestoßen! Dachte er, sprach's aber nicht aus, um seine Frau nicht zu erschrecken, die sich in ihrer Angst weit aus dem Fenster beugte.

Ida, die Zofe, die eben ins Zimmer kam, trat mit ausgebreiteten Armen hinter Frau Ella, um sie festzuhalten, falls sie das Gleichgewicht verlor. Und Johann, der Diener, stürzte die Treppe hinunter in den Park und lief dem Wagen entgegen.

Das offene Auto war noch zwei-, dreihundert Meter von der Villa entfernt, als eine kräftige, helle Stimme zur Villa hinauf laut »Guten Morgen!« rief.

Und Stoelpings erwiderten den Gruß ihres Sohnes, den sie noch gar nicht sahen und nur an der Stimme erkannten, indem Frau Ella mit dem Taschentuch, der alte Stoelping mit der Hand, lebhaft dem heransausenden Auto entgegenwinkten.

Jetzt sah man deutlich Willis hohe, schlanke Gestalt. Er stand aufgerichtet im Wagen und grüßte zu seinen Eltern herauf. Ein Blick auf das ängstliche Gesicht seiner Mutter – und er erriet ihre Besorgnis.

Der Wagen stand kaum, da war er auch schon draußen, an dem verdutzten Diener vorüber, im Hausflur, auf der Treppe – und stand, ehe Frau Ella noch vom Fenster weggetreten war, schon hinter seiner Mutter.

»Wieso – wieso nicht im Flugzeug?«, fragte sie, noch immer zitternd und betrachtete und befühlte ihn, um sich zu vergewissern, dass ihm auch wirklich nichts zugestoßen war.

»Ich habe es draußen gelassen, einer Reparatur wegen. Es ist mir nichts passiert. Es geschah beim Landen.«

»Gottlob!«, sagte Frau Ella. »Wir dachten schon ...«

»Du dachtest«, unterbrach der Alte.

»Nun gut,« verbesserte Frau Ella und lächelte, denn sie wusste, dass ihr Mann, wenn möglich, noch besorgter um den Jungen war als sie. Also *ich* dachte, dir wäre am Ende etwas zugestoßen.«

»Aber!« beruhigte sie Willi – »in meinem Flugzeug bin ich tausendmal ungefährdeter als auf der Straße unter Millionen Autos.«

»Natürlich,« stimmte der alte Stoelping zu, – »aber du kennst ja Mama; wenn es nach ihr ginge, dann sähe Berlin noch aus wie vor dreißig Jahren, und die Pferdedroschken wären noch heute ein beliebtes Beförderungsmittel.«

»Und trotzdem ist jeder zurechtgekommen«, erwiderte Frau Ella, – »und die Behörden haben genau so viel oder so wenig Mörder dingfest gemacht wie heute.«

»Merkst du, das geht gegen uns«, sagte Stoelping belustigt zu seinem Sohne.

»Und im Grunde genommen hat Mama recht«, erwiderte Willi. »In dem gleichen Umfange, in dem sich unsere Ermittelungs- und Verfolgungsmöglichkeiten erweitert und verbessert haben, sind auch die Möglichkeiten der Verschleierung und der Flucht bessere geworden.«

»Stimmt!«, sagte der Alte. »Die Chancen sind, aneinander gemessen, auf beiden Seiten die gleichen geblieben.«

»Und das ist nicht nur bei uns so«, fuhr Willi fort, »sondern in allem anderen auch. Trotz allem Fortschritt, der *absolut* natürlich das Bild der ganzen Welt verändert hat, ist *relativ* doch alles beim alten geblieben.«

Frau Ella schüttelte den Kopf.

»Etwa auch die Menschen?«, fragte sie. »Das werdet ihr doch kaum behaupten wollen. Kurz nach dem europäischen Kriege, da schien es allerdings eine Zeit lang, als wenn so etwas wie eine allgemeine Annäherung auch zwischen Menschen, die sozial durchaus nicht zusammengehörten, sich vollziehen wollte.«

»Das hatte seinen Grund einfach darin«, erwiderte der Alte, »dass während des Krieges jeder, wenn er den anderen sah, – und wenn es das Fabrikmädchen war, an deren Sechseromnibus die Kronprinzessin vorüberfuhr, – das Gefühl hatte: Die denkt an dasselbe wie ich! Das verband! Dieselbe Sorge, dieselbe Hoffnung war in allen. Das dauerte auch nach dem Kriege eine Zeit lang fort.«

»Und sonst sollten wir uns in nichts geändert haben?«, fragte Frau Ella nicht ohne Spott. »Zum Schlechten gar nicht?«

»O doch!«, erwiderte der Alte. »Wir sind misstrauischer und wachsamer geworden. Wir sind nicht mehr so gutmütig und leichtgläubig, wie wir früher waren. Der deutsche Michel, den man schon arg zausen musste, um ihn aus seiner Ruhe zu bringen, existiert nicht mehr. Wir sind behänder, beweglicher, mit einem Worte: Wir sind amerikanischer geworden.«

Frau Ella wollte gerade Zweifel äußern, ob denn das eine Wandlung zum Guten bedeute. Aber Willi kam ihr zuvor.

»Gottlob!«, rief er. »Daher sind wir auch nicht mehr wie früher für alles Fremde empfänglich. Mit dem Erstarken unseres Selbstbewusstseins sind wir kritischer geworden. Wir können heute Wahrheit von Heuchelei unterscheiden. Erst seitdem wir das lernten, können wir hassen. Und nichts verbindet mehr als der gleiche Hass.«

»Worauf soll denn das wieder hinaus?«, fragte Frau Ella ängstlich.

»In erster Linie natürlich auf England«, erwiderte Willi lebhaft, und zum alten Stoelping gewandt, sagte er:

»Nicht wahr, Vater, wir verstehen uns?«

Der Alte erwiderte nichts.

Aber Frau Ella zitterte, wie immer, wenn von diesem Hass die Rede war. Immer suchte sie dann das Gespräch auf andere Dinge zu bringen.

»Du hattest es doch vorhin so eilig«, sagte sie nicht ohne Vorwurf zu ihrem Mann. »Oder wolltest du Willis Rückkehr abwarten, um mit ihm eine Verschwörung gegen England anzuzetteln?«

»Mutter! Mutter!« foppte Willi belustigt und drohte mit dem Finger, – »mir scheint es manchmal, als wenn du im Stillen mit England sympathisiertest!«

Aber Frau Ella ging auf den Scherz nicht ein und sagte ernst:

»Man soll nicht verallgemeinern und soll jeden Menschen nach seiner Gesinnung und seinen Handlungen beurteilen. Es wird, wie überall, auch unter ihnen anständige Menschen geben. *Die Abstammung macht es nicht!*«

»Darin hat Mutter nicht unrecht,« vermittelte der alte Stoelping, aber Willi widersprach:

»Für seine Abstammung kann man freilich nichts. So wenig, wie man etwas dafür kann, wenn man mit einem Buckel zur Welt kommt. Aber man soll sich bescheiden zurückhalten und sich nicht noch vordrängen, wenn man weiß, dass man moralisch erblich belastet ist.«

»Willi! Willi!« unterbrach Frau Ella entsetzt,« du weißt ja nicht, was du sprichst!«

»Möglich, ich bin da nicht objektiv; – will's auch nicht sein!«

»Maßlos ungerecht bist du! Wie kann ein guter Mensch so hassen! Du hast dich da in etwas hineingeredet. Fühlst du denn gar nicht, wie unwürdig das deiner ist?«

Willi schüttelte den Kopf.

»Nein, Mutter!«, sagte er und machte ein ernstes Gesicht, »das sitzt tiefer; das liegt im Blut; das war in mir, ehe ich zur Welt kam. Nicht wahr, Vater, das ist mir von dir überkommen – zehnfach gesteigert! – Und zehnfach gesteigert soll's mal auf die kommen, die nach mir sind.«

»Großer Gott!«, rief Ella, »das ist ja furchtbar! Wie ein Wahn ist das, der ihn verfolgt.« Und ganz verängstigt sagte sie zu ihrem Manne: »Wir hatten das bekämpfen sollen. Stattdessen haben wir es unterstützt.«

»Nein, Mutter!« suchte sie Willi zu beruhigen, »dafür seid ihr nicht verantwortlich. Es gibt Dinge, gegen die jede Erziehung machtlos ist. Und wenn ich als Kind von euch fortgekommen wäre und euch nie mehr gesehen hätte, – es wäre nicht umso viel anders.« – Dann legte er zärtlich den Arm um seine Mutter und sagte: »So, und nun habe ich mir wieder einmal Luft gemacht. Und jetzt reden wir von was anderem.«

Frau Ella atmete auf:

»Nie wieder darfst du so sprechen, wenn du mich lieb hast.«

Auch der alte Stoelping schien jetzt nachdenklich.

»Über diese Dinge müssen wir einmal in aller Ruhe miteinander reden, wenn ich zurück bin«, sagte er.

»Du reist?«, fragte Willi, – »auf wie lange?«

»Nur nach Paris. Aber es ist möglich, dass ich von da aus auf ein zwei Tage nach New York fahre. Das hängt von Ermittelungen in Paris ab. Ich wäre dann erst Mitte nächster Woche zurück. Und darum muss ich dich in eine Strafsache einweihen, die keinen Aufschub duldet.«

Damit verließen Vater und Sohn das Zimmer und gingen in Stoelpings Bibliothek, die zwischen dem Erdgeschoss und dem ersten Stockwerk lag.

Zweites Kapitel

Wie der alte Stoelping seinen Sohn in einen wichtigen Prozess einweiht

»Ich habe bisher gegen meine Gewohnheit mit dir gerade über diesen Fall nicht gesprochen«, begann Stoelping, als er an seinem Riesenschreibtisch seinem Sohne gegenübersaß, »da du mit deinen eigenen Arbeiten über und über zu tun hast.«

»Ich finde schon immer Zeit, dir zu helfen«, erwiderte Willi.

»Ich habe einen Prozess, der unter Umständen politisch belangvoll werden kann. Die Angelegenheit erfordert, dass sich jemand ausschließlich damit beschäftigt. Das kann *ich* nicht, wie du weißt. Und da du gerade für Fälle, die diplomatische Delikatesse fordern, besondere Begabung mitbringst, so will ich die Führung dieses Prozesses dir übertragen. Also höre: Die russische politische Polizei macht uns auf eine anarchistische Organisation internationalen Charakters aufmerksam, deren Spuren angeblich bis Berlin reichen. Von uns ersucht, die Spur näher zu bezeichnen, wich man einer bestimmten Antwort zunächst aus: ›Man wisse selbst nichts Genaues.‹ – ›Gewisse Anzeichen deuteten darauf hin.‹ – ›Die Ermittlungen an Ort und Stelle seien noch nicht abgeschlossen.‹ – Na, du kennst ja die üblichen Ausflüchte. Erst als wir erklärten: Die Staatsanwaltschaft bedaure, in der fraglichen Angelegenheit den Anregungen der russischen Polizei nicht folgen zu können, verstand man sich, etwas deutlicher zu werden. Der Gewährsmann war ein übel beleumdeter Spitzel, der in den Diensten der russi-

schen Polizei stand. Das war der Grund, aus dem man
solange gezögert hatte. Dieser Spitzel betreibt mit ge-
fälschten Papieren als Perser seit Jahren in Berlin einen
Teppichhandel; in Wahrheit treibt er für Russland Spio-
nage. Wir sind nun nicht mehr so schwerfällig und
leichtgläubig wie früher. Wir sehen uns mehr die Menschen, weniger ihre Papiere an. Wir fragen weniger und
beobachten umso intensiver. Wir zwingen die Leute
nicht mehr durch strenge Kontrolle zu doppelter Vorsicht; wir verleiten sie, indem wir sie möglichst unbehelligt lassen, vielmehr zu Unvorsichtigkeiten. So kennen
wir, ohne dass er eine Ahnung hat, seit Jahren das Gewerbe dieses Teppichpersers. Früher hätte man einen
solchen Menschen kurzerhand verhaftet, verurteilt und
die findige Polizei beglückwünscht. Heute unterstützt
man sein Gewerbe, setzt ihm einen zuverlässigen
Freund zur Seite, durch den man über seine Tätigkeit jederzeit genau unterrichtet ist und ihre Wirkung durch
kluge Maßnahmen ins Gegenteil kehrt. Die Organisation
ist lückenlos. Die russische Regierung zahlt nicht nur *ihre* Beamten, sondern auch *unsere*, die wir ihretwegen au-
ßeretatsmäßig halten müssen. Das alles ist vielleicht
nicht gerade moralisch; aber mit Moral erzielt man in
der Politik keine Erfolge, man macht sich höchstens lächerlich. Man weiß endlich, dass aus Gefühlsgründen
oder aus religiösen Rücksichten heute kein Gewehr
mehr losgeht. Auf die Entwicklung des Kapitalismus
wirken! Darin erschöpft sich heute alle Diplomatie.
›Dein‹ und ›Mein‹ verknüpfen, das ist aller diplomatischer Weisheit letzter Schluss. Denn wo ein Angriff auf

›Mein‹ auch das ›Dein‹ gefährdet, da besteht Waffen-
brüderschaft auch ohne Bündnis und Verträge.«

Stoelping hatte die ganze Zeit über den Stoß von Akten, der vor ihm auf dem Schreibtisch lag, durchsucht.
Jetzt endlich hielt er das richtige Aktenstück in Händen.

»Hier«, sagte er, »das sind die bisherigen Ergebnisse.
Lediglich der Schriftwechsel zwischen Petersburg und
Berlin bis zur Namhaftmachung jenes Teppichpersers,
den ich für heute Vormittag 11 Uhr nach Moabit zitiert
habe. Der Junge ist natürlich vonseiten seiner Behörde
genau instruiert. Dass wir von seiner politischen Tätigkeit irgendwelche Ahnung haben, darf er unter keinen
Umständen herausfühlen. Er muss uns, resp. der russischen Regierung, unbedingt erhalten bleiben. Andererseits muss man natürlich dem anarchistischen Komplott,
falls solches wirklich existiert, auf die Spur kommen und
alles aus ihm herausbringen, was er darüber weiß. Woher er seine Kenntnisse hat, ist dabei Nebensache. Ver-
heddert er sich, so stell' dich dumm und hilf ihm aus der
Schlinge heraus. – Es gibt natürlich auch noch die dritte
Möglichkeit, dass er unter dem Deckmantel des politischen Spitzels den Anarchisten verbirgt. Das würde den
Fall wesentlich komplizieren. Von Bedeutung wird es
dabei sein, den Motiven nachzuspüren, aus denen er die
russische Polizei von dem anarchistischen Anschlag in
Kenntnis gesetzt hat. Aber auch das wieder mit der nö-
tigen Vorsicht; denn möglicherweise ist das Ganze nur
ein Bluff, durch den er sich bei unseren Behörden ins
Vertrauen setzen und neue Verbindungen anknüpfen
will. – Aber auch wenn es kein Bluff ist, sondern wenn
wirklich etwas an der Sache dran ist, kann das immerhin

sein Beweggrund zur Erstattung der Anzeige sein. Das alles schwebt, wie gesagt, noch in der Luft. – Geht es, so lass ihn aus den Akten heraus. – Ich brauche nichts weiter zu sagen als: Sei ihm überlegen. Ich kenne deine starke diplomatische Begabung.«

Willi suchte zu widersprechen.

»Lass nur, ich weiß Bescheid«, sagte der Alte. »Wenn einer meiner Herren für die Behandlung dieses Falles, der mehr Instinkt als juristisches Denken erfordert, prädestiniert ist, so bist du's!« – Er reichte ihm das Aktenstück. – »Und nun, rechtfertige mein Vertrauen! Von der ersten Vernehmung wird viel abhängen.«

Willi strahlte über das ganze Gesicht.

»Ich bin stolz, dass du zu deinem jüngsten Staatsanwalt soviel Zutrauen hast.«

Er gab seinem Vater die Hand und wünschte ihm gute Fahrt.

Eine Viertelstunde später saß er im Moabiter Amtszimmer. Ihm gegenüber saß Teo Vafiadis, der Teppichhändler aus Porozovo.

*

Das Ergebnis dieser Vernehmung war: Irgendwer war bei Vafiadis gewesen und hatte sich Teppiche vorlegen lassen. In seiner Begleitung hatte sich ein älterer Herr befunden, der nicht gesprochen und den Eindruck eines Ausländers gemacht habe. – Von Vafiadis ins Gespräch gezogen, hatte er angegeben, verlobt zu sein und kurz vor seiner Verheiratung zu stehen. Er sei Literarhistoriker und im Begriff, sich mit einer Arbeit über das Lebenswerk der Brüder Hauptmann zu habilitieren. – So sei man von den Teppichen auf die Literatur, von der Literatur schließlich auf die Politik gekommen. – Er, Vafiadis, habe an Gerhart Hauptmann, dem dramatischen Revolutionär, angeknüpft und ganz harmlos gefragt, ob Hauptmann nicht auch im Leben Revolutionär gewesen sei. Die Antwort habe gelautet: Etwas Revolutionäres stecke ja wohl in jedem Intellektuellen. – Das habe Vafiadis verblüfft. Und um den Unbekannten zum Sprechen zu bringen, habe er selbst sich als überzeugten Revolutionär bekannt und, da er immer mehr den Eindruck gewonnen habe, es mit einem Anarchisten zu tun zu haben, schließlich schlank heraus erklärt, dass er gegebenenfalls sogar vor einem Verbrechen aus politischen Motiven nicht zurückschrecken würde. Die Wirkung dieses Bekenntnisses sei überraschend gewesen. Der Fremde sei auf ihn zugestürzt, habe ihn mit einem Blick umfasst, der ihn förmlich geschmerzt habe und in gebieterischem Tone gerufen: »Beweise!« – Er, Vafiadis, habe natürlich gar nicht verstanden, was gemeint sei, sei sich aber bewusst gewesen; dass diese Probe bestehen, jenen überführen hieß. Urplötzlich sei ihm die Erinnerung an einen politischen Mord der letzten Jahre durch den Kopf gegangen. Er habe, ohne eine Miene zu verziehen, erwidert: »Kowalski.« – Da sei der Fremde entsetzt zurückgefahren, habe gänzlich seine Haltung verloren und ausgerufen: »Das ist unmöglich!« – Dann habe er sich nach seinem Begleiter umgesehen, der totenblass, am ganzen Körper zitternd, am Fenster gelehnt habe, ihn bei der Hand ergriffen und mit einer Stimme, die klang, als wenn ihm jemand den Hals zuschnürte, gehaucht: »Wir kommen wieder.« Im selben Augenblick seien beide auch schon aus dem Laden gewesen. Er, Vafiadis, habe wie betäubt da gestanden und sich minutenlang nicht von der Stelle rühren können.

Dies das Ergebnis der Vernehmung.

Stoelping fragte dann noch:

»Und Sie haben nicht in Erfahrung gebracht, wer die beiden waren?«

»Ich hielt mich als Fremder nicht für berechtigt, eigenmächtig Nachforschungen anzustellen«, log Vafiadis. »Andererseits schien mir meine Beobachtung zu wichtig, um sie für mich zu behalten.«

»Ich danke Ihnen«, sagte Stoelping und verneigte sich, sodass Vafiadis merkte, dass er entlassen war und aufstand.

»Falls Sie mich in der Angelegenheit noch weiter benötigen ...«

»... werde ich Sie rufen lassen«, beendete Stoelping den Satz.

Vafiadis empfand die Unfreundlichkeit, verbeugte sich und ging.

Als er draußen war, sagte Stoelping zu seinem Referendar:

»Sehr unwahrscheinlich klingt das alles. Die reine Räubergeschichte! Trotzdem müssen wir der Sache nachgehen.«

*

Stoelping hatte die Juristerei von Anfang an nur als Sprungbrett zur diplomatischen Karriere betrachtet.

Schon als Student hatte er leidenschaftlich Politik getrieben und war in Versammlungen durch seine Schlagfertigkeit und seine Sachlichkeit, die Schlagworte mied und Tatsachen brachte und eine Folge seines historischen Denkens und seiner positiven Kenntnisse war, aufgefallen. Er besaß das Talent, sich überall da, wo es ihm wertvoll schien, Freunde zu machen. Denn ausschließlich von dem Gesichtspunkte seiner Karriere aus betrachtete er – und zwar nicht immer im Interesse des jeweiligen Gegenstandes – alles, was an ihn herantrat.

Auch jetzt wieder sah er in dem, was Vafiadis enthüllt hatte und was ihm abenteuerlich genug erschien, vor allem die Möglichkeit, das Interesse einflussreicher Regierungskreise auf seine Tätigkeit zu lenken und ihnen Beweise seiner Tüchtigkeit zu geben.

Er verließ das Kriminalgebäude, bestieg sein Auto und fuhr ins Ministerium.

Während der Fahrt ließ er sich mit dem Dekanatssekretär der philosophischen Fakultät an der Universität verbinden, um festzustellen, ob im Germanistischen Seminar augenblicklich jemand mit Studien über die Brüder Hauptmann beschäftigt sei. Er erfuhr, dass die Habilitation des vor zwei Jahren *summa cum laude* promovierten Doktor Günther Hempel mit einer Schrift über die Brüder Hauptmann für den Beginn des nächsten Semesters bevorstehe. Dr. Hempel arbeite zurzeit im Germanistischen Seminar des Herrn Professor Schott.

Das klingt sehr wenig nach Anarchismus, dachte der junge Stoelping und überlegte, ob er nicht doch den

Dingen erst weiter nachgehen sollte, ehe er sich an den Minister wandte.

Aber in dem Augenblick hielt auch schon sein Wagen vor dem Gebäude des Ministers. Wie immer wirkten auch heute das Gebäude, die Nähe des Ministers, kurz die ganze Atmosphäre, in die er sich seit Jahren hineinsehnte, so stark auf ihn, dass er jedes Bedenken vergaß und dem Diener, der ihm entgegeneilte, seine Karte gab mit den Worten:

»Seiner Exzellenz, dem Herrn Staatsminister!«

Unter Umgehung des Empfangszimmers, das voll von Menschen war, wurde Stoelping in das Arbeitszimmer des Ministers geführt.

»Nun, Herr Staatsanwalt,« empfing er ihn, »sind Sie einem politischen Verbrecher auf der Spur, oder was verschafft mir sonst Ihren Besuch?«

»Exzellenz haben erraten.« Und da er wusste, dass hier jedes überflüssige Wort missfiel, so sagte er nur: »Ich glaube Anhaltspunkte dafür zu haben, dass ein hiesiger Doktor der Philosophie ein politisches Verbrechen begangen hat.«

»Die Nationalität dieses Gelehrten?«, fragte der Minister.

»Deutscher. Ein Sohn des verstorbenen Universitätsprofessors Hempel.«

»Ihre Quelle?«

»Ein russischer Spitzel namens Vafiadis hat der russischen Polizei Mitteilung gemacht, aufgrund deren sich diese an uns gewandt hat.«

»Sie wollen, wenn ich Sie recht verstehe, von mir wissen, ob die eventuelle Mittäterschaft eines Deutschen aus politischen Gründen lieber unerörtert bleibt?«

»Ganz recht, Exzellenz. Darum bin ich hier.«

Der Minister überlegte einen Augenblick.

»Da es zweifellos eine Anarchistenangelegenheit russischen Ursprungs ist, und die Nationalität bei derartigen Verbrechen eine untergeordnete Rolle spielt, so sehe ich vorderhand keinerlei Bedenken. Wir können bei umsichtigem Vorgehen bei dieser Gelegenheit unsere Kenntnisse über die anarchistischen Bewegungen erweitern, und wenn Sie diesen Vafiadis richtig anfassen, möglicherweise auch russischen Spionen auf die Spur kommen, die uns bisher noch nicht ins Garn gingen. Sie kennen meine Methode in diesen Dingen?«

»Ich glaube sie zu kennen«, erwiderte Stoelping. »Nicht überführen, sondern in Sicherheit wiegen.«

»Richtig. Aus einem Gehängten ist nichts mehr herauszubringen. Aber ein russischer Spion, der ohne es zu wissen, von uns bedient wird, wiegt im Kriegsfall unter Umständen ein Armeekorps auf. Sie halten mich bitte auf dem Laufenden.«

Damit war die Unterredung beendet. Stoelping stand auf, verneigte sich und ging.

Drittes Kapitel

Wie sich der alte Stoelping mit Williams Vettern auseinandersetzte

Der alte Stoelping wurde in Paris von seinen Freunden, dem Advokaten Dubray und dem Sportsmann Ephrussi erwartet. Er dankte ihnen, dass sie gekommen waren und erzählte ihnen den Anlass seiner Reise.

»Ich habe hier eine für meinen Sohn wichtige Besprechung mit zwei Herren, mit denen ich, da es Engländer sind, nicht ohne Zeugen verhandeln will.«

»Etwas Prozessuales?«, fragte Dubray.

»Nein, rein privater Natur. Aber ihr werdet gleich im Bilde sein, wenn ihr diesen Brief lest.« Und er entnahm seiner Mappe ein Kuvert, das er Dubray reichte. Der nahm den Brief heraus und las:

»Einschreiben.

London *W*, den 12. November 1949. Herrn Generalstaatsanwalt von Stoelping.

Wir teilen Ihnen hierdurch mit, dass unser Vater, Herr Edward Smith, der Bruder des Herrn William Smith, des Vaters Ihres Adoptivsohnes William, jetzigen Staatsanwalts Willi von Stoelping, im vorigen Monat in Birmingham, 69 Jahre alt, gestorben ist.

Wir, die Unterzeichneten, seine Söhne, haben nun in den hinterlassenen Papieren unseres Vaters ein Schriftstück gefunden. Aus diesem Schriftstück geht hervor, dass unser Vater am 15. September 1914 für sich und seine Erben gegen eine einmalige Abfindung von zehntausend Pfund auf das Erbrecht verzichtet hat, das ihm am Nachlass seines Neffen William, alias Willi von Stoelping, für den Fall zugestanden hätte, dass dieser ohne Testament und ohne gesetzliche Erben näheren Grades gestorben wäre.

Ein solcher Verzicht vonseiten des Herren Edward Smith konnte rechtsgültig nur für seine Person, nicht aber für uns, seine damals minderjährigen Erben, erfolgen, die er nach englischem Recht wohl *berechtigen*, nicht aber *verpflichten* konnte. In einem Verzicht auf ein bedingtes Recht liegt zweifellos eine Verpflichtung im Sinne des Gesetzes.

Wir teilen Ihnen daher mit, dass wir den Verzicht nicht anerkennen, indes bereit sind, mit Ihnen zwecks Herbeiführung einer Verständigung zu verhandeln, und zwar auf einer Basis, die der damals zugrunde gelegten analog läuft. *Umso mehr*, als wir keinerlei Interesse daran haben, unseren Vetter William über seine Herkunft aufzuklären.

Falls unser Schweigen und unser Verzicht auch heute noch für Sie den Wert und die Bedeutung wie vor 25 Jahren hat, sehen wir Ihren Vorschlägen innerhalb einer Woche entgegen.

Hochachtungsvoll
Edi Smith. Frank Smith.«

Dubray reichte Stoelping den Brief zurück und sagte:

»Pfui Deibel, das nennt man auf Französisch Erpressung.«

»Auf deutsch auch,« erwiderte Stoelping. »Aber was hilft's, ich werde mit diesen Gentlemen verhandeln müssen. Ihr beide habt mir damals geholfen, die Adoption über alle staats- und vermögensrechtliche Schwierigkeiten hinweg in einer Form zu vollziehen, die den kleinen William tatsächlich zu unserem Sohn machte. Ihr könnt nicht ermessen, was ihr an meiner Frau und mir damit Gutes getan habt.«

»Ich bitt' dich, heut' nach 25 Jahren ...«

»... bin ich euch noch genau so dankbar wie damals,« fiel ihm Stoelping ins Wort. »Damals habt ihr vor allem mein Gewissen beruhigt; nun, ich gebe zu, das wäre an der Seite meiner Frau mit der Zeit vielleicht auch so zur Ruhe gekommen. Aber die Freude, das Leben eines Menschen zu gestalten, die danke ich in erster Linie euch.«

»Deine Zufriedenheit ist uns der schönste Lohn«, sagte Ephrussi, »und wenn wir dir irgend nützlich sein können, du weißt, wir tun es gern.«

Stoelping gab ihm die Hand.

»Ich weiß es!«, sagte er, »und ich bin, wie ihr seht, unbescheiden genug, eure Güte nochmals in Anspruch zu nehmen. Diese Kerls hier« – und dabei hielt er den Brief noch immer in der Hand – »müssen natürlich abgefunden werden. Dem Gefühle nach überlieferte ich sie lieber dem Staatsanwalt. Aber was hilft's, ich täte heute alles, um mir den Jungen, den ich mir aus meinem Leben einfach nicht mehr wegdenken kann, zu erhalten.«

»Und du meinst, er würde es sehr schwer nehmen, wenn er seine wahre Abkunft erführe?«, fragte Dubray.

»Nicht auszudenken!« wehrte Stoelping leidenschaftlich ab. »Er ist seinem Gefühl nach Deutscher. – Na, und was das heißt, einem Deutschen plötzlich zu erklären:

›Du bist ein Engländer!‹ ich glaube, das könnt ihr euch denken!«

Dubray nickte.

»Dass ich zur Erledigung nach London fuhr, kam nicht infrage. Einmal fahre ich ohne zwingendsten Grund prinzipiell nicht nach England; dann aber hätte das zu interessiert ausgesehen und vermutlich die Erhöhung ihrer Forderung von zehn- auf zwanzigtausend Pfund zur Folge gehabt.«

»Da magst du die Gesellschaft schon richtig einschätzen«, sagte Ephrussi.

»Das Einfachste und Gegebene war natürlich, dass ich den beiden Ehrenmännern schrieb: ›Sie äußern Wünsche; ich teile Ihnen mit, dass ich täglich von zehn bis zwölf in meinem Berliner Bureau – Alt-Moabit 111 – zu finden bin.«

»Das wäre die richtige Antwort gewesen!« entschied Dubray. Aber Stoelping war anderer Meinung.

»Gewiss. Aber ich wollte sie nicht in der Nähe meines Jungen haben. Die Situation zeugt oft eigene Gedanken. Wer weiß, auf was die da nicht alles verfallen wären, wo sie das Opfer in erreichbarer Nähe hatten. So kam ich auf Paris. Schon weil ich hier so gute Freunde wie euch habe! Ich telegrafierte heute früh, dass ich abends in Paris zu tun hätte; wenn die Angelegenheit ihnen wichtig genug erscheine, sollten sie herüberkommen. Noch ehe ich abreiste, erhielt ich ein Telegramm, dass sie um 6 Uhr 30 im Hotel Chatam zu meiner Verfügung ständen.«

»Fahren wir also ins Chatam!«, schlug Dubray vor und sah nach der Uhr. »Es ist bereits ¾ 9.«

»Aber nein!«, widersprach Stoelping, »nur kein Interesse zeigen. Sie dürfen nicht glauben, dass ich ihretwegen in Paris bin. Sie müssen vielmehr den Eindruck haben, als wenn ich die Angelegenheit so nebenbei, zwischen meinen Geschäften erledige.«

»Das scheint mir auch gewitzter,« entschied Ephrussi. Und Stoelping sagte:

»Ich schlage also vor, dass wir in aller Gemütsruhe in die Oper und dann zu Paillard essen gehen. Gegen zwölf bestelle ich sie mir dann ins Hotel – in meins natürlich.«

»Wird das nicht etwas reichlich spät für die Herren sein?«, fragte Dubray.

»Gewiss,« bestätigte Stoelping, »spät und unbequem. Sie würden um die Zeit einen Aufenthalt in irgendeinem Nachtlokal auf dem Montmartre wahrscheinlich vorziehen. Aber es kommt dadurch zum Ausdruck, dass *ich* die Zeit bestimme, nicht sie, und zwar ohne Rücksicht, ob sie ihnen passt. Wenn sie dann um Mitternacht antreten, wird mein Diener sie empfangen und sie ersuchen, zu warten, bis wir kommen. Und ihr werdet einmal sehen, wie artig sie das, vielleicht nicht ohne die Zähne aufeinander zu beißen, tun werden. Ich gebe ohne Weiteres zu, dass das weder höflich, noch deutsch ist – es ist englisch! Jedenfalls aber die allein richtige Methode, in der man sie behandeln muss.«

Sie fuhren also in die Oper. Von der Oper aus fuhren sie zu Paillard, sprachen vom unsterblichen Balzac, von Kunst und Politik, bis Dubray auf die Uhr sah und feststellte, dass es mittlerweile ¼ 1 geworden war.

Als sie gegen ½ 1 ins Hotel Maurice kamen, wurde ihnen schon im Vestibül gemeldet, dass zwei Herren in der Hotelbar auf Stoelping warteten.

»Sagen Sie den Herren, ich erwarte sie in meinem Salon«, sagte Stoelping und stieg mit Ephrussi und Dubray in den Fahrstuhl.

»Sie werden sich revanchieren«, meinte Dubray, »und nun uns warten lassen.«

Stoelping sah nach der Uhr.

»Wenn sie in zehn Minuten nicht oben sind, lasse ich ihnen sagen, dass ich sie heute nicht mehr empfangen kann und bestelle sie für morgen um acht, – vorausgesetzt, dass ich wirklich bis zu meiner Abreise über euch verfügen kann.«

Sie waren kaum oben und standen noch, da meldete der Diener auch schon:

»Die Mister Smith!«

Zwei englische Typen, – gut gekleidet, bartlos, schmal, lang, unbekümmert, mit kalten Augen, schmalem Mund, die Hände in dem eng anliegenden Smoking, – traten ins Zimmer.

» *Good evening*!«, sagte der eine.

»Verzeihung«, erwiderte Stoelping. »Wir befinden uns hier in Paris, ich möchte Sie daher bitten, die Verhandlung in französischer Sprache zu führen.«

Die beiden Smith sahen sich an.

»Wenn es sein muss – meinetwegen.«

Und was nun folgte, vollzog sich in französischer Sprache.

Stoelping bot seinen Freunden Sessel an, die etwas seitwärts neben einem Schreibtisch standen. Mit einer Handbewegung forderte er die Brüder Smith auf, sich zu setzen. Er selbst stand an die Wand gelehnt und betrachtete mit großem Interesse die beiden Brüder, denen allmählich zumute war, als wenn man sie, die kamen, um zu fordern, einem Verhör unterziehen wollte.

Ein paar Augenblicke schien es, als wenn Stoelping mit seinen Gedanken wo anders war. Das kam deutlich in seinem Gesicht zum Ausdruck. Etwas schreckhaft Scheues lag in seinem sonst so klaren und bestimmten Blick. Eine Ähnlichkeit zwischen diesen Menschen und seinem Sohne war ihm aufgefallen. Nicht, dass er sie bestimmen und bezeichnen konnte. Stirn, Auge, Mund und Haar waren verschieden. Auch in der ganzen Erscheinung glichen sie sich nicht. Und doch war da ein Zug, den er dann und wann auch bei seinem Jungen beobachtet hatte. Längst nicht so ausgeprägt und in dieser Schärfe wie hier – kaum angedeutet, aber doch als Ausdruck einer Anlage oder eines Gefühls, das aus derselben Quelle, aus der Gleichheit des Blutes kam. Und er sagte sich: Das haben Erziehung und Umgebung gemildert. Ohne sie sähe er heute aus wie die. Das störte und verwirrte ihn im ersten Augenblick.

Dann aber fand er seine Beherrschung wieder.

»Nun, wir wissen, wer wir sind«, begann er. »Eine Vorstellung erübrigt sich. Meine Freunde, die Herren Ephrussi und Dubray, werden Sie nicht stören; denn ich denke mir, dass Sie nichts vorbringen werden, was das Licht der Öffentlichkeit zu scheuen hat.«

Dieser geschickte Hinweis setzte die Brüder Smith in Verlegenheit.

»Gewiss nicht«, erwiderte der eine, der der Ältere schien, »nur dachten wir, dass Sie ein Interesse an der Geheimhaltung haben.«

»Meine Freunde wissen das; und das genügt. Die Herren sind Franzosen. Sie werden daher schweigen, auch ohne dass ich sie dafür bezahle. Im Übrigen bitte ich Sie, sich meiner Interessen wegen nicht zu inkommodieren.«

»Es wäre vielleicht möglich, die Angelegenheit wie Gentlemans zu erledigen«, meinte der Jüngere. »Das wird schwer sein,« parierte Stoelping; »denn dazu sind die deutschen und englischen Begriffe vom Gentleman denn wohl doch zu verschieden. Bei uns gehört dazu vor allem Charakter, bei Ihnen ein gutsitzender Frack.«

»Immerhin,« wich Smith aus und wies auf die Franzosen, »sind es doch Familienangelegenheiten ...«

»... die dadurch, dass Sie sie geschäftlich auszubeuten suchen, jeden familiären Charakter verloren haben,« fiel ihm Stoelping ins Wort. »Im Übrigen, meine Herren,« und er zog die Uhr heraus, – »verlieren wir die Zeit nicht mit Präliminarien. Es ist jetzt zehn Minuten nach halb eins. Punkt ein Uhr habe ich ein Rendezvous am Place Vendôme. Für Ihr Geschäft bleiben uns also zwanzig Minuten.«

»Dann empfiehlt es sich wohl, es auf morgen zu vertagen«, schlug Smith vor.

»Ich bedaure,« erwiderte Stoelping, »mein Reiseprogramm dieses Geschäftes wegen nicht ändern zu kön-

nen. Im Übrigen werden Sie gleich sehen, wie schnell
wir uns verständigen werden. Zunächst eine Frage.«

»Bitte.«

»Sie sind also entschlossen, Ihren Herrn Vater zu desa-
vouieren?«

Die Brüder Smith grinsten.

»Auf die Frage waren wir vorbereitet«, erwiderte der
Ältere und zog ein Schreiben aus der Tasche.

»Ein Schriftstück, das uns unser Vater hinterlassen
hat«, sagte er und blätterte, »und in dem auch von dieser
Angelegenheit die Rede ist. Hier, auf Seite 5, heißt es:
›Das gleiche gilt von dem im Oktober 1914 mit dem da-
maligen Staatsanwalt Dr. von Stoelping abgeschlossenen
Vertrage, der für Euch rechtsunverbindlich ist. Ich über-
lasse es auch hier Eurer geschäftlichen Klugheit, Eure Interessen wahrzunehmen.‹«

»Danke!«, unterbrach ihn Stoelping. »Ich bin im Bilde.
Kommen wir also, ohne uns lange bei der strafrechtli-
chen Seite des Geschäftes aufzuhalten,« – dabei sah er
die beiden Smith an, die keine Miene verzogen, – »zur
Sache. Um uns über den Charakter des Geschäftes zu
verständigen, nur ein paar Worte. Dass Sie, die Sie auch
nach englischem Recht als Vettern keine Noterben sind,
nach Eintritt der Testierfähigkeit meines Sohnes nicht
geerbt hätten, steht außer Zweifel. Starb er aber vor seiner Testierfähigkeit, so fiele nach den Abmachungen mit
Ihrem Vater sein Erbteil ohne jeden Abzug sowieso an
Ihre Familie. Somit ist in Wirklichkeit die Ihrem Vater
gezahlte Summe – worüber sich der denn auch keinen
Augenblick im Unklaren war – als nichts anderes aufzu-

fassen, als als Schweigegeld. Und lediglich die Höhe des Schweigegeldes ist es daher auch hier, über die ich mich mit Ihnen in diesem Augenblick zu verständigen habe.«

»Durchaus nicht«, erwiderte der ältere Smith; »denn hätten Sie den Jungen nicht der Familie entzogen, so wären wir auch nach Eintritt seiner Testierfähigkeit sehr wahrscheinlich als Erben in Betracht gekommen.«

Und sein Bruder sprang ihm bei und sagte:

»Und wenn unser Vater eines Tages zu der Einsicht kam, dass in dem Vertrag, den er mit Ihnen in Kriegszeiten geschlossen hat, unsere Interessen nicht genügend gewahrt sind, so war es einfach seine Pflicht, uns nach seinem Tode die Wahrung unserer Interessen selbst zu überlassen. Denn schließlich standen seine Jungen ihm näher als sein Neffe.«

»Verdrehungen sind das«, sagte Stoelping. »Und das Mäntelchen, das Sie der Sache jetzt umzuhängen suchen, mag für die bei Ihnen herrschende Moral dicht genug sein; ich zweifle keinen Augenblick daran. Bei uns, die wir gründlicher und gewissenhafter sind, dürften Sie sich nicht einmal des Nachts damit über die Straße wagen.«

»Entkleidet können sich die wenigsten Geschäfte in gute Gesellschaft wagen«, erwiderte der jüngere Smith. »Menschen mit Kultur werden daher stets ihren Geschäften an Stellen, die gar zu grell dem Lichte ausgesetzt sind, einen Mantel umhängen ...«

»... Und nur Tölpel und Barbaren werden ihn herunterreißen,« ergänzte sein Bruder.

In dieser Weise ging es noch eine Zeit lang weiter, ohne dass man einer Einigung näher kam. Und Dubray sah, dass es bei der Verschiedenheit der Charaktere niemals zu einer Verständigung kommen würde. Von der Verschlagenheit der Brüder Smith zu der schroffen Ehrlichkeit des alten Stoelping führte nur eine Brücke, die sich mit beiden vertrug: die Höflichkeit. Und die besaß der Franzose.

Dubray nahm also seinen Freund Stoelping beiseite und sagte:

»Bitte bedenke, dass es sich hier nicht darum handelt festzustellen, wer recht und wer unrecht hat. Im Recht bist du! Entschieden! Jeder von uns weiß das!« fügte er laut hinzu. »Selbst die Brüder Smith sind davon überzeugt.«

Die widersprachen nicht, verzogen keine Miene und saßen, die Beine übereinandergeschlagen, da, als verstände sich das von selbst.

Und wieder leise fuhr Dubray fort:

»Hier aber handelt es sich um weit mehr: um das Glück deines Jungen, wenn du schon nicht an dein eigenes denken willst. Darum appelliere an das Gefühl dieser Leute, vielleicht dass du damit ...«

Aber Stoelping ließ ihn nicht zu Ende sprechen.

»Lieber Dubray«, sagte er, »ich bin ein schlechter Diplomat, ich weiß es. Du aber bist ein Kind, wenn du in diesen ausgedörrten Körpern, die nichts als Rechenmaschinen-›System Mensch‹ sind, Herz vermutest. Und ihnen, verlangst du, soll ich mein *Herz* enthüllen? Nein, mein Lieber, glaube mir, hier ist nur eine Verständigung mit *Zahlen* möglich.«

»Ich glaube beinahe, du hast recht,« erwiderte Dubray, »aber dann bitte in anderer Form.« Und er wandte sich an die Brüder Smith und sagte:

»Gestatten Sie mir ein vermittelndes Wort, meine Herren.«

Beide verbeugten sich und sagten:

»Bitte sehr!«

»Mein Freund wäre nicht hier, wenn er sich nicht mit Ihnen verständigen wollte. Im Prinzip sind die Herren sich also durchaus einig; nur die Form wäre noch zu finden. Vielleicht sind Sie so freundlich und sagen uns, wie Sie sich die Regelung gedacht haben.«

Der ältere Smith erwiderte:

»Wenngleich wir davon überzeugt sind, dass sich das Vermögen unseres Vetters bei dem wirtschaftlichen Aufschwung Deutschlands in den letzten zwanzig Jahren verdoppelt hat, so sind wir, um unser Entgegenkommen zu zeigen, trotzdem bereit, uns mit einer nochmaligen Zahlung von 15 000 Pfund ...«

»Es waren ja damals nur 10 000!« berichtigte Stoelping.

»Gewiss!«, erklärte Smith, ohne einen Augenblick seine Ruhe zu verlieren, »obgleich es seinerzeit nur 10 000 waren, sind wir mit einem Nachschuss von nur 15 000 zufrieden.«

»Und wenn sich nun, was ich Ihnen verspreche, Deutschland in den nächsten zwanzig Jahren wirtschaftlich in demselben Tempo weiter entwickelt, mit welchen neuen Ansprüchen würden Sie, respektive Ihre Söhne, dann nach weiteren zwanzig Jahren an mich herantreten?«, fragte Stoelping.

»Wir sind keine Räuber!« erwiderte Edi Smith. »Wir würden nicht fordern, wenn wir uns nicht dazu für berechtigt hielten.«

»Das eben empört mich ja so«, sagte Stoelping laut, »dass Sie diesem Raubzug auch noch den Schein eines Rechts zu geben suchen!«

Aber Dubray redete ihm zu:

»Du musst deine Gefühle jetzt unterdrücken, lieber Freund. Die Motive der Herren Smith spielen für dich gar keine Rolle.«

»Du hast recht,« erwiderte Stoelping. »Aber wer kann aus seiner Haut.« – Dann wandte er sich an die Brüder Smith und sagte in ruhigem Tone:

»Ihre Forderung scheint mir reichlich hoch. Aber ich gebe zu, dass ich keine Erfahrung in Geschäften dieser Art habe. Dieser Erkenntnis halten Sie es bitte zugute, wenn ich Ihnen einen anderen Vorschlag unterbreite. Vorher aber eine Frage?«

»Bitte!«

»Was wäre geschehen, wenn ich Ihnen erklärt hätte, dass ich mich im Interesse meines Sohnes außerstande sähe, auch nur noch einen Schilling in der Sache zu opfern?«

Die Brüder Smith schwiegen. Erst auf die nochmalige Aufforderung Stoelpings:

»Bitte, meine Herren, wollen Sie sich dazu erklären«, erwiderte der Ältere:

»Das wissen wir im Augenblick natürlich nicht. Möglich, dass sich dann eines Tages unsere verwandtschaftlichen Gefühle geregt und wir Anschluss mit unserem Vetter gesucht hätten.«

»Danke«, erwiderte Stoelping. »Das Geständnis wäre also heraus. Nun brauche ich also auch mit meinem Vorschlag nicht zurückzuhalten. Also hören Sie: Ich zahle Ihnen statt der 15 000 Pfund, die Sie fordern, 17 000; aber nicht auf einmal, sondern in jährlichen Raten von 3000 Pfund, und zahle Ihnen vom Fälligkeitstermine der ersten Rate, also von heute ab, bis zur letzten Ratenzahlung Zinsen in Höhe von 5 %. Sind Sie damit einverstanden?«

Die Brüder Smith stutzten. Sie wussten, dass eine Summe von 15 000 Pfund für ihn eine Bagatelle war. Demnach verband er mit diesem Vorschlag irgendeinen Zweck. Diesen Zweck, der gewiss gegen sie gerichtet war, ließ er sich 40 000 M. kosten.«

»Dürfen wir erfahren, aus welchem Grunde Sie uns diesen etwas überraschenden Vorschlag machen?«, fragte Edi Smith.

»Nein!«, erwiderte Stoelping.

Dies bestimmte Nein erhöhte ihren Argwohn.

»Dann bedauern wir, ihn nicht akzeptieren zu können. Nehmen Sie an, unserem Vetter stieße etwas zu, vielleicht heute, vielleicht in einem Jahre. Nach der Art, in der Sie uns heute begegnet sind, muss es erlaubt sein, zu zweifeln, ob Sie dann noch Interesse an der Erfüllung des Vertrages haben.«

Und sein Bruder ergänzte diese Betrachtung und sagte:

»Auch Sie sind nur ein Mensch – wer von uns kann wissen, ob er morgen noch lebt.«

Diese Einwände erregten Stoelping maßlos. Er richtete sich auf und sagte:

»Meine Herren! Ein Vertrag, unter den ich meinen Namen setze, ist unverrückbar; und ich verbürge mich, dass weder meine Kinder, noch meine Enkel es wagen werden, an ihm zu rütteln. Ihren Besorgnissen werde ich mit der Deponierung des Geldes an einer neutralen Stelle begegnen. Solange Sie den Vertrag halten, soll weder mir, noch meinen Erben ein Recht an dem Gelde zustehen. Das wird Ihnen, denke ich, genügen.«

Die Brüder Smith bewegten zum Zeichen, dass sie zustimmten, den Kopf.

»Und nun«, fuhr Stoelping fort, »will ich Ihnen auch sagen, weshalb ich den Modus der vier Jahre gewählt habe.«

Alle sahen gespannt auf; denn auch Dubray und Ephrussi errieten den Grund nicht.

»Um wenigstens fünf Jahre lang vor Ihnen Ruhe zu haben.«

Der junge Smith sprang auf; aber sein Bruder beugte sich phlegmatisch nach vorn, fasste ihn an den Rock und hielt ihn fest:

»Lass ihn doch«, sagte er breit und gelangweilt, »er ist kein Gentleman!«

Dubray entwarf in wenigen Zeilen den Vertrag. Sie unterzeichneten der Reihe nach. Stoelping stellte einen Scheck über die ersten 3000 Pfund aus, den er an Dubray und den Dubray an Smith weitergab.

»Dann wären wir also so weit!«, sagte der ältere Smith, grinste und zeigte die Zähne; »ich freue mich, dass wir uns doch noch verständigt haben.« Er trat auf Stoelping zu und reichte ihm die Hand.

Aber Stoelping rührte sich nicht.

»So schlag' schon ein!«, rief Dubray, und leise fügte er hinzu: »Was liegt daran!«

Stoelping hob den Arm. Einen Augenblick schien es, als wollte er die Hand, die sich ihm noch entgegenstreckte, ergreifen.

Dubray lag es schon auf der Zunge, zu sagen: »Na also.«

Da zog Stoelping mit einem entschiedenen Ruck plötzlich den Arm zurück. Als wenn man ihn peinigen wollte, warf er den Kopf zurück und sagte:

»So lasst mich! Ich kann nicht heucheln!«

Da geriet Smith in Wut; er zog den Vertrag, den sie eben unterzeichnet hatten, aus der Tasche, ballte ihn zusammen und warf ihn Stoelping vor die Füße. Und auch sein Bruder gab, wenn auch zögernd, den Scheck, den er noch in der Hand hielt, an Dubray zurück. Der war so überrascht, dass er mechanisch zugriff und die kurze Verbeugung, mit der sich die Brüder Smith von ihm und Ephrussi verabschiedeten, unwillkürlich erwiderte.

Auch Stoelping stand verdutzt, sah ihnen nach und sagte:

»Donnerwetter! Das hätte ich nicht gedacht!«

Ephrussi fasste als erster die veränderte Situation.

»Das muss eingerenkt werden!«, sagte er, hob Vertrag und Scheck auf und stürzte den Brüdern Smith nach.

»Ich fürchte, es wird umsonst sein«, sagte Stoelping und wandte sich an Dubray, der noch immer erstaunt stand und zur Tür sah.

»Ich fürchte auch«, sagte er und schüttelte den Kopf. »Warum hast du die Menschen nur so gereizt! Du siehst nun, sie haben auch ihre Ehre; genau wie du! Wenn sie sich vielleicht auch in anderer Form äußert.«

Stoelping zog nachdenklich die Stirn in Falten, schüttelte resigniert den Kopf und sagte:

»Sollte ich mich wirklich so in ihnen geirrt haben?«

Da war Ephrussi auch schon wieder zurück. In der Hand hielt er den Vertrag; den Scheck brachte er nicht.

»Was ist?«, fragte Stoelping erregt.

Ephrussi berichtete:

»Ich bat sie, den Vorfall als ungeschehen zu betrachten; aber der ältere Smith erklärte mir sehr bestimmt:

›Ich begreife Sie nicht, wie Sie uns das nach dem Affront noch zumuten können!‹

Aber gibt es denn gar keine Möglichkeit, es wieder einzurenken? Fragte ich. Herr Stoelping wird sich entschuldigen ...

›Das ist kein Äquivalent für eine derartige Kränkung,‹ erwiderte Smith.

Ich sagte: So machen Sie einen anderen Vorschlag. Die Brüder traten zur Seite und sprachen leise ein paar Worte miteinander. Dann trat der Ältere vor und erklärte:

›Sagen Sie Herrn von Stoelping, wenn er uns statt der bewilligten 5 % nicht mindestens 6 % bewilligt, so betrachten wir die Verhandlungen als endgültig gescheitert.‹«

Da platzte Stoelping laut heraus und schüttelte sich, während er den Halter in die Tinte tauchte und die fünf in eine sechs verwandelte, vor Lachen. Dann klopfte er Dubray auf die Schulter und sagte spöttisch:

»Du hast recht, lieber Freund, sie haben auch ihre Ehre! Nur dass sie sich anders äußert als bei uns.«

Dubray sah beschämt zur Erde und sagte nichts mehr.

Viertes Kapitel

Wie der junge Stoelping den Dr. Hempel zum Sprechen brachte

Als Willi von Stoelping das Ministerialgebäude verließ, wusste er, dass er jetzt die Möglichkeit hatte, den Weg, den brennender Ehrgeiz ihm seit Jahren wies, zu betreten.

War in dem, was dieser russische Spitzel angab, auch nur *ein* Körnchen Wahrheit, dann spielte ihm hier der Zufall einen Prozess in die Hände, dessen politische Bedeutung bei geschickter Führung unabsehbar war. Dann war eine ständige Verbindung mit dem Auswärtigen

Amt hergestellt, zu dessen Fenstern er jeden Morgen, wenn er mit seinem Auto vorüberfuhr, sehnsüchtige Blicke hinaufwarf und dachte: wenn ich doch erst da oben säße! Und die Fäden, die dann in seinen Händen zusammenliefen und seiner Tätigkeit und auch seiner Person eine gewisse Bedeutung gaben, wollte er dazu benutzen, um sich an den entscheidenden Stellen Einfluss zu sichern und sich unentbehrlich zu machen.

Als erstes hieß es nun, planmäßig vorgehen. Das war kein alltägliches Verbrechen, wie etwa Diebstahl oder Betrug, die sich in der Ausführung wie in der Psychologie der Täter glichen wie ein Ei dem anderen, und die man mit geschlossenen Augen nach einem bestimmten Schema erledigen konnte. In diesem Falle hieß es, zunächst eine unauffällige Verbindung mit diesem Dr. Hempel herstellen. Eine Vernehmung aufgrund der Aussagen des Vafiadis konnte bei noch so großer Vorsicht und Geschicklichkeit nur zur Folge haben, dass das wenige, was man wusste und worauf man weiterbauen konnte, auch noch verwischt und entwertet wurde. Und darüber war er sich klar: Indem man drohte ober gar Zwang anwandte, brachte man Leute dieser Art nicht zum Reden. Bei ihnen erreichte man nichts, wenn es einem nicht gelang, ihr Vertrauen oder gar ihre Freundschaft zu gewinnen. Bei ihrem Argwohn, einer Folge der ständigen Angst, in der sie lebten, war das nicht leicht; aber umso mehr reizte es ihn. Und mit dem Bewusstsein, zum ersten Male vor eine wirklich große Aufgabe gestellt zu sein, machte er sich an die Arbeit.

Er nahm einen Bogen aus seinem Schreibtisch und schrieb an den Ordinarius für Literaturgeschichte an der Berliner Universität, Professor Schott.

»Vertraulich.

Sehr verehrter Herr Professor!

Es besteht der begründete Verdacht, dass einer Ihrer Schüler einer anarchistischen Organisation angehört. Es liegt daher im Interesse der Behörde, in geräuschloser Weise die Fäden dieser Organisation zu entwirren, um bereits begangene Verbrechen aufzudecken und künftige zu verhindern. Ich bitte daher, meinem Referendar, Herrn Dr. Ernst Mandel, aus Gründen, die Ihnen deutlich sein werden, die Erlaubnis zur Teilnahme an Ihren seminaristischen Arbeiten zu geben. Ich bin, sehr verehrter Herr Professor, mit der Versicherung besonderer Hochschätzung

Ihr   sehr   ergebener
W. von Stoelping, Staatsanwalt.«

Den Brief sandte Stoelping durch einen Boten, dem er auftrug, auf Antwort zu warten, in die Universität.

Die Antwort lautete:

»Herrn Staatsanwalt Dr. von Stoelping.

Hochgeehrter Herr Staatsanwalt!

Es tut mir leid, Sie abschlägig bescheiden zu müssen.

So bedingungslos ich auf dem Boden des Gesetzes stehe, und so sehr ich wünsche, dass alle Verstöße gegen die staatliche Ordnung verfolgt und geahndet werden, so kann ich doch nicht meine Einwilligung dazu geben, dass die Königliche Staatsanwaltschaft ihre gewiss segensreiche Tätigkeit in mein Germanistisches Seminar verlegt.

Haben Sie Ursache, zu vermuten, dass einer meiner Schüler des von Ihnen erwähnten Verbrechens verdächtig ist, so werden Ihnen für Ihre Nachforschungen zweifellos andere und geeignetere Möglichkeiten zu Gebote stehen als die beiden Stunden am Freitag Nachmittag, an denen ich meine seminaristischen Übungen abhalte.

Die Gegenwart eines Beamten der Königlichen Staatsanwaltschaft, der meine Lehrtätigkeit dazu benutzt, einem anarchistischen Verbrechen eines meiner Schüler nachzuspüren, wäre für mich ebenso kränkend wie für meine Schüler.

Ist Ihr Verdacht aber sachlich begründet, und richtet er sich gegen einen Bestimmten, dann muss ich im Interesse der freien Lehrtätigkeit, deren Würde ich zu wahren habe, sowie mit Rücksicht auf meine Schüler und nicht zuletzt aus persönlichem Reinlichkeitsgefühl die ganz bestimmte Forderung an Sie richten, den Verdächtigen namhaft zu machen, damit seine Entfernung auf disziplinarischem Wege erfolgen kann.

In aller Hochachtung bin ich, Herr Staatsanwalt,

Ihnen   ergeben.
Professor Richard Schott.«

»Ist das zu glauben!«, rief Stoelping und reichte dem Referendar das Schreiben. »Ob man solchen Menschen nicht einfach zwingen kann?«

Der Referendar, der den Brief schnell überflogen hatte, erwiderte:

»Kaum! – Wenn ich mir eine Meinung erlauben darf ...«

»Bitte!« entgegnete Stoelping.

»Von seinem Standpunkte aus ...« Der Referendar zögerte.

»Was ist von seinem Standpunkte aus?« drängte Stoelping.

»Ich wollte nur sagen,« und dabei sah er aus Verlegenheit auf den Brief, obgleich er ihn längst zu Ende gelesen hatte, – »dass der Standpunkt des Herrn Professor korrekt und würdig ist.«

»Korrekt und würdig?!« wiederholte Stoelping laut, »das ist es ja! Als ob es darauf ankäme! Wo es sich um Staatsinteressen handelt, die in ihrer Bedeutung unabsehbar sind. Korrekt und würdig! Das mögen ja für den Privatgebrauch äußerst schätzbare Tugenden sein. Sind es sogar ohne Zweifel. Niemand ist peinlicher und gewissenhafter als ich in allem, was meine Person angeht. Aber man kann doch seine persönlichen Grundsätze nicht in die Politik übertragen.«

»Mir scheint, dass wir Deutsche, wenn vielleicht auch nicht immer zu unserem Vorteil, das doch tun«, erwiderte der Referendar. »Und am Ende ist ein gutes Gewissen auch für ein ganzes Volk mehr als eine bloße Phrase.«

Stoelping verstummte. Die Ansicht, die der Referendar mehr überzeugt als überzeugend vertrat, war Sache des Gefühls und – *deutsch*! Das wusste er, und darum kränkte es ihn, dass er anders fühlte.

Und der Referendar, der nun einmal im Reden war, fuhr fort:

»Und ich glaube, das liegt im Volkscharakter, und darum fühlen darin auch alle Deutschen gleich. Lieber auf kleinem Raume und in engen Verhältnissen leben, aber die schwarzweißrote Flagge, für die sich jeder einzelne der Welt gegenüber verantwortlich fühlt, und die seinem Herzen näher ist als das Hemd, rein halten, als auf allen Erdteilen und Meeren herrschen und eine Flagge führen, die für alle Welt das Sinnbild der Heuchelei und Lüge ist.«

Stoelping rückte unruhig hin und her, fuhr sich mit der Hand durchs Haar, trommelte mit den Fingern auf die Lehne seines Sessels, bewegte nervös den Kopf, stand schließlich auf und ging erregt im Zimmer umher.

Schon wieder! Sagte er sich mit einer Wut, die sich gegen ihn selbst kehrte, – schon wieder ertappe ich mich!

Und er presste den Kopf gegen die Fensterscheibe und quälte sich immer wieder mit der Frage:

Warum kann ich nicht fühlen wie er?

*

So sehr Stoelping daran lag, möglichst außeramtlich in Verbindung mit Dr. Hempel zu kommen, so sah er schon nach seinem ersten Misserfolge, wie schwer das war.

An sich bestand die Möglichkeit, einen seiner Leute zur Teilnahme an den germanistischen Übungen in das Seminar des Professors zu senden, auch nach dem Refus fort. Erfüllte sein Vertrauensmann nur die für die Teilnahme erforderlichen Bedingungen, die sich in dem

Nachweis des Reifezeugnisses, einer gewissen Anzahl von Semestern und des Besuchs bestimmter Vorlesungen erschöpfte, so fand er Aufnahme wie jeder andere. Und kein Mensch zwang ihn, dem Professor zu sagen, dass seinem Besuche tatsächlich andere Motive zugrunde lagen. In dem Falle hätte er freilich besser getan, gar nicht erst an den Professor heranzutreten. Er hätte sich dann auf seinen guten Glauben berufen können, was nun nicht mehr möglich war.

Nicht ohne ein bitteres Gefühl gegen den Professor, wie gegen den Referendar legte Stoelping den Brief beiseite.

In seinem Streben, mit Dr. Hempel auf außergerichtlichem Wege bekannt zu werden, kam er auf die verschiedensten Einfälle und entschied sich schließlich für folgenden.

In die Rubrik »Unterricht« bzw. »Literatur« der gelesensten Berliner Tageszeitungen ließ er mehrere Tage hintereinander folgende Anzeige aufnehmen:

Brüder Hauptmann-Literatur.

Privatgelehrter, Germanist, dem daran liegt, seine Hauptmann-Literatur lückenlos zu gestalten, bittet Fachgenossen und Antiquare, ihn auf käufl. Erstdrucke, ins Fach schlagende Dissertationen, Habilitationsschriften aufmerksam zu machen.

Dr. G. F.,
Frankfurt a. M., Postfach 74.

Da dieser Fall durchaus aus dem Rahmen fiel, in dem sich alle Prozesse, die er sonst bearbeitete, bewegten, behandelte er ihn auch rein äußerlich als etwas, was außerhalb seiner eigentlichen Berufstätigkeit lag, legte Privatakten für den Fall an und betrachtete ihn schließlich nur noch als seine höchstpersönliche Angelegenheit.

Da er auf sein Ersuchen hin dem Generalstaatsanwalt, seinem Vater, nur alle vier Wochen über Stand und Fortgang der Untersuchung zu berichten brauchte, so war er in seiner Bewegungsfreiheit ziemlich unbeschränkt und konnte selbstständig Maßnahmen treffen, für die er sonst die Einwilligung, mindestens aber die Genehmigung seiner Vorgesetzten benötigt hätte.

Unter einigen Hundert Antworten war am dritten Tage auch der ersehnte Brief des Dr. Hempel.

Hempel schrieb:

»G. F., Frankfurt a.M., Postfach 74.

Sehr geehrter Herr!

Auf Ihr Inserat im Berliner Tageblatt teile ich Ihnen mit, dass ich mich demnächst an der Berliner Universität aufgrund einer Arbeit über die Brüder Hauptmann habilitiere.

Da die Arbeit das Ergebnis mehrjähriger sehr gründlicher Studien im Germanistischen Seminar unter Leitung des Professors Richard Schott darstellt, so darf ich hoffen, dass Sie mein Buch eines Platzes in Ihrer Bibliothek für würdig befinden werden. Ich werde mir jedenfalls erlauben, Ihnen meine Arbeit nach Drucklegung zugehen zu lassen.

Dankbar wäre ich Ihnen für Einsicht in Ihren Bibliothekskatalog.

In vollkommener Hochachtung
Dr. Günther Hempel.«

»Der Verkehr ist eröffnet«, sagte Stoelping schmunzelnd und reichte den Brief seinem Referendar, der ihm gegenübersaß und ihm beim Durchsehen der stoßweise vor ihnen aufgehäuften Briefe unterstützte. Der Referendar verbeugte sich und sagte:

»Ich gratuliere, Herr Staatsanwalt.«

Und während Stoelping triumphierend den Brief noch einmal las, schob der Referendar alle Briefe, geöffnete und noch verschlossene, an den Tischrand, um sie dem Papierkorb zu überantworten.

»Halt!«, rief Stoelping. »Wie können Sie so wertvolles Material vernichten?«

Und als ihn der Referendar verständnislos ansah, sagte er:

»Glauben Sie, mit diesem einen Brief ist es getan? Halten Sie den Dr. Hempel durch diesen Brief für überführt? Nein, mein Lieber, jetzt beginnt erst mal eine lebhafte Korrespondenz zweier germanistischer Fachgelehrten; der eine ist Dr. Hempel, der andere sind wir! Und da wir von den beiden Hauptmanns nicht viel mehr wissen, als dass sie zwei große Dichter um 1900 herum waren, von denen der eine den ›Krieg‹, der andere den ›Florian Geyer‹ geschrieben hat, so werden wir, denke ich, unsere Kenntnisse mithilfe dieser Korrespondenz wesentlich und mühelos erweitern. Zum Mindesten werden wir darin Anregung und Material für eine Menge von Fragen finden, die Dr. Hempel von dem Ernst und der Tiefe unseres Interesses überzeugen werden. Danach wird es nicht schwerfallen, auf andere Dinge, die uns im Augenblick näher liegen als dieser ganze Kram, überzugehen.«

Der Referendar flüsterte irgendetwas Unverständliches vor sich hin.

»Was wollten Sie sagen?«, fragte Stoelping.

Und nach einigem Zögern erwiderte der Referendar:

»Ich meinte, der Herr Staatsanwalt ist ein ausgezeichneter Diplomat.«

»Wieso glauben Sie das?«, fragte Stoelping erfreut.

»Weil Sie es verstehen, sich unter irgendeiner Maske Vertrauen zu gewinnen und, ohne Ihr eigenes Herz zu enthüllen, andere zu bestimmen wissen, sich Ihnen zu offenbaren.«

»Eine etwas komplizierte Definition für Diplomatie«, erwiderte Stoelping. »Sie hätten es kürzer fassen und sagen können: Diplomatie ist die Kunst, andere hineinzulegen.«

»Ohne selbst dabei hineinzufallen,« ergänzte der Referendar.

»Das ist erschöpfend«, sagte Stoelping lachend, »denn, wenn die Diplomatie nun auch schon seit fünfzehn Jahren als Wissenschaft an unseren Hochschulen gelehrt wird, die Quintessenz bleibt: Man kommt als Diplomat zur Welt oder als Esel; was Drittes gibt's nicht. Wenn der eine oder andere dadurch, dass er jahrelang Diplomatie ›studiert‹, vielleicht auch eines Tages aufhört, ein Esel zu sein – ein Diplomat wird er dadurch noch lange nicht.«

In der Folge entwickelte sich ein lebhafter Briefwechsel zwischen dem Literaturhistoriker Dr. Hempel und G. F., dem Frankfurter Privatgelehrten Dr. Gustav Fritz, der in Wirklichkeit Willi von Stoelping war.

In den ersten Wochen handelte es sich ausschließlich um literarische Wertungen. Man stritt sich, wer von den beiden Brüdern Hauptmann der bedeutendere sei und einigte sich schließlich dahin, Gerhart die dramatische, Carl die epische Superiorität zuzuerkennen. Und man fand, dass Gerhart von einer frühen Höhe in reiferen Jahren immer mehr und mehr ins rein Kontemplatorische verfiel, während umgekehrt Carl langsam aufsteigend, bis ins hohe Alter immer stärker wurde. Carls frühe Neigung, sich ins rein Geistige zu verlieren, seine Dichtungen fast ausschließlich auf die Zergliederung inneren Erlebens zu stellen, ohne die Form, in der diese Erlebnisse in die Erscheinung traten, bildhaft zu gestalten, – diese Neigung, die jeden äußeren Erfolg erschwerte, verlor sich bei Carl im Alter in demselben Maße, in dem sie sich bei Gerhart steigerte.

Davon hatte Hempel in Briefen, die oft zwölf Seiten stark waren, Stoelping endlich überzeugt. Zwar hatte der von Anfang an gegen diese Wertung nichts einzuwenden, hatte trotzdem aber mit Anstrengung seines ganzen Intellekts und unter Zuhilfenahme sämtlicher Literaturgeschichten Hempels Auffassung leidenschaftlich bekämpft. Erst als aus dem »Hochverehrter Herr« ein »Lieber Freund und Kollege« geworden war, erklärte er sich für überzeugt und schrieb:

»Nachdem ich Sie nun als Fachgenossen kennen und schätzen gelernt habe, ist es mein Wunsch, Ihnen auch menschlich näher zu kommen.«

Und Hempel antwortete:

»Lieber Freund!

Bedarf es wirklich noch dieser Anregung? Sind zwei Menschen, deren geistige Interessen zusammenlaufen, wie bei uns, nicht auch innerlich aufeinander eingestimmt?«

Stoelping hoffte, Hempels Ahnungslosigkeit zu stärken und sein Vertrauen zu festigen, wenn er widersprach, und so schrieb er denn:

»Müssen Menschen, die bei Chopin dicht aneinanderrücken, sich die Hände reichen, die Augen schließen und den gleichen Widerhall der Töne in der Seele spüren, darum auch im Leben zueinander passen?«

»Gewiss nicht«, erwiderte Hempel, »aber ist nicht zwischen Menschen gerade das, was das Leben innerlich und äußerlich aus ihnen macht, das Verbindende? Zwei Fachgelehrte aus gleicher gesellschaftlicher Schicht können Freunde sein, auch wenn der eine Mozart, der andere Wagner liebt. Aber zwischen einem konservativen preußischen Beamten und einem Sozialisten, die, um Ihr Bild zu brauchen, bei Chopin aneinanderrücken, sich die Hände reichen und die Augen schließen und den gleichen Widerhall der Töne in der Seele spüren, wird doch niemals eine Freundschaft möglich sein. Schade, dass es so ist, und dass jede Freundschaft soziologische Merkmale aufweist; aber nur, wenn wir im Naturzustande lebten, könnte es anders sein! Und darin liegt denn wohl auch die Erklärung, dass man zwischen zwei grundverschiedenen Menschen so oft eine mehr als leidliche Freundschaft findet.

Indessen ich glaube nicht an eine solche Grundverschiedenheit zwischen uns. Ich habe auf Ihre letzten Zeilen hin Ihre sämtlichen Briefe noch einmal gelesen. Die Leidenschaft Ihrer Polemik, die doch immer sachlich bleibt, zeigt mir, dass Sie Temperament besitzen, das sich gewiss nicht nur in *diesen* Dingen äußert. Sie sind ein Feuergeist! Ich bin es auch. Menschen, die sich leidenschaftlich für oder wider etwas erwärmen können wie Sie, ziehen mich an; genau wie mich kalt berechnende Naturen, bei denen das Gehirn der Regulator ihrer Gefühle ist, abstoßen. – Und noch eins empfand ich beim Überlesen Ihrer Briefe: So bestimmt Sie in strittigen Punkten Ihre Meinung vertreten, – es sprach doch aus jedem Ihrer Briefe der Wunsch nach gegenseitiger Verständigung, nach Vertrauen, nach *Frieden*!

Und sehen Sie, gerade diese so wenig beabsichtigte Wirkung ist es, die mir mehr von Ihrem inneren Menschen zeigt, als ein langer persönlicher Verkehr mir gezeigt hätte! Und das ist es denn, was mich ermutigt und – wie ich glaube – berechtigt, Sie um Ihre Freundschaft zu bitten.

Mit   ergebenem   Gruße
Ihr Günther Hempel.«

Und Stoelping ließ sich auch diesmal überzeugen.

Die Stelle, wo vom »Königlich preußischen Beamten« und vom »Sozialisten« die Rede war, unterstrich er und machte ein Kreuz an den Rand. Sie sollte der Angelpunkt sein, von dem aus er nun endlich zum Angriff übergehen wollte.

Wie vorsichtig er ist, dachte Stoelping, vom »Sozialisten« schreibt er; es lag ihm gewiss näher, vom »Anarchisten« zu schreiben. Dass er aber überhaupt ins Politische hinüberleitete, war ihm ein Beweis, dass er ohne Argwohn war.

»Sie haben recht«, schrieb er an Hempel, »und ich glaube, Sie zu verstehen. Im Charakter fast jedes künstlerisch veranlagten Menschen, – und das sind ja wohl auch wir Literaten in gewissem Sinne, – liegt etwas Stürmisches, Drängendes, Aufrührerisches! Die Entwicklung in der Kunst und Literatur vollzieht sich nicht, wie anderswo, planmäßig und nach bestimmten Gesetzen; sie hat stets etwas Sprunghaftes, Revolutionäres und stürmt gegen das, was gerade im Werte steht, an; und die Ablösung des Alten durch das Neue vollzieht sich nicht wie in der exakten Wissenschaft, wo der Fortschritt etwas Reales und Bestimmbares ist, wie etwas Selbstverständliches und ohne Erschütterung.

Und so bekenne ich denn in diesem, wie in manchem anderen Sinne, revolutionär zu sein. Und da auch Sie kein »Königlich preußischer Beamter« sind, so glaube ich, bei Ihnen eine ähnliche Gesinnung voraussetzen und die Freundschaft, die Sie mir anzubieten die große Freundlichkeit haben, annehmen zu dürfen.«

*

In dem Briefe, der nun folgte, wiederholte Hempel seinen Wunsch, endlich persönlich mit Dr. Fritz bekannt zu werden.

»Sie berühren da Dinge, lieber Freund«, schrieb er, »die mich von frühester Jugend an bewegen, die aber brieflich nicht einmal andeutbar sind. Natürlich erschöpft sich auch meine Liebe nicht in meinen Fachstudien. Auch an *meinem* Herzen geht der Pulsschlag der Welt nicht spurlos vorüber. Und wie bei Ihnen äußert sich auch bei mir der Widerhall oft in Aufruhr und Empörung. Nicht gegen politische Dogmen empört es sich in mir; darin, dass ich diese oder jene Staatsverfassung bekämpfe, würde ich bei der Unzulänglichkeit aller menschlichen Institutionen niemals eine Befriedigung finden. Aber Sinn und Inhalt eines Lebens darin erschöpfen, dass man für abstrakte Menschenrechte kämpft und für einen einzigen Schritt vorwärts auf diesem Wege dankbar abtritt, – sehen Sie, lieber Freund, darin liegt Größe – und zugleich das Bekenntnis meines Herzens, das Ihnen zu enthüllen ich mich nach Ihren offenen Worten nun nicht mehr scheue.«

Als Stoelping vor diesem Briefe saß, wiederholte er ein um das andere Mal: »Da liegt die Lösung!« Und er starrte immer wieder auf den Satz: »Aber Sinn und Inhalt seines Lebens darin erschöpfen, dass man für *abstrakte Menschenrechte* kämpft ... darin liegt Größe und zugleich das Bekenntnis meines Herzens.«

»Abstrakte Menschenrechte!« was war das?

Wenn er die Rechte des Menschen als Begriff an sich betrachtete, also losgelöst von allen äußeren Verhältnissen, so kam wohl als ursprüngliches *das Recht zum Leben* infrage. Aber keine Staatsverfassung der Welt existierte, die nicht als oberstes Gesetz diesen Satz vertrat, indem sie nicht nur Mord und Totschlag mit den höchsten Strafen belegte, sondern sogar das Leben schon vor der Geburt schützte. Dass jemand aber für etwas, das längst in aller Welt anerkannt war, kämpfen sollte, war sinnlos. Andererseits hatte sich gerade Hempel von Anfang an durch strenge Logik ausgezeichnet. Es war daher nicht gerade wahrscheinlich, dass er den ausdrücklich betonten Begriff »abstrakt« falsch anwandte und etwa Schlagworte wie: das Recht auf Arbeit, das Recht auf politische Gleichberechtigung oder Ähnliches damit meinte.

Und so schrieb ihm denn Stoelping:

»In ein paar Wochen hoffe ich, endlich nach Berlin zu kommen. Endlich werden wir uns in die Augen sehen und die Freundschaft, die uns innerlich längst verbindet, auch äußerlich bekräftigen. Sie haben recht: Wir werden uns in wenigen Worten über uns mehr sagen als in langen Briefen. Gedulden wir uns also.

Nur über den Begriff ›abstrakte Menschenrechte‹ müssen Sie mich zuvor aufklären. Wie ich Ihnen bisher in allem gefolgt bin, so möchte ich Sie auch hier, wo ich nur *ahne*, was Sie meinen, nicht missverstehen. Aber so sehr ich mich mühe: Den Begriff ›abstrakte Menschenrechte ‹kann ich nicht *weiter* fassen und vermag in ihm nicht mehr zu sehen als ›*das Recht zum Leben!*‹ Und sage mir doch, das kann es nicht sein, wofür Sie kämpfen. Wahrscheinlich werden Sie, wie auch ich, eine *bestimmte* Daseinsform im Auge haben, die Sie für die allein *natürliche* und darum *abstrakte* halten. Und weil Sie – und welcher denkende Mann täte das nicht! – bei der gottgewollten menschlichen Unzulänglichkeit *jede* Staatsform für unzulänglich halten, so ist die Menschheit Ihrer Ansicht nach berechtigt, sich jedem Versuch, sie in irgendeine,

wie immer geartete Staatsform zu zwängen, zu widersetzen. Habe ich Sie damit recht verstanden?

Freundschaftlichste Grüße

Ihres

Gustav Fritz.«

»Sie predigen Anarchie! Lieber Freund,« antwortete
Hempel. *»Ich predige das Leben!* Und wenn auch mein
Glaube und mein Kampf in Wirklichkeit nichts anderes
als *bedingter Anarchismus* ist, so ist das, bei Gott, nicht
meine Schuld. Nur der Schwächling begnügt sich mit
der Theorie, der Tatmensch macht die Probe aufs Exempel!

Man kann das Grauen des Todes nicht überzeugender
schildern, als indem man ihm das blühende Leben ge-
genüberstellt. Ebenso ist für den, der, wie ich, *das Leben
predigt*, das stärkste Argument *der Tod!*«

Dr. Hempel war ins Garn gegangen. Jedenfalls war das
der triumphierende Ausruf, mit dem Stoelping jetzt aufsprang und seinem Referendar den Brief reichte. Und
während der Referendar den Brief las, ging er, über das
ganze Gesicht strahlend, mit mächtigen Schritten im
Zimmer auf und ab. Dann stellte er sich, die Hände in
die Taschen, die Beine breit auseinander, vor ihn hin,
zog den Mund breit, zeigte die Zähne und fragte:

»Nun, Kollege, was sagen Sie dazu?«

»Ich bewundere Sie, Herr Staatsanwalt«, erwiderte der
Referendar. Und Stoelping, der nicht fühlte, dass dabei
etwas mitklang, was den Eindruck der Aufrichtigkeit
nicht gerade erhöhte, erwiderte stolz:

»Das können Sie auch.«

»Kennt eigentlich der Herr Generalstaatsanwalt diesen Briefwechsel?«, fragte der Referendar.

»Keine Ahnung hat er!« erwiderte Stoelping, und es schien, dass das seine Freude noch erhöhte. »Ihn sowohl wie den Herrn Minister denke ich in etwa vierzehn Tagen vor ein *fait accompli* stellen. Die werden Augen machen!«

Nach einigem Zögern fragte der Referendar:

»Darf ich vielleicht etwas bemerken, Herr Staatsanwalt?«

Stoelping, der immer ein jovialer Vorgesetzter, heute aber besonders guter Laune war, erwiderte:

»Selbstredend, lieber Kollege, Sie dürfen alles. Schießen Sie los!«

»Ich wollte mir nur erlauben, zu äußern, dass es vielleicht gut wäre, wenn der Herr Generalstaatsanwalt *vor* dem Herrn Minister Einblick in die Korrespondenz nähme.«

»Warum?«, fragte Stoelping.

Der Referendar zögerte.

»Nun, bitte!« drängte Stoelping.

»Vielleicht, dass die Herren doch anderer Ansicht darüber sind als der Herr Staatsanwalt.«

Stoelping verstand ihn noch immer nicht.

»Anderer Ansicht? Was gibt's denn da überhaupt noch für 'ne Ansicht? Klarer und deutlicher, als es hier steht« – und er wies auf den Brief, der vor dem Referendar auf dem Tische lag – »kann man seine Gesinnung doch wohl kaum zum Ausdruck bringen.«

»Das schon«, erwiderte der Referendar, »nur ob ...«

»Selbstredend!«, unterbrach ihn Stoelping, der ihn jetzt zu verstehen glaubte, »kann man ihm daraufhin noch nicht den Prozess machen.«

»Ich meine, ob man überhaupt die Art des Verfahrens ... diesen fingierten Briefwechsel ...« zögernd und wortweise brachte der Referendar diesen Einwand – »billigen wird.«

»Aber! Lieber Freund!« rief Stoelping erregt. »Was heißt denn das! Einem Revolutionär und Anarchisten gegenüber ist jedes Mittel recht, das Erfolg verspricht. Oder soll man vielleicht bis zur nächsten Katastrophe warten? Ihm Zeit zu neuer Betätigung geben? Solchen Füchsen gegenüber heißt es: Ihre Durchtriebenheit übertrumpfen. Denen kommt man mit dem gewöhnlichen Handwerkszeug nicht bei. Da gibt's nur individuelle Behandlung!«

Der Referendar bedauerte seine Äußerung; was ging es ihn an, wie sein Vorgesetzter die Geschäfte führte. Und so sagte er denn:

»Gewiss! Ich sehe das ein.«

Aber damit war für Stoelping der Zwischenfall nicht erledigt.

»Mir kann man gewiss nicht übermäßige Schärfe vorwerfen. Ich behandle womöglich den letzten Einbrecher noch als Gentleman. Und ich werde gerade diesem Hempel gegenüber durchaus die Formen wahren, die ein Mann seines Bildungsgrades beanspruchen kann. Das darf mich aber nicht hindern, mit der ganzen Schärfe meines Intellekts diesem Verbrecher bis in die letzten Winkel nachzuspüren.«

Da der Referendar sah, dass Stoelping gar nicht empfand, worauf es ihm bei seinem Einwand ankam und somit kein Interesse hatte, weiter zu widersprechen, so stimmte er zu.

Stoelping freute sich, seinen Referendar überzeugt zu haben, setzte sich wieder hin, überflog noch einmal Hempels Brief und dachte über die Antwort nach.

*

»Man braucht nicht lange nach Gründen zu suchen«, schrieb er an Hempel, »um den Anarchismus der *Tat* das Wort zu reden. Beweise für die Zweckmäßigkeit und Durchführbarkeit neuer Staatsformen erbringt man nicht in theoretischen Abhandlungen, sondern indem man die Probe aufs Exempel macht. Das wissen auch die Theoretiker ganz genau. Und wenn nicht die Furcht sie hielte, wären sie sämtlich Opportunisten; so aber gehen sie der Gelegenheit aus dem Wege, statt sie zu nutzen, und stören die Entwicklung mehr, als dass sie sie fördern.

Ja, ihnen fehlt sogar der Mut, sich auch nur gesinnungsgemäß zu der Tat eines anderen zu bekennen. Nämlich immer dann, *wenn die Tat in ihr Erleben fällt;* anders ist es, gehört sie der Vergangenheit an. Einem Wilhelm Tell oder dem Mörder eines Nero und Caligula jauchzt jeder Backfisch zu. Auch hier wieder haben wir Männer der Tat die Logik auf unserer Seite; und dreimal will ich die Hand *dem* Manne drücken, der seine Überzeugung nicht in Worten, sondern in Taten äußert. – Es geschieht so wenig – und es gäbe soviel zu tun.«

98

*

»Lieber Freund«, erwiderte Hempel, »seien Sie überzeugt, dass Sie Ihr Vertrauen keinem Unwürdigen geschenkt haben. Dennoch glaube ich, dass man im Hinblick auf Schicksale, die Briefe oft haben, Dinge wie diese, nicht in dieser Form verhandeln soll. Schweigen wir daher in unseren Briefen von dem, was uns bewegt, um, wenn wir uns begegnen, unsere Herzen umso rückhaltloser zu erschließen. Um Vertrauen aber mit Vertrauen zu begegnen, reiche ich Ihnen, bester Freund, die Hand, die Sie, treu dem Grundsatz, den Sie am Schluss Ihres Briefes nennen, dreimal drücken dürfen.«

*

»Dreimal aber will ich die Hand dem Manne drücken, der seine Überzeugung nicht in Worten, sondern in Taten äußert«, hatte Stoelping geschrieben! *Dieser Mann also war Hempel;* er bekannte es selbst. Und welches die Tat war, zu der er sich bekannte, das wollte er ihm – als Staatsanwalt dem Verbrecher – an einem anderen Orte sagen!

Fünftes Kapitel

Wie der junge Stoelping die Steeplechaise verritt

Die Startnummern für das Internationale Jagdrennen, das als Hauptereignis des Tages auf dem Programm der Grunewaldrennbahn stand, wurden aufgezogen.

Dreizehn Pferde gingen für das wertvolle Rennen an den Start.

Mit seinen schweren Sprüngen und einer Distanz von 5000 Metern gab es nur sicheren Springern und ausgesprochenen Stehern eine Chance.

Das Feld setzte sich aus vier Pferden deutschen, je zwei Frankreichs und des verbündeten Österreich, einem italienischen und drei amerikanischen Steeplern zusammen. Ferner beteiligten sich zum ersten Male – und darin lag das Ereignis des Tages – auch Pferde aus englischen Ställen an einem deutschen Rennen. Und dies Ereignis war nicht nur sportlicher Natur.

Schon als den Mitgliedern des Unionklubs der Antrag vorgelegen hatte, das Rennreglement, das besagte, »dies Rennen ist offen für Pferde aller Nationen, *mit Ausnahme der des Königreichs England*«, durch Streichung dieses Zusatzes zu ändern, war es zu lebhaften Debatten gekommen. Und als der Zusatz schließlich bei 48 Stimmenthaltungen gefallen war, erklärte der Führer der Opposition, Dr. von Stoelping:

»Ich hoffe, die Engländer werden soviel Takt aufbringen und uns verschonen.«

Und wirklich verschonten die Engländer die deutschen Bahnen mit ihrer Gegenwart und blieben den Rennen fern, bis – ja, bis eben die Werte der Rennen beinahe um das Doppelte stiegen. Da kamen sie, obschon sie wussten, dass man sie nicht haben wollte. Und obschon deutsche Ställe, auch wo ihre Aussichten die besten waren, englischen Rennen fern blieben.

Mr. Harrison, ein englischer Sportsmann, hatte seinen besten Steepler »Lori« über den Kanal entsandt, der ihm schon manches wertvolle Rennen gewonnen hatte. Auf ihn in erster Linie konzentrierte sich heute auf der Grunewaldrennbahn das Interesse.

Ephrussi, der aus Paris gekommen war, um dem Laufen seiner Wunderstute »Mon Désir« beizuwohnen, stand mit dem Generalstaatsanwalt von Stoelping auf der Tribüne und betrachtete durch sein Rennglas die Tausende von Menschen auf dem grünen Rasen.

»So sah es bei uns vor dreißig Jahren an einem ganz großen Tage in Auteuil aus!«, sagte er wehleidig zu Stoelping, und der erwiderte:

»Und so wird es wieder werden. Ihr seid auf dem besten Wege dahin.«

Aber Ephrussi schüttelte resigniert den Kopf.

»Ich werde es nicht mehr erleben! Und dann, selbst wenn es wiederkommt, es wird nie mehr das werden, was es war. Es hat das Ursprüngliche verloren. Es kommt aus zweiter Hand. Ist eine Kopie, während es vor fünfzig Jahren noch Original war, das alle anderen Länder möglichst getreu nachzubilden suchten. – Siehst du, wir haben es ohne Groll mit angesehen, dass ihr uns auf dem Weltmarkt überflügelt habt. Wir sind nun mal nicht solche Krämerseelen wie eure »Freunde« jenseits des Kanals; unsere Genussfreudigkeit ist eine vitale und erschöpft sich nicht im Couponschneiden. Auch dass ihr anfingt, uns wissenschaftlich zu überflügeln, haben wir neidlos mitangesehen. Wir hatten ja doch immer die Krone; etwas, worum uns die Welt beneidete, das Höchste, was niemand uns nachmachte: die Französin! Und glaube mir, solange der höchste Stolz einer Nation ihre Frauen sind, ist es nicht schlecht um sie bestellt. Die

Französin, das war ein Begriff, der bei jedem Franzosen ein Gefühl auslöste, das sich einfach nicht beschreiben lässt. Für das Vollendete hat die Sprache keine Worte. Aber so oft man um die Wohlfahrt der Nation besorgt war, ob es nun hieß, wir gehen in unseren Kolonien, im Handel, in der Kunst, ja selbst in der Produktion unseres Weinbaues zurück, – gewiss, es ging einem nahe, – aber immer sagte man sich: Lass nur! In etwas, da bleiben wir obenan. Und man war wieder froh; denn man dachte – an die Frauen! – Und heute ...?«

Er wies wieder auf den grünen Rasen, auf die Menschen, die zu Tausenden da unten hin und her wogten – »sieh dir die Frauen an! Es gab eine Zeit, da stand ich hier und habe über sie gelacht, wie sie ihre Pariser Moden spazieren führten. Wie die Modelle, denen das Kleid *alles*, der Mensch, der drin steckt, nichts bedeutet. Es waren im besten Falle zwei absolut voneinander getrennte Dinge: Das Kleid und der Mensch, und ich hatte immer das Gefühl, dass diese Frau qualvoll darunter litte, nicht mehrere ihrer Kleider gleichzeitig ausführen zu können. Und jetzt, wie selbstverständlich sind ihnen diese Dinge geworden. Zeig mir da unten auch nur eine Frau, die mit dem, was sie trägt, nicht ein scheinbar unzertrennliches Ganzes bildet. Und das ist es, was bei *jedem* Kunstwerk die Vollendung ausmacht! Dass ein natürliches Empfinden aus tausend Dingen gefühlsmäßig eine Einheit schafft, sodass man sich die Teile voneinander losgelöst gar nicht denken kann! Und darum hat man ja bei uns auch immer darüber gelacht, wie sich die deutschen Frauen auf *die* neueste Mode stürzten, während sich bei uns, wie eben jetzt bei euch, jede Frau im Rahmen einer bestimmten Moderichtung ihre eigene Mode macht! Glaub nicht, dass das nur *äußere* Dinge sind. Das Stilgefühl ist eine verteufelt innerliche Sache. Wer Stil hat, hat auch Takt. Takt bei einer Frau, das ist schon immer eine gewisse Gewähr für ein Glück des Mannes.«

»Aber lieber Ephrussi«, erwiderte Stoelping,« du siehst entschieden zu schwarz! Das alles besitzt die Französin auch heute noch.«

»Sie ist im Begriff, es wiederzugewinnen. Aber nicht aus sich heraus! Ich könnte dir ein Dutzend unserer ersten Damenschneider zeigen, die da unten herumlaufen und an deutschen Frauen ihre Studien machen. Noch vor dreißig Jahren war das umgekehrt; da fuhren eure Schneider nach Paris. Aber wir haben zu viel gelitten. Frauen, die leiden, fangen an, sich zu vernachlässigen und hören schließlich ganz auf, auf sich zu achten. Das äußert sich schon im Gang.«

Und da der alte Stoelping sich mit den Pferden beschäftigte und nicht auf ihn hörte, so fuhr er fort:

»Schade, dass dir der Sinn für die Frauen abgeht, lieber Stoelping; bei mir hat er sich mit den Jahren immer mehr entwickelt.«

Jetzt schob er plötzlich Glas und Kopf mit einem Ruck nach rechts und rief:

»Da! Sieh diese Blondine! Fabelhaft! Ganz fabelhaft! Für eine Frau mit solchem Gange brächte ich es heute mit meinen 72 Jahren noch fertig, eine Dummheit zu machen!«

Nur um etwas zu sagen, erwiderte Stoelping:

»Da bewerten wir unsere Frauen denn doch nach etwas anderen Grundsätzen.«

»Möglich, dass ihr das tut. Richtig ist es darum noch nicht. Für den Wert eines Mannes mag Geist und Charakter entscheidend sein, für den Wert einer Frau, da ist es der Gang und die Schlankheit ihrer Gelenke.«

»Mir scheint wahrhaftig, du kommst der Frauen und nicht des Rennens wegen nach Berlin«, sagte Stoelping und musterte die Pferde, die eben vor der Hofloge paradierten.

»Sowohl als auch«, erwiderte Ephrussi, »jedes zu seiner Zeit.«

»Na, dann wäre es wohl zeitgemäß, dass du dich jetzt für das Rennen und deine Pferde interessierst.«

»Wo ist dein Sohn? – welches ist ›Ingo‹?«, fragte er Stoelping.

Stoelping wies auf einen Fuchshengst, auf dem der junge Stoelping in der Uniform der dritten Garde-Ulanen saß.

»Schade!«, sagte Ephrussi.

»Was meinst du?«, fragte Stoelping.

»Mir wäre lieber, meine Stute würde von deinem Sohn als von dieser ›Lori‹ geschlagen. Aber nach diesem Aufgalopp wird es wohl bei dem Wunsche bleiben.«

Die elektrischen Uhren gegenüber den Tribünen, die mechanisch die Veränderung in den Odds jedes Pferdes im Augenblick der Entnahme eines Tickets am Totalisator angaben, zeigten, dass Ephrussis »Mon Désir« vor dem Graditzer Hengst »Hagen« und dem Amerikaner

»Oncle Tom« Favorit war. Der Engländer war, obgleich er überall als erster getippt und – wenn er über die Sprünge kam – nach Form und Klasse nicht zu schlagen war, nicht stark gewettet. Auch bei den Buchmachern nicht. So sehr man mit seinem Siege rechnete, so brachte man es doch nicht über sich, auch nur durch sein Vertrauen den Sieg eines Pferdes zu unterstützen, das die verhassten Farben trug. Nur ein paar Professionals überwanden die Scheu und legten das Geld auf den Engländer.

Ein mäßiger Start. Es wurde abgeläutet. Das Rennen war im Gange.

Nach viertausend Metern waren außer »Oncle Tom«, »Ingo«, »Mon Désir« und »Lori« alle übrigen geschlagen oder durch Sturz aus dem Rennen ausgeschieden. Diese vier galoppierten, wie es den Anschein hatte, alle gleich frisch; Gurt an Gurt kamen sie über den letzten Steinwall. Hier griff als Erster Mr. Sopp auf »Oncle Tom« zur Peitsche, sodass der amerikanische Steepler schnell zwei bis drei Längen vor dem Felde lag. Auch »Mon Désir« und »Ingo« wurden jetzt geritten. Nur »Lori«, die zwischen beiden lag, ging noch überlegen und sah schon hier, fünfhundert Meter vor dem Ziel, wie der sichere Sieger aus. Sein Reiter hatte die Hände noch voll, und es schien, dass er sein Pferd nur anzufassen brauchte, um es von »Ingo« und »Mon Désir« loszubekommen und bei »Oncle Tom« vorbeizubringen.

So kam das kleine Feld, dem der zum Teil aufgepullte Rest in weitem Abstand folgte, an die Tribünen.

In ungeheurer Erregung stand die Menge; schrie und heulte: »Ingo!« – »Mon Désir!« dröhnte es über den grünen Rasen den Kämpfern entgegen. Und dazwischen erklang es: »Der Engländer gewinnt!«

Die drei kamen dem führenden Amerikaner immer näher; vor dem Totalisator trennte sie nur noch eine halbe Länge; kein Zweifel, der Amerikaner war geschlagen. »Ingo« und »Mon Désir« klebten aneinander.

»Ingo!« – »Mon Désir!« brüllte das Publikum wie rasend, sprang auf Stühle und Bänke, beugte sich vor und fuchtelte wild mit den Armen. Und dazwischen tönten wieder die Rufe:

»Der Engländer!!« – »Wie er will!« –

»Ingo!« – »Mon Désir!« tobte die Menge.

Hundert Meter vorm Ziel.

Es scheint, als lässt »Mon Désir« nach; sein Reiter hockt auf dem Hals des Pferdes und schiebt es mit letzter Kraft vorwärts; aber jeder sieht, es ist mit seiner Kraft zu Ende. Da hebt Hill auf »Lori« die Peitsche, und im selben Augenblick ist der Kopf des Engländers auch schon vorn.

Das Publikum erkennt die Gefahr, sieht den Franzosen geschlagen. Ein letztes Mal rast es:

»Ingo!« »Stoelping!« und vertausendfacht: »Stoelping!«

Wie gellende Hilferufe dringen die Schreie zu ihm hinüber.

Das Gefühl, sich auf den Engländer zu stürzen, ihn aus dem Sattel zu reißen, treibt ihn, verzehnfacht seine Kraft.

Er schiebt den völlig ausgepumpten »Ingo« Hand um Hand breit vorwärts.

Zehn Meter vorm Ziel.

»Lori« ist über Halslänge vor »Ingo« in Front. »Mon Désir« und »Oncle Tom« sind geschlagen. Die Schlacht verloren.

Die Erregung des Publikums wächst zur Revolte. Es stürzt von den Tribünen herunter, brüllt »Stoelping«, und drängt zur Barriere.

Drei Meter vorm Ziel.

Stoelping steht im Sattel. Ihm ist, als rase hinter ihm ein Feuermeer her, das ihn vorwärts treibt.

»Stoelping! Stoelping!!«

Er *kann* nicht siegen.

Da, mit äußerster Kraft – jede Muskel ist gespannt – holt er das letzte aus »Ingo« heraus. Einen Augenblick lang sieht es aus, als wenn er das Pferd unter sich in die Höhe hebe – und jetzt, ein gewaltsamer Ruck – er wirft es nach vorn – oder seitwärts ...

»Stoel ...«

Blitzartig bricht der Ruf ab; Tausenden bleibt der Atem fort, steht das Herz still – sie stehen starr, betäubt, den Mund offen; Augenblicke lang rührt sich nichts.

»Karambolage!«, sagt völlig ruhig und nicht übermäßig laut Ephrussi zum alten Stoelping; aber in der Totenstille hören's viele.

Karambolage wiederholt erst einer, dann viele.

Und auf der Bahn – ein Meter vorm Ziel – liegen Hill und Stoelping unter ihren Pferden.

»Mon Désir« beschreibt einen kleinen Bogen um sie herum und geht vor dem aufgeprellten »Oncle Tom« als Erster durchs Ziel.

Schnell stellt sich heraus, dass weder die gestürzten Reiter, noch ihre Pferde zu Schaden gekommen sind.

Als »Mon Désir« zur Waage zurückkehrt, bricht endloser Jubel los, und zwischen dem »Hoch!« und »Bravo!« hört man immer wieder die Rufe »Es lebe Frankreich!« die von den Tribünen herab mit kräftigem » *Vive l'Allemagne!*« beantwortet werden.

Als Stoelping, der nur unerhebliche Hautabschürfungen davongetragen hat, am Arm seines Trainers, bleich wie der Tod, die Bahn verlässt, umringt ihn die Menge und jubelt ihm zu.

Er sieht und hört nicht, was um ihn herum vorgeht; man legt ihn in ein kleines Zimmer neben der Waage und lässt ihn auf seine Bitte allein.

Neben dem Richterpavillon geht der schwarze Ball hoch. Mr. Harrison, der Besitzer von »Lori«, legt Protest ein.

Ein Skandal bricht los.

Die Richter treten zusammen.

Jeder weiß es: Lori ist der moralische Sieger. Ohne die Karambolage hätte »Mon Désir« nie gewonnen. Aber es liegt kein Grund vor, ihn zu disqualifizieren. Er hat die Pferde vor sich weder gekreuzt, noch angeritten. Der Protest wird zurückgewiesen.

Der alte Stoelping sucht seinen Sohn. Der Trainer weist ihm das Zimmer.

»Was soll nun werden?«, fragt er, ohne sich nach dem Befinden seines Sohnes zu erkundigen.

Der liegt noch ausgestreckt auf der Chaiselongue und erwidert, obschon er genau weiß, was die Frage bedeutet.

»Wieso?«

»Ich habe vom Richterpavillon aus genau gesehen – aber nicht nur ich, auch Ephrussi –«

Stoelping richtete sich hoch.

»Ihr habt ...?«, fragt er und reißt die Augen weit auf.

»Ganz deutlich!«, erwiderte der Alte – ...« und wer weiß, ob nicht andere auch ...« – dann trat er nahe an ihn heran, hob die Arme und sagte vorwurfsvoll:

»Wie konntest du nur!«

Stoelping saß jetzt auf der Chaiselongue, stützte den Kopf in die Hand, seufzte und sagte:

»Ich weiß es selbst nicht. Ich sah, dass ›Lori‹ gewann und aus meinem Pferde nichts mehr rauszuholen war. Ich war verzweifelt. Der Engländer *durfte* nicht gewinnen. Tausende von Stimmen, die von den Tribünen kamen, sagten's mir. Schon hatte der Engländer den Kopf vor. Ich machte übermenschliche Anstrengungen, aber ›Ingo‹ war ausgepumpt. Die Distanz wurde größer; schon war es ein Hals, wenn nicht mehr, der mich von ihm trennte. Da wusste ich nicht, was ich tat; der ohrenbetäubende Lärm, vor mir das Ziel – ich fasste also mein

Pferd, hob es mit letzter Kraft hoch und warf es zur Seite. – Was dann geschah, weißt du.«

»Leider!«, erwiderte Stoelping. »Ein Mensch in deiner
Stellung und deinem Alter, der sich so wenig in der Gewalt hat, bedeutet geradezu eine Gefahr. Und wenn es
zehnmal mein Sohn ist, so ist es meine Pflicht, dieser Gefahr vorzubeugen.«

»Wie?«, rief Stoelping entsetzt, »das heißt doch nicht
etwa ...«

»Allerdings! Das heißt, dass ich ernstlich erwägen werde, ob du nach diesem Vorfall noch weiter im Amte
bleiben kannst.«

Stoelping sprang auf.

»Vater! Ist das dein Ernst? Eben, wo ich anfange, mich
durchzusetzen! Was hat denn mein Amt damit zu tun?«

»Es handelt sich um die Zuverlässigkeit des *Menschen*,
die ist an kein Amt gebunden, die äußert sich in *allem*,
und versagt sie; so ist es ohne Belang, *wo* sie versagt.«

»Mit einer Ausnahme«, erwiderte Stoelping, »bis auf
einen Fall, in dem kein guter Deutscher objektiv sein
kann und will.«

»Kein deutscher Offizier hätte getan, was du tatst!«,
widersprach Stoelping. »Du hättest dich, wie die meisten anderen, weigern können, mit einem Engländer zusammen zu starten. Das wäre durchaus verständlich
und korrekt gewesen; genau, wie du es im Mai in Long-
champs tatest.«

»Aber, Vater,« gab ihm Stoelping zur Antwort, »das war ein 10 000-Frank-Rennen, und hier handelte es sich um 150 000 Mark!«

Da zuckte der Generalstaatsanwalt zusammen; hielt sich die Hand vors Gesicht; wieder war es die Ähnlichkeit mit den Brüdern Smith, die ihn erschreckte. Das war dasselbe Blut, aus dem diese Gesinnung sprach. Kein Vorbild, keine Erziehung hatte daran etwas geändert.

Der alte Stoelping ging auf den Sattelplatz und suchte Mr. Harrison. In dem kleinen Raum, der zur Garderobe führte, fand er ihn im Gespräch mit den Herren des Rennvorstandes. Erregt redete er auf sie ein.

Ein höherer Offizier trat dicht an Harrison heran und sagte erregt:

»Wenn das etwa heißen soll, dass Herr von Stoelping absichtlich ...«

»Ob absichtlich oder nicht«, unterbrach ihn Harrison, »der Effekt bleibt derselbe. Sie werden zugeben, das ›Oncle Tom‹ das Rennen sicher hatte.«

»Verzeihen Sie, meine Herren«, sagte Stoelping und trat an die Gruppe. »Mr. Harrison, darf ich Sie um eine Unterredung bitten?«

Alle sahen auf.

Stoelping und Harrison gingen den kleinen Flur entlang, in ein Zimmer, das an die Waage stieß. Nur ein Tisch und ein paar Sessel standen drin; an der Wand hingen Rennbilder und Fotografien berühmter Pferde.

»Mister Harrison«, sagte Stoelping »Sie hätten ohne die unglückliche Karambolage das Rennen gewonnen.«

»Das ist ganz sicher,« erwiderte Harrison.

»Wir müssen zunächst froh sein, dass die Reiter und Pferde keinen Schaden genommen haben.«

»Das ist für mich kein Äquivalent.«

»Soll's auch nicht sein. Ich habe Ihnen im Auftrage meines Sohnes vielmehr zu eröffnen, dass er Ihnen den Wert des Rennens ersetzen wird.«

»Das ist sehr gentlemanlike von Ihrem Herrn Sohn«, sagte Harrison und drückte Stoelping die Hand.

Stoelping begab sich wieder zu seinem Sohn, der eben im Begriff war, das Zimmer zu verlassen.

»Einen Augenblick!«, sagte der Alte, »ich habe mit Harrison gesprochen. Dass dein ›Ingo‹ nach links wegbrach und dadurch den Engländer um den Sieg brachte, ist erwiesen. Es ist nicht mehr als billig, dass du ihm den Verlust ersetzt.«

»Was?«, rief Stoelping, »welchen Verlust?«

»Auf das erste Pferd fallen nach sämtlichen Abzügen etwa 85 000 Mark. Ich habe Mr. Harrison den Betrag in deinem Namen für morgen Vormittag zugesagt.«

Stoelping glaubte zu träumen.

»85 000 Mark – in meinem Namen?« wiederholte er eintönig.

»Es ist etwas hart, ich gebe es zu, aber es gibt keine andere Möglichkeit, die Angelegenheit anständig zu erledigen und geräuschlos aus der Welt zu schaffen.«

Stoelping war nahe an seinen Vater herangetreten. Wie im Traume sagte er:

»Und du hast diesem Harrison das schon zugesagt?«

»Diesen Augenblick.«

»Und er ...?«

»Wie?«

»Wie nahm er es auf?«, fragte Stoelping und zitterte vor Erregung.

»Welche Frage!«, erwiderte der Alte. »Er ist Engländer« – dabei ließ er seinen Jungen nicht aus den Augen –, »du kannst dir die Frage also selbst beantworten. So sehr er als Engländer dein Verhalten während des Rennens begreift und, sofern es nur sein Vorteil gewesen wäre, auch gebilligt hätte, so willkommen ist ihm jetzt natürlich deine Großmut.«

Damit war dem jungen Stoelping jede Widerrede abgeschnitten. Er nahm die Hand seines Vaters und dankte ihm.

Sechstes Kapitel

Wie der junge Stoelping mit Miss Harrison zusammenkam

Im Kaiserpavillon, dem berühmten Restaurant der besten Gesellschaft in der Hofjägerallee, gab Ephrussi nach dem Rennen ein Diner, zu dem alle bekannten Sportsleute mit ihren Damen geladen waren.

Obgleich Stoelping, Vater und Sohn, der Erledigung wichtiger Arbeiten wegen, die Absicht gehabt hatten, von der Rennbahn aus nach Hause zu fahren, so bestand der Alte jetzt darauf, dass sie der Einladung Ephrussis folgten. Damit wurde dem Gerüchte über eine Unstimmigkeit der Boden entzogen; vor allem aber unterband man damit jede Kritik über Stoelpings Ritt, die nur zu nahe lag.

War es Zufall oder ein feiner Spott Ephrussis, dass der junge Stoelping Miss Harrison zu Tisch führte?

Man aß an kleinen Tischen, die sich in weiten Abständen um die Stämme Hunderte von Jahren alter Bäume rankten. An jedem der zehn Tische saßen etwa zehn Personen, die sämtlich in irgendeiner Beziehung zum Rennsport standen.

Als Ephrussi, der Miss Harrison dem jungen Stoelping vorstellte und sagte:

»Sie führen wohl Miss Harrison zu Tisch?« da hatte Stoelping das Gefühl, als müsse er erwidern: Jede andere – nur nicht die. Aber die Kinderstube legte ihm die Antwort auf die Zunge. Er verbeugte sich und sagte:

»Es ist mir ein Vergnügen« – und da sie ihn verständnislos ansah, fragte er:

» *Dont you speak german?* «

Miss Harrison schüttelte den Kopf.

»Merkwürdig«, sagte Stoelping, »bei uns spricht jeder gebildete Mensch Englisch.«

»Nun ja«, erwiderte sie, »das ist doch wohl nur natürlich.«

»Und dass man als gebildeter Engländer Deutsch spricht, wäre weniger natürlich?«

»Ja, das ist doch auch ganz etwas anderes.«

»Und warum ist das etwas anderes?«, fragte Stoelping.

»Nun, man kann von uns Engländern doch nicht gut verlangen, dass wir Deutsch sprechen.«

»Und weshalb nicht?«, fragte Stoelping gereizt.

»Was für komische Fragen Sie stellen! Das ist doch selbstverständlich, dass man Englisch spricht. Genau wie man zum Kahnfahren Ruder oder um auf die Berge zu klettern einen Bergstock braucht, genau so braucht man, um sich zu verständigen, die englische Sprache. Man könnte sich ja im Notfall auch mal ohne Englisch durchhelfen, wie man ja schließlich auch ohne Bergstock auf die Berge käme, – aber, es wäre beschwerlich, man wäre hilflos und auf einen glücklichen Zufall angewiesen.«

Stoelping sah: dagegen anzukämpfen, war zwecklos. Gerade das Unbewusste, das in dieser Überhebung lag, nahm jedem Einwand die Wirkung. Er beschränkte sich also darauf, zu erwidern:

»Ob man etwas kann oder nicht kann, ist meines Erachtens nichts weiter als eine Frage der Bildung.«

»Es gibt aber etwas, was höher als Bildung steht«, antwortete Miss Harrison.

»Nämlich?«, fragte Stoelping.

Sie wandte sich ganz zu ihm um, sah ihm fest in die Augen, öffnete den Mund, zeigte die schönen Zähne, und als wenn sie ihn zerschmettern wollte, versetzte sie ihm das Wort:

»Kultur!«

Im ersten Augenblick war Stoelping betroffen. Die Wucht, mit der Miss Harrison ihm das Wort versetzte,

das Sieghafte, mit dem ihr Blick ihn umfasste, verblüffte
ihn.

Und Miss Harrison nutzte ihren Sieg aus. »Sehen Sie,
das ist es!«, sagte sie. »Sie suchen durch Bildung zu ersetzen, was Ihnen an Kultur abgeht! – Aber Kultur *er-
lernt* man nicht – man *hat* sie!«

»Hm«, sagte Stoelping, dem ihre bestimmte, selbstbe-
wusste Art gefiel. »Dass für das Vorhandensein von Kultur nicht ein bestimmtes Quantum von Wissen bestimmend ist, gebe ich zu. Und Kultur ist letzten Endes sogar
mehr eine Gefühls- als eine Verstandessache. Schon den
Begriff Kultur zu bestimmen, macht Schwierigkeiten;
denn es ist längst ein Schlagwort, ein Gemeinplatz geworden, eine Flagge, unter der alles segelt, was sich
nicht recht sicher fühlt. Wenn man einen Anspruch nicht
begründen kann, wenn man für eine Handlung durchaus keine Rechtfertigung mehr findet, wenn für einen
Gewaltakt jeder noch so weit hergeholte Vorwand fehlt,
dann wirft man sich in die Brust und verkündet: Für die
Kultur! Glauben Sie mir, das wirkt immer.«

»Aber auf die Dauer doch wohl nur, wenn es sich zeigt,
dass es sich nicht nur um ein Schlagwort oder einen
Gemeinplatz, sondern wirklich um Kultur handelt«, erwiderte Miss Harrison.

»Dazu müsste man sich zunächst mal darüber verständigen, was eigentlich Kultur ist.«

Wieder lag jenes Staunen in ihrem Blick. Und ohne
dass sie sprach, verstand er sie.

»Sie meinen, das sei so klar und selbstverständlich,
dass man es gar nicht erst zu erklären brauche.«

»Ist es das etwa nicht?«, erwiderte sie. »Ich wenigstens sehe es einem Menschen an, ob er Kultur hat oder nicht. Es gibt Abstufungen. Gewiss! Aber so bestimmt man sagen kann, dass die Australneger und die wilden Stämme Afrikas keine Kultur haben, ebenso fest steht es, dass England der Kulturstaat *up to date*« – und so, wie sie das sagte, ließ es sich einfach nicht übertragen – »ist.«

»Und wenn ich Ihnen erwidere, dass es eine maßlose Überhebung ist, so etwas zu behaupten!«, sagte Stoelping gereizt.

»So ändert das nichts an der Tatsache, dass es so ist«, erwiderte Miss Harrison ruhig und bestimmt und durchaus nicht über den Ton gekränkt, der einer Dame gegenüber immerhin ungewöhnlich war.

Aber Stoelping war nun mal in seinem Fahrwasser, und zum hundertsten Male stellte er mit deutscher Gewissenhaftigkeit die Leistungen deutschen Geistes während der letzten Jahrhunderte denen englischen Geistes gegenüber. Die Beweisführung war lückenlos und schloss jeden Einwand aus.

Stoelping glaubte, Miss Harrison entwaffnet und überzeugt zu haben. Aber die hatte, ohne eine Miene zu verziehen, die lange Rede Stoelpings über sich ergehen lassen. Und als er sie jetzt in Erwartung einer Antwort zuversichtlich ansah, lächelte sie und sagte:

»Sehr interessant war das, – nur mit Kultur, scheint mir, hat das wenig zu tun.«

»Ja, wenn Sie nicht einmal Bildung und Fortschritte des menschlichen Geistes unter den Begriff Kultur rechnen, dann werden wir uns freilich nicht verständigen.«

»Sie selbst haben gesagt, dass ein gewisses Quantum von Wissen noch nicht Kultur ist.«

»Noch nicht«, erwiderte Stoelping, »weil dazu mehr gehört.«

»Ich habe mit einem berühmten deutschen Professor, der das wandelnde Konversationslexikon war und tatsächlich alles wusste, in Kairo zusammen an einem Tisch gesessen. Dieser Kulturmensch hat sich während des Essens mit einem Zahnstocher die Zähne gereinigt und die Kartoffeln mit dem Messer zerschnitten.«

»Und ich bin in Berlin mit einem Engländer zusammen gewesen, der in seinem Auto reiste, zwei Diener mit sich führte und dreimal am Tage seine Anzüge wechselte. Und dieser Kulturmensch verwechselte Strauß mit Wagner und wusste von Shakespeare nichts weiter, als dass ein gewisser Max Reinhardt ihn kurz vor Ausbruch des europäischen Krieges entdeckt hatte.«

Der Gesichtsausdruck der Miss Harrison verriet Stoelping, dass ihr ein Gespräch über Richard Wagner oder Shakespeare auch nicht gerade willkommen war. Aber sie gestand es nicht. Vielmehr sagte sie:

»Es gibt eben eine innere und eine äußere Kultur.«

»Aha!«, erwiderte Stoelping. »Auf der Basis bin ich bereit, mich mit Ihnen zu einigen. Sie billigen uns Deutschen die innere, also die Geistes- und Bildungskultur, zu, und wir lassen Ihnen die sogenannte äußere, die sich im gut sitzenden Frack und in manikürten Fingernägeln äußert.«

Aber damit war sie durchaus nicht einverstanden.

»Auch die äußere Kultur setzt Bildung voraus«, sagte sie, »wenn vielleicht auch eine andere.«

»Gut, trennen wir also geistige und gesellschaftliche Kultur. Und ohne die Formen des menschlichen Lebens – denn darauf läuft ja wohl das, was Sie meinen, hinaus –, zu unterschätzen, scheint mir doch, dass die durch die Pflege des Geistes hervorgebrachten Wirkungen in der Geschichte der Menschheit eine bedeutendere Rolle gespielt haben. Und ein Volk, das wie das deutsche, neben seinen täglichen Sorgen zu Mozart und Beethoven gefunden und sich an Kant und Goethe gebildet hat, scheint mir wertvoller als eine Nation, deren außerberufliche Interessen sich im Fußball und in gesellschaftlichen Nuancen erschöpfen.«

Miss Harrison wurde unruhig.

»Diese deutsche Gründlichkeit!«, schalt sie. »Was Sie da alles für feine Unterschiede und geistreiche Vergleiche machen! Und damit die einfachsten Dinge erschweren! Ob ein Volk Kultur hat oder nicht, hängt weder von Kant und Goethe noch vom Fußball und von gesellschaftlichen Nuancen ab. Dafür gibt es keine Formel. Das hat man im Gefühl.«

»Endlich!«, rief der alte Stoelping, der am selben Tisch ihnen gegenüber saß und mit seiner Nachbarin, der Frau Ephrussi, dem Gespräch seines Sohnes mit Miss Harrison gefolgt war, »endlich das erlösende Wort! Gefühl! Gewiss, darauf kommt es an. Wenn ihr's nicht fühlt, ihr werdet's nie erlernen. Gewiss ist Kultur der überkommene geistige und moralische Besitzstand eines Volkes, der sich forterbt und fortentwickelt und unbewusst und vom eigenen Willen unabhängig, rein gefühlsmäßig in jeder Handlung sich äußert. Kultur ist das aus diesem überkommenen und betätigten Erbe entsprungene sittliche Gefühl, ist der Kampf gegen Barbarei, der Kampf der *sittlichen* Kraft gegen den Instinkt. Im Namen der Kultur handeln, kann demnach nichts anderes heißen, als *durch Bildung des Geistes und Verfeinerung des Gefühls die Menschheit fortentwickeln.* Fordert die Religion: Friede auf Erden um der Liebe willen, so geht die Kultur über die Lehre Christi noch hinaus. Auch sie wendet sich an das Gefühl. Auch ihr gilt die Liebe unter den Menschen als das Höchste. Aber nicht durch den *blinden* Glauben will sie die Menschen gewinnen und zur Liebe bringen; das Wort Christi in Ehren; aber leben und stark sein kann es erst, wenn *sehende* Menschen es halten und verkünden. Darum setzt im Gegensatz zur Religion Kultur Bildung voraus. *Kultur ist fortentwickelte Religion.* Kultur ist: Gefühl und Verstand bilden, bis an die Stelle der schlechten Instinkte Nächstenliebe und Vernunft treten. Darum mag man Glaubenskriege führen. Kriege im Namen der Kultur führen aber ist in sich widersinnig. Und darum glaube ich, kann man für jeden einzelnen Fall entscheiden, ob das Wort Kultur berechtigt oder, wie leider in den meisten Fällen, nur Bluff ist.«

»Das alles sind nichts weiter als Sophismen«, sagte Mr. Harrison, der rechts von dem alten Ephrussi saß.

»Grundsätze sind es«, widersprach der junge Stoelping, »die uns Deutschen längst in Fleisch und Blut übergegangen sind.«

»Dann führen Sie also auch keine Kriege mehr?«, spottete Mr. Harrison.

»Niemals aus Neid oder um Geschäfte zu machen«, erwiderte der junge Stoelping, »sondern nur, wenn wir dazu gezwungen werden oder großer nationaler Ideen wegen. Denn nicht *Gewalt*, sondern *besser machen*, heißt für Kulturvölker die Formel des Erfolges.«

»Ein Prachtkerl, dein Sohn!«, rief Ephrussi, »er hat die Ethik mit Löffeln gegessen.«

Und Mr. Harrison, der, ohne es merken zu lassen, längst empfand, dass Stoelpings Hieb ihm und England galt, rief:

»Ob er sie aber auch verdaut hat, ist eine andere Frage.«

»Was wollen Sie damit sagen?«, fragte Stoelping in sehr erregtem Tone.

»Dass Ideen entwickeln und Ansichten vertreten noch keine Gewähr für den Charakter eines Menschen sind.«

»Das soll doch nicht heißen ...!«, rief Stoelping erregt.

Doch Mr. Harrison fuhr, ohne den Tonfall zu ändern, fort:

»Das soll heißen, dass Theorie und Praxis oft verdammt« – er sagte » *damned*« – »verschieden sind.« Und dabei lächelte er so niederträchtig, dass mancher am Tisch merkte, worauf er anspielte.

Dass Mr. Harrisons »Lori« das große Rennen vor einer Stunde nur durch die Karambolage mit Stoelpings »Ingo« verloren hatte, wussten alle. Ebenso wusste jeder, der etwas Erfahrung besaß und ein wenig Blick für den Sport auf dem grünen Rasen hatte – und das waren in diesem Kreise alle –, dass nicht der Engländer, sondern

»Ingo« schuld an diesem Zwischenfall gewesen war. An eine Absicht Stoelpings glaubte außer seinem Vater, der ihn kannte, niemand. Was Stoelping zustattenkam, war: »Ingo« war ein Verbrecher, der schon oft mit dem sicheren Siege kurz vor dem Ziele ausgebrochen war. Hatte man ihn früher dieser Untugend wegen gescholten, – heute, wo dies Verbrechen Tugend war, hatte man ihm zugejubelt. Und bei der Liebe, mit der diese begeisterte Sportgemeinde an ihren Lieblingen hing, gingen viele in ihrem blinden Glauben so weit, dass sie sich mit Erfolg einredeten, »Ingo« habe aus einem Instinkt heraus dem Engländer den Sieg entrissen.

Mit alldem rechnete in diesem Augenblick der junge Stoelping.

»Meinen Sie nicht, Mr. Harrison«, fragte er sehr erregt, »dass Widerspruch in Theorie und Praxis in den meisten Fällen auf Heuchelei herauskommt?«

Und Mr. Harrison erwiderte, ohne eine Miene zu verziehen:

»Das meine ich allerdings, Herr von Stoelping.«

Stoelping reizte absichtlich weiter:

»Dann wird Ihnen ein solcher Fall, solange Sie den Vorzug haben in Deutschland zu sein, kaum begegnen.«

Diese Keckheit verblüffte Harrison keinen Augenblick. Er fühlte, sie *glichen* und verstanden sich.

»So aus der Welt läge es nicht«, sagte er.

»Bitte! Reden Sie!« Und Stoelping lehnte sich über den Tisch, biss die Lippen aufeinander und sah wie ein

Raubtier, das auf dem Sprunge liegt, zu Harrison hinüber.

»Nehmen Sie zum Beispiel an«, sagte Harrison, und
seine Ruhe stach stark von Stoelpings Erregtheit ab, »Sie
hätten durch die unglückselige Karambolage heute das
Rennen gewonnen ...«

»Bitte!«, erwiderte Stoelping scharf, »was wäre dann?«

»Nun, zum Mindesten wären Sie in die immerhin un-
angenehme Lage gekommen, disqualifiziert zu werden.«

»Was weiter?«

»Weiter? Nun, man hätte unter Umständen auf den
Gedanken kommen können, zu eruieren, ob und wie
weit Sie etwa ein Verschulden trifft.«

Stoelping wollte erwidern.

»Einen Augenblick,« wehrte Mr. Harrison, »sehen Sie,
der Wunsch, selbst zu gewinnen oder ein anderes deut-
sches Pferd gewinnen zu lassen, wäre begreiflich. Da das
aber nicht mehr infrage kam, so musste es Ihnen natürlich gleichgültig sein, *welcher* Ausländer gewann; denn
ich darf annehmen« – und das klang nicht gerade sehr
ehrlich, – »dass Sie den Engländern dasselbe Wohlwol-
len und dieselbe Achtung entgegenbringen wie jedem
anderen Ausländer.«

»Und wenn ich das nicht täte?« lag es Stoelping auf der
Zunge, und er hätte es wohl auch ausgesprochen, wenn
Harrison nicht fortgefahren hätte:

»Es gäbe natürlich noch eine dritte Möglichkeit.«

»Welche?«, fragte Stoelping.

»Nun, ohne Sie etwa persönlich treffen zu wollen, ganz allgemein, wäre es ja immerhin denkbar, dass vielleicht Wettinteressen ...«

»Sie meinen ...?«

»Ganz allgemein. Nehmen Sie an, man glaubt an den Sieg des Franzosen und unterstützt diesen Glauben, indem man sein Geld ...« – er zögerte, denn er fühlte, dass in dem Fortspinnen dieses Gedankens eine starke Herausforderung lag.

»Weiter!« drängte Stoelping.

»Ich wiederhole, ich spreche ganz allgemein und will mit dem, was ich sage, beileibe keine Vermutungen aussprechen. – Genau, wie vorhin Ihre Betrachtung über Kultur ja allgemein gehalten war und sich nicht etwa auf eine bestimmte Nation bezog, – also warum soll man, wenn man an einen Sieg des Franzosen glaubte, sein Geld auf den Engländer legen.«

Stoelping stand jetzt.

»Sie wollen damit doch nicht etwa sagen ...?«

»Beileibe nicht,« sekundierte Harrison die ungeschickte Frage Stoelpings. »Ich bin im Gegenteil davon überzeugt, dass Sie nicht einen Pfennig auf den Franzosen angelegt haben. Erstens verbietet's das Reglement, vor allem aber Ihre soziale Stellung und die Ihres Vaters.«

»Der Mensch vor allem verbietet's!«, rief Stoelping empört.

»Den zu kennen ich bis heute leider nicht den Vorzug hatte«, erwiderte Harrison.

»Bitte!«, sagte jetzt Miss Harrison scharf und bestimmt zu Stoelping, »Sie führen nicht meinen Vater, sondern mich zu Tisch.«

Und Stoelping, der während der letzten Worte Harrisons, ohne es zu wissen, gestanden hatte, setzte sich, griff nach dem Glas, goss den Inhalt herunter, trocknete den Mund, wandte sich zu Miss Harrison und sagte:

»Ich bitte um Verzeihung; aber das war eine Aussprache, die ...«

»In Gegenwart von Damen besser unterblieben wäre«, beendete Miss Harrison den Satz.

»Es tut mir wirklich leid« – und dabei sah er sie an, zum ersten Male, während sie hier saßen, – »mir scheint wirklich, als hätten wir die halbe Stunde angenehmer verbringen können.«

Miss Harrison schob ihm das Menü hin und wies mit ihrer weißen Hand auf die Karte:

»Wir sind erst bei den Wachteln. Wenn Sie sich also beeilen, holen wir's noch nach!« und lächelnd fuhr sie fort: »Also was haben Sie mir noch zu sagen? Ihr Herz für England kenne ich nun. Ich will um des Himmels willen nicht noch einmal eine Kulturdebatte heraufbeschwören. Nur eins möchte ich sagen. Wenn zur Kultur auch Takt gehört, dann zeugte das nicht gerade von hoher Kultur.«

»Und warum haben Sie dann dem Gespräch nicht früher ein Ende gemacht?«, fragte Stoelping.

Sie schwieg einen Augenblick; dann sagte sie, und wie sie es sagte, klang es durchaus ehrlich:

»Ich hatte Furcht, mein Rheinlachs könnte kalt werden. Nirgends bekommt man ihn so gut wie in Deutschland.«

Und als er stutzte und erstaunt war, fuhr sie fort:

»In allem sind sie so gründlich, diese Deutschen. Überall ist ihnen ihr Gefühl im Wege.«

»Wo hatten Sie Gelegenheit, das zu beobachten?«, fragte Stoelping.

»Ich bin zwei Jahre lang in einer deutschen Pension gewesen.«

»Wie?«, fragte Stoelping erstaunt, »aber dann müssen Sie doch Deutsch sprechen?«

»Selbstredend tue ich das.«

»Wenn ich nicht irre, so sagten Sie doch ...«

»Sie irren durchaus nicht. Ich spreche eben lieber Englisch.«

»Und Sie haben sich wohlgefühlt in Deutschland?«

»Wohl gefühlt ist zu viel gesagt. Ich habe mir angeeignet, was man wissen muss. Im Übrigen habe ich gestaunt und mich bis zum letzten Tage immer von Neuem über die Gründlichkeit dieser deutschen Mädchen gewundert. Wenn die wirklich einmal ein Gefühl für etwas gefasst hatten, dann saßen sie fest, vertieften sich immer mehr und ließen nicht mehr locker, – und das Ende war, dass sie entweder überglücklich oder kreuzunglücklich wurden.«

»Und das hat gar nicht auf Sie gewirkt?«

»Doch! Sehr gut hat das gewirkt! Ich bin, wenn möglich, noch vernünftiger, klarer und berechnender geworden. Es gibt für mich nichts mehr, was mich aufregen oder auch nur auf Stunden aus meiner Ruhe bringen könnte. Ich laufe daher auch nie Gefahr, mich innerlich zu engagieren; denn ich habe es an diesen deutschen Mädchen gesehen, dass ›Gefühl haben‹ eine sehr unbequeme Sache ist, bei der man mehr an andere als an sich selber denkt. Und dazu, muss ich gestehen, bin ich mir zu schade. Denn schließlich ist man ja nicht der anderen wegen auf der Welt.«

»Aber Sie kommen dadurch doch um viele Genüsse, – von der Liebe ganz abgesehen. – Denken Sie allein in der Kunst.«

»Wieso?«, fragte sie erstaunt. »Ich war überall; ich habe alles gesehen, was man sehen muss.«

»Aber *empfunden* haben Sie nichts?«

»Aber doch. Wir hatten überall die besten Führer, – und zur Kontrolle noch Reisebücher, sodass wir genau wussten, wo wir ...«

»... etwas zu empfinden hatten,« ergänzte Stoelping. Und Miss Harrison, die den Spott nicht empfand, fuhr fort:

»Gewiss! In diesem Frühjahr waren wir zum Beispiel in Spanien. Drei Monate lang. Oh, es war herrlich! Es gibt kein Land, das so viel Sterne hat! Ich habe mir die Mühe gemacht und sie gezählt. Denken Sie,« – und jetzt schien sich alles, was sie an Temperament aufzubringen vermochte, in ihr zu regen, – »25 einfache und drei Doppelsterne mehr als in Italien.«

»Ja, ich verstehe nicht, von was für Sternen sprechen Sie denn?«, fragte Stoelping. Und Miss Harrison sah ihn ganz erstaunt an und sagte:

»Vom Baedeker natürlich, wovon denn sonst? Oder finden Sie Meyer besser?«

»Aber nein!«, erwiderte Stoelping und beugte sich, um seine Heiterkeit zu verbergen, über den Tisch. Nach einer Weile fragte er:

»Wissen Sie, Miss Harrison, ich finde, Baedeker ist so vorzüglich, dass eigentlich die Lektüre genügt, und dass man sich die Reisen ersparen kann.«

»Das habe ich auch schon gedacht«, erwiderte Miss Harrison, »aber ich glaube doch, anschaulicher wird es schon, wenn man die Dinge an Ort und Stelle sieht.«

Was Stoelping am meisten in Erstaunen setzte, war die Selbstverständlichkeit, mit der sie diese Dinge aussprach. Überhaupt interessierte ihn an dieser Frau ihre so ganz auf die Wirklichkeit gestellte, nüchterne Auffassung vom Leben. Zunächst war es das Neue, – dass alles so ganz anders war als bei allen anderen Frauen, die er kannte, – was ihn fesselte und reizte.

Während er darüber nachdachte, hatte sie Ephrussi, der rechts von ihr saß, ins Gespräch gezogen. Er erzählte ihr von den neuen Golfplätzen in Auteuil, und sie sprach von den Pferden und den Jagden, die ihr Vater in Schottland besaß.

»Wenn Sie in Deutschland jagen, Golf spielen oder Luftreisen machen wollen«, sagte Ephrussi, »müssen Sie sich an Ihren Nachbar wenden. Es gibt keinen Sport, auf dem Herr von Stoelping nicht zu Hause wäre.«

Und dabei wandten sich beide zu ihm, und Miss Harrison erwiderte:

»Wie sonderbar! Ich hatte Herrn von Stoelping für einen Philosophen gehalten.«

»Sie bleiben demnach längere Zeit bei uns?«, fragte Stoelping.

»Wenn ich Gelegenheit hätte, Luftfahrten zu machen, würde ich Papa bitten, noch nicht abzureisen.«

»Wenn Sie sich meiner Führung anvertrauen wollen, wird es mir eine Freude sein, Ihnen ein bisschen unser Deutschland zu zeigen.«

»Wäre das nicht leichtsinnig von mir? Denken Sie« – und dabei verzog sie keine Miene, sodass man nicht recht wusste, ob es ihr Ernst damit war, oder ob sie nur scherzte –, »wenn wir 3000 Meter über der Erde plötzlich in ein Gespräch über ein Kulturproblem verwickelt werden, die Folgen wären unabsehbar.«

»Herr von Stoelping wird sich verpflichten, Ihnen nur von seinen Jagden zu erzählen,« vermittelte Ephrussi, und Stoelping streckte ihr die Hand hin und versicherte:

»Mein Wort darauf!«

»Und Sie werden ausschließlich Englisch mit mir sprechen?«

Stoelping zögerte.

»Bedenken Sie, dass ich eine Dame und außerdem Ihr Gast bin.«

»Darf ich offen sein?«

»Bitte!«

»Sie waren jahrelang in einer deutschen Pension, um Deutsch zu lernen. Zu welchem Zweck, wenn Sie es nicht einmal im Lande selbst sprechen wollen?«

»O bitte, ich spreche im Verkehr mit Domestiken, Chauffeuren und Museumsdienern immer Deutsch.«

»Weil Sie es müssen.«

»Sehen Sie, das ist es. Weil ich muss. Mit Ihnen aber, der Sie Englisch wie Deutsch und so rein sprechen, wie ich es noch nie von einem Deutschen gehört habe, muss ich es nicht. Also ...« und jetzt streckte sie ihm die Hand hin.

Er griff danach, ganz unbewusst, und hielt sie länger und wohl auch fester, als nötig war. Sie lächelte, nickte ihm zu und sagte:

»Wie gut wir uns verstehen.«

Nach dem Diner fasste sie ihn bei der Hand und sagte:

»Kommen Sie, Baron!«

»Wo wollen Sie hin, Miss Harrison?«

»Zu Papa.« –

Der alte Stoelping und Ephrussi gingen, während die Kellner Kaffee und Liköre reichten, im Park spazieren.

»Ich versichere dich«, sagte Ephrussi, »diese Miss Harrison hat es hinter den Ohren. Sie ist selbst für englische Begriffe eine Meisterin des Cant und kann deinem Jungen gefährlich werden.«

Stoelping schüttelte den Kopf.

»Nie im Leben! Ein kleiner Flirt vielleicht, wenngleich ich selbst das bei seinem Hass gegen alles, was englisch ist, für unwahrscheinlich halte. Von einer ernsten Neigung kann einer Engländerin gegenüber bei ihm nie die Rede sein.«

»Nimm ihn trotzdem in acht!«, sagte Ephrussi.

»Sei unbesorgt,« erwiderte Stoelping und sah sich nach seinem Sohne um, den Miss Harrison noch immer an der Hand hielt und eben zu ihrem Vater führte. Das wäre allerdings ein beispielloses Fiasko unserer Erziehung, dachte er. Aber er beruhigte sich und sagte: »Nein, das ist ja undenkbar.«

Dann nahm er Ephrussi unter den Arm und ging mit ihm die Allee hinunter. –

Mr. Harrison besprach mit dem Schlenderhahner Gestütsherrn, Grafen Oppenheim, gerade die Beschickung der Kölner Rennen, als seine Tochter mit Stoelping an ihn herantrat.

»Aber Herr von Stoelping darf nicht wieder auf einem Verbrecher sitzen«, sagte er scherzhaft, »damit wir uns hinterher beim Diner nicht wieder in die Haare geraten!«

»Um was für ein Rennen handelt es sich denn?«, fragte Miss Harrison.

»Um die rheinische Steeple Chase«, erwiderte Graf Oppenheim.

»Also ein Herrenreiten!«, rief Miss Harrison. »Nun, das ist doch sehr klar, Papa. Da bittest du einfach Herrn von Stoelping, für dich zu reiten. Dann bist du doch vor ihm sicher; denn mit sich selbst kann er unmöglich karambolieren.«

»Der Gedanke ist nicht übel,« erwiderte Mr. Harrison. »Wenn Sie einverstanden sind, Herr von Stoelping; ich vertraue Ihnen gern den Ritt an.«

»Ausgezeichnet!« stimmte Graf Oppenheim zu und wandte sich an Stoelping. »Sie haben auf Harrisons ›Lori‹ eine allererste Chance.«

Stoelping war über den Antrag so verblüfft, dass er auf den Nächstliegenden Einwand, für das Rennen schon einen anderen Ritt übernommen zu haben, gar nicht kam.

»Ich fürchte, dass mich zu der Zeit ein wichtiger Prozess in Berlin hält.«

»Gibt es denn bei Ihnen am Sonntag Prozesse?«, fragte Miss Harrison.

»Aber nein!«, erwiderte Graf Oppenheim, »Sie kommen morgens herüber und können abends schon wieder hinter Ihren Akten sitzen.«

»Sie haben in England gewiss Herren, die auf die Stute eingeritten sind«, sagte Stoelping.

»Das ist bei ›Lori‹ nicht nötig,« erwiderte Miss Harrison, »sie ist gutartig und ein sicherer Springer. Ich selbst habe sie in der Arbeit mehr als einmal geritten.«

Sie wusste längst, weshalb sich Stoelping sträubte, den Ritt zu übernehmen, zu dem sich jeder andere gedrängt hätte. Aber das gerade war es, was sie reizte, ihn zur Übernahme zu bestimmen. Seine Verlegenheit bereitete ihr Vergnügen. Unmöglich, dachte sie, kann er den wahren Grund nennen, obschon ihn jeder kennt. Aber gerade, weil Stoelping das wusste, sprach er es, derart in die Enge getrieben, ganz offen aus.

»Ich muss es Ihnen gestehen, ohne die leiseste persönliche Animosität gegen Sie zu empfinden, dass mir das

Gefühl, ein englisches Pferd gegen deutsche Kameraden zum Siege zu steuern, einigermaßen unbehaglich wäre.«

»Sie sind kein Sportsmann!«, sagte Miss Harrison verächtlich, »und Ihnen wollte ich mich anvertrauen und in Ihrem Flugzeug Deutschland bereisen? Ich hätte ein sehr unsicheres Gefühl, glaube ich.«

»Wissen Sie, Miss Harrison, dass das kränkend ist?«, fragte Stoelping.

»Nicht kränkender als Ihr Refus!« Sie trat dicht vor ihn hin und sah ihm in die Augen.

»Wenn ich Sie bitte« – und sie sprach jetzt Deutsch; zum ersten Mal! Ein entzückendes Deutsch –, »sagen Sie dann auch noch Nein?«

Ihre geschickte, sichere, zielbewusste Art wirkte stark auf Stoelping. Diese Frau kannte keine Bedenken und Rücksichten. Hatte nur einen Gedanken: Vorwärts zu kommen! Ihr Ziel zu erreichen! Wie weit kam man an der Seite solcher Frau, dachte er.

»Sie werden sich mir anvertrauen?«, fragte er sie.

Miss Harrison überlegte.

»Gut!«, sagt« sie, »ich werde Ihnen mit gutem Beispiel vorangehen. Ich fahre mit Ihnen; und Sie haben hinsichtlich des Rittes nichts weiter zu tun, als jetzt nicht ›nein‹ zu sagen. Ist das nicht ritterlich von mir?«

Er schlug die Sporen zusammen, nahm ihre Hand und küsste sie.

»Werden wir länger als einen Tag fortbleiben?«, fragte sie.

»Zwei Tage wird man für die Tour, die ich mit Ihnen gern machen möchte, schon gebrauchen.«

»Gut. Nach zwei Tagen also, wenn wir zurückkommen, sollen Sie sich entscheiden. Wollen Sie?«

Sie hielt ihm die Hand hin, und er schlug ein.

Und Mr. Harrison sagte zum Grafen Oppenheim:

»Der Ritt ist also vergeben.«

»Glauben Sie?«, fragte der Graf. Und Harrison antwortete:

»Ich glaube es nicht, ich *weiß* es.«

Siebentes Kapitel

Wie der junge Stoelping mit Miss Harrison über den Rhein flog

Stoelping hatte von seiner vorgesetzten Behörde Urlaub erbeten und erhalten.

Am ersten Tage war er mit Miss Harrison morgens um 6 Uhr über Hamburg nach Norderney geflogen, wo sie niedergegangen waren und das Frühstück eingenommen hatten. Von Norderney nach Köln, dann den Rhein entlang, über Mainz nach Heidelberg. Hier kamen sie programmmäßig gegen Abend an. Die Zofe, die morgens mit der Bahn von Berlin abgefahren war, empfing Miss Harrison verabredungsgemäß im »Europäischen Hof«. Dort erwartete sie auch die telefonisch von Köln aus verständigte Tante Robinson, die in Frankfurt am Main lebte. Der gesellschaftlichen Form war also Genüge geschehen, und Stoelping war von dieser mustergültigen Regie Miss Harrisons so belustigt, dass er im Namen des heiligen Cant Tante Robinson scherzhaft fragte, ob es nicht schicklicher wäre, wenn er in einem anderen Hotel abstiege. Und Tante Robinson fand das gentlemanlike und war von so viel Takt und Zartgefühl derart entzückt, dass sie es sich trotz ihrer fünfzig Jahre nicht nehmen ließ, sich zu einer Stunde, zu der man alles eher als alte Tanten zu empfangen pflegt, persönlich in dem benachbarten Hotel Viktoria davon zu überzeugen, dass Stoelping auch gut untergebracht war. Da dieser Besuch aber durchaus nicht ihren Erwartungen entsprach, so fuhr sie am anderen Morgen, ohne sich zu verabschieden, mit dem ersten Frühzug nach Frankfurt zurück.

Miss Harrison und Stoelping flogen am nächsten Tage über Stuttgart nach München, gingen in Bayreuth nieder, wo sie im Hotel Schön ein paar unvergessliche Stunden verlebten; sie stiegen in dem Gefühl, dass sie nun zueinander gehörten, am Mittag wieder auf und waren spät abends in Johannisthal.

Von Johannisthal aus fuhren sie im Auto in die Stadt. Während der Fahrt warf sich Miss Harrison Stoelping an den Hals, schmiegte sich an ihn und küsste ihn auf den Mund.

Er drückte sie zärtlich an sich, sah ihr in die Augen und sagte aus vollem Herzen:

»Mein liebes Weib!«

Sie lächelte, fuhr ihm mit der Hand durchs Haar, streichelte ihn und fragte:

»Nicht wahr, du wirst ›Lori‹ reiten in Köln?«

»Du willst es, also tue ich es!« gab er zur Antwort.

Sie lächelte wieder; wieder schlang sie die Arme um seinen Hals; wieder küsste sie ihn. – Und er war glücklich; denn nun endlich glaubte er zu wissen, was Liebe war.

Plötzlich riss sie sich los.

»Wo sind wir?«, fragte sie ängstlich.

Er wandte sich zum Fenster und sagte:

»In der Schönhauser Straße. – Aber was ist dir?« – und er streckte die Arme wieder nach ihr aus.

»Wo fängt Berlin an?«, fragte sie in verängstigtem Tone.

»Wir sind mitten drin,« gab er zur Antwort.

»Großer Gott!«, schrie sie entsetzt und flüchtete in den äußersten Winkel des großen Wagens.

Stoelping, der noch immer nicht begriff, sprang auf.

»Was ist dir?«, fragte er ängstlich und wollte zärtlich werden.

»Sie sind von Sinnen!«, rief sie ihm zu und stieß ihn zurück. » *Wir sind in Berlin.* Ja, begreifen Sie denn nicht? Noch ein Wort, und ich springe aus dem Wagen ...!«, und sie machte sich allen Ernstes an der Tür zu schaffen.

Stoelping *begriff.*

»Cant!«, flüsterte er leise vor sich hin und setzte sich so förmlich wie möglich auf seinen Sitz zurück. Cant war die Zauberformel, die dies Rätsel löste. Er gedachte der glücklichen Stunden mittags, in Bayreuth, wo sie sein war. »Mein liebes Mädel!« hatte er sie genannt, und zärtlich hatte sie zu ihm aufgesehen und erwidert: »Mein guter, dummer Junge!« Und nun saß neben ihm wieder

die steife Miss, und wer sie so sah, musste denken, man
hätte sie vor einer Viertelstunde irgendwo in einem Salon miteinander bekannt gemacht.

»Wissen Sie im Kaiser-Friedrich-Museum Bescheid?«,
fragte sie, und diese Förmlichkeit hatte durchaus nichts
Gezwungenes.

»Ja!«, erwiderte er kurz.

»Würden Sie mich morgen auf eine Stunde begleiten?
Ich möchte vor meiner Reise ...«

»Wie? Sie wollen wirklich schon fort?« fragte er und
war betroffen.

»Aber ja! Das wissen Sie doch! Das war doch mit Papa
vereinbart, bevor wir unseren Ausflug antraten.«

»Gewiss!«, erwiderte Stoelping, » *bevor* wir ihn antraten. Aber inzwischen, denke ich, hat sich doch manches
geändert ...« Und da sie durchaus nicht begriff, so setzte
er hinzu: »Ich meine, wir kommen doch anders zurück,
als wie wir fortgeflogen sind.«

Sie sah ihn erstaunt an und tat noch immer, als begriffe
sie ihn nicht.

»Ich respektiere ja gewiss jede Form, – aber solange wir
unter uns sind, nicht wahr, da dürfen wir es uns doch
sagen: zwischen dir und mir ...«

Sie streckte blitzartig den Arm nach der Tür; hielt den
Riegel schon in der Hand – zu beiden Seiten des Dam-
mes rasten lärmend die Autos und Omnibusse, – auf
den Bürgersteigen schoben sich die Menschen vorwärts
– –

»Noch ein Wort, und ich springe hinaus!«, schrie sie; und er sah deutlich, dass es ihr Ernst war, dass sie sich nicht verstellte, sondern sich – so ganz unglaublich es schien – durch seine Worte gekränkt und verletzt fühlte.

Da sagte er nichts mehr.

Ein paar Minuten später hielten sie vor dem Hotel.

»Sagen Sie meinem Vater noch guten Abend, Baron?«, fragte sie höflich.

»Ich muss wohl, – so gern ich jetzt allein wäre,« gab er zur Antwort.

»Aber nein, Sie müssen durchaus nicht!« Während sie das sagte, stiegen sie aus. »Aber begleiten Sie mich wenigstens bis ins Vestibül. Ich lasse die Zofe herunterrufen, da ich es nicht schicklich finde, abends allein hinaufzufahren.« Sie gab dem Portier eine Weisung, dann wandte sie sich wieder an Stoelping:

»Es war sehr, sehr interessant, und ich danke Ihnen vielmals,« dabei reichte sie ihm die Fingerspitzen und nickte ihm freundlich zu. – »Da ist die Zofe. – Also, wie ist es mit morgen? Werden Sie um 12 Uhr vor dem Museum sein? Ich habe nur 40 Minuten; aber man hat mir in London gesagt, das genügt im Notfall, das andere lese ich nach.«

»Ich komme,« erwiderte Stoelping und verbeugte sich.

Einen Augenblick später saß sie im Fahrstuhl und begann in dem Roman, den ihr die Zofe besorgt hatte, zu lesen.

Achtes Kapitel

Am nächsten Morgen

Am nächsten Morgen sagte der alte Stoelping mit einem leisen Vorwurf zu seinem Sohne, der ganz gegen seine Gewohnheit mit keinem Worte von seinem Ausflug sprach:

»Das war, soweit ich mich erinnere, das erste Mal, dass du einer Frau wegen deine Arbeiten zwei Tage lang im Stiche gelassen hast.«

Frau Ella, die längst die Veränderung im Wesen ihres Sohnes sah und fühlte, dass sein Schweigen mehr als schlechte Laune war, stieß ihren Mann an und sagte:

»Ich bin froh, wenn der Junge sich mal eine kleine Erholung gönnt; wenn er verheiratet wäre, würde ihn seine Frau jedenfalls mehr in Anspruch nehmen als jetzt der Sport.«

»Du verstehst mich falsch ...«

»Nein, nein, ich verstehe schon richtig,« – wehrte Frau Ella ab und bat ihren Mann durch Schütteln des Kopfes, nicht zu widersprechen.

Aber der alte Stoelping fuhr trotzdem fort und sagte:

»Gewiss! Willi arbeitet eher zu viel als zu wenig, und über seine Tüchtigkeit ist kein Wort zu verlieren. Er ist *mir* manchmal sogar *zu* tüchtig – aber,« – und er machte eine Pause und sah seinen Sohn an –

Die Pause benutzte Frau Ella, um zu sagen:

»So lass doch!«

Der alte Stoelping achtete nicht darauf.

»Aber«, sagte er noch einmal, – »wenn er die Hälfte arbeiten würde und halb so tüchtig wäre und dafür mit einer *deutschen* Frau verheiratet und glücklich wäre, so wäre mir das tausendmal lieber.«

»Es hat ja noch Zeit!« vermittelte Frau Ella, – »er ist ja kaum dreißig.«

»Und hat doch schon Partien ausgeschlagen, um die ein Prinz ihn beneidet hätte!«

»So lasst mich doch!«, sagte jetzt der junge Stoelping laut und gereizt. »Ich werde nur eine Frau heiraten, die ich liebe.«

»Oho!«, erwiderte der Alte. »Das klingt ja ganz neu! Bisher hieß es immer, du könntest nicht lieben und würdest daher überhaupt nicht heiraten.«

»Aber du hörst doch ...« suchte die Alte wieder zu vermitteln.

»Gewiss! Und ich höre vielleicht mehr heraus als du! Aber die Schande wirst du dir und uns nicht antun ...«

»Vater!«, rief der junge Stoelping, »ich bitte dich, lass das!«

»Was habt ihr nur?«, fragte Frau Ella ganz verzweifelt.

»Und wenn du wirklich das Unglück hast und das fertigbringst, dich in diese Miss Harrison zu verlieben, so musst du eben darüber hinweg! Und zwar so schnell wie möglich! Ich sage dir das, bevor du dich etwa zu irgendeinem unbedachten Wort hinreißen lässt.«

Aber Stoelping sprang auf und stürzte, ohne ein Wort zu erwidern, aus dem Zimmer.

Frau Ella sah ihm nach, schwieg erst, schüttelte dann den Kopf und sagte zu ihrem Mann:

»Du hättest ihn nicht so reizen sollen.« Aber der Alte erwiderte:

»Ich werde es nicht dulden!«

»Du tust ihm unrecht ... *Du vergisst ...*«

»Er sorgt dafür, dass *ich es nicht vergesse! –*«

Frau Ella rang verzweifelt die Hände:

»Wenn es uns in 25 Jahren mit Liebe nicht gelungen ist!«

Der alte Stoelping fiel ihr ins Wort:

»Es ging sehr gut bisher! Besser als ich es je erwartet hätte. Und was noch fehlt oder etwa von Geburt her noch in ihm ist, das wird in der Ehe mit einer deutschen Frau ganz schwinden.«

Frau Ella seufzte:

»Und das glaubst du wirklich?«, fragt« sie und schüttelte ungläubig den Kopf.

»Ich bin sogar davon überzeugt«, erwiderte der Alte.

»Das kommt daher, dass du nur mit den Augen siehst«, erwiderte sie sanft, »eine Frau und Mutter aber sieht auch mit dem Herzen. Und daher kommt es wohl, dass sie mehr sieht.«

*

Förmlich, wie am ersten Tage, hatte Miss Harrison den jungen Stoelping mittags vor dem Kaiser-Friedrich-Museum begrüßt, hatte mit pedantischer Sorgfalt, als gälte es einen geschäftlichen Auftrag zu erledigen, an der Hand Baedekers jeden Saal nach Sternenbildern abgesucht, ihn im Namen ihres Vaters zum Lunch in ihr Hotel gebeten und, ohne auch nur mit einem Blick sich etwas zu vergeben, ihm zum Abschied die Hand gereicht.

Und Stoelping, der die ganze Zeit über auf ein Wort oder Zeichen oder sonst eine Gelegenheit gewartet hatte, um dieser Farce ein Ende zu machen, hatte den Mut nicht gefunden, mit ihr über Dinge zu reden, die – wie er annahm – beiden näher lagen als Rembrandt, Holbein und Filippino Lippi.

Nur als Mr. Harrison beim Lunch sagte:

»Übrigens, Herr von Stoelping, meine Tochter hat mir zu meiner Freude erzählt, dass Sie sich entschlossen haben, in Köln für mich zu reiten,« und er, im ersten Augenblick betroffen, sich gerade wieder in der Gewalt hatte und im Begriffe war, trotz dieser Zusage Bedenken zu äußern, da traf ihn ein Blick der Miss Harrison, der ihn an die Stunden in Bayreuth erinnerte. Die sonst so klugen, kalten Augen blickten ihn jetzt so weich und zärtlich an, dass er am liebsten aufgesprungen und ihr an den Hals geflogen wäre.

»Ich habe es Ihrem Fräulein Tochter versprochen; Sie können auf mich rechnen!«, sagte er.

Und dann, als er sich von ihrem Vater und ihr im Vestibül verabschiedet hatte und eben in Hut und Pelz aus der Garderobe trat, kam sie wie zufällig vorüber und rief ihm beim Vorbeigehen zu:

»Bitte kommen Sie doch im Flugzeug nach Köln. Ich möchte gern noch einmal den Rhein herunter.«

Stoelping stand wie elektrisiert, behielt den Hut auf dem Kopf, sah sie groß an und sagte:

»Gewiss! Gewiss!«

Und als er auf sie zugehen wollte, nickte sie ihm flüchtig zu und war im selben Augenblick im Vestibül, das voll von Menschen war, auch schon wieder verschwunden.

Neuntes Kapitel

Wie die Untersuchung gegen Dr. Hempel ihren Fortgang nahm

Vom Hotel aus fuhr Stoelping nach Moabit.

Schon unterwegs war er bemüht, sich gedanklich wieder in seine Arbeit hineinzufinden. Vornan stand der Fall Hempel, der einer Eskapade wegen drei Tage lang geruht hatte.

»Eskapade!« wiederholte er sich – sann nach und schüttelte den Kopf. Nein! Das war es nicht. Es war auch keine Laune; es war mehr. Und wenn es auch gerade keine Leidenschaft war, so war es doch ein Gefühl innerer Ungebundenheit, der Möglichkeit, sich zwanglos, ohne Konvention, so zu geben, wie man wirklich war. Dass das aber gleichbedeutend mit einem Zusammenstimmen und Gleichempfinden, letzten Endes also nicht mehr oder weniger als das gleiche innere Verhältnis zur Welt und zu den Dingen war, sagte er sich nicht. Ahnte es nicht einmal! Ihm lag im Augenblick ja nur daran, zu wissen, dass das, was er für diese Frau empfand, nicht Liebe war!

Als Stoelping sein Amtszimmer betrat und den Referendar nach wichtigen Eingängen fragte, wies der auf
einen hohen Stoß von Akten und sagte:

»Die Haftsachen liegen obenauf.«

Dann holte er aus dem Schubfach einen Aktendeckel
und reichte ihn Stoelping.

»Vor allem ist der Bericht der Polizeibehörde, die Sie
mit der Beobachtung Dr. Hempels beauftragt haben,
eingegangen.«

»So«, sagte Stoelping voller Interesse und fiel förmlich
über die Akten her und hatte im selben Augenblick auch
schon keinen Gedanken mehr für Miss Harrison; »da bin
ich aber gespannt.«

Obenauf lag der Bericht des Kriminalkommissars Dr.
Schütze, den Stoelping mit den Recherchen über die Personalien des Literaturhistorikers Dr. Hempel beauftragt
hatte.

»Der Literaturhistoriker Dr. phil. Günther Hempel, geboren am 21. Dezember 1912, ist der Sohn des verstorbenen Universitätsprofessors Hempel. Er bewohnt in
der zweiten Etage des Hauses Charlottenburger Chaussee 24 eine Fünfzimmerwohnung für den jährlichen
Mietszins von 5200 Mark. Es heißt, dass er mit der Tochter des Universitätsprofessors Geheimrat Schott heimlich verlobt ist. Sein väterliches Erbteil in Höhe von über
einer Million Mark soll intakt und mündelsicher angelegt sein. Kredit nimmt er nicht in Anspruch. Er hat auf
der Berliner Universität *summa cum laude* promoviert
und steht im Begriff, sich aufgrund einer Arbeit über die
Brüder Hauptmann als Privatdozent an der Berliner

Universität zu habilitieren. In seinem Fach gilt er als hervorragend befähigt. Er ist Mitglied mehrerer literarischer Vereine und Vorstandsmitglied des Internationalen Friedensbundes. Hempel ist eine in Musikkreisen bekannte Persönlichkeit und spielt künstlerisch Cello. Zurzeit werden mehrere junge Musikschüler des hiesigen Konservatoriums auf seine Kosten ausgebildet. In seinem militärischen Verhältnis ist er zurzeit Oberleutnant der Reserve im Oldenburgischen Dragonerregiment Nr. 19.«

Stoelping war von dem Bericht wenig befriedigt. Nicht dass er oberflächlich oder nicht erschöpfend schien. Der Kommissar hatte seine Schuldigkeit getan; ihn traf kein Vorwurf. Nur hätte er ihn sich für seine Zwecke anders gewünscht. Dass so die Personalien eines Anarchisten aussahen, wollte ihm nicht in den Kopf. Wenn dieser Hempel – und die Korrespondenz ließ darüber gar keinen Zweifel – wirklich ein gemeingefährlicher Verbrecher war, dann war man ja nicht einmal mehr auf den Parketts der Tiergartensalons sicher, sagte er sich. Mit solchen Leuten sitzt man womöglich, ohne eine Ahnung von ihrem wahren Charakter zu haben, an einem Tisch und unterhält sich von Staats- und Gelehrtensachen. Grässlich! Dachte er und schüttelte sich vor Unbehagen. Dann las er den Bericht noch einmal, schüttelte den Kopf, wandte sich an den Referendar und fragte:

»Bietet Ihnen das irgendwelche Anhaltspunkte?«

»Nicht den Geringsten«, erwiderte der Referendar. »Ich habe den Bericht daraufhin auch schon mehrmals durchgesehen.«

»Höchstens der Friedensbund. Aber das ist ja wohl 'ne allgemein bekannte Organisation, die über die ganze Welt verbreitet ist, und der, soviel ich weiß, sogar konservativ gesinnte Elemente angehören. – Frieden und Anarchie – an sich sind das ja wohl zwei grundverschiedene Dinge; immerhin, wer kann wissen, wie sich das so in dem Kopf eines jungen Gelehrten spiegelt. Es wär' vielleicht ganz lehrreich, mal die Reden, die er da zum Besten gibt, kennenzulernen!«

»Die findet man ja meist in den Zeitungen abgedruckt«, sagte der Referendar.

»Aber Mensch!«, erwiderte Stoelping, » *die* mein' ich natürlich nicht; sondern die so bei verschlossenen Türen im engeren Ausschuss gehalten werden, und von denen nichts in die Öffentlichkeit dringt. Aber da hineinzukommen ist schwer. Sie sollen sehr exklusiv sein.«

»Dann könnte man ja unter irgendeinem baupolizeilichen Vorwande Schallplatten in die Wände einsetzen. Auf die Weise haben wir im letzten Bankprozess stundenlange Debatten der Direktoren Wort für Wort aufgefangen.«

Stoelping schüttelte den Kopf.

»Das nimmt alles zu viel Zeit in Anspruch. Ich habe persönliche Gründe, die Untersuchung zu einem schnellen Abschluss zu bringen. Und dann sind die Leute am Ende selbst so schlau und wissen, dass Wände heutzutage Ohren haben, und machen's wie die Angeklagten neulich in dem großen Wechselprozess, die auf großen Schiefertafeln, die an der Wand hingen, diskutierten.«

»Auch dagegen kommt man an«, erwiderte der Referendar, »indem man selbsttätige fotografische Apparate in die gegenüberliegende Wand fügt.«

»Und wenn sie eine selbstständige, eigens von ihnen erfundene Stenografie haben, die in der ganzen Welt außer ihnen kein Mensch kennt, was dann?«

Der Referendar war geschlagen und schwieg.

»Ne, ne«, fuhr Stoelping fort, »das alles dauert, wie gesagt, auch viel zu lange. Jedenfalls aber werde ich mir ihren Vertrauensmann mal ansehen. Ich entsinne mich, sie haben da so'n alten Invaliden als Verwalter, den könnten wir mal laden. Am besten, man tut's gleich. Setzen Sie sich unten in ein Auto, Kollege, und holen Sie'n her; unter irgendeinem Vorwand, am besten: Sie sagen, dass es sich um einen alten Kriegskameraden handelt, über den er Auskunft geben soll.«

Der Referendar stand auf und ging zur Tür.

»Also nicht wahr, lieber Kollege, nicht einschüchtern! Freunden Sie sich unterwegs mit dem Alten an.«

»Ich will mein möglichstes tun«, erwiderte der Referendar und ging.

Es dauerte kaum eine Viertelstunde, da erschien der Referendar und mit ihm der Veteran Linke.

»Da sind Sie ja!« empfing ihn Stoelping so jovial wie möglich, und zu dem Referendar gewandt, sagte er:

»Na, dann rücken Sie man dem alten Krieger 'nen Stuhl ran, Herr Kollege, – so – mir gegenüber. – Zigarre gefällig?« er reichte ihm sein Etui, und Linke erwiderte:

»Bin so frei, Herr Präsident,« und nahm sich, indem er sich setzte, eine Zigarre.

»Darf man denn hier aufs Jericht ...?«, fragte Linke, mit einem Blick auf die Zigarre; biss im selben Augenblick aber auch schon die Spitze ab und spuckte sie in weitem Bogen ins Zimmer.

»Eigentlich ja nich!«, erwiderte Stoelping, »– aber, was wir vorhaben, das ist ja nicht amtlich – das sind vielmehr« – und er steckte sich selbst eine Zigarre in den Mund –, »rein private Angelegenheiten.«

»Ja, ja«, sagte Linke und wies auf den Referendar, »der Herr Kollege hat mir unterwegs schon angedeutet.«

»Ja, sehen Sie,« fiel ihm Stoelping ins Wort, »nicht wahr, Sie haben ja wohl den europäischen Krieg mitgem...«

Und nun kam der Veteran ins Reden! Wohl ein Dutzend Mal ging ihm die Zigarre aus; diensteifrig zog Stoelping ein Dutzend Mal sein Feuerzeug aus der Tasche und regte durch Zwischenrufe und Fragen den begeisterten Krieger immer zu weiterer Erzählung an. Und als er endlich beim Friedensschluss war, atmete der Referendar erleichtert auf; Stoelping und Linke aber waren Freunde.

»Ein Held also sind Sie!«, sagte Stoelping und schüttelte ihm die Hand.

Linke, der einen roten Kopf hatte und außer Atem war, zog sein Schnupftuch aus der Hosentasche und trocknete den Schweiß.

»Man hat nur eben seine Pflicht getan«, erwiderte er.

»Ich glaube, Sie gingen heute noch mit, wenn es wieder losginge?«

»Wenn's nach mir jinge, und es jinge gegen England«, erwiderte Linke freudig, »ohne Besinnen; aber« – und dabei wies er resigniert auf sein Holzbein – »sie werden mich wohl nicht haben wollen.«

»Na«, erwiderte Stoelping, »wenn's mal so weit is, dann kommen Sie zu mir; ich werd' dann sehen, irgendwie, da werd' ich Sie schon anbringen.«

Linke strahlte.

»Wenn Sie das fertigbrächten, Herr Präsident!«

»Mein Wort darauf!«, erwiderte Stoelping und streckte ihm die Hand hin.

Linke schlug ein.

Und nun hielt Stoelping die Zeit für gekommen und die Stimmung für genügend vorbereitet, um von anderen Dingen zu sprechen.

Was Linke von den Mitgliedern des Friedensbundes und ihren Sitzungen, vornehmlich denen des Ausschusses erzählte, die, wie Stoelping richtig vermutet hatte, hinter geschlossenen Türen stattfanden, war nicht viel. Dass es sehr still zugeht, dass sie weder trinken, noch rauchen, und dass man sie kaum reden hört.

»Dass sie mal irgendwie besonders aus sich herausgehen, in Stimmung kommen oder gar vergnügt sind, das geschieht wohl nie?«, fragte Stoelping.

»Ne, in den zehn Jahren, in denen ich da bin, nich, oder doch nur sehr selten.«

»Wann denn zum Beispiel?«, fragte Stoelping.

»Na, so zu besonderen Gelegenheiten.«

»Zu den Feiertagen also? Zum Beispiel zu Neujahr?«

»Ja, auch. Oder wenn eins von den Mitgliedern seinen Geburtstag feiert.«

»Aha!« sehen Sie mal an; das finde ich nett. Und was geschieht denn da? Werden da Reden geschwungen? Hochs ausgebracht?«

»Ne, ne! In der Sitzung nich. Das machen se wohl hinterher. Bei uns, da gibt's denn nur Blumen; und dann bekränzen se wohl auch den Stuhl von dem Herrn, den se nun gerade feiern wollen.«

»So, so! Und wessen Geburtstag haben sie denn zuletzt gefeiert?«

Linke nannte irgendeinen Namen.

»Und wer war vorher dran?«, fragte Stoelping.

Linke dachte nach und nannte abermals den Namen eines Mitgliedes.

»Sehen Sie mal an, was Sie für ein Gedächtnis haben!«, sagte Stoelping. »Sie können dem Staate noch viele Dienste leisten;« und Linke, der nun seinen Ehrgeiz darin sah und seinen Stolz darin fand, diesen Beweis möglichst zu erhärten, zählte von einer ganzen Reihe von Mitgliedern die Tage auf, deren Geburtstage man in dem Verein gefeiert hatte. Bei manchem konnte er den Tag nur noch ungefähr angeben. So wusste er, dass Geheimrat Schenk in den ersten Maitagen, Professor Kolb kurz nach Weihnachten, Doktor Hempel so um Ostern herum, also in den letzten Tagen des März, Doktor Lek-

oni an einem besonders heißen Augusttage zum letzten
Male gefeiert worden waren.

»Alle Achtung!«, sagte Stoelping, »das ist ja staunens-
wert! Eine wahre Freude ist das! – Also nicht wahr« –
und er stand auf –, »wenn es soweit ist, dann denken Sie
an mich! Ich bringe Sie unter!«

Glückstrahlend reichte ihm Linke die Hand und hum-
pelte aus dem Zimmer.

Als er draußen war, sagte Stoelping:

»Der Match wird immer amüsanter.«

Der Referendar, der gewöhnt war, einen einfachen
Diebstahl genau so gewissenhaft zu behandeln wie einen Sensationsprozess, war über diese Bezeichnung für
einen Fall, bei dem das Leben eines Menschen auf dem
Spiele stand, empört. Aber Stoelping ließ ihm nicht lange Zeit, darüber nachzudenken.

»Nun?«, fragte er, »was sagen Sie zu diesem Erfolge?«

Der Referendar sah ihn erstaunt an.

»Erfolg?«, fragte er.

»Etwa nicht?«, erwiderte Stoelping, » *ich* bin zufrieden.
Wann war doch gleich dieser Dr. Hempel geboren? –
Richtig, da steht's ja, am 21. Dezember. So, und nun
nehmen Sie mal das kriminalistische Jahrbuch zur Hand
und schlagen Sie nach, wann dieser Kowalski ums Leben kam.«

Der Referendar blätterte und sagte:

»Am 30. März.«

»Nun? Fällt es Ihnen nicht auf, dass man den Geburtstag Hempels statt am 21. Dezember, dem Tage, an dem

er geboren ist, ausgerechnet am 30. März, dem Tage der Ermordung dieses Kowalski, feiert?«

Der Referendar riss den Mund auf.

»Ja, mein lieber Freund«, sagte Stoelping, »Sie sind nicht auf der Höhe!« – Und nun, scheint mir, kann man zur Verhaftung schreiten.«

Zehntes Kapitel

Wie sich der alte Stoelping zu Miss Harrison stellte

Stoelping stürzte sich jetzt förmlich in die Arbeit. Frühmorgens fuhr er nach Moabit, ließ sich kaum Zeit für seinen täglichen Sport und nahm, um den Weg zu sparen, seine Mahlzeiten in der Stadt. Und wenn er sich auch immer wieder mit seinen Gedanken bei Miss Harrison ertappte, so brachte er es jetzt doch fertig, stundenlang zu arbeiten, ohne an sie zu denken. Und wenn sein Wunsch, sie wiederzusehen, auch unverändert fortbestand, so war es doch nicht mehr jene Sehnsucht, die ihn anfangs quälte, und die ihn Tag und Nacht nicht hatte zur Ruhe kommen lassen. Auch zählte er nicht mehr die Tage bis zu dem Kölner Rennen, erwog vielmehr ernstlich schon die Möglichkeit, dem Rennen fernzubleiben und sich nach einem Ersatz für den Ritt auf Harrisons »Lori« umzusehen.

Da erhielt er eines Morgens zwischen Briefen, Zeitungen und anderen Drucksachen eine Karte aus Schottland.

Auf der Vorderseite stand:

»Lieber Baron! Seit drei Tagen liege ich mit Freunden auf dem Wasser und jage Enten! Hätten Sie nicht Lust, dabei zu sein? Papa würde sich sicher freuen! Auf Wiedersehen in Köln! Und vergessen Sie nicht – Sie wissen ja! –«

Auf der Rückseite war eine Amateurfotografie: Sie stellte eine Schlossterrasse dar, auf der in bunter Reihe vier junge Engländer Arm in Arm mit drei jungen Mädchen standen; in der Mitte Miss Harrison. Jeder hatte unter sein Bild seinen Namen geschrieben. Unter dem Bild der Miss Harrison stand: »Das bin ich. Gefalle ich Ihnen?« Sie trugen sämtlich Sportanzüge. Die Damen kurze schottische Röcke mit hohen Ledergamaschen, schottische Mützen, und in der Hand hielten sie ihre Flinten. Die jungen Männer waren alle bartlos, auffallend hübsch und gut gewachsen.

Und mehr, als ihn der Anblick der Miss Harrison erfreute, verstimmten ihn auf dem Bilde die hübsch gewachsenen jungen Leute, mit denen er sich immer wieder verglich. Dass sie seine Figur und wie es schien, auch seine scharfen und bestimmten Züge hatten, störte ihn, und der Gedanke, dass sie tagelang, von früh bis spät mit ihr zusammen waren, erregte ihn maßlos.

Haben die jungen Leute der Gesellschaft in England denn nichts anderes zu tun, als mit den jungen Mädchen tagelang auf dem Wasser herumzuliegen und Enten zu schießen! – dachte er. Lieber hätte er es freilich auf seine Antwortkarte geschrieben; aber davon hielten ihn Klugheit und Takt zurück.

Die Freude aber, dass sie sogar im Kreise dieser jungen Leute an ihn dachte, überwog. Sie machte also vor ihnen gar keinen Hehl daraus, dass sie ihn kannte und zwang sie sogar, ihre Namen darunter zu setzen. War das nicht ein Zeichen, dass sie ihn bevorzugte? Ihm hatte sie das nicht zugemutet; dabei hatten auch sie sich damals im Flugzeug fotografieren lassen!

Stoelping war heute sehr glücklich. Und als sein Vater ihn fragte:

»Na, Junge, du bist ja heute so aufgeräumt. Die Sache steht wohl gut?« da sah er ihn ganz verträumt an und erwiderte:

»Ausgezeichnet, Vater!«

»Dann wirst du also bald zur Verhaftung schreiten?«

»Verhaftung?«, fragte Stoelping erstaunt; er war mit seinen Gedanken ganz wo anders.

»Selbstverständlich! Wenn du da den richtigen Augenblick versäumst, und der ist bei dieser Sorte von Verbrechern meist sehr kurz bemessen, dann geht er dir durch die Lappen. Du weißt, für einen Anarchisten gibt es keine Landesgrenze, der schlüpft überall unter.«

Jetzt erst begriff Stoelping.

»Gewiss! Ich weiß! Im Übrigen ist dieser Hempel so gut wie überführt.«

»Umso mehr!«, erwiderte der Alte, »aber du wirst ja schon wissen, was du tust. – Übrigens noch eins: Ich weiß nicht, ob du schon die ›Sportwelt‹ gelesen hast; da steht heute eine Notiz ...« und er entfaltete das Blatt, das neben ihm auf dem Tische lag, »... da steht irgendwo

von deinem Ritt in Köln für Mr. Harrisons Stall. – Und
es werden allerlei unfreundliche Bemerkungen daran
geknüpft, dass ein deutscher Offizier und Beamter für
einen englischen Stall gegen deutsche Kameraden reitet.
– Da hast du das Blatt; ich kann die Stelle nicht finden,
du kennst dich besser aus« – und er reichte ihm die Zeitung, – »du musst das natürlich sofort berichtigen.«

Der junge Stoelping nahm das Blatt, fand auch gleich
die Stelle und las sie; er gab die Zeitung dem Vater zurück.

»Nun?«, fragte der Alte.

»Die Notiz hat seine Richtigkeit,« erwiderte Stoelping.

»Was?«, fragte der Alte, »du willst ...?«

»Ich habe mich verpflichtet, ich habe also keine Wahl:
Ich *muss*!«

»Das konntest du tun?«, rief der Alte empört, »das
bringst du fertig?«

»Er hat mich damals am Tage des Rennens, das ihm
durch meine Schuld verloren ging, darum gebeten«, erwiderte Stoelping, »ich konnte damals nicht anders.«

»Du konntest schon, wenn du nur wolltest. Was da geschehen ist, das haben wir ausgeglichen. Es genügte,
diesen Gentleman materiell zu entschädigen. – Dass er
dir auch noch an die Ehre will ... das ist echt englisch!«

»Aber, Vater!« fiel ihm Stoelping ins Wort, »damit ver-
gebe ich doch meiner Ehre nichts.«

»Noch vor einem Monat hättest du das anders beurteilt. Wenn dir da jemand zugemutet hätte, für englische

Farben und noch dazu gegen deutsche zu reiten – ich glaube, du wärst ihm an den Hals gegangen.«

»Sport hat mit politischer Überzeugung nichts zu tun.«

»Die Liebe auch nicht?«, fragte der Alte.

Stoelping sah zur Erde und schwieg.

»Oder glaubst du, ich bin blind und weiß nicht längst, was mit dir vorgeht? Du bist verliebt; oder redest dir vielmehr ein, es zu sein, und tust, als hänge von dieser Liebe deine ganze Glückseligkeit ab. Du wirst dich noch oft im Leben verlieben; das an sich beunruhigt mich nicht; einmal ist das für dein Alter keine ungewöhnliche Erscheinung, und dann bin ich überzeugt: Es wird nicht lange anhalten. Dass du dich als Deutscher aber überhaupt so weit vergessen und dich derart intensiv mit einer Engländerin beschäftigen konntest, das will mir nicht in den Kopf.«

»Es ist doch nun einmal so«, sagte Stoelping, »und wenn du auch recht haben magst, dass es nicht gerade eine große Liebe ist, so ist es doch immerhin stark genug, dass ich nicht dagegen an kann.«

»Du *musst* ganz einfach!«, sagte der Alte, »man kann, was man will. Und ein Mensch, wie du, der durfte es gar nicht erst so weit kommen lassen! Von der ersten Stunde an hättest du dir sagen müssen: Das *geht nicht*. Und hättest dich zurückziehen müssen, statt die Sache laufen zu lassen, wie sie ging, nur weil sie dir gefiel, wie gewiss tausend andere auch.«

»Es wäre doch auch anders möglich«, sagte Stoelping.

»Und wie?«, fragte der Alte.

» *Dass sie Deutsche würde*«, erwiderte Stoelping, und als sein Vater ihn ansah, erstaunt, als verstünde er nicht, fügte er hinzu:

» *Durch mich!*«

Da schwieg der Alte – hatte einen bitteren Zug um den Mund – bewegte leicht den Kopf – und ging aus dem Zimmer.

Stoelping war die Freude ein wenig verdorben. Aber der Gedanke, Miss Harrison zu heiraten und eine deutsche Frau aus ihr zu machen, verließ ihn nicht mehr.

Als er eine Stunde später mit seinem Vater nach Moabit fuhr, sprachen beide kein Wort. Und doch wussten beide, dass sie an dasselbe dachten. Erst als das Auto in die Turmstraße bog, und sie eben vom Rücksitz ihre Mappen nahmen, sagte der Alte so nebenbei – obschon es der einzige Gedanke war, der ihn beschäftigte:

»Übrigens, was deine Angelegenheit mit dieser Miss Harrison betrifft, so verliere ich nun darüber kein Wort mehr. Nur das eine will ich dir sagen: Den Gedanken, aus einer Engländerin eine deutsche Frau zu machen, den gib auf! Das gibt's nicht! Wird's nie geben! In dem Alter nicht mehr. Vor allem aber bedenke, dass es sich dabei, auch für dich, um eine Nationalitätsfrage handelt!« – Und da Stoelping seinen Vater nicht verstand, wohl auch nicht verstehen konnte, fügte der Alte bestimmt und feierlich hinzu: »Glaube mir, es handelt sich auch für dich um nicht mehr und nicht weniger als um die Frage, ob du Deutscher bleiben oder Engländer werden willst.«

»Vater!«, rief Stoelping entsetzt, »wie kannst du das glauben! Keine Macht der Welt bringt mich dazu!«

»Das kommt ganz von selbst. Ohne dass du es merkst. Mit einer englischen Frau fängt es an; dann kommen die Kinder. Was willst du tun, wenn sie fühlen wie die Mutter? Willst du sie strafen? – sie können nichts dafür; es ist das Blut.«

»Sie werden nach dem Vater schlagen!«, rief Stoelping. »Sie werden so deutsch fühlen wie ich, und alles, was englisch ist, genau so hassen wie ihr Vater.«

»Alles?«, fragte der Alte.

»Alles! Dafür will ich sorgen!« erwiderte Stoelping.

»Also auch die eigene Mutter?«

Da schwieg der junge Stoelping.

Beiden war das Herz schwer, als sie die breiten Treppen des Kriminalgerichts hinaufstiegen.

Als sie vor dem Amtszimmer des Alten waren, blieben sie stehen. Der alte Stoelping gab seinem Sohne die Hand, nickte ihm freundlich zu und sagte:

»Also nicht wahr, mein Junge, das überlegst du dir noch mal?«

»Der sah ihn an und nickte, ohne etwas zu erwidern.

Dann trennten sie sich, und jeder ging an seine Arbeit.

Elftes Kapitel

Wie der junge Stoelping zum ersten Male Dr. Hempel vernahm

»So!«, sagte Stoelping, als er die wichtigsten Eingänge durchgesehen hatte, zu seinem Referendar, »nun hätten wir also die erste Etappe des Falles Hempel hinter uns. Sie sind ja über alles orientiert, Kollege, bitte fertigen Sie mir bis morgen einen kurzen Bericht für den Herrn Staatsminister an, den ich ihm dann persönlich überreichen werde. Sie wissen ja *wie*,« und da der verlegene Gesichtsausdruck des Referendars das nicht gerade zu bestätigen schien, so erläuterte Stoelping: »Den Erfolg stark äußerlich hervortreten lassen, mich selbst aber auffallend bescheiden im Hintergrunde halten.« Auf diese Weise wirkt beides, der Erfolg sowohl wie meine Leistung, doppelt. Dies letzte dachte er, sprach's aber nicht aus.

Dann sagte Stoelping leise:

»So! Und nun schreiten wir zur Verhaftung des Dr. Hempel.«

»Hat der Herr Staatsanwalt neues Belastungsmaterial?«, fragte der Referendar erstaunt.

»Nein!«, erwiderte Stoelping kurz. »Gerade um das zu schaffen, werde ich ihn verhaften. Ich habe ihn als Zeugen in einem Plagiatprozess, mit dem er übrigens nichts zu tun hat, herzitiert. Er ist also völlig ahnungslos. Umso sicherer werden wir ihn zur Strecke bringen. Ich habe desgleichen noch gestern Abend telefonisch den mir bekannten Direktor des Hotels »Regina« aus Paris gebeten, nach Berlin zu kommen. Er war erst renitent; die Aussicht auf einen Sensationsprozess, in dem sein Hotel eine Rolle spielt, hat ihn schließlich bestimmt, noch gestern Nacht zu reisen. Ich werde ihn mit Dr. Hempel konfrontieren.« – Er sah nach der Uhr: »Beide müssten längst hier sein. Dr. Hempel hat« – und dabei wies er auf eine Karte, die vor ihm lag – »allerdings wichtiger Kollegs wegen gebeten, eine halbe Stunde später kommen zu dürfen.«

Im selben Augenblick meldete der Diener:

»Mossiö Püß!«

Und ein affektierter und gespreizter Herr in geschlossenem Gehrock, den Zylinder in der Hand, trippelte unter Verbeugungen herein und stellte sich als Gaston Henri Pousset, *Chef de Réception de l'Hôtel Régina à la Place Jeanne d'Arc*, vor. Da er gewohnt war, seine Gäste zu unterhalten, seit mehr als vierzehn Stunden aber mit niemandem mehr hatte reden können, so entwickelte er einen fabelhaften Redefluss, begann mit der Mordnacht und endete bei der Schlacht von Belle-Alliance.

Stoelping, der den Zweck verfolgte, ihn bis zum Eintreffen Dr. Hempels festzuhalten, machte keinerlei Versuche, seinen Redefluss einzudämmen. Erst als der hinter ihm sitzende Schreiber, der im Hinblick auf Hempels Vernehmung angewiesen war, alle Aussagen wortgetreu aufzunehmen, erschöpft zusammenbrach, und der Diener gleichzeitig Dr. Hempel meldete, stand Stoelping auf und bat Monsieur Gaston Henri Pousset, seinen Vortrag für ein paar Minuten ins Nebenzimmer zu verlegen. Und Monsieur Gaston Henri Pousset setzte seine Unterhaltung nebenan mit einem Verbrecher, der gefesselt auf einer Bank saß und auf seine Vorführung wartete und kein Wort Französisch verstand, fort.

Erst wurde für den Schreiber Ersatz geschafft, dann gab Stoelping das Zeichen.

Die Tür ging auf, und Hempel trat ein.

Während der Referendar im ersten Augenblick den Eindruck hatte: *Das soll ein Mörder sein!* War der erste Gedanke Stoelpings: *Dem also werde ich meinen Aufstieg verdanken!*

Daher kam es wohl auch, dass er in ungewöhnlich freundlichem Tone zu ihm sagte:

»Bitte, nehmen Sie Platz!«

Hempel, der mit einer leichten Verbeugung dankte, setzte sich.

»Sind Sie der Literarhistoriker Dr. Günther Hempel?«

»Der bin ich.«

»Sie haben Ihr Fernbleiben heute Vormittag mit wichtigen Kollegs entschuldigt.«

»Jawohl.«

»Wollen Sie mir dann sagen, weshalb Sie trotz Ihres Ausbleibens diese Kollegs heute *nicht* besucht haben?«

Hempel zuckte leicht zusammen, gewann aber gleich seine Sicherheit zurück und sagte:

»Weil ich Dinge zu erledigen hatte, die mir wichtiger erschienen.«

»Und was für Dinge waren das?«

»Privater Natur.«

»Ich muss Sie trotzdem ersuchen, sie mir zu nennen.«

»Ich bedaure.«

»Wissen Sie, dass ich Mittel und Wege habe, Sie zu zwingen?«

»Ja.«

»Nun, dann will ich Ihnen sagen, dass ich von diesen Mitteln gegebenenfalls Gebrauch machen werde.«

Hempel schwieg.

Das reizte Stoelping.

»So reden Sie!«, fuhr er ihn an.

»Ich habe nichts zu sagen.«

»Was haben Sie heute Vormittag getrieben?«

»Nichts, was in irgendeinem Zusammenhange mit dem Prozess steht, in dem ich als Zeuge geladen bin. – Im Übrigen, ich könnte Ihnen auf Ihre Frage alles Mögliche erwidern, ohne dass Sie imstande wären, mich zu widerlegen. Ich könnte zum Beispiel sagen: Ich habe an meinem neuen Buch gearbeitet. Sie wären gezwungen, es mir zu glauben. Ich sage es nicht; denn ich lüge nicht; aber ich behalte für mich, was ich nicht sagen *will*. Das ist kein Trotz, sondern mein Recht. Ich weiß, Sie müssen als Beamter so handeln. Ich bin kein Beamter. Ich aber lege Wert auf persönliche Freiheit. Ich lasse mir keine Vorschriften über das machen, was ich *tue*; viel weniger kann mich irgendwer zwingen, etwas zu sagen, was ich für mich behalten will.«

Die Sicherheit dieses Menschen verwirrte Stoelping. Hie Gegenüberstellung des Beamten und des unabhängigen Menschen empfand er als Kränkung. Seine feine

Diplomatie, mit der er schon die verstocktesten Verbrecher zum Reden und damit zur Strecke gebracht hatte, versagte. Ihm lag im Augenblick nur daran, sich von diesem Menschen nicht ausstechen zu lassen, sich ihm unter allen Umständen überlegen zu zeigen. Das eigentliche Ziel verlor er dabei ganz aus dem Auge.

»Nun«, erwiderte Stoelping und richtete sich auf, »ich weiß auch ohne die Mittel, die mir mein Amt gibt, womit Sie sich heute Vormittag beschäftigt haben.«

Der Eindruck auf Hempel, den Stoelping erwartet hatte, blieb aus.

Er verzog keine Miene.

»Soll ich es Ihnen sagen?«

Hempel schüttelte den Kopf:

»Wenn Sie es wissen«, erwiderte er, »ich weiß es gewiss.«

Stoelping fasste ihn scharf ins Auge, stand auf und schlug ihm die Worte ins Gesicht:

»Um die Spuren Ihrer Mordtat zu verwischen!«

Hempel blieb völlig ruhig.

»Darf man so etwas von einem unbescholtenen Menschen behaupten, ohne es beweisen zu können?«, fragte er.

»Den Beweis werde ich erbringen. Lückenloser als es Ihnen erwünscht sein wird.«

»Ich muss es annehmen; denn Sie wären kein Ehrenmann, wenn Sie ohne zwingende Beweise derart ungeheuerliche Behauptungen aufstellen würden.«

»Wollen Sie mir zunächst folgende Frage beantworten« – Stoelping stand noch immer –, »wo waren Sie am 30. März vorigen Jahres?«

Hempel dachte einen Augenblick nach, dann sagte er:

»In Paris, und zwar im Hotel »Regina« am Place Jeanne d'Arc. – Ich weiß es zufällig genau, da am Morgen des 30. März der russische Staatsminister Kowalski ums Leben kam.«

»Wa–a–a–s?«, sagte Stoelping und sah ganz verdutzt in Hempels Gesicht, das nicht die geringste Veränderung zeigte. – »Und unter ... welchem Namen ... bitte ... waren Sie ... in dem Hotel?« fragte er.

Hempel sah ihn erstaunt an:

»Was soll das heißen?«, fragte er. »Das verstehe ich nicht. Ich heiße Hempel, Günther Hempel. Solange ich denken kann, heiße ich so.«

»Und unter diesem Namen waren Sie in Paris?«

»Ja, glauben Sie denn, ich habe für jede Stadt einen besonderen Namen?« Und das erste Mal erregt, fügte er hinzu: »Für was halten Sie mich denn! Ich bin doch kein Hochstapler!«

In diesem Augenblick hörte man nebenan heftigen Lärm. Der gefesselte Einbrecher ertrug den Redeschwall Gaston Henri Poussets nicht länger und verlangte wütend, in seine Zelle abgeführt zu werden.

Pousset kam aus dem Nebenzimmer und beschwerte sich heftig bei Stoelping.

»Unhöflich sind Ihre Einbrecher, das muss ich sagen!«, rief er empört. »Da sollen Sie mal zu uns kommen ...« In diesem Augenblick fiel sein Blick auf Hempel:

»Sieh da!«, rief er und, stürzte auf ihn zu, »das ist er! Natürlich! Ich erkenne ihn wieder! Chambre 49/50 im dritten Stock auf den Hof hinaus. 12 Frank 50 pro Tag mit Heizung und Bedienung! Oh, ich täusche mich nicht! Ich kenne meine Gäste! Ich will Ihnen auch sagen, unter welchem Namen dieser ... dieser ... Mörder?« sagte er mit einem Blick auf Stoelping, »bei uns gewohnt hat. Einen Augenblick!« – er dachte nach – »richtig! Jetzt fällt's mir ein! Hampél hat er sich genannt. Monsieur Hampél! Und jeden Morgen bekam er das Frühstück aufs Zimmer: ein Tee, Zitrone, 2 *oeufs bouillis*, eine kalte Platte – stimmt's?« und mit der stereotypen Rücken-krümmung schloss er: »Ich hoffe, Sie waren bei uns gut aufgehoben und beehren uns wieder, wenn Sie mal wie-der nach Paris kommen sollten.«

Dieser Franzose verdarb Stoelping völlig das Konzept. Er gab dem Referendar Anweisungen, nahm den Fran-zosen unter den Arm und geleitete ihn hinaus. Draußen bedankte er sich bei ihm und sagte, dass man ihn vo-raussichtlich erst zur Hauptverhandlung wieder benöti-gen würde.

Als Stoelping draußen war, sagte Hempel zu dem Re-ferendar:

»Ich hoffe, dass Sie diesen Herrn nicht meinetwegen bemüht haben.«

»Darüber kann ich leider nichts sagen«, erwiderte der Referendar.

Nach ein paar Augenblicken zog Hempel ein Buch aus der Tasche, schlug's auf, stützte die Arme auf den Tisch und las.

»Von Flaubert zu Mann,« las der Referendar auf dem Rücken des Buches.

Als Stoelping den Franzosen verabschiedet hatte und wieder ins Zimmer trat, war Hempel derart in die Lektüre seines Buches vertieft, dass er ihn weder sah, noch hörte.

Erst als Stoelping ihn fragte:

»Ja, was treiben Sie denn da?« fuhr er auf, klappte das Buch zu, nicht ohne sich vorher die Seitenzahl gemerkt zu haben, und sagte:

»Ich bitte um Entschuldigung. Ich sitze nicht gern untätig.«

»Sehr unzeitgemäß!«, erwiderte Stoelping. Dabei empfand er immer deutlicher; wie unsicher ihn der Gleichmut und die Ruhe dieses Menschen machten.

»Wollen Sie mir nun sagen, wie lange und aus welchem Grunde Sie in Paris waren?«

»Damals, während der Kowalski-Affäre?«, fragte Hempel.

»Ja! Nur die interessiert uns.«

»Das ist lange her, aber,« und er griff in die Tasche, zog einen Kalender heraus und blätterte darin, »ach so, das war ja im vorigen Jahr, – hm, dann muss ich es aus dem Gedächtnis versuchen,« er dachte nach – »am 30. sagen Sie, war der Fall Kowalski?«

»Ja«, erwiderte Stoelping kurz und hatte das Gefühl, als treibe dieser Hempel sein Spiel mit ihm.

»Am 30.,« wiederholte Hempel noch einmal, »hm, dann hielt ich also am 31. meinen Vortrag; denn ich entsinne mich noch genau, dass man damals ganz unter dem Eindruck des Falles Kowalski stand. Am Tage zuvor, also am 30., war ich, soweit ich mich erinnere, in der Großen Oper, richtig! Zu Debussy, die Gallois sang die Mélisande, ich habe sie nie besser gehört. Am 29. war Einweihung des Denkmals für Anatole France, das war am Tage meiner Ankunft,« – das alles sprach er leise und mehr zu sich, aber doch so, dass Stoelping und der Referendar es hören konnten. – Jetzt wandte er sich zu Stoelping und sagte laut:

»Demnach war ich vom 29. März bis 1. April in Paris.«

»Und zu welchem Zweck?«

»Ich hatte am 31. März im Deutsch-Französischen Literaturverein einen Vortrag zu halten.«

»So!«, sagte Stoelping.

»Wenn es Sie interessiert: Über Max Reinhardts Einfluss auf das deutsche Theater.«

»Haben Sie dafür Beweise?«, fragte Stoelping ungeduldig.

»Beweise! Nun, ich glaube wohl, dass es mir gelungen ist, den Nachweis zu erbringen, dass gerade Reinhardts Einfluss ...«

»Sie irren!«, unterbrach ihn Stoelping grob. »Hier ist kein literarisches Kollegium. Sie stehen hier unter der Anklage des Mordes!«

»Sie sagten das schon einmal«, erwiderte Hempel in einem Tone, dessen Ruhe neben der Erregtheit Stoelpings doppelt wirkte. »Ich *bat* Sie bereits vorhin, Ihre Behauptung zu begründen. Ich *bestehe* nunmehr darauf, dass das geschieht!«

»Ihnen scheint noch immer nicht recht zum Bewusstsein gekommen zu sein, in welcher Situation Sie sich eigentlich befinden. Wenn Sie aber glauben, dass Sie durch Ihre scheinbare Sicherheit hier irgendwelchen Eindruck machen, dann irren Sie sich gewaltig.«

Das klang sehr »beamtenmäßig«, so empfand es nicht nur Hempel, sondern Stoelping selbst, der das gerade vermeiden wollte. Umso mehr, als Hempel nicht die geringste Veränderung zeigte, sondern in aller Ruhe erwiderte:

»Herr Staatsanwalt, ich bin mir der Würde Ihres Amtes und des Ernstes meiner Situation durchaus bewusst. Nur bitte ich zu bedenken: Ich bin innerlich darauf eingestellt, als *Zeuge* in irgendeinem Plagiatsverfahren verhört zu werden und werde stattdessen als Mörder vernommen. Für Sie, Herr Staatsanwalt, der Sie berufsmäßig tagtäglich mit diesen Dingen zu tun haben, mag der Unterschied lediglich in der Verschiedenheit der Paragrafenziffer liegen. Sie sind Jurist. Ich Mensch. Die Reaktion bei mir ist demnach eine wesentlich andere. *Mich trifft's zunächst mal als Menschen.* Und da hatte ich denn die Wahl, entweder *innerlich nachzugeben*, das heißt mich von der Ungeheuerlichkeit jener Anklage erschüttern zu lassen und je nach meinen Nerven zusammenzuklappen oder mich zu empören; oder ich hatte die Möglichkeit, mich der Wirkung Ihrer Anklage *innerlich zu widersetzen*, indem ich außen blieb, mich mit der Anklage nicht identifizierte, sie nicht *gefühlsmäßig* in mir aufnahm, sie vielmehr als etwas, was außerhalb meiner Person stand, fasste. Das letzte war mir, wenn es auch Disziplin aller Nerven forderte, als das Richtige erschienen. Sie sehen, wie offenherzig ich bin. Jedenfalls wissen Sie nun, weshalb ich meine Haltung bewahre und auf Ihre Anklage anders reagiere, als Sie erwartet haben.«

Tatsächlich hatte Hempels Haltung aber noch eine andere Wirkung. Sie zwang Stoelping, der sich des Erfolges schon sicher glaubte, aus seiner Bahn und nötigte ihn ein Verfahren auf, das ganz und gar nicht in seiner Absicht lag.

Das freilich war auch ihm nicht entgangen, dass es Hempels Bestreben war, sich »draußen« zu halten; außerhalb des Netzes, in dem er ihn fangen wollte. Und es nützte ihm nichts, dass er immer neue Argumente brachte, da sich jedes Mal, wenn er das Netz fester zog, herausstellte, dass es leer war. Seine Taktik war gut, aber die des Gegners war besser.

Alles, was Stoelping auf Hempels letzte Worte zu erwidern wusste, war:

»Wahrhaftig, Sie verteidigen sich ausgezeichnet!«

»Verzeihung!« Herr Staatsanwalt!« erwiderte Hempel, »ich glaube, dass Sie sich irren. Ich hatte bisher noch keine Veranlassung, mich zu verteidigen. Zum Mindesten müsste ich dazu einen Vorwurf haben, gegen den ich mich verteidigen könnte. Die Tatsache, dass ich mit 300 anderen Personen am 30. März im Hotel Regina war, scheint mir denn doch zu belanglos.«

»An sich schon«, erwiderte Stoelping, »das gebe ich zu.«

»Also!«, sagte Hempel. »Noch dazu, wenn man bedenkt, dass gewiss nicht einmal die Hälfte dieser 500 einen so glaubhaften Grund für ihren Aufenthalt in Paris angeben könnten wie ich. Die meisten würden vermutlich sagen: Man *ist* eben im Frühjahr in Paris, auch wenn man nicht gerade einen politischen Mord vorhat. Auch ob sich von den 500 alle unter ihrem richtigen Namen eingetragen haben, erscheint mir – ohne das Renommee des Hotels schädigen zu wollen – zum Mindesten zweifelhaft. Nach alledem glaube ich also, dass ich unter den 500 Verdächtigen nicht gerade übel abschneiden würde. Und dann: Wer sagt denn, dass überhaupt einer der Hotelbewohner als Täter infrage kommt. Ich kenne allerdings die Ergebnisse der Untersuchung nicht.«

»Ich aber kenne diese Ergebnisse!« erwiderte Stoelping, der mit Vergnügen wahrnahm, dass Hempel, der ins Reden kam, nicht mehr so behutsam wie anfangs um die Sache herumging. »Und ich will Ihnen auch sagen, weshalb von allen Hotelbewohnern gerade auf Sie in erster Linie der Verdacht fällt. Weil es sich um einen« – und er zog die Worte breit und dehnte sie – » *politischen* Mord handelt!«

Diesmal glaubte er wahrzunehmen, dass Hempel zusammenzuckte; er schloss für einen Augenblick die Augen und beugte sich nach vorn, wohl um ein nervöses Zucken um den Mund, das er selbst deutlich spürte, zu verbergen. Er hatte sich aber schnell wieder in der Gewalt, richtete sich auf und sagte lächelnd:

»Das ist immerhin eine Nuance harmloser.«

»Wieso?«, fragte Stoelping.

»Ich meine, dass man mir wenigstens keinen Raub-
mord zutraut.«

»Umso mehr Ursache aber hat man, Sie eines politischen Mordes für fähig zu halten.«

»Und darf ich fragen, worauf sich diese Überzeugung
stützt?«

»Auf Ihr eigenes Geständnis.«

»Und wann und wem gegenüber hätte ich das abgelegt?«

»Ich bitte doch, das Stellen von Fragen mir zu überlassen.«

»Bitte!« erwiderte Hempel und verbeugte sich leicht,
und Stoelping sagte:

»Im Übrigen mache ich Sie darauf aufmerksam, dass
Sie mir alle Antworten verweigern können, mit denen
Sie sich zu belasten glauben.«

»Ich habe diese Unterredung zwar nicht gesucht«, erwiderte Hempel, »da ich aber infolge meiner guten Kinderstube gewohnt bin, auf Fragen zu antworten, so werde ich auch Ihnen Rede und Antwort stehen.«

»Wenn ich Sie also fragen würde, ob Sie Anarchist sind,
was würden Sie antworten?«

»Ich würde Sie vermutlich bitten, sich zunächst mit mir
über den Begriff, den Sie mit der Bezeichnung Anarchist
verbinden, zu verständigen.«

»Das wäre sehr einfach. Denn Sie brauchten unter Anarchismus nur jede infolge Negierung jedweder Staatsform veranlasste und gegen sie gerichtete, gesetzwidrige Handlung zu verstehen, um meine Frage zu beantworten.«

»Darauf habe ich zu erwidern, dass mir die Staatsform des Deutschen Reiches durchaus zweckmäßig erscheint, dass ich mich um die Staatsformen anderer Länder nicht bekümmere, und dass ich im Übrigen politisch überhaupt uninteressiert bin.«

Mit dieser Antwort glaubte Stoelping, ihn – endlich! – bei der ersten Unwahrheit ertappt zu haben. Denn seine Briefe widerlegten ihn.

Und damit wurde der Eindruck, den Hempel auf Stoelping gemacht hatte, und der stark gewesen war und sich im Laufe der Vernehmung immer mehr vertieft, hatte, abgeschwächt. Hatte Hempels Auftreten ihn bisher bedrückt, fast unsicher gemacht, so sah er jetzt in dem, was ihm bisher als der Ausdruck einer starken Persönlichkeit erschienen war, nun nur noch die Technik und Verschlagenheit eines intelligenten Verbrechers.

Und in scharfem Tone sagte er:

»Sie sollten auf unbequeme Fragen lieber die Aussage verweigern, statt der Wahrheit derart ins Gesicht zu schlagen.«

Hempel hatte das Gefühl, als müsste er aufspringen und sich gegen diese Kränkung verteidigen. Aber er erzwang seine Beherrschung, besann sich und sägte:

»Mir einen Mord vorzuwerfen, war lächerlich und konnte mich nicht kränken. Mir aber zu sagen, dass ich lüge, ist niederträchtig.«

»Unterlassen Sie derart ungehörige Bemerkungen. Ihre Situation mag schwierig sein. Gut! Lügen Sie, wenn Sie sich davon Erfolg versprechen. Aber spielen Sie sich nicht auf! Hier sind die Beweise!« Er schlug ein Aktenstück auf, das die ganze Korrespondenz Hempels an den Frankfurter Pseudogelehrten enthielt, und reichte es ihm über den Tisch.

»Bekennen Sie sich zu diesen Briefen?«, fragte er.

Hempel riss den Mund auf und fuhr leicht zurück.

»Wie kommen Sie zu dieser Korrespondenz?«, fragte er.

Stoelping erwiderte:

»Ich habe Ihnen schon einmal gesagt, Fragen zu stellen habe ich. Sie haben sich lediglich darauf zu beschränken, mir zu antworten oder, falls Ihnen das für Ihre Verteidigung vorteilhafter erscheint, die Aussage zu verweigern. Ich wiederhole: Bekennen Sie sich zu diesen Briefen?«

Hempel richtete seine Augen so scharf auf den Staatsanwalt, dass der unwillkürlich den Kopf bewegte und schließlich fragte:

»Warum sehen Sie mich so an?«

Hempel ließ ihn nicht aus den Augen. Scharf und bestimmt fragte er:

»Stammt – diese – Infamie – von Ihnen?«

Stoelping klopfte unmutig mit den Fingern auf den Tisch.

»Was erdreisten Sie sich!«, rief er gereizt. »Wenn ich bisher mit Ihnen noch nicht verfahre, wie Sie's verdienen, so glauben Sie ja nicht, dass ich mich etwa durch Ihre Ruhe bluffen lasse. Das hat ganz andere Gründe.«

Hempel hörte gar nicht, was Stoelping sagte. Er starrte auf die Mappe, die vor ihm lag und, nach Tagen geordnet, alle Briefe enthielt, die er an den Privatgelehrten Gustav Fritz ... ja, das eben war es, was ihn jetzt beschäftigte, ob dieser Privatgelehrte wohl wirklich der Empfänger dieser Briefe war, ob man die Briefe bei ihm beschlagnahmt hatte, oder ob der am Ende gar nicht existierte und nur eine Erfindung dieses verschlagenen Staatsanwalts war. Das beschäftigte ihn so stark, dass er gar nicht dazu kam, darüber nachzudenken, inwieweit der Inhalt dieser Briefe ihn belasten konnte.

»Wie ist es nur möglich, dass diese Briefe ...«, sagte er ganz versonnen vor sich hin.

»Wie sich die Staatsanwaltschaft in den Besitz dieser Briefe gesetzt hat, ist Nebensache. Worauf es ankommt, ist, dass aus den Briefen klar und deutlich hervorgeht, dass Sie ein Anarchist der Tat, also ein ganz gemeingefährlicher Verbrecher sind.«

Hempel schüttelte den Kopf.

»Das also geht daraus hervor?«, sagte er schwer und bedrückt, und indem er auf die Mappe wies, fügte er hinzu: »Freilich, wenn aus diesen Briefen der Geist eines gemeingefährlichen Verbrechers spricht, dann ist es schlimm um mich bestellt.«

»Sie werden nicht die Stirn haben, zu leugnen, dass Sie sich in diesen Briefen bedingungslos als Anarchist der Tat bekennen.«

»*So wie ich es sehe* – und das scheint mir denn doch etwas durchaus anderes zu sein, als was Ihnen vorschwebt –, *ja!* Bedingungslos ja!«

»Eine weitere Frage: warum waren am 30. März dieses Jahres die Räume Ihres Vereins, über dessen wahren Charakter ich mich jetzt mit Ihnen nicht auseinandersetzen will, mit Blumen geschmückt, und zwar ganz besonders Ihr Platz?«

Hempel überlegte nicht lange:

Weil dies die Wiederkehr des Tages war, an dem vor einem Jahre der russische Staatsminister Kowalski seine Verbrecherlaufbahn beendet hat.«

Stoelping hatte jede Antwort, nur die nicht erwartet.

»Und das wäre für einen literarischen Verein Ursache zu einer besonderen Feier?«, fragte er.

»Das sollte für die ganze zivilisierte Welt ein Festtag erster Ordnung sein!«, erwiderte Hempel.

»Sie haben demnach den traurigen Mut, die Mordtat gutzuheißen?«

»Das wenige, was über den Vorgang bekannt geworden ist, scheint nicht auszureichen, um sich ein Urteil zu bilden.«

»Nun, uns reicht es aus«, erwiderte Stoelping. Er stand auf und sagte in einem Tone, dem er etwas Feierliches zu geben suchte:

»Ich erkläre Sie hiermit, unter dem Verdacht, am 30. März vorigen Jahres im Hotel Regina in Paris den russischen Staatsminister Kowalski ermordet zu haben, für verhaftet,« und zu dem Referendar gewandt, fügte er hinzu:

»Herr Kollege, erledigen Sie die Formalitäten und veranlassen Sie die Überführung des Angeschuldigten in das Untersuchungsgefängnis.«

Hempel verzog keine Miene.

»Wie ist es mit dem Protokoll?«, fragte der Referendar.

»Das war keine verantwortliche Vernehmung«, erwidert Stoelping. »Dazu hätten wir nach dem neuen Strafgesetzbuch dem Angeschuldigten die Möglichkeit geben müssen, einen Verteidiger hinzuzuziehen.«

»Machen Sie mit mir, was Sie wollen«, sagte Hempel. »Ich werde mich weder verteidigen, noch verteidigen lassen.«

*

Die im Anschluss an die Verhaftung vorgenommene Haussuchung förderte außer dem folgenden Briefe aus der Feder des Professors Schott nichts zutage, was in irgendeinem Zusammenhang stand mit der Dr. Hempel zur Last gelegten Tat.

Da schrieb Professor Schott im Juni 1939:

*

Lieber Günther!

Als ich meiner Tochter erlaubte, zu den Mozartspielen zu fahren, wusste ich, dass sie, außer der Musik, die Aussicht, Dich zu treffen, nach Salzburg zog.

Nur wenn ich Salzburg, das Herz dieser Musik und das Herz meines Kindes nicht kennen würde, hätte mich überraschen können, was Du mir schreibst. Da ich aber, lange bevor Ihr Euch über Eure Gefühle klar wart, sah, wie sich Euer Zusammenschluss vorbereitete, so wusste ich, als Ihr jetzt fortgingt, dass Ihr Euch finden würdet.

Hier wäret Ihr vielleicht noch ein paar Monate nebeneinander hergegangen. Dort aber, in der Helligkeit und Grazie Salzburgs, musste, wenn Eure Gefühle füreinander echt und rein waren, Mozarts zarte Schwermut und heitere Leidenschaft Eure Herzen erschließen.

Ich wollte, dass Euch das Glück dieser Stunde in festlicher Freude und nicht in der Stimmung des Alltags fand. Darum habe ich gern eingewilligt, dass Ilse nach Salzburg ging. – Dass Ihr schon am ersten Abend während ›Figaros Hochzeit‹ Eure Hände ineinanderlegtet, zeigt mir, *wie* recht ich hatte.

Was Du mir schreibst – und wie Du es schreibst –, ist genau *so*, wie ich es von Dir erwartet hatte. Wenige, starke und klare Worte; kein Programm und keine Versprechungen. Und wenn Du nur eines besonders betonst, dass sich in dem Verhältnis zwischen meinem Kinde und mir durch Euren Zusammenschluss nichts ändern wird, so weiß ich, dass Du damit uns allen aus dem Herzen sprichst.

Und so lege ich ruhig und zuversichtlich Ilses Zukunft in Deine Hände; kenne ich Dich doch lange genug, um zu wissen, dass Du die Eigenschaften besitzt, die zu einem Glück, wie sie es nach Anlage und Erziehung braucht, nötig sind.

Als Dein väterlicher Freund und langjähriger Lehrer bin ich auch in der Lage, zu beurteilen, dass Du in Deinem Fach Außerordentliches leisten wirst, falls Du – und nun, mein Lieber, kommt die einzige Einschränkung in meine Zuversicht – Deine Begabung und Dein Interesse nicht *zu* leidenschaftlich Dingen zuwendest, die außerhalb Deines Faches liegen. –

Nun weiß ich aber, dass Du einer Idee nachhängst, die Dich stark und leidenschaftlich beschäftigt und Deiner literarischen Arbeit ein nicht unbedeutendes Maß von Zeit und Kraft entzieht. Das, lieber Günther, bedeutet eine Gefahr, auf die hinzuweisen ich mich heute für verpflichtet halte.

Du musst, wo Du einmal stehst, *ganze Arbeit tun*! Wärest Du eine der hunderttausend Mittelmäßigkeiten, die sich in unserer schnelllebigen Zeit, wo Bluff mehr gilt als Gründlichkeit, allenthalben breitmachen – ich würde kein Wort verlieren. Du aber bist ein Eigener und viel zu streng gegen Dich selbst, um nicht Dich und Deine Leistung jeden Augenblick richtig einzuschätzen. Und kein *äußerer* Erfolg wird Dich, der Du, genau wie Ilse, ganz nach Innen gestellt bist, jemals über eine innere Leere hinwegtäuschen.

Du bist ein ausgesprochen produktiver Geist und wirst daher nur in selbstschöpferischer Arbeit Befriedigung finden. Die wird Dir, wenn Du Dich zersplitterst, nie gelingen. Du würdest also unbefriedigt und mit Dir unzufrieden sein. *Von da bis zum Unglück ist nur ein Schritt.* Und da von nun ab Dein Schicksal auch das meines Kindes ist, so ist es meine Pflicht, dieser Gefahr, der einzigen, die, so weit menschliche Vorsehung reicht, Euer Glück gefährden kann, vorzubeugen.

Ich bin Germanist, Günther; auch Dein Vater war zehn Jahre lang eine Zierde unserer Fakultät; auch Du bringst von Haus aus alles mit, was der Beruf erfordert, – prüfe Dich also, ob Pietät, Anlage und Liebe zur Sache in Dir stark genug sind, um ihm Deine Idee zu opfern und in der *ausschließlichen* Betätigung Deines Berufes *volle* Befriedigung zu finden.

Dass ich mir wünsche, Du könntest diese Frage *bejahen*, brauche ich Dir nicht erst zu sagen.

Trotzdem darf weder Vernunft noch Zweckmäßigkeit entscheiden! Vielmehr ist es lediglich eine Frage des Gefühls und des Temperaments. Geht Dir der Gedanke, Deiner Idee ein für alle Mal Lebewohl zu sagen, wider das Gefühl, hältst Du es für eine Gewissenspflicht, Dich für Deine Idee einzusetzen und sie aufzugeben für einen Verrat, *dann sage Nein!*

Dann aber gib die akademische Laufbahn auf und sei mit allen Deinen Kräften Pazifist!

Ich, der ich alles andere als Kosmopolit bin und in dem von Dir erträumten ewigen Frieden eine Schwächung der nationalen Idee erblicke, werde Dich – trotz der Verschiedenheit unserer Anschauungen – darum nicht weniger lieben. Aber denke daran, bevor Du Dich entscheidest, wie viele kluge Köpfe jahrhundertelang in dieser Richtung dachten und wirkten und – was sie erreicht haben! Ob hier nicht am Ende Naturgebote am Werke sind, demgegenüber alle menschliche Vernunft zuschanden wird. Und erwäge, was geschieht, wenn Dir diese Erkenntnis zu einer Zeit kommt, zu der es keine Umkehr mehr gibt!

Das alles überlege! Zusammen mit Ilse, die es ja mit angeht, und die mich durch ihren feinen Instinkt schon häufig überrascht hat. – Du aber sei versichert, dass ich mit all meinen guten Gefühlen bei Dir und meinem Kinde bin.

Dein Erwin Schott.«

Zwölftes Kapitel

Wie Ilse Schott aus Sorge um Dr. Hempel zu dem jungen Stoelping kam

Ilse Schott, die von Hempels Ladung als Zeugen wusste und sich über sein langes Ausbleiben Gedanken machte, setzte ihrem Vater, der abgespannt aus seinem Kolleg kam, so lange zu, bis er sagte:

»So fahr' schon in die Stadt und erkundige dich.«

Und es dauerte keine fünf Minuten, da saß Ilse auch schon im Auto und fuhr nach Moabit.

Sie sprang, noch ehe der Wagen hielt, heraus und stürzte in großer Hast die breite Freitreppe herauf. Aus der Ladung kannte sie Stockwerk und Zimmer. Sie lief den langen Korridor entlang und stand jetzt vor der Tür, hinter der vor wenigen Stunden Stoelping und Hempel sich gegenübergesessen hatten.

Einen Augenblick lang stand sie still und holte Atem, dann zog sie die Hand aus dem Muff und klopfte. – Sie hielt den Atem an. – Alles blieb still. – Sie klopfte noch einmal, – auch jetzt rührte sich nichts. – Sie legte die Hand auf die Klinke, wartete noch einen Augenblick, drückte erst behutsam, dann mit starkem Ruck die Klinke herunter und hielt die geöffnete Tür in der Hand. Sie horchte gespannt auf und fühlte, wie ihr Herz stillstand. Weiter schob sie die Tür ins Zimmer und stand, die Hand noch immer auf der Klinke, auf der Schwelle.

Die unpersönliche, lieblos-kalte Atmosphäre dieses Beamtenzimmers legte sich schwer und beklemmend auf Ilse. Sie fühlte, wie ihre Sicherheit schwand. Eben tat sie den ersten Schritt ins Zimmer, – da trat aus der Tür, die angelehnt stand, ein alter Beamter in blauem Rock, sah über seine Brille hinweg zu ihr hinüber und fragte:

»Nanu, Fräulein, 'n Einbruch beim Herrn Staatsanwalt? Ich bin nun 25 Jahre hier, aber das hab'n wir noch nich jehabt.«

Ilse ließ die Tür los, zog ängstlich den Arm zurück und verbarg die Hand, als hätte sie etwas Unrechtes getan, in dem Muff.

»Verzeihung!«, sagte sie. »Ich suche hier jemand.«

»Sehn Se mal an, das kann ich mir denken!« Und indem er seine Brille geraderückte, schob er sich mit krummen Knien an den Tisch, setzte sich, winkte Ilse heran, die automatisch an den Tisch trat, einen Stuhl geraderückte und sich ihm gegenüber setzte.

»Se suchen also jemand?« wiederholte er. »Na, denn sagen Se mal, wie kommen Se denn dazu, jerade hier zu suchen? Des is mer doch sehr verdächtig.«

»Weil ich weiß, dass er heute Vormittag hier war.«

»So–o! Aus der Untersuchung? Na, denn verraten Se mer mal, woher Se des wissen?« Und indem er sich breit hinsetzte, sagte er stolz: »Da scheinen wer ja wieder mal 'ner Durchstecherei auf de Spur jekommen zu sein. Vor allem, ziehn Se mal das Netz da hoch, das Ihn'n vors Jesichte baumelt. 's immer jut, wenn man sich so 'ne Weibsbilder einprecht.«

Und Ilse, die von alledem nichts verstand, streifte hastig die weißen Schweden von den Händen und schob den Schleier hoch, hinter dem ein ungewöhnlich feines und hübsches Gesicht zum Vorschein kam.

»Na, nach Arbeit sehn die Hände nich aus!« sagte der Beamte, setzte eine wichtige Miene auf und fuhr fort: »Also, denn wer' ich Ihn'n sagen, auf wen se hier jewart' ham, – auf Ernst Schröder, den hab'n se nämlich heute aus de Untersuchung vor'n Herrn Staatsanwalt jeführt – 'ne nette Nummer, dreizehnmal vorbestraft! Und mit so was laufen Se nu rum? Woll'n Se mir nu also sagen, woher Se des wussten, dass der heute hier in das Zimmer vernommen wird – ick mach' sonst kurzen Prozess, telefoniere an'n Staatsanwalt und lass Ihn'n festnehmen.«

Ilse sah sich scheu im Zimmer um. Richtig! Da, links der Tür, war ein Apparat.

»Bitte!«, sagte sie erregt, »rufen Sie bei ihm an.«

»Ach so! Sie denken wohl, des is Falle; des wer' nich das erste Mal, dass ich den Herrn Staatsanwalt anriefe und ihn auf wichtige Dinge aufmerksam mache.«

»So tun Sie's doch, bitte!«, rief Ilse ungeduldig.

Und der Beamte ging, mehr, um sich nicht vor Ilse zu blamieren, als aus eigenem Willen, an den Apparat; er hatte es noch nie getan und wusste daher nicht, wie der Staatsanwalt es aufnehmen würde.

Als er die Nummer genannt hatte, sprang Ilse auf.

»Sitzen bleiben!«, schrie der Beamte, der glaubte, dass Ilse davonlaufen wollte.

Aber Ilse lief an den Apparat; und als der Beamte eben mehr als bescheiden hineingeflötet hatte:

»Ach könnte sich der Herr Staatsanwalt von Stoelping vielleicht mal an den Apparat bemühen?« da riss sie ihm den Hörer aus der Hand und rief:

»Bitte, Herr Staatsanwalt, kann ich vielleicht erfahren, was aus dem Doktor Günther Hempel geworden ist?«

»Wer sind Sie denn?« war die Antwort.

»Ilse Schott! Seine Braut.«

Einen Augenblick lang hörte sie nichts; dann aber rief dieselbe Stimme, die jetzt weit freundlicher klang:

»Telefonisch lässt sich das schwer erledigen! Aber wenn Sie Näheres erfahren wollen, dann bemühen Sie sich vielleicht zu mir hinaus.«

»Gern!«, erwiderte sie. »Wann darf ich kommen?«

»Gleich, bitte!«, rief er zurück.

Sie hing den Hörer an und stürzte aus dem Zimmer. Der Beamte riss die Türe auf und verbeugte sich.

Dann schlug er sich an den Kopf und sagte:

»Ich Ochse! Das war ja 'ne Bekannte vom Herrn Staatsanwalt.« Aber er war in den 25 Jahren, in denen er Akten schleppte und von dem Schreibtisch des Staatsanwalts Staub wischen durfte, doch zu stark Kriminalist geworden, als dass ihm nicht gleich wieder Bedenken gekommen wären.

»Wer weiß«, dachte er, »ob das Gespräch mit dem Staatsanwalt nicht nur eine Finte war, um zu entwischen.« Und je mehr er dieser Ansicht zuneigte, umso entschlossener war er, zu leugnen, von irgendwas zu wissen, falls der Staatsanwalt ihn morgen etwa zur Rede stellte.

*

Stoelping erzählte gerade seinem Vater, dass er heute aufgrund des zusammengetragenen Materials zur Verhaftung des Hempel geschritten sei, als der Diener ihn ans Telefon rief.

Es war Ilse Schott.

Damit, dass sie sich morgen als eine der ersten in Moabit einfinden und mit tausend Schwüren Hempels Unschuld beteuern würde, hatte er gerechnet. Dass sie heute schon kam, war ihm, so wenig er damit gerechnet hatte, durchaus willkommen. Denn in ihrer Angst und ihrem ersten Schreck würde sie Hempel gewiss mehr leidenschaftlich als diplomatisch verteidigen. Auch war sie heute leichter einzuschüchtern als morgen; denn lag erst eine Nacht dazwischen, kam sie erst mal zur Ruhe, und hatte sie Gelegenheit, sich mit anderen zu besprechen, so war es schwerer, etwas aus ihr herauszubringen. Und so behandelte er sie denn am Telefon mit ausgesuchter Höflichkeit und erklärte sich für den Fall, dass sie ihn heute noch besuchte, bereit, ihr Näheres über Hempels Schicksal mitzuteilen.

Dann trug er dem Diener auf, die Dame, die in einer halben Stunde etwa nach ihm fragen würde, ohne Anmeldung sofort in sein Arbeitszimmer zu führen.

Dabei dachte er an alles. Er wusste, dass es eine große Sicherheit gab, in einen Raum zu kommen, den man kannte. Oft genügten Sekunden, eine schnelle Orientierung über Türen, Fenster, ein paar Bilder und Möbelstücke, um sich heimisch zu machen. Stand man aber plötzlich einem Menschen, der einem fremd war, in dessen Haus, das man nicht kannte, ohne auch nur Zeit zu haben, sich umzusehen, gegenüber, so war man von vornherein im Nachteil. Und nun gar eine Frau, die verängstigt war, und die wusste, dass der Mann, zu dem sie kam, Hempels Schicksal in Händen hielt.

Von diesem Vorteil versprach er sich viel. Und um ihre Unsicherheit zu erhöhen, schob er die Portieren, die vom Arbeitszimmer in die Bibliothek führten, zurück und öffnete die Türen, die von der Bibliothek in den Salon und von dem Salon aus in das Herrenzimmer führten. Dadurch verlor der Raum an Einheit und Abgeschlossenheit und wirkte unruhig. Und diese Unruhe, die selbst Stoelping empfand, der hier zu Hause war und mit geschlossenen Augen noch wusste, wo jedes Stück stand, musste sich auf jeden übertragen, der frei und unbefangen in diese Räume trat; um wie viel mehr auf diese Frau, die unsicher und verängstigt war.

Ilse war in Moabit in ein Auto gestiegen. Lastete die Schwüle des Kriminalgerichts auch noch auf ihr, so hatte ihre Besorgnis um Hempel doch ihre Befangenheit, wie überhaupt jedes andere Gefühl zurückgedrängt. Und statt sich innerlich auf die Begegnung mit Stoelping einzustellen, hatte sie während der ganzen Fahrt nur über sein Schicksal nachgedacht. Auch jetzt, als ihr der Diener öffnete und sie durch das Vestibül und den Wintergarten in Stoelpings Zimmer führte, war *er* ihr einziger Gedanke.

Stoelping, der vor den Spiegel getreten war und sich sorgsam zurechtgemacht hatte, trat, als er Ilse hörte, in die offene Tür, die zum Salon führte. Auch das war Berechnung. Denn nun stand er der Tür, durch die sie kam, gegenüber, und ihr erster Blick musste auf ihn fallen.

Aber die erwartete Verwirrung und Befangenheit blieb aus.

Wäre Ilse in ein Milieu gekommen, das nicht dem glich, in dem sie lebte, – möglich, dass sie dann, wie in Moabit, im ersten Augenblick unsicher gewesen und durch die ungewohnte Behandlung seitens des Staatsanwalts noch mehr verwirrt und verängstigt worden wäre.

So aber kam sie in ein Haus, dessen vornehme Behaglichkeit sie nach dem Besuch in Moabit doppelt anheimelte, und das ebenso gut die Villa eines ihrer zahlreichen Verwandten hätte sein können.

Schon die Sicherheit, mit der sie durch die Tür kam, setzte ihn in Erstaunen. Dann aber, als sie ins Zimmer trat, und er sie nah sah, wirkte das feine Gesicht, die schlanke Erscheinung und der weiche wiegende Gang so stark auf ihn, dass er die Augen aufriss und gar nicht mehr an die feierliche Geste dachte, die er sich zu ihrem Empfang zurechtgelegt hatte.

Er hätte aber auch sehr schnell sein müssen; denn kaum war sie im Zimmer und ein paar Schritte auf ihn zugegangen, da beugte sie zur Begrüßung kaum merklich den Kopf und sagte:

»Sie müssen verzeihen, es ist ungehörig für ein junges Mädchen – ich weiß es –, aber ich konnte nicht anders – ich musste zu Ihnen. – Bitte, sagen Sie mir, was ist mit Doktor Hempel?«

Stoelping, der sich von früh an daran gewöhnt hatte, genau auf jede Regung seines Gefühls zu achten, wohl, weil das meist eine so ganz andere Richtung nahm, als es die alten Stoelpings wünschten, empfand sofort, dass es ihm, – nun, zum Mindesten nicht passte, dass diese Frau sich derart leidenschaftlich um einen anderen sorgte.

»Darf ich wissen«, erwiderte er kalt und höflich, »in welcher Beziehung Sie zu Doktor Hempel stehen?«

»Ich bin seine Braut.«

»Mit Wissen Ihres Vaters?«

Ilse sah ihn erstaunt an.

»Kennen Sie meinen Vater?«, fragte sie; – und der Ton, in dem sie das sagte, enthielt den Vorwurf: Was sonst könnte Sie zu dieser Frage berechtigen?

»Nein«, erwiderte Stoelping. »Aber ich glaube, dass mir das natürliche Interesse, das Menschen derselben gesellschaftlichen Sphäre aneinander nehmen, das Recht dazu gibt, Sie danach zu fragen.«

»Gut, gut!«, sagte Ilse hastig. »Ich will Ihnen alles sagen, was Sie wissen wollen. Aber erst sagen Sie mir bitte, was ist mit Doktor Hempel?«

»Legen Sie erst ab«, bat er sie; »denn das lässt sich nicht in zwei Worten erzählen.«

Er half ihr aus dem Seal, schob vom Schreibtisch seinen schweren Sessel heran und bat sie, sich zu setzen. Und er, der sich in Gedanken schon seinem Opfer mit feierlicher Würde gegenüber gesehen hatte, saß nun, während sie bequem in seinem tiefen Sessel lehnte, auf dem kleinen Stuhl, den er eigens für sie bestimmt hatte, und der sich neben den schweren Möbeln wie ein armes Sünderbänkchen ausnahm.

»Also?« drängte sie und beugte sich vor, »darf ich nun wissen?«

»Wollen Sie mir zunächst bitte die Frage beantworten: Was wissen Sie?«

»Nichts weiß ich, als dass Doktor Hempel heute früh als Zeuge zu Ihnen gegangen ist, um wegen irgendeines Plagiatprozesses vernommen zu werden. War er bei Ihnen?«

»Gewiss war er da!«

»Ja, aber er ist bis jetzt nicht wieder zurück; wenn Sie ihn nicht festgehalten haben, – aber das ist ja doch unmöglich, dann muss ihm etwas zugestoßen sein.«

»Nun, darüber kann ich Sie beruhigen. Zugestoßen in dem Sinne, wie Sie es meinen, ist ihm nichts. Ob Sie ihn in absehbarer Zeit,« er machte eine Pause, »ja, ob Sie ihn überhaupt je wiedersehen werden, – das ist freilich eine andere Frage.«

Die letzten Worte hörte Ilse nicht mehr.

Sie war aufgesprungen, hatte etwas sagen wollen, auch die Lippen bewegt, vor Schreck aber kein Wort herausgebracht.

Und während Stoelping, der jetzt wieder ganz ruhig und sicher war, fortfuhr und sagte:

»Es tut mir leid, es Ihnen sagen zu müssen; aber ich kann Ihnen keine Hoffnung machen,« da stand sie, am ganzen Körper zitternd, bleich wie der Tod, den Mund weit aufgerissen, vor ihm und starrte ihn an.

»Es gibt«, fuhr Stoelping fort, »eine Möglichkeit, ihn vor dem Schlimmsten zu bewahren! – eine einzige! – das ist ein offenes, freimütiges Geständnis.«

Einen Augenblick lang schien es, als wollte sich Ilse ihm zu Füßen werfen; sie beugte sich leicht nach vorn; ihre Knie zitterten; – da fuhr Stoelping fort:

»Zwar bin ich der Ansicht, dass man einen Verbrecher wie ihn ...«

Weiter kam er nicht. Ilse brach nicht in die Knie, auch starrte sie nicht mehr scheu und entsetzt, nicht Schutz und Hilfe suchte sie mehr – wie aufgepeitscht reckte sie sich empor:

»Wie können Sie wagen!«, rief sie, warf den Kopf zurück und sah ihn herausfordernd an; »es kann nichts geben, was Sie berechtigt, so zu sprechen!«

Und Stoelping hatte, als er sie so vor sich sah, das Gefühl: Warum hast *du* niemand, der so zu dir hält?

»Es tut mir leid«, erwiderte er, »dass ich Ihnen den Glauben nehmen muss.«

Da schüttelte sie den Kopf und sagte:

»Das können Sie nicht.«

»Sie täuschen sich in ihm«, sagte Stoelping.

»Ich täusche mich nicht!« erwiderte Ilse.

Und als er immer bestimmter sagte:

»So glauben Sie mir doch, er verdient Ihr Vertrauen nicht,« da lächelte sie überlegen und entgegnete:

»Ich kenne ihn.«

»Und wenn es sich herausstellte, dass ich ihn besser kenne und in Erfahrung gebracht habe, dass er ein erbärmlicher ...«

Wieder fiel sie ihm ins Wort:

»Dann erkläre ich Ihnen, dass derjenige, der Ihnen das aufgebunden hat, entweder ein Halunke oder ein Idiot ist.«

»Und wenn ich die Beweise dafür in Händen habe?«

»Dann sind sie gefälscht.«

»Und wenn ihre Echtheit erwiesen wäre?«

»Dann hätte es damit eben irgendeine andere Bewandtnis, für die er Ihnen die Erklärung gewiss nicht schuldig bliebe.«

»Er ist sie mir schuldig geblieben!«, erwiderte Stoelping.

»Aber nicht aus Verlegenheit oder gar aus Furcht, sich zu belasten!«

»Und wenn es mir gelungen wäre, ihn zu überführen, und er unter der Wucht der Beweise ein Geständnis abgelegt hätte?«

»Dann blieben noch immer die Motive, die ihn freisprächen.«

»So wissen Sie am Ende gar, um was es sich handelt?«

»Ich weiß nichts weiter, als dass er kein erbärmlicher Mensch ist. Und das ist, glaube ich, Beweis genug!«

»Und wenn ich Ihnen noch einmal, und zwar unter voller Verantwortung und mit aller Bestimmtheit erkläre, dass Sie sich in ihm irren.«

»Ich *kann* mich nicht irren!«

»Und weshalb sollten Sie sich nicht irren können?«

Sie sah ihn fest an, und mit dem sicheren Gefühl, dass ihn das überzeugen musste, erwiderte sie:

»Weil ich ihn liebe.«

Stoelping, der selbst in Fällen, die tagtäglich wiederkehrten und ihn psychologisch daher gar nicht mehr interessierten, seine Person nicht ausschalten oder auch nur hinter den Gegenstand zurückstellen konnte, und der daher nie ganz sachlich war, hatte diesen ungewöhnlichen Prozess ja von Anfang an rein auf das Persönliche gestellt, ihn zunächst mehr als Sprungbrett für die diplomatische Karriere, dann aber, nach dem ersten Verhör und Zusammenstoß mit Hempel, auch wie eine Art geistiges Match betrachtet, in dem er mit Hempel seine geistigen Kräfte maß.

So sah er auch jetzt in Ilse mehr als nur die Entlastungszeugin. Es störte ihn zunächst, dass eine Frau, die immerhin reizvoll genug war, um ihn eines Tages – nun, zum Mindesten nicht gleichgültig zu sein, – einen anderen liebte. Dass sie ihm gegenüber aber ganz ungeniert von dieser Liebe sprach, fand er kränkend und rücksichtslos. Schon die Eitelkeit trieb ihn, diesen Hempel auszustechen. Aber darüber hinaus sagte er sich: Diese Frau hat Charakter. Wen die liebt, für den tut sie alles. Wenn es dir also gelänge ... und er spann den Gedanken fort, ... du hättest ein Werkzeug in Händen, das richtig angewandt, dir jeden Gedanken deines Gegners übermitteln würde.

Leicht war das nicht; aber der Versuch lohnte die Mühe, und er war entschlossen, alles daran zu wenden, um sich das Vertrauen und – hatte er das erst, wer konnte es wissen – vielleicht auch das Herz dieser Frau zu erobern.

Auf ihren Ausruf: Weil ich ihn liebe! Hatte er, sehr gegen sein Gefühl, erwidert:

»Ich respektiere durchaus Ihre Gefühle und Ihr Vertrauen, und die Art, wie Sie es begründen, macht Ihnen Ehre. Nur ändert das alles leider nichts an der Tatsache, dass man dem Doktor Hempel den Prozess machen und ihn nach menschlicher Berechnung zu einer Strafe verurteilen wird, die jede weitere Gemeinschaft zwischen Ihnen und ihm ausschließt.«

»Das ist nicht möglich!«, rief sie, »was man ihm auch vorwirft, er wird sich verteidigen. Und man wird ihn freisprechen!«

»Jedes Gericht der Welt wird ihn auf die Beweise hin verurteilen.«

»Und ich darf nicht wissen, was man ihm vorwirft? Ich darf diese sogenannten Beweise nicht kennen? Wo es nichts gibt, seit Jahren nichts gibt, was der eine nicht weiß vom anderen? Wo zwischen uns alles so klar ist, dass wir uns das kleinste Geheimnis von den Augen lesen. Ich, die einzige, die ihn kenne, die also doch wissen müsste, wenn es irgendetwas in seinem Leben gäbe, was nicht ist, wie es sein soll. Also will man die Wahrheit nicht wissen. Man will ihn aus irgendeinem Grunde vernichten. Aber das wird nicht geschehen, solange ich da bin!«

»Ich fürchte, Sie werden sein Verhängnis nicht aufhalten können!«, erwiderte Stoelping.

»So hat irgendwer ein Interesse?«

»Ein Interesse hat lediglich der Staat, sich gegen staatsgefährliche Elemente zu schützen.«

»Das ist ja doch lächerlich!«, rief Ilse, »staatsgefährliche Elemente! Es gibt keinen besseren Patrioten als ihn! Und wer das Gegenteil behauptet, ist ein Verleumder! Den soll man einsperren, aber nicht ihn!«

Stoelping erkannte: Diese Frau spielte keine Komödie. An ihr war nichts verstandesgemäß; ihre Gefühlsausbrüche waren elementar, daher war sie gar nicht imstande, sich zu verstellen. Aber darüber hinaus sah er: nicht nur nicht verstellen konnte sie sich, sie war auch zu temperamentvoll und zu gerade heraus, um nicht, unbekümmert um Eindruck und Wirkung, ihr Herz zu enthüllen, wenn sich ihr Inneres empörte. Oder, wie er sich am nächsten Morgen seinem Referendar gegenüber ausdrückte:

»Man braucht sie nur ein wenig zu reizen, und man bringt sie zum Explodieren.«

Und er folgerte: *Ich* bringe aus diesem Hempel nichts heraus. Erschließt er sich aber überhaupt jemandem, dann noch am ehesten ihr. Tut er das aber, so ist es lediglich eine Frage des Intellekts, sie zum Sprechen zu bringen.

Und darauf stellte er das weitere Gespräch ein.

Auf ihren Ausruf: Den sollte man einsperren, aber nicht ihn, erwiderte er:

»Ich bin, vorausgesetzt, dass Sie recht haben, ganz Ihrer Ansicht.«

»Was heißt das ...?«, fragte Ilse erstaunt.

»Sobald Ihre erste Erregung vorüber ist, werden Sie erkennen, dass wir beide –« und da sie ihn ungläubig ansah, wiederholte und betonte er – »*wir beide*, Sie und ich, an ein und demselben Strange ziehen.«

»Nanu!«, rief sie und trat unwillkürlich – als wollte sie zeigen, dass sie jede Gemeinschaft mit ihm weit von sich weise – einen Schritt zurück, »wie sollten Sie und ich ...?«

»Ich will es Ihnen sagen«, unterbrach er sie. »Sie sind, wenn ich Sie richtig verstanden habe, davon überzeugt, dass die Wahrheit finden, ihn freisprechen heißt.«

»Wenn es eine Gerechtigkeit gibt, dann ja.«

»Nun, ich will dasselbe. Auch mir liegt an nichts anderem als an der Feststellung der Wahrheit. Daran, dass sich die Zahl der Bestraften um einen erhöht, liegt mir gar nichts.« Er stand auf und trat vor sie hin, und es hatte etwas bewusst Feierliches, als er sagte:

»Gut! Helfen Sie mir die Wahrheit finden!«

Sie sah ihn groß an.

»Ist das Ihr Ernst?«, fragte sie.

»Durchaus! *Ich* habe jedenfalls das Vertrauen; und wenn auch *Sie* glauben, dass Sie es fertigbringen, objektiv zu sein – ich habe den Eindruck, dass Sie es können! – versuchen Sie's!«

»Von Herzen gern!«, erwiderte Ilse und war in der Aussicht, Hempel helfen zu können, wie umgewandelt. »Und welche Möglichkeiten geben Sie mir?«, fragte sie ihn.

»Der gesamte Apparat, über den ich verfüge, steht auch Ihnen zu Gebote. Ich weiß, Sie werden ihn nicht missbrauchen.«

»Gewiss nicht!«, sagte sie aufrichtig.

»Aber vergessen Sie nicht!«, fuhr er fort, »lediglich zur Ergründung der Wahrheit tun wir uns zusammen,« sagte er und streckte ihr die Hand hin.

»Abgemacht!«, erwiderte sie und schlug ein.

»Und wenn Sie ihn nun überführen?«, fragte er, während er noch ihre Hand hielt.

Sie lächelte – so unmöglich schien ihr das – so fest glaubte sie an ihn.

»Dann liefere ich Ihnen den Schwerverbrecher aus!«, sagte sie beinahe heiter, »und Sie dürfen ihn mit Haut und Haaren verzehren.«

»Es könnte doch sein«, meinte Stoelping, »dass Sie anderer Meinung werden. Nehmen Sie an, es kämen Ihnen eines Tages doch Zweifel, in einem solchen Falle würden Sie Ihr Versprechen, alles aufzubieten, um die Wahrheit zu ergründen, doch wohl kaum erfüllen können.«

Ilse dachte einen Augenblick nach, schüttelte den Kopf und erwiderte in einem Tone, dem man anmerkte, wie ernst ihr das war, was sie sagte:

»Herr Staatsanwalt! Für so unmöglich ich diesen Fall auch halte – käme mir aber je ein Verdacht – nicht meines Versprechens wegen oder gar aus Wahrheitsfanatismus, sondern einzig und allein um meiner selbst willen würde ich diesem Verdachte genau mit derselben Leidenschaft nachgehen wie dem Beweise seiner Unschuld.«

»Ich will es Ihnen glauben!«, sagte Stoelping, »außer uns beiden wird sich also niemand mit dem Fall befassen. Sie werden Hempel sehen. Ein-, zweimal die Woche, so oft Sie wollen. Und da er sich in dem Raum, in dem er sich augenblicklich aufhält, vermutlich Zurückhaltung auferlegen würde, so wird es sich empfehlen, dass Sie ihm während seines täglichen Spaziergangs auf dem Hof Gesellschaft leisten. Ich werde dafür sorgen, dass Sie dann völlig ungestört sind. Ist die halbe Stunde um – ich werde Anweisung geben, dass man den Spaziergang auf Ihren Wunsch auch etwas länger ausdehnt – so kommen Sie herauf zu mir, und zwar *auf alle Fälle;* also auch dann, wenn Sie glauben, mir nichts berichten zu können. Je eher Sie mir den *Nachweis* seiner Unschuld bringen, umso schneller werden Sie ihn wiederhaben.«

»Es wird nicht lange dauern; ich verspreche es Ihnen!«, sagte sie zuversichtlich.

»Umso besser!«, erwiderte Stoelping; »also vor allem Aufrichtigkeit! Bedenken Sie, dass jeder Missbrauch meines Vertrauens, ganz gleich, in welcher Form er sich äußert, die Situation Dr. Hempels naturgemäß verschlechtern muss. Stellt sich heraus, dass er schuldig ist, so dürfen Sie nicht den Versuch machen, ihn der Strafe zu entziehen.«

»Ich werde ihm weder eine Strickleiter, noch Zyankali in die Taschen schmuggeln«, erwiderte Ilse, die in dem Gedanken, dass Dr. Hempel ihr nun seine Rechtfertigung und Befreiung danken würde, wie ausgewechselt war. – »Und wann darf ich mein Rettungswerk beginnen?« fragte sie.

»Morgen, wenn Sie wollen!«, erwiderte Stoelping.

»Ich will!«, sagte sie freudig und streckte ihm kameradschaftlich die Hand entgegen.

Er schlug ein, und sie sagte:

»Und nun verraten Sie mir auch, was ist denn das für ein furchtbares Verbrechen, das er begangen haben soll?«

»Das lassen Sie sich morgen von ihm selber erzählen!«, erwiderte Stoelping.

»Gut!«, sagte sie und nickte ihm zu.

Sie drückten sich die Hände, und Ilse ging, leichteren Schrittes noch, als sie gekommen war, aus dem Zimmer.

Er sah ihr nach.

Ein famoser Mensch! Dachte er. Und dieser Gedanke beschäftigte ihn so stark, dass er darüber vergaß, sie hinauszubegleiten.

Als er ihr endlich in den Korridor folgte, war sie längst aus dem Hause. Vom Fenster aus sah er sie durch den Park gehen. Er bewunderte den weichen, wiegenden Gang, in dem ihr ganzer Mensch lag. Und als der alte Diener das Gartentor hinter ihr schloss und ihr durch die Gittertür nachsah, verfolgte er sie noch immer. Erst als der Alte wieder ins Haus zurückging und mit schleppendem Gang durch den Kies schlürfte, riss er sich los und trat vom Fenster weg.

Noch am Abend desselben Tages kam eine Karte von Miss Harrison.

Sie war wieder in London.

»Wir bereiten uns auf die Reise nach Köln vor«, schrieb sie. »Der Steepler, den Sie zum Siege steuern werden, ist glänzend auf dem Posten. Ich selbst habe ihn gestern in der Arbeit geritten. – Bitte richten Sie sich doch darauf ein, dass wir bei jeder Witterung unsere Flugpartie ausführen können. Wer weiß, wann ich wieder mal nach Deutschland komme, und mir liegt daran, überall gewesen zu sein.

Freundlichen Gruß

Ihre D. Harrison.«

Stoelping suchte alles Mögliche aus der Karte herauszulesen. Am längsten sann er über den Satz: »Wer weiß, wann ich wieder mal nach Deutschland komme«, nach. Das dürfte ja wohl unter Umständen von ihm abhängen, sagte er sich, und fasste es als eine Aufforderung auf, sich zu erklären. Und alle Schwierigkeiten, die sich seiner Verbindung mit ihr entgegenstellten, traten ihm jetzt wieder vor Augen.

Plötzlich musste er an Ilse Schott denken. Er sah sie neben Miss Harrison. Ganz deutlich stand sie vor ihm – nur einen Augenblick, und nicht lange genug, um beide Frauen auch nur äußerlich miteinander zu vergleichen.

Er war entschlossen zu reisen. Vorher aber wollte er sich an den maßgebenden Stellen vergewissern, ob eine englische Frau auch kein Hindernis für die Karriere eines deutschen Diplomaten bedeute.

Dreizehntes Kapitel.

Was Dr. Hempels erste Sorge nach seiner Verhaftung war.

Hempel hatte nach seiner Verhaftung keinen Augenblick an sich gedacht. Er saß kaum im Untersuchungsgefängnis, als er sich hinsetzte und an seine Mutter schrieb:

»Mutter!

Wenn Du morgen hörst, dass Dein Junge in Haft genommen wurde, wird für Augenblicke Dein Herz stillstehen. Arme Mutter! Dann wirst Du in Deinem kleinen Betstuhl niederknien, die steifen Arme in die Höhe recken, mit Deinen guten Händen das Kreuz umfassen und aus bedrücktem Herzen rufen: ›Herr, was bedeutet das?!‹ – Aber Dir wird keine Antwort werden; und ich höre dich weiter beten: ›Was es auch sein mag, lass meinen Jungen nicht zu Schaden kommen.‹

Und darum sollst Du wissen, Mutter, dass allein mein Glaube an Dein Gebet es ist, der mich alles, was nun kommt, ertragen lässt. Nicht dass ich an eine Erhörung glaube. Daran liegt nichts. Aber das Bewusstsein, dass Du *da* bist, an mich glaubst und für mich betest, gibt mir die Kraft, mich mit meinem Schicksal abzufinden.

Und darin suche Deinen Trost, beste, selbstloseste aller Mütter. Sage Dir, sage Dir immer wieder, dass der Gedanke an Dich es ist, der mir über die schwerste Stunde meines Lebens hinweghilft.

Darauf, dass Du 70 wurdest, ohne zu wissen, wie einer Mutter zumute ist, die um ihr Kind zittert, war ich stolz. Mein Wunsch und Wille war es, dass Du es nie erfahren solltest. Und ich glaube, es ist nicht meine Schuld, wenn es jetzt anders kommt.

Wie mir sonst ums Herz ist, Mutter, kann ich Dir nicht schreiben, da der Brief durch die Hände der Beamten muss. Auch zur Sache selbst darf ich nichts sagen. Leider! Aber Du weißt, dass meine Gesinnung jede Handlung ausschließt, deretwegen Du Dich meiner zu schämen brauchtest.

Man setzt mir hart zu, und es ist möglich, dass der Schein mich verurteilt. Aber wie es auch kommt, trage den Kopf hoch! Weiche niemandem aus. Wer mich verurteilt, dem erwidere stolz: Was wissen denn Sie von meinem Jungen! Die Tat an sich besagt nichts, nur auf die Gesinnung kommt es an.

Und wie es mir widerstrebt, meine Gefühle hier niederzuschreiben, um sie nicht fremden Menschen preiszugeben, so kann es geschehen, dass sich im entscheidenden Augenblick in mir etwas sträubt, zu meiner Rechtfertigung meine Gesinnung ins Feld zu führen; selbst wenn mich das retten könnte.

Schreibe mir nur das Wort, auf das ich warte. Keinen Trost und keine Klagen!

In   Liebe

Dein Junge.« Und die alte Mutter schrieb an ihren Sohn:

»Mein Junge!

Sorge Dich nicht um mich. Ich bin stark; denn ich weiß, dass Du einer schlechten Handlung nicht fähig bist. Du warst bis heute mein Stolz und bleibst es für immer. Daran können *die Menschen* nichts ändern.

In   Liebe

Deine Mutter.«

Und an Ilse Schott schrieb er:

»Meine Liebe!

Nun, wo ich Dir, derentwegen ich das Leben liebe, Schmerz bereite und zum ersten Male erfahre, was es heißt, denen wehe tun müssen, die man lieb hat, frage ich mich – und hinter dieser Frage tritt im Augenblick alles andere zurück – hatte ich ein Recht, Dein Schicksal an meins zu ketten. Ich quäle mich sehr damit. Denn leidenschaftlich unsere Liebe bejahen, heißt noch nicht, jede Verantwortung verneinen. Ich kenne Dein tapferes Herz und Deinen Glauben an mich, beide sind stark genug, um jeder Prüfung standzuhalten. Ich weiß auch, dass es Dich und Deine Liebe nur kränken würde, suchte ich mich vor Dir zu rechtfertigen und Dir zu beweisen, dass ich Deiner Liebe wert bin. Das *weißt* Du, und kein Mensch und kein Richterspruch der Welt kann Dir diesen Glauben nehmen. Gefasst könnten wir also – handelte es sich nur um unsere Liebe – die Dinge sich entwickeln lassen.

Aber es handelt sich um *mehr*. Auf beiden Seiten. Du weißt, ich bin nicht sentimental und gerade in Dingen des Gefühls, das nichts Lautes verträgt, ist mir nichts mehr zuwider als Pathos. Wenn ich Dir also sage, dass ich mich nicht gescheut hätte, Dich zu bitten: Halte zu mir, auch wenn es einen Kampf auf Tod und Leben gilt, dann wirst Du mir glauben, dass es Gründe ganz besonderer Art sein müssen, die mich jetzt zwingen, anders zu denken.

Ich kann mich ja leider Dir nicht erschließen, kann nicht einmal andeutungsweise sagen, um was es geht. Nur so viel darfst du wissen: Wenn unsere Liebe bisher für uns eine Bedeutung hatte, über die hinaus es *nichts* gab, so musst Du nun umlernen, arme Ilse. Nur das Gefühl einer höheren Verantwortung, das über unsere Liebe hinaus *die Liebe zu den Men-*

schen ist, kann das Opfer berechtigen, das ich von Dir fordere: *Gib mich frei.*

Einsam wirst Du nun sein, Ilse, die Du seit Jahren alles Glück von unserer Gemeinsamkeit erhofft hast. Mir geht es nicht anders. Und wenn ich vielleicht auch Worte für die Schmerzen fände, an denen ich in Gedanken an Dich leide – sie fremden Menschen, durch deren Hände diese Zeilen gehen, preiszugeben, bringe ich nicht übers Herz. Du musst zwischen den Zeilen lesen. Du wirst dann erkennen, dass ich in dem Kampf, den man mir jetzt aufzwingt, innerlich frei sein muss und nicht durch Rücksichten gehemmt sein darf, die in meiner Person und nicht in der Sache liegen, einer Sache, der ich mich, wenn es sein muss, ohne Bedenken opfern werde. Und das muss auch für Dich entscheidend sein. Ich schade der Sache, wenn ich mit Rücksicht auf Dich, auf die Wahrung meines Rufes in der Verteidigung bedacht sein muss.

Alles, was nun folgt, muss ich, auch wenn es nach außen noch so hässlich wirkt, von nun an dem Zweck anpassen. Auch unserer Liebe müsste ich, würde sie in den Kampf hineingezogen, Gewalt antun. Löst jetzt aber jeder sein Schicksal von dem des anderen ohne einen bitteren Ton und in dem Bewusstsein, seiner Liebe damit das höchste Opfer zu bringen, so wird die Erinnerung meine Kraft verdoppeln und das Rückgrat meiner Verteidigung sein. Dein Heroismus wird also nicht darin liegen, dass Du, unbekümmert um das Urteil der Welt und allen Anfeindungen zum Trotz, zu mir hältst, vielmehr darin, dass Du Deine

Liebe, also Dich selbst, *überwindest*. Damit wirst Du mir in der Sache den größten Liebesdienst erweisen.

Was in diesen Zeilen Dein Herz nicht fasst, wird Dir der Verstand Deines Vaters deuten. Sage ihm, dass ich ihn dankend ehre, weiß ich doch, dass er schützend seine Arme über Dich breiten, Dich trösten und Dir neuen Mut zum Leben geben wird. Dass ich mich in mein Schicksal finden werde, weißt Du. Ob es mich aber stolz und freudig finden wird, steht bei Dir. Glaube mir, dass ich unsere Liebe nicht ohne Zwang opfere und sage mir, dass Du mich verstehst.

Dein Günther.«

Vierzehntes Kapitel

Wie der junge Stoelping den Minister wegen seiner Ehe mit Miss Harrison interpellierte

Als Stoelping am nächsten Morgen nach Moabit fuhr, ließ er am Auswärtigen Amt sein Auto halten.

Er schickte dem Minister seine Karte mit einem kurzen Hinweis auf den Prozess Hempel und wurde, ohne dass er warten musste, vorgelassen.

Mit ein paar freundlichen Worten nahm der Minister der Unterredung den amtlichen Charakter.

Stoelping berichtete von der Verhaftung aufgrund des belastenden Briefwechsels, wobei er die Frage nach dem Ursprung der Briefe nicht ohne Absicht unerörtert ließ. Umso eingehender schilderte er die Psychologie seiner Beweisführung.

Und der Minister äußerte sich sehr befriedigt, versicherte ihn seines Vertrauens und stellte für den Fall, dass er die Untersuchung mit dem gleichen Takt und Erfolg zu Ende führe, seine Übernahme ins Auswärtige Amt in Aussicht.

Stoelping bekannte, dass sich sein Ehrgeiz immer in dieser Richtung bewegt habe, und dass er, ohne sich überheben zu wollen, glaube, einige Anlage für die diplomatische Karriere zu besitzen.

Dann sagte er ganz ungeniert:

»Gestatten Exzellenz mir eine rein persönliche Frage?«

»Ich bitte darum.«

»Würde eine Ehe mit einer Engländerin meiner Karriere hinderlich sein?«

Der Minister sah ihn groß an, zog die Stirn in Falten, dachte einen Augenblick nach und sagte:

»An sich nicht. Denn am Hofe Seiner Majestät ist der Großbritannische Botschafter akkreditiert; der unsere in London. Zwischen Oxford und Frankfurt besteht eine Austauschprofessur; englische und deutsche Schiffe, die sich auf den Meeren begegnen, hissen zum Gruß die Flagge, wenn« – er kniff die Augen zusammen und sah ihn scharf an –, wenn,« sagte er noch einmal, »es unseren Schiffen nicht gelingt, rechtzeitig anderen Kurs zu nehmen.«

Eine Pause folgte. Nach einer Weile fuhr der Minister fort:

»Und in dieser Kunst, diesen anderen Kurs zu finden, sehen Sie, mein Lieber, darin liegt eben die Schwierig-

keit; besonders, wenn's nur eine Straße und daher keine
Möglichkeit gibt, auszuweichen.«

Stoelping verstand den Minister nur zu gut.

»Auch ich fürchte«, sagte er, ohne den Minister anzusehen, »dass es für mich kaum mehr ein Zurück gibt.«

»Ich wiederhole: wir leben mit England im Frieden, unsere Beziehungen sind normale; der diplomatische Verkehr vollzieht sich in den üblich höflichen Formen ...«

»Ich darf demnach annehmen ...«

»Es wäre unklug, also undiplomatisch,« fiel ihm der
Minister ins Wort, »wollten wir unseren Diplomaten
verbieten,« – er machte eine Pause nach diesem Worte,
das er besonders betonte – »sich eine Engländerin zur
Frau zu nehmen. Denken Sie, was zöge solch ein Verbot
alles für Weiterungen nach sich! Die englische Regierung würde mit Recht darin einen unfreundlichen Akt
erblicken; und Sie sind ein zu guter Diplomat, um nicht
zu wissen, dass Höflichkeit und Unaufrichtigkeit die
beiden Haupttugenden jedes Diplomaten sind.

Stoelping, dem das alles – ging's ihm auch gegen den
Strich – einleuchtete, nickte mit dem Kopf und sagte:

»Gewiss, das sehe ich ein!«

Der Minister stand auf, steckte die Hände in die Hosentaschen und ging im Zimmer umher.

»Zum Glück«, sagte er, »hat sich das Material unserer
Diplomaten derart verbessert, dass ich in meinem Ressort – und das ist ja wohl der Wirkungskreis, den auch
Sie sich wünschen – in den letzten fünf Jahren überhaupt kein Verbot mehr zu erlassen brauchte; denn die

Herren besitzen ausnahmslos und in hohem Maße das, was sie befähigt, gute Diplomaten zu sein – nämlich Klugheit und Takt. Und sie wissen auch ohne Verbot, was sich mit ihrem Amt verträgt, was nicht.«

Stoelpings Enttäuschung, so sehr er sie zu verbergen suchte, war unverkennbar.

»Sie müssen am besten wissen, lieber Freund«, fuhr der Minister fort, », worauf Sie glauben, eher verzichten zu können – ob der Ehrgeiz lauter spricht oder das Herz. Das sage ich Ihnen als Freund. Als Beamter wiederhole ich, und zwar mit aller Deutlichkeit, damit kein Missverständnis aufkommen kann: Der Ehe eines deutschen Diplomaten mit einer Engländerin steht *an sich* nichts im Wege. Ob im Einzelnen aus Gründen, die in der Familie öder in der Person selbst liegen, Ausnahmen notwendig sind, kann natürlich nur von Fall zu Fall entschieden werden!«

Obgleich Stoelping wusste, dass das nur ein Vorwand war, so ging er doch darauf ein und sagte:

»Es handelt sich um die Tochter des bekannten Sportsmans Mr. Harrison, einen der angesehensten Kaufleute der London-City.«

»Ich kenne ihn«, erwiderte der Minister, »hat er nicht erst vor ein paar Wochen als erster Engländer seine Pferde bei uns laufen lassen?«

»Ganz richtig!« bestätigte Stoelping, »seine Stute ›Lori‹ hätte das große Jagdrennen mühelos gewonnen, wenn ich, der ich hinter ihr lag, sie nicht kurz vor dem Ziele angeritten hätte.«

»So, so!«, sagte der Minister, »das ist gewiss sehr bedauerlich und verpflichtet Sie ...«

»Das meine ich auch!«, rief Stoelping so leidenschaftlich, dass der Minister ihn erstaunt ansah und fortfuhr:

»Ja, aber am Ende ließe sich ein verrittenes Rennen denn doch wohl noch auf eine andere Weise ausgleichen.«

»Wie meinen Exzellenz?«, fragte Stoelping, der ihn nicht verstand.

»Ich meine, das Projekt dieser Ehe, das stützt sich doch gewiss auf gegenseitige Zuneigung – und ist nicht etwa sozusagen nur als Ausgleich für das verloren gegangene Rennen gedacht?«

»Aber nein!« fiel ihm Stoelping ins Wort, »als Genugtuung reite ich morgen im Kölner Jagdrennen für Mr. Harrison, und zwar dieselbe Stute, die ich damals um den Erfolg gebracht habe.«

»Das lasse ich mir gefallen«, erwiderte der Minister, »das ist eine faire Revanche!«

Und Stoelping freute sich, auf diese unauffällige und geschickte Art die Zustimmung des Ministers wenigstens für diesen Ritt erhalten zu haben – umso mehr, als damit auch der Widerspruch seines Vaters gebrochen war.

»Und mit der Ehe, nicht wahr, das lassen Sie sich noch einmal durch den Kopf gehen? – das passt doch auch so ganz und gar nicht zu den Ansichten, die Sie sonst über England entwickelt haben.«

»Meine Gefühle England gegenüber bleiben darum dieselben!« versicherte Stoelping, »aber ich glaube, stark genug zu sein, um eine Frau, die ich lieb habe, meinem Empfinden so anzupassen, dass sie in allem fühlt wie ich.«

»Glauben Sie das nicht! Die Rasse ist zäh, und gerade in Dingen des Gefühls grundverschieden von der unseren. Das sind Gegensätze, zu denen hinüber sich keine Brücke schlagen lässt. Weder Erziehung, noch Liebe bringen das fertig.«

»Das glaube ich schon! Einfach ist das nicht,« erwiderte Stoelping.

»Wäre das anders, ich riete Ihnen nicht ab; der Karriere wegen schon gar nicht! Erst kommt der Mensch, dann sein Beruf. Und wenn man wie Sie materiell unabhängig ist, beginge man ein Verbrechen an sich selbst, wenn man einer anderen Stimme folgte als der des Herzens. Darum schalten Sie die Karriere ganz aus und prüfen Sie sich, ob nicht rein menschliche Erwägungen gegen eine solche Ehe sprechen. Ich bin der letzte, der Ihr Glück stören will. Aber denken Sie, wenn Sie eines Tages in Ihrem Sohne Eigenschaften wiederfinden, die Sie in Ihrer Frau glücklich bekämpft zu haben glauben.«

Stoelping, der durchaus anderer Ansicht war und auch in diesem Augenblick an nichts anderes als an seine Karriere dachte, stand auf und sagte:

»Exzellenz haben mich vollkommen überzeugt.«

Der Minister, der ihn für aufrichtig hielt und ihm glaubte, gab ihm die Hand und sagte:

»Das ist mir eine große Freude, wenn es mir gelungen ist, Sie zu überzeugen! – Und nun führen Sie den Prozess zu einem guten Ende, damit ich Sie den Herren meines Ressorts bald als neuen Mitarbeiter vorstellen kann.«

Stoelping dankte, und als er die Treppen des Auswärtigen Amts hinunterstieg, hatte er das Gefühl, als wenn er schon hierher gehörte.

Fünfzehntes Kapitel.

Wie Dr. Hempel Ilses Verzicht erbat.

Stoelping war in bester Stimmung, als er sein Amtszimmer in Moabit betrat.

Zwar verband ihn irgendein Gefühl, über das er sich selbst nicht klar war, mit Miss Harrison. Er hatte in ihrer Gegenwart das Empfinden, sich ohne Zwang und Verstellung ganz *so* geben zu können, wie er war. Er brauchte nicht jedes seiner Gefühle und jeden seiner Gedanken erst auf die Wirkung hin zu prüfen, die sie bei Eltern und Kollegen hervorriefen. Das tat er sonst überall, um nicht Anstoß zu erregen, vor allem aber, um nicht mit seiner Weltauffassung in Konflikt zu kommen, die ihm anerzogen war, und in die er sich, da sie mit seiner Natur nicht übereinstimmte, immer von Neuem hineinzwingen musste. Über diese Widersprüche seines inneren und äußeren Menschen war er sich längst klar; dass diese Hemmungen an der Seite der Miss Harrison fortfielen, einfach nicht da waren, sodass er sich in ihrer Gegenwart ohne jeden Zwang fühlte, war ... ja, was war es nur? Nun, zum Mindesten doch wohl ein Zusammenstimmen, eine Art Zugehörigkeit, die, wenn sie auch stark war, so doch mit Liebe jedenfalls nichts zu tun hatte.

Und doch fiel es ihm nicht leicht, den Gedanken einer Ehe, mit dem er gerade in den letzten Tagen gern gespielt hatte, aufzugeben.

Dass er es doch tat und seine Gefühle und die Verantwortung, die er seit Bayreuth ihr gegenüber zu haben glaubte, seiner Karriere opferte, schien ihm zu selbstverständlich, um sich darüber auch nur Rechenschaft zu geben.

Sein Vorsatz, in Köln für Mr. Harrison zu reiten, blieb davon unberührt. Einmal hatte der sein Wort; dann aber gab ihm diese Begegnung Gelegenheit zu einer Aussprache mit Miss Harrison, an die er sich, ohne offiziell mit ihr von der Ehe gesprochen zu haben, natürlich gebunden fühlte.

Als er, wie üblich, seinen Referendar nach wichtigen Eingängen fragte, wies der auf zwei Briefe, die vor ihm auf dem Tische lagen. Es waren Hempels Schreiben an seine Mutter und Braut.

Er hatte angeordnet, dass ihm jede Zeile, die Hempel schrieb, und wenn sie noch so unwesentlich schien, vorgelegt werde.

Stoelping las beide Briefe, ließ Abschriften anfertigen, schloss sie, sandte den Brief an Hempels Mutter ab, während er den an Ilse in die Tasche steckte.

Er arbeitete kaum zehn Minuten in den Akten, als der Gerichtsdiener eintrat und mit einem Gesicht, das Unsicherheit und Neugier verriet, Ilse Schott meldete.

»Bitte!«, rief Stoelping dem Diener, der an der Tür stehen blieb, zu und stand auf.

Ilse Schott trat in schwarzem Straßenkostüm, einen kleinen runden Hut mit schwarzem Reiher; mit Zobelkragen und Zobelmuff, ins Zimmer.

Stoelping ging ihr entgegen und reichte ihr die Hand.

»Sie haben vermutlich keine gute Nacht gehabt?«, sagte er und sah sie teilnahmsvoll an.

Hinter dem schwarzen Schleier schien ihr Gesicht blasser als gestern; aber ihr Blick war klar und lebhaft, und die Stimme klang fest und sicher, als sie jetzt sagte:

»Geschlafen habe ich freilich wenig. Dafür bin ich, wenn möglich, noch zuversichtlicher als gestern.«

»Sie sind also noch immer entschlossen, zu ihm zu halten?«, fragte er.

Wie vor den Kopf gestoßen, trat sie zurück.

»Ja, was müssen Sie für einen Eindruck von mir bekommen haben«, sagte sie bestimmt, »dass Sie mich so etwas fragen!«

»Es ist nur die Besorgnis«, erwiderte Stoelping, »dass er Sie mit in sein Schicksal hineinzieht.«

»Hineinzieht?« wiederholte Ilse. »Ja, das ist ja längst geschehen. Sein und mein Schicksal sind nicht mehr zu trennen.«

»So wissen Sie also ...?«

»Nichts weiß ich, als dass ich an seine Seite gehöre!«

Stoelping hatte den Brief aus der Tasche gezogen.

»Übrigens ... er hat Ihnen geschrieben« – sagte er, »bitte!« und er reichte ihr den geschlossenen Brief, den sie hastig öffnete und las.

Stoelping beobachtete sie genau. Es war deutlich, dass sie allmählich ihre Umgebung vergaß und völlig unter den Eindruck des Briefes geriet. Ein paar Mal schien es, als wenn sie wankte. Sie beugte den Oberkörper nach vorn, schob hastig den Schleier in die Höhe, schloss für Augenblicke die Augen und schien, als sie zu Ende war, völlig verwirrt.

Sie sah sich scheu im Zimmer um, stutzte, sah erst den Referendar, dann Stoelping an, besann sich allmählich, wo sie eigentlich war, fuhr sich mit der Hand über die Augen und sagte:

»Ach so ... verzeihen Sie ... richtig, ... ich bin ja hier ...«

Stoelping gab dem Referendar ein Zeichen. Der Referendar nahm einen Stuhl, der neben dem Tische stand und schob ihn zu Ilse Schott.

»Bitte!«, forderte sie Stoelping auf, »setzen Sie sich erst einmal und ruhen Sie sich aus!«

Sie schüttelte den Kopf und sagte:

»Danke! ... ich kann ... schon ... stehen ...« Dabei wankte sie und zitterte so stark, dass Stoelping auf sie zuging und sie stützte.

»Sind die Nachrichten schlecht?«, fragte Stoelping.

Sie nickte trostlos mit dem Kopf, und mit einer Stimme, in der kaum noch Hoffnung lag, sagte sie:

»Ja!«

»Ihretwegen tut es mir leid!«, erwiderte Stoelping.

Sie fuhr leicht zusammen.

»Was liegt an mir!«, sagte sie bitter, und mit einem Blick auf den Brief, den sie zerknittert in den Händen hielt, fuhr sie fort:

»Aber hier!«

»Sie lieben ihn sehr?«, fragte Stoelping.

Sie schloss die Augen und gab keine Antwort.

Dann streckte sie langsam den Arm zu ihm hin und reichte ihm den Brief.

»Bitte! ... lesen Sie!«

Stoelping wehrte ab.

»Wenn der Brief etwa ein Geständnis enthält, will ich ihn nicht sehen.«

Sie lächelte wehleidig und schüttelte den Kopf.

»Nein!«, sagte sie, »er enthält mehr! – viel mehr! Eine Forderung an mich ...« sie hielt ihm noch immer den Brief hin.

Stoelping nahm ihn und tat, als wenn er ihn – noch einmal – las:

»Und Sie werden diese Forderung erfüllen?«, fragte er.

Sie zog die Schultern in die Höhe und sagte seufzend:

»Wenn ich es kann!«

»Sie werden es versuchen?«

»Wenn ich ihm damit nütze – ja!«

»Dann wollen Sie ihn also nicht mehr sehen!«

Sie erschrak.

»Doch!«, sagte sie bestimmt, »sehen muss ich ihn! Es fällt mir leichter, wenn ich ihn gesprochen habe!«

Das war durchaus nach Stoelpings Wunsch.

»Bitte!« wandte er sich an den Referendar, »begleiten Sie Fräulein Schott in die kleine Halle und bleiben Sie bei ihr, bis man Dr. Hempel zu ihr geführt hat. Ich wünsche, dass die beiden sich völlig ungestört und unbeobachtet aussprechen, und zwar so lange wie sie wollen. Sie bleiben in der Nähe und begleiten Fräulein Schott dann später wieder zu mir.« Stoelping gab dem Referendar ein Zeichen; der Referendar reichte Ilse Schott den Arm und führte sie aus dem Zimmer, den Korridor entlang, in die kleine Halle, die das Untersuchungsgefängnis von dem Hauptgebäude trennte.

Auf dem Weg über den Korridor zur Halle sprach Ilse kein Wort.

Als sie in der Halle waren, ließ der Referendar sie los und sagt«:

»Bitte! Warten Sie hier!«

Da sie nicht aufsah, so merkte sie nicht, wie stark seine Teilnahme war, die deutlich in seinem Gesicht stand, und die nur eines Anstoßes bedurfte, um sich zu äußern.

Was Stoelping mit dieser Begegnung bezweckte, wusste der Referendar zwar nicht; er erriet es auch nicht; dazu war er nicht kompliziert genug. Dass aber, wie immer, so auch hier, nicht Mitgefühl, sondern Zweckmäßigkeit der Vater des Gedankens war, daran zweifelte er keinen Augenblick. Und der Wunsch, sie vor Stoelping zu warnen, war so stark in ihm, dass es ihm schwerfiel, ihn zu unterdrücken.

Eine Minute später stand Hempel vor ihr.

»Hat man etwa auch dich?«, fragte er zu Tode erschrocken.

»Nein! Nein!« rief Ilse schnell, die sah, wie er in dem Gedanken litt. Und ganz nur Sorge um sie, nahm er ihre beiden Hände, atmete auf, sah ihr in die Augen und sagte:

»Gott sei Dank!«

»Aber *du*! – Was ist mit dir?« fragte Ilse.

»Hat man dir meinen Brief gegeben?«

»Ja!« und sie wies auf ihre Tasche und sagte: »Hier –«, und da sie fühlte, dass sie weinen musste, wenn sie weiter sprach, so schwieg sie.

»Und du hast mich verstanden?«, fragte Hempel.

Ilse nickte und schloss die Augen.

»Und du wirst stark genug sein?« Er hielt noch immer ihre Hände und fühlte, wie sie sich quälte, ihre Bewegtheit zu verbergen.

»Eben erst ... in diesem Augenblick ... hat man ihn mir gegeben«, sagte sie und kämpfte bei jedem Wort gegen ihre Tränen. »Hätte ich ... nur ein paar Minuten ... Zeit gehabt, ich hätte mich ja hineingefunden, – aber so, ... im selben Augenblick ...« sie konnte sich nicht länger beherrschen, und mit tränenerstickter Stimme rief sie:

»Ich ... ich ... ersticke!«

Er zog sie in seine Arme und sagte zärtlich:

»Arme Ilse!« – Dann nahm er ihr den Hut ab, fuhr ihr mit der Hand über das weiche Haar und sagte zärtlich:

»Und nun wein' dich aus!«

Da schluchzte sie still in sich hinein.

Nach einer Weile sagte sie und schien ruhig und bestimmt:

»So, Günther, und nun wollen wir Abschied nehmen.«

Er sagte nichts.

»Ich habe dich sehr lieb gehabt«, fuhr sie fort und schloss für einen Augenblick die Augen. »Und wenn das überhaupt zu überwinden geht – ich weiß es ja nicht –, aber du glaubst es ja – und darum will auch ich es versuchen –, ich verspreche es dir. – Ich will es tun, – dir zuliebe.«

Hempel fühlte, dass sie nicht würde halten können, was sie versprach. Wenn er sie trotzdem fragte:

»Wirst du es auch können?« so geschah es nur, um ihr den Glauben zu stärken.

Sie dachte nicht nach und überlegte nicht. Sie hatte nur das Gefühl:

»Ich muss es ihm erleichtern.« Im Grunde glaubte wohl auch sie es nicht. Sie sah ihn fest an und sagte:

»Ja!«

Da rief er und erschrak, als er es ausgesprochen hatte:

» *Du kannst es nicht!*«

Die Kraft zu widersprechen hatte Ilse nicht. Sie beugte sich nach vorn; er sollte ihr Gesicht nicht sehen.

»Du glaubst, ich werde es nicht können?«, fragte sie. »Schon möglich, dass es so ist. Dann werde ich dich eben weiter lieben. Aber« – und sie quälte sich mit dieser Lüge –, »daran zugrunde gehen werde ich nicht.«

Und Hempel klammerte sich an dies Wort, das sie ja nur ihm zur Erleichterung sagte.

»Gewiss nicht!«, sagte er, »zumal, wenn du erst weißt, *wofür* du es tust.«

Ilse erschrak; jetzt erst entsann sie sich ihres Versprechens, dem allein sie diese Begegnung dankte. Unter dem Eindruck des Briefes, hinter dem alles andere zurückgetreten war, hatte sie gar nicht bedacht, dass nun die Situation ja eine andere war. Erst jetzt kam ihr das zum Bewusstsein.

»Nein! Nein!«, wehrte sie mit beiden Händen ab, »sag es mir nicht! Ich darf es nicht wissen!«

»Ja – ich verstehe nicht –«, erwiderte er erstaunt, »du *musst* es wissen! – *alles* musst du wissen! Bis ins kleinste! Denn nach außen, da werde ich vielleicht eine Rolle spielen, die zu dem Bilde, das du von mir hast, nicht passt. Und das Aussehen, das es dann bekommt und der Eindruck auf dich – der wird womöglich deinen Glauben an mich erschüttern. – Das aber darf nicht geschehen! Auf keinen Fall! Wenn wir uns jetzt auch trennen.«

Aber Ilse widersprach:

»Glaubst du wirklich, ich könnte dich missverstehen oder verkennen? Und wenn deine Schuld tausendmal bewiesen würde und vor aller Welt klar läge, so klar, dass für Dritte jeder Zweifel ausgeschlossen wäre – ich wüsste doch, dass du dich für irgendetwas Gutes oder Großes oder für andere opferst; und das, Günther, muss dir genügen!«

Jetzt verstand er sie.

»So fürchtest du also, man wird dich mit hineinziehen und aus dir herausholen wollen, was ich verschweige?« – Er stand in Gedanken. »Das freilich darf nicht sein!«, sagte er und schüttelte den Kopf. » *Dich* dürfen sie nicht quälen. Aber dass sie's versuchen werden – dass sie dich gegen mich ausspielen – das glaube ich schon. Denn das werden sie bald heraushaben, was dein Leben mir gilt.«

Und nun erzählte Ilse von ihrem Besuche bei Stoelping, von seinem Vorschlag, ihrer Bereitwilligkeit und den Gründen, aus denen sie darauf eingegangen war. »Er hat mit allem gerechnet, dieser komplizierte Herr! Mit deinem guten Glauben, meiner Verstocktheit, deiner Arglosigkeit und meiner Liebe. – Nur *an eins* hat er nicht gedacht, an *unsere Aufrichtigkeit*! Dass zwei *aufrichtige* Menschen, die sich lieb haben, ja nicht nach einem Programm handeln – der Gedanke ist ihm nicht gekommen. – Und für dich, da war natürlich die Aussicht, mich zu sehen, entscheidend.«

»Gewiss war das mein erstes Gefühl: Ich muss zu dir! Dich fühlen lassen, dass du nicht allein bist. Aber entscheidend war das nicht! Entscheidend war der Wunsch, dich zu rechtfertigen.«

»Auch darauf wirst du nun verzichten müssen, arme Ilse!«, erwiderte Hempel. »Mich rechtfertigen, hieße eine Idee gefährden, der schon heute Tausende von Menschen Leben und Existenz danken, der es im Laufe eines Jahrhunderts vielleicht Millionen danken werden. Aber selbst das ist schon zu viel gesagt. Je mehr es mir gelingt, meine Richter davon zu überzeugen, dass ich ein schlechter Kerl bin, umso besser werde ich der Sache dienen. Statt mich zu rechtfertigen, musst du mich abzuschütteln suchen.«

»Das bringe ich nicht fertig.«

»Ich gebe zu, das wäre ein Opfer, wie es kaum ein zweites gibt. Und selbst die größte Liebe gibt kein Recht, es zu fordern. Aber fühlst du nicht, dass darin *letzte* Größe läge? Denke dir den Augenblick, wo du, die Einzige, von der die Welt erwartet, dass sie zu mir hält, vor die Richter trittst. Meine letzte Hoffnung! Und jeder wartet auf die große Geste, die sich in dieser Situation keine Frau entgehen ließe: das Pathos der Liebe, die sich wie ein Schleier, mild und versöhnend, über alles Schlechte breitet. Der Staatsanwalt suchte deinen Glauben zu erschüttern, du lächelst nur, und ein Blick auf mich sagt allen, was du fühlst: Lass ihn nur reden! Mich wird er nicht überzeugen; ich kenne ihn! Wann jemals wäre auf der Bühne des Lebens, selbst wo diese Szene noch so schlecht gespielt wurde, die Wirkung ausgeblieben? Diese öffentliche Prostitution unserer Liebe, bitt' ich dich, erspare uns!«

Ilse empfand in allem, wie er; er wusste, es, auch wenn sie jetzt schwieg.

»Vor wildfremden Menschen unsere Gefühle auspacken, weißt du, Ilse, das liegt mir nicht. – Ich finde, das sind so seine Dinge, die kaum vertragen, dass *die* miteinander davon sprechen, die sie angehen. Das Wort hat die Liebe zweier Menschen noch nie vertieft, wie oft aber hat es sie getötet.«

Wie ist das sonderbar, dachte Ilse, der es erst jetzt zum
Bewusstsein kam, dass sie beide eigentlich nie von ihrer
Liebe miteinander gesprochen hatten. Gerade in Stunden, in denen jeder mit seinen Gefühlen ganz beim anderen war, wenn Natur oder Musik auf sie wirkte, oder
sie einen großen Schmerz oder eine besondere Freude
hatten, und sie besonders stark fühlten, dass sie zusammengehörten, *schwiegen* sie. Weil sie instinktiv empfan-
den, wie hart selbst das zarteste Wort in solchen Augenblicken wirkte.

»Wenn du aber vor die Richter trittst«, fuhr Hempel
fort, »und mir zuliebe sagst: Ich verweigere die Aussage,
um ihn nicht zu belasten, so wirkst du damit für Millionen Menschen Gutes und erhältst unsere Liebe rein,
wenn auch die Galerie dadurch um ihre Sensation
kommt.«

»Und ich werde dich damit glücklich machen?«, fragte
Ilse.

»Wenn du mir nachfühlen kannst, auch ohne dass du
weißt, um *was* es geht, – dann ja. Aber auch nur dann!«

Ilse überlegte nicht lange. Es konnte kein Opfer geben,
das sie ihm nicht brachte. Sie streckte ihm beide Hände
hin, sah ihn fest an und sagte:

»Mein Wort darauf!«

Ich habe es gewusst!« sagte er und sah sie stolz an.

»Du *musstest* es wissen«, erwiderte Ilse. »Denn ich
glaube an dich und an alles, was du glaubst!« –

Hinten an dem Torweg erschien der Referendar.

Noch einmal drückten sie sich die Hände!

»Lebe wohl!«, sagte sie und nickte ihm zu. Dann ging sie, ohne sich umzusehen, mit festem Schritt auf den Referendar zu.

Hempel stand noch lange und sah ihr nach. Und als sie durch die kleine Tür in der Halle verschwand, war er dankbar und ruhig und dachte: Jetzt bin ich zufrieden.

Sechzehntes Kapitel.

Wie der junge Stoelping Ilse zu gewinnen suchte.

Als Ilse nach dieser ersten Begegnung wieder vor Stoelping stand, war sie gefasst, nicht aufgelöst, wie er gewünscht und erwartet hatte.

Frei und ungezwungen betrat sie mit dem Referendar sein Zimmer.

Stoelping sah sofort, dass die Fragen nicht verfangen würden, die er sich in der Erwartung zurechtgelegt hatte, sie werde unter dem Eindruck der Begegnung mit Günther aus allen Himmeln gerissen, verzweifelt, hilflos und daher leicht zu bestimmen sein, alles zu sagen, was sie wusste, und was er wissen wollte.

Er stand auf und ging ihr entgegen.

»Es hat Sie sehr angegriffen!«, sagte er gegen seine Überzeugung. »Ich hätte es wissen müssen und Sie schonen sollen.«

»O nein!«, erwiderte Ilse, »ganz im Gegenteil. Ich fühle mich viel freier und bin Ihnen dankbar, dass Sie mir diese Aussprache ermöglicht haben.«

»Sie tun ja gerade, als hätte diese eine Begegnung
Ihnen schon alles gesagt, was Sie in Erfahrung bringen
wollten.«

»Das hat sie!« erwiderte Ilse und sah ihn fest an. »Jedenfalls mehr als ich weiß, werde ich nicht erfahren.« –
Und sie setzte hinzu und betonte es – »und *will's* auch
nicht!«

Schon aus diesen wenigen Worten, die Ilse noch immer
ganz bei Hempel zeigten, erriet Stoelping, dass die erste
Begegnung von seinem Standpunkte aus jedenfalls alles
eher als ein Erfolg war.

»Ich denke, wir setzen uns erst einmal«, sagte Stoelping. »Herr Referendar, Sie sind ja wohl mit Ihren Akten
fertig?«

Der Referendar verstand, verbeugte sich und ging.

»Also?«, fragte Stoelping und wandte sich wieder an Ilse, »das Ergebnis?«

»Wie ich Ihnen gesagt hatte«, erwiderte sie lebhaft,
»Dr. Hempels Gesinnung ist über jeden Zweifel erha-
ben.«

»Davon haben Sie sich überzeugt?«

»Das brauchte *ich* nicht. *Ich* wusste es. Sie waren es, der
daran zweifelte. Ihretwegen habe ich es nochmals fest-
stellen wollen.«

»Und auf welche Art, wenn ich fragen darf, ist das geschehen?«

Sie sah ihn erstaunt an.

»Ja, ich habe doch mit ihm gesprochen – durch Ihre
Güte – eine halbe Stunde lang.«

»Und da hat er Ihnen gesagt«, fuhr Stoelping mit leiser Ironie fort, »... dass er unschuldig ist ...«

»Nein! Das hat er nicht gesagt!«, platzte Ilse heraus.

Stoelping nagelte sie nicht darauf fest, um sie nicht einzuschüchtern.

»Jedenfalls aber hat er Sie versichert, dass seine Tat nur den edelsten Motiven entspringt.«

»Ja!«, rief Ilse freudig,« das hat er mir versichert.« Und als sie, die unbekümmert sprach, wie ihr ums Herz war, seinen forschenden, scharfen Blick auf sich gerichtet sah, besann sie sich und sagte: »Nicht etwa – wie Sie vielleicht denken – aus Furcht oder um sich herauszustreichen –« sie schüttelte den Kopf, »wenn Sie das denken, kennen Sie ihn nicht. Ja, ich weiß nicht einmal, ob er es so mit Worten, wie Sie jetzt mit mir sprechen, ausdrücklich versichert oder auch nur gesagt hat. Aber er hat es mich fühlen lassen – und ich weiß es nun und bin ganz ruhig. Und das war ja wohl auch der Gedanke, von dem Sie ausgingen, als Sie mich um meine Unterstützung baten.«

»Sie wollten mir helfen, die Wahrheit finden. Das war es, weshalb wir uns verbunden hatten. Erinnern Sie sich nicht? Sie haben es mir in die Hand gelobt.«

Ilse sprang auf.

»Dann bitte ich Sie, mich von meinem Versprechen zu entbinden.«

Auch Stoelping stand jetzt. Weniger aus Erregung über diese unerwartete Bitte, in der er Hempels Geständnis las, war er aufgesprungen, als aus Takt, der ihm verbot, zu sitzen, wenn eine Dame stand.

»Und wenn ich diese Bitte nicht erfülle? – was dann?« fragte er.

Sie sah ihn nur an und sagte nichts, so überrascht war sie.

»Bedenken Sie! Es ist nicht mein Interesse, das auf dem Spiele steht,« fuhr er fort. »Wäre das der Fall, mein Verzicht wäre ein Gebot der Höflichkeit. Hier aber handelt es sich um Staatsinteressen. Sie begreifen, dass da alle Courtoisie zu schweigen hat, und ich als Beamter lediglich meine Pflicht tun muss.«

»Trotzdem werden Sie mich, wenn ich Sie darum bitte, von meinem Versprechen entbinden. Sie haben selbst gesagt, und ich begriff das durchaus, dass Ihnen an einer Verurteilung mehr oder weniger nichts gelegen sei.«

»Gewiss, aber umso mehr liegt mir an der Feststellung der Wahrheit. Auch Ihnen lag, wenn ich Sie erinnern darf, daran; ja so viel, dass Sie sich erboten, ihr, wenn es nötig werden sollte, sogar die Interessen des Angeschuldigten zu opfern. Freiwillig geschah das! *Ich* habe Ihnen, wenn Sie sich erinnern, diese Alternative ausdrücklich ersparen wollen.«

Ilse spürte noch immer nicht, wie überlegt Stoelping sie in die Enge zwang.

Unbekümmert erwiderte sie:

»Gewiss, ich weiß. So dachte ich gestern, in der ersten Erregung.«

»So dachten Sie auch noch heute – ehe Sie den Brief lasen und die Zusammenkunft hatten.«

»Ja!«, sagte sie und sah ihn treuherzig an. »Ich habe nicht überlegt und nur aus dem Gefühl heraus gehandelt. Nun aber weiß ich, dass das falsch war.«

»Das heißt, Sie wissen, dass die Wahrheit ihn belasten würde.«

»Wieso?«, fragte Ilse und verlor sofort ihre Sicherheit.

»Nun, wenn die Wahrheit ihn *ent*lasten würde, hätten Sie keinen Grund, sie zu verschweigen.«

»Das weiß ich nicht, könnte es, auch wenn ich es wüsste, nicht beurteilen; denn wer weiß, wie das alles ausgelegt würde. Nur, dass Sie nicht weiter in mich dringen dürfen, weiß ich. Und darum bitte ich Sie zum letzten Male, mich meines Wortes zu entbinden.«

Diese Frau brachte ihn aus dem Konzept. Seine Fragen waren Schlingen, und wie er's gewohnt war, so durchdacht gelegt, dass selbst ein Spitzbube, der auf seiner Hut war, sich darin fangen musste. Aber gerade einem arglosen Menschen gegenüber, der nicht ängstlich bei jedem Schritt fürchtete, sich zu verheddern, blieben sie wirkungslos.

Auf ihre Bitte, sie ihres Wortes zu entbinden, erwiderte er:

»Das Gesetz gibt Ihnen das Recht, Ihr Zeugnis zu verweigern; nur mache ich Sie jetzt schon darauf aufmerksam, dass man eine derartige Weigerung nicht gerade *zugunsten* des Angeklagten auslegen würde.«

»Wo ich doch nichts weiß, was für einen Sinn hätte es da, die Aussage zu verweigern?«

»Sie wissen nichts?«, fragte Stoelping, in einem Tone, der erkennen ließ, dass er es nicht glaubte. »Demnach wären Sie also auch ohne diese Zusammenkunft anderer Meinung geworden?«

Ilse dachte nach.

»Ja!«, sagte sie, »wahrscheinlich schon auf den Brief hin; jedenfalls hätte ich es mir danach erst noch einmal überlegt.«

»Entschlossen waren Sie jedenfalls erst nach Ihrer Unterredung.«

«Ja.«

»Demnach wissen Sie seitdem mehr als nur das, was in dem Briefe steht.«

Wieder überlegte Ilse. Und zwar mühte sie sich, selbst darüber klar zu werden; nicht aber suchte sie, wie Stoelping annahm, nach Mitteln, seinen verfänglichen. Fragen auszuweichen. Nach einer Weile sagte sie:

»Mehr *wissen* tue ich eigentlich nicht, wenigstens nichts Positives. Aber im Gefühl habe ich es.«

»So hat er Ihnen also nicht gesagt, was ihm zur Last gelegt wird?«

»Nein!«

»Und Sie haben ihn auch nicht danach gefragt?«

»Nein!«

»Und das soll ich Ihnen glauben?«

Ilse fuhr zusammen.

»Was erlauben Sie sich!«, rief sie und sprang auf. Jetzt erst nahm sie wahr, dass sie allein mit ihm im Zimmer war und empfand die Situation, der sie bisher weder ihrem Gefühl, noch ihren Worten nach Rechnung getragen hatte.

Auch Stoelping stutzte bei diesem elementaren Ausbruch der Entrüstung, auf den er keine Erwiderung fand. War sie in diesem Augenblick Zeugin, so war ihr Ausruf ein arger Verstoß, saß sie ihm aber als Dame gegenüber, so war er im Unrecht, und sie hatte Grund, gekränkt zu sein.

Das empfand auch Ilse, wenn sie jetzt resigniert mit dem Kopf nickte und sagte:

»Richtig! – ich vergaß – ich befinde mich ja dem Staatsanwalt gegenüber, da muss man sich so etwas ja wohl gefallen lassen.«

»Verzeihung!«, erwiderte Stoelping. »Nichts lag mir ferner, als Sie zu kränken. Aber Sie werden bekennen: Um einen Menschen zu retten, den man liebt, greift wohl auch der Wahrheitsliebendste mal zu einer Lüge.«

»Ich nicht!«, erwiderte Ilse, »und das hätten Sie merken können. Denn wenn ich heucheln könnte, hätte ich Sie nicht darum gebeten, mich meines Wortes zu entbinden. Dann hätte ich diese Begegnungen fortgesetzt, auf die ich weiß Gott nicht leicht verzichte, und hätte Ihnen hinterher berichtet, was ich wollte.«

»Würde ich glauben, dass Sie dazu fähig sind, so hätte ich nie eine derartige Vereinbarung mit Ihnen getroffen«, sagte Stoelping.

»Und ich würde,« erwiderte Ilse, »auch ohne diese Vereinbarung nie von der Wahrheit abweichen; ich würde mich in einem solchen Falle aber für berechtigt halten, *nichts* zu sagen.«

Stoelping beugte den Kopf nach vorn, schloss für einen Augenblick die Augen und sagte:

»Mir liegt an Ihrem Vertrauen! Nicht der Sache wegen, die ich in höherem Auftrage hier nach dem Buchstaben des Gesetzes lösen muss, sondern aus rein menschlichem Interesse. Ich wusste bis zu dieser Stunde nicht,« – und dabei sah er Ilse durchdringend an – »dass es so etwas gibt.«

»Ich verstehe Sie nicht!« erwiderte Ilse.

»Bei einer derart komplizierten Sache, die mir seit Wochen das ärgste Kopfzerbrechen macht, und derentwegen ich immer nach neuen Einfällen suche, sehe ich mich plötzlich einem so aufrichtigen und offenherzigen Menschen wie Ihnen gegenüber! Das verwirrt! Ja, Sie kommen gar nicht auf den Gedanken, auch nur eine Frage, die ich an Sie stelle, aus Zweckmäßigkeit etwa anders als nach Ihrem Gefühl zu beantworten.«

»Ich glaube, dass es mir Dr. Hempel wenig danken würde, wenn ich ihm durch Schliche oder Unwahrheiten zu nützen suchte. Auch ist das ein Talent, das völlig gegen meine Natur geht – ich könnte es einfach nicht, auch wenn ich mich dazu zwingen wollte. Ich hätte das Gefühl, dass ich mich damit erniedrige, vor allem aber ihn – und das wäre das *letzte*, dass *ich* etwas täte, was ihn kränken könnte.«

Wen solche Frau liebt, schoss es Stoelping durch den Kopf, ob man dann nicht ein anderer würde? – Und er sagte es sich noch einmal: Wenn die Frau dich liebte, ob du dann nicht würdest wie die anderen? *Und der Gedanke setzte sich in ihm fest.*

Sein feiner Spürsinn sagte ihm, ohne dass er sich Rechenschaft geben konnte, warum: Was durch Erziehung und Umgang, was durch Vorbilder und Selbstzucht nicht gelang, kann allein einer Frau gelingen, einer Frau, die dich liebt, und die du wieder liebst. Einer Frau, die ist wie sie!

Und er fand die Bestätigung in Miss Harrison, die so ganz anders war in allem; so gerade entgegengesetzt. Auch die hatte auf ihn gewirkt; aber wie anders. In ihrer Gegenwart war er außerstande, Regungen, gegen die er seit Jahren ankämpfte, auch nur den geringsten Widerstand entgegenzusetzen. Und seine ganze Weltanschauung, in die er sich, im Widerspruch zu seiner Natur, mit tausend Gründen immer von Neuem hineinzuzwingen hatte, war in Gegenwart der Miss Harrison zusammengefallen wie ein Kartenhaus.

Das alles war ihm nie deutlicher zum Bewusstsein gekommen als jetzt. An den Prozess dachte er in diesem Augenblick nicht mehr. Seine Person stand wieder im Mittelpunkte, und er suchte sich über die starke Wirkung, die Ilse auf ihn übte, klar zu werden.

»Gut!«, sagte er, »ich will Ihren Gefühlen Rechnung tragen.« Ich entbinde Sie also Ihres Wortes und verzichte auf Ihre Mitwirkung bei Eruierung der Wahrheit.

Ilse war ihm dankbar und reichte ihm die Hand.

»Was werden Sie nun beginnen?«, fragte er sie.

Um ihren Mund lag wieder der wehleidige Zug. Sie sah ihn an und sagte:

»Ich? – was kann ich anders tun, als an ihn denken?«

»Sie sollten fort, weit fort! Unter andere Menschen, in andere Verhältnisse!«

»Was sollte das nützen? Glauben Sie, ich würde auf einer Insel der Südsee auch nur eine Minute an etwas anderes denken als an ihn?«

»Das *sollten* Sie!«, sagte er und mühte sich, Mitleid zu zeigen.

»Nein! Das sollte ich nicht! Ich müsste mich verachten, wenn ich das könnte. Ich werde weder schwach, noch unglücklich sein. Und kein Mensch soll Mitleid mit mir haben. Ich werde schon mit mir fertig. Am besten, wenn niemand sich um mich kümmert.«

Sie nahm ihre ganze Kraft zusammen und stand auf.

Aber Stoelping dachte nicht daran, ihre Rolle als beendet zu betrachten. Er war im Gegenteil entschlossen, eine Verbindung zwischen sich und ihr herzustellen, die sich nicht lediglich auf diesen Prozess beschränkte.

Außer dem Reiz, den sie als Frau auf ihn übte und den Vorteilen, die er für sich als Menschen aus einem engeren Anschluss an sie erhoffte, war es auch Eitelkeit, die nicht ertrug, dass er ohne irgendwelchen Eindruck zu machen, als Mensch und Mann einfach ausgeschaltet war. Vor allem aber des Prozesses wegen, an dem seine Karriere hing, musste er sich diese Frau, die einzige, der sich Hempel erschloss, halten. Denn was war natürlicher, als dass Hempel, wenn die Zusammenkünfte mit Ilse sich wiederholten, eines Tages doch von dem sprach, woran sie beide ja vom ersten bis zum letzten Augenblicke ihres Beisammenseins dachten – von der Tat, derentwegen sie jetzt auseinandergingen, und die sie, wenn man ihn überführte, für immer voneinander trennte.

Das alles empfand und berechnete Stoelping mit kaltem Verstande, ohne dass sein Herz Anteil daran hatte, während Ilse sich zum Gehen anschickte und ohne verstandesgemäße Erwägung Mut und Beherrschung nur aus ihrem tiefen Gefühl für Hempel schöpfte.

»Mein Fräulein!«, sagte Stoelping, und gab sich Mühe, so unofflziell wie möglich zu wirken, »so sehr ich glaube, dass ich Ihnen Interesse über diesen Prozess hinaus entgegenbringen könnte, so habe ich doch kein Recht, auf Ihre Gefühle und Entschlüsse hinsichtlich dieses Dr. Hempel irgendwie einzuwirken. Das werden die Ereignisse tun; denn die werden stärker sein als alle Worte und Hinweise, die ich oder andere Ihnen geben können. Sie haben nicht ohne leisen Vorwurf erklärt, Sie ständen mir nicht als Mensch dem Menschen, sondern als Zeugin dem Staatsanwälte gegenüber. Nun, ich lege Wert darauf, dass Sie mich auch als *Menschen* kennenlernen. Scheiden wir den Prozess aus; für das, was uns beide angeht, soll er nicht existieren.«

Ilse sah ihn fragend an; sie verstand ihn nicht.

»Zwischen Ihnen und mir ...« wiederholte sie und schüttelte den Kopf.

»Ja!! Nehmen Sie an, ich wäre nicht Staatsanwalt.«

»Sondern?«

»Ihr Freund.«

Ilse wich instinktiv einen Schritt zurück.

»Halten Sie das nicht für möglich?«

»Ich weiß es nicht«, erwiderte Ilse, »vom Staatsanwalt zum Freund, das ist ein weiter Schritt.«

»Ich will ihn Ihnen erleichtern. Hören Sie zu. Sie sollen Dr. Hempel nach wie vor besuchen dürfen, und zwar *ohne* die Verpflichtung, mir über das, was Sie gesprochen haben, zu berichten.«

»Ist das möglich?«, rief Ilse und trat wieder dicht an den Tisch heran, »das würden Sie tun?«

»Mein Wort darauf!«, erwiderte Stoelping und streckte ihr die Hand entgegen.

Ilse zögerte einen Augenblick.

»Und warum?«, fragte sie, nicht gerade misstrauisch, aber doch unsicher und ängstlich.

»Weil mir daran liegt, dass Sie gut von mir denken.«

»Daran liegt Ihnen?«, fragte Ilse und wusste nun gar nicht mehr, was sie denken sollte. »Was kann Ihnen daran liegen?«, fragte sie noch einmal. »Sie kennen mich ja gar nicht.«

»Es gibt Menschen, bei denen einem daran liegt, dass sie eine gute Meinung von einem haben, auch ohne dass man sie kennt; oft genügt, dass man weiß, wer und was sie sind. So habe ich das Gefühl, ich müsste Ihnen etwas Gutes antun. Und um Gutes zu tun, braucht man sich schließlich nicht Rechenschaft über seine Gefühle zu geben. Das darf man auch so.«

»Und Sie fordern nichts dafür? Auch ihn werden Sie dann nicht quälen? Nur um gut zu sein, wollen Sie das tun?« – Sie sah ihn jetzt freundlich an. – »Ich begreife das! Ich habe auch schon ähnlich empfunden. Es macht sehr froh. Aber dass *Sie* ...« sie schüttelte den Kopf – »von Ihnen hatte ich das nicht erwartet, das heißt« – verbesserte sie schnell – »ich kenne Sie ja kaum und weiß ja nichts von Ihnen.«

»Nun aber wissen Sie, dass ich Ihnen wohl will!« Und er streckte ihr wieder die Hand hin und nickte ihr zu, »nun dürfen Sie!«

Und Ilse schlug freudig ein und erwiderte kräftig den Druck seiner Hand.

»Wie es auch ausgeht, – wir werden Ihnen ewig dankbar sein«, sagte sie, nickt ihm zu und ging.

Siebenzehntes Kapitel.

Wie sich der junge Stoelping mit Miss Harrison auseinandersetzte.

Am Morgen des nächsten Tages flog Stoelping nach Köln. Früher als sonst ging er ins Frühstückszimmer seiner Eltern, um sich zu verabschieden. Er fühlte sich frisch und leicht nach einer Nacht, in der er sich innerlich völlig von Miss Harrison freigemacht hatte. Er war sich klar, dass ihm eine Verbindung mit ihr bedingungslos allen seinen schlechten Instinkten, gegen die er doch hin und wieder mit Erfolg ankämpfte, ausliefern würde. Und so log er sich denn vor, dass dies der Grund sei, aus dem diese Ehe trotz Bayreuth nicht möglich war. Ganz heimlich gestand er sich, dass wohl auch seine Karriere nicht« ganz unbeteiligt daran war. Dass aber unabhängig davon sein Verzicht durch den Gedanken an Ilse wesentlich erleichtert wurde, war ihm, so sehr er mit seinen Gedanken auch bei ihr, noch nicht zum Bewusstsein gekommen.

Die frohe Miene, mit der er jetzt seine Eltern begrüßte, legten die falsch aus. Sie glaubten, dass seine Freude, Miss Harrison wiederzusehen, schuld daran sei und zitterten in dem Gedanken, dass diese Reise mit seiner Verlobung endigen würde.

Dem jungen Stoelping entgingen die sorgenvollen Mienen, mit denen seine Eltern ihn empfingen, nicht. Auch den Grund erriet er sofort. Er gab seiner Mutter einen Kuss auf die Stirn, drückte dem Vater die Hand, setzte sich zu ihnen an den Tisch und sagte:

»Also, damit ihr's wisst. Ich fliege jetzt nach Köln, um für Mr. Harrison im Kölner Jagdrennen zu reiten. Nicht etwa, um mich mit Miss Harrison zu verloben. Das war nur so eine verrückte Idee! Aber bevor ich mir das antue und euch eine Engländerin als Schwiegertochter ins Haus bringe, lieber bleibe ich zeit meines Lebens Junggeselle!«

»Das ist mir auch tausendmal lieber!«, rief der Alte vergnügt und klopfte seinen Sohn auf die Schulter. »Ich kann dir gar nicht sagen, wie froh ich bin, dass du wieder bei Vernunft bist. – Was, Mutter, das waren böse Tage, die ich nicht noch mal durchleben möchte.«

»Du solltest doch vielleicht lieber nicht nach Köln fahren«, riet Frau Ella, – »wenn du sie wiedersiehst, wer weiß, ob deine Vernunft dann nicht wieder aussetzt, und du dich von Neuem in sie verliebst.«

»Ausgeschlossen!«, erwiderte Stoelping, »das war auch keine Liebe; das war … ja, wie nenn ich's gleich? … so 'ne Art Gleichempfindung; – natürlich nicht in der Gesinnung, mehr im Instinkt.– Aber nicht in den besten Instinkten!« betonte er und schüttelte den Kopf: »Ich verstehe mich selbst nicht; das musste ich mir doch sagen, vom ersten Augenblick an hätte ich das merken müssen, – ich brauchte dieser Miss Harrison ja nur das erste beste deutsche Mädchen gegenüberzustellen; beispielsweise diese Ilse Schott, eine Zeugin aus dem Hempel-Prozess. An sich durchaus nichts Außergewöhnliches! « – sagte er sehr gegen seine Überzeugung; dabei nannte er sie doch nur, weil er das Bedürfnis hatte, von ihr zu sprechen, – »aber da sieht man doch sofort den großen Unterschied; zwischen ihr und dieser Miss Harrison, da liegt eine Welt.«

Der also danken wir seine Befreiung, dachte Stoelping und verständigte sich mit einem Blick mit Frau Ella, die dasselbe dachte.

»Jedenfalls halt' dich nicht länger in Köln auf als nötig«, sagte der Alte, »vor allem, fahr' nicht wieder tagelang mit ihr herum.«

»Das wird er schon nicht tun«, meinte Frau Ella, »gebranntes Kind fürchtet das Feuer!«

»Seid ohne Sorge,« erwiderte Stoelping, »die kann mir nicht mehr gefährlich werden. – Aber um sich zu unterhalten, ist schließlich auch ein Engländer gut genug.«

»Auf keinen Fall darfst du in ihr Hoffnungen erwecken«, sagte der alte Stoelping, »wenn du weißt, dass du sie nicht erfüllen wirst. Das ist einfach ein Gebot des Anstandes; und ob es sich da um einen deiner Freunde oder um einen Engländer handelt, ist völlig Nebensache.«

Stoelping widersprach nicht, obschon er anders dachte. Er verabschiedete sich von seinen Eltern und flog nach Köln, wo er auf Einladung des Grafen Oppenheim in dessen Schloss Schlenderhan Wohnung nahm. Auch Harrisons, die am Abend zuvor angekommen waren, wohnten da als Gäste des Grafen. Die Begrüßung war ebenso förmlich, wie es seinerzeit der Abschied in Berlin gewesen war.

In einer Mail-Coatch, die der Graf lenkte, fuhr man zur Rennbahn. Stoelping saß auf dem vorderen Verdeck neben Miss Harrison, rechts von ihr saß ihr Vater. Von Pferden und Jagd war die Rede und allen möglichen gleichgültigen Dingen. Auch draußen, als Stoelping und Miss Harrison während des zweiten Rennens längere Zeit allein auf dem Sattelplatz waren, sprachen sie von allem, nur nicht von dem, womit sich ihre Gedanken ausschließlich beschäftigten, – nämlich von sich.

Das Kölner Hürdenrennen wurde abgeläutet. Miss Harrison war während der Toilette der Pferde mit ihrem Vater in der Box und machte Stoelping auf ein paar Unarten des Steeplers aufmerksam. Stoelping, der die Startnummer 7 hatte, ging als zweiter Favorit ins Rennen. Sein Aufgalopp missfiel, und so wurde er noch in den letzten Minuten im Ring und an der Maschine länger.

Im Rennen aber ging der englische Steepler in Stoelpings Hand federleicht über die Sprünge, bog als Dritter in die Grade und rang in einem heißen Finish die beiden einzigen Gegner, die für den Ausgang noch in Betracht kamen, um Kopf und Hals nieder.

Das Publikum nahm den Sieg des Engländers kalt auf, und nur ein paar Professionals riefen Bravo, als Stoelping nach seinem umsichtigen Ritt zur Waage zurückkehrte.

Mr. Harrison beglückwünschte Stoelping und bedankte sich bei ihm, und seine Tochter drückte ihm die Hand und sagte:

»Nein! Was Sie für eine weiche Hand haben!« und zu Mr. Harrison gewandt fuhr sie fort: »Was meinst du, Vater, unter Baron Stoelping möchte ich mal unseren neuen Jahrgang sehen.«

»Bitt' ihn, uns die Freude zu machen und unser Gast zu sein,« erwiderte Mr. Harrison, »jetzt ist die beste Zeit und die Jagd auf Enten noch im Gange.«

»Ich bin Ihnen dankbar und würde mit Vergnügen folgen«, sagte Stoelping, »wenn mich nicht ein ungewöhnlicher Prozess zwingen würde, in Berlin zu bleiben.«

»Ihr Mörder wird es nicht übel nehmen, wenn er vier Wochen später aufs Schafott kommt«, erwiderte Miss Harrison. »Die Enten aber können nicht warten, sie sind gewöhnt, um diese Jahreszeit geschossen zu werden.«

»Wenn es sich um eine der üblichen Strafsachen handeln würde, so könnte einfach einer meiner Kollegen einspringen. Es ist aber ein politischer Prozess von Be-

deutung; und sein Ausgang für meine Karriere entscheidend.«

»Dann müssen Sie selbstverständlich zurück«, sagte
Mr. Harrison, und zu seiner Tochter gewandt, fuhr er
fort: »Und du darfst ihn nicht mehr bitten; denn du
kannst nicht wollen, dass er den Enten seine Karriere opfert.«

»An die Enten dachte ich dabei nicht,« erwiderte Miss
Harrison, »wenigstens nicht in erster Linie. Ich glaubte,
dass ihm unsere Gesellschaft auch was wert sei.«

»Davon dürfen Sie überzeugt sein«, versicherte Stoelping. »Aber es gibt Pflichten, derentwegen man selbst
auf ungewöhnliche Freuden verzichten muss.«

»Das ist Ihre deutsche Pedanterie!«, rief Miss Harrison,
»dies übertriebene Pflichtgefühl; als ob der Mensch nur
seiner Pflichten und nicht auch seiner Vergnügungen
wegen auf der Welt wäre.«

»Eins bedingt das andere,« erwiderte Stoelping, »und
erst die Erfüllung der Pflichten lässt einen den richtigen
Genuss an den Vergnügungen finden.«

»Ich habe seit unserem letzten Berliner Aufenthalt einen Heidenrespekt vor Ihrer Philosophie«, spottete Miss
Harrison, »und hüte mich, zu widersprechen. Sobald Sie
es also mal mit Ihrem Gewissen vereinbaren können,
geben Sie uns Nachricht, Sie sind uns immer willkommen.«

Stoelping dankte und versprach's. –

Als sie zwei Stunden später auf der Mail-Coatch wieder nach Köln fuhren, sagte Miss Harrison unvermittelt:

»Hat dir Baron Stoelping erzählt, Papa, dass er mich zu einem Ausflug nach Süddeutschland aufgefordert hat?«

»So?«, erwiderte Mr. Harrison und wandte sich an Stoelping, der rechts neben seiner Tochter saß, – »ich freue mich, wenn ich meine Tochter, während ich geschäftlich zu tun habe, in Ihrer Gesellschaft weiß. Wann wollen Sie fort?«

»Noch heut!« erwiderte Miss Harrison, »nach dem Diner.«

»So eilig?«, fragte ihr Vater, »bist du denn vorbereitet?« und Stoelping antwortete:

»Ich dachte auch, dass wir vielleicht morgen früh ...«

»Aber nein!« bestimmte Miss Harrison, »es bleibt dabei. Ich habe es Ihnen versprochen und halte mein Wort. Ich habe alles mit, was ich brauche; der Kammerzofe habe ich, bevor wir zum Rennen fuhren, Bescheid gesagt; alle Vorbereitungen sind getroffen.«

»Nun, dann will ich Ihre Dispositionen nicht stören«, sagte Mr. Harrison. Und Stoelping, der sich schon den ganzen Vormittag mit der Frage gequält hatte, ob er Miss Harrison zu der Partie auffordern sollte oder nicht und der daher über die Bestimmtheit, mit der sie über ihn verfügte, mehr als überrascht war, blieb nichts weiter übrig, als darauf einzugehen und sich bei Mr. Harrison für die Bereitwilligkeit zu bedanken, mit der er ihm seine Tochter für den Ausflug anvertraute.

Es folgte das Diner, das Graf Oppenheim seinen Gästen gab, und bei dem Stoelping nicht Miss Harrison, sondern die Tochter des Wirtes zu Tisch führte. Er sprach nicht viel, da er mit seinen Gedanken bei Miss Harrison und dem Ausflug war. Er war überzeugt, dass sie als erstes seinen Antrag erwartete und umkehren würde, wenn er ihr, statt um sie anzuhalten, erklären würde, dass schwerwiegende Gründe ihn zwängen, sich die Erfüllung dieses Wunsches zu versagen.

Während des Diners sah er alle Augenblicke zu ihr hinüber. Aber sie erwiderte nicht *einmal* seinen Blick. Selbst als Mr. Harrison auf das Wohl des siegreichen Reiters trank, unterbrach sie nicht die Unterhaltung mit ihrem Nachbarn; erst als die Gräfin Oppenheim die Tafel aufhob und man von Tische aufstand, stand sie plötzlich neben ihm, sah ihm einen Augenblick lang mit starker Sinnlichkeit in die Augen und sagte:

»Komm!«

Eine Viertelstunde später flogen sie über Köln hinweg. Miss Harrison lag zu Füßen Stoelpings ausgestreckt in dem bequemen Apparat, er führte das Steuer.

Sie waren kaum über Köln hinaus, da machte Stoelping einen Ansatz, sich ihr zu offenbaren.

»Ich muss Ihnen etwas sagen, was mir schwer fällt«, begann er.

»Dann lass es, bis es dir leichter fällt,« gab sie zur Antwort.

Und er war froh, denn er hoffte, dass er schon noch in die richtige Stimmung kommen werde.

Nach einer halben Stunde begann er wieder:

»Also jetzt will ich es sagen.«

»Ist dir jetzt leichter?«, fragte sie.

»Ja, – ein wenig.«

»So warte noch eine halbe Stunde!«

»Hm«, sagte er, »es eilt ja auch nicht.«

Als die Sonne unterging und es dunkel wurde, rückte Stoelping die Kissen unter seinem Sitz zurecht, richtete sich auf und sagte bestimmt:

»So!«

Miss Harrison sah zu ihm auf.

»Was ist dir?«, fragte sie.

»Ich habe ein paar ernste Worte zu sagen.«

Sie drehte sich zu ihm um, stützte die Ellbogen auf die Knie, den Kopf in die Hände und sagte:

»Bitte!«

Und Stoelping begann:

»Ich habe mich lange damit gequält, ich wollte Sie ...«

»Dich,« verbesserte Miss Harrison.

»Also, ich wollte dich heute früh schon vor dem Rennen und später noch einmal vor dem Diner um eine Unterredung bitten. Ich weiß nicht, aber ich hatte den Eindruck, als wichest du mir aus, – mir blieb also nichts anderes übrig, als es auf die Fahrt zu verschieben.« – Er machte eine Pause. – »Wenn du wüsstest, wie mir dabei zumute ist – wie schwer es mir fällt – am Ende fasst du es anders auf und verstehst mich falsch; aber ich versichere dich, dass meine Gefühle ...«

Miss Harrison richtete sich vom Boden auf, fuhr mit ihren Armen an seinem Körper empor, schlang die Hände um seinen Hals, führte ihr Gesicht dicht an seins, sah ihn

mit Augen, aus denen nackt die Begierde sprang, an und
sagte:

»Wo bleiben wir heute Nacht?«

Das verschlug ihm die Rede.

»Heute Nacht?« wiederholte er und dachte, als diese
Frau an seinem Halse hing, nicht mehr daran, sich durch
seine Offenheit um den Genuss zu bringen. »Ich denke,
in Oberhof.«

»Wo sind wir hier?«

»Über Eisenach.«

»So lass uns hier niedergehen – ich bitte!«

»Gern! – wie du willst!«

Und im Gleitflug glitten sie hinab und landeten im
Flughof des Hotels Deutscher Kaiser in Eisenach.

Die ganze Nacht blieben sie zusammen.

Am nächsten Morgen war Stoelping entschlossen, ihr
vor dem Aufstieg zu sagen, dass er sich schuldig fühle;
er hätte sie nicht so lange in dem falschen Glauben lassen dürfen; aber immer, wenn er sich habe erklären wollen, so noch gestern, ehe sie in Eisenach niedergingen,
habe sie durch irgendein Wort oder eine Bewegung ihn
aus dem Konzept gebracht; nun endlich aber müsse es
heraus, dass es ihm trotz seiner Gefühle, trotz Bayreuth
und trotz Eisenach, aus Gründen, die er ihr nennen
werde, unmöglich sei, sie zu heiraten.

Als sie beim Frühstück saßen, und der Kellner aus dem
Zimmer war, stand er auf und trat vor sie hin. Sie
schrieb gerade eine Karte an ihren Vater.

»Dorothy!«, begann er, und die Feierlichkeit seiner Stimme verriet ihr sofort seine ernste Absicht.

»Einen Augenblick!«, unterbrach sie ihn, »ich wollte dich schon gestern fragen; sag mal, Willi, wie hat dir auf der Ansichtskarte, die ich dir aus Schottland sandte, eigentlich der lange, schlanke Junge links von mir gefallen?«

Stoelping brauchte Sekunden, um umzudenken. – Schottland – Ansichtskarte – lange schlanke Jüngling – wiederholte er sich. Aber ehe er noch recht im Bilde war, fuhr sie gleichgültig fort:

»Das ist nämlich Mr. Watton, mein Verlobter!«

»W–a–a–s?«, schrie Stoelping und sah sie ganz entgeistert an, »dein Verlobter?«

»Ja«, erwiderte sie, ohne den Tonfall zu ändern, »ich verstehe nicht, was dich daran so in Erstaunen setzt. Wir sind seit einem halben Jahr verlobt und werden im Laufe des Sommers heiraten.«

Stoelping stand da, riss Mund und Augen auf und starrte sie an.

»Ein netter Mensch, nicht aufregend, aber aus gutem Hause und vor allem von guten Manieren. Auch nicht unbegabt; er hat im Tennisturnieren und beim Golf schon wiederholt erste und zweite Preise gegen gute Spieler gewonnen.«

Inzwischen hatte sich Stoelping von seinem ersten Schreck erholt. Nun, da er im Bilde war, lachte er laut und herzlich, sodass Miss Harrison ängstlich wurde, aufsprang und ihn fragte:

»Großer Gott! Was ist dir?«

»Nichts! Nichts!«, brüllte Stoelping vor Lachen. »Ich finde das prachtvoll! Seit vierzehn Tagen denke ich darüber nach, wie ich es dir am besten beibringe, dass ich dich nicht heiraten kann.«

»W–a–a–s?«, rief Miss Harrison.

»... und eben, in demselben Augenblick, wo ich mir endlich das Herz nehme, es dir zu sagen, erzählst du mir in aller Seelenruhe, dass du seit einem halben Jahre verlobt bist und im Begriffe stehst, dich zu verheiraten.«

Jetzt lachte auch Miss Harrison aus vollen Kräften.

»Und weißt du, weshalb ich dich immer unterbrochen habe?«, fragte sie Stoelping.

Stoelping schüttelte den Kopf.

»Weil ich darauf geschworen hätte, dass du im Begriff standst, mir einen Antrag zu machen. Ich aber wollte mich nicht um das Vergnügen bringen.«

Dieser Morgen in Eisenach blieb für Miss Harrison und Stoelping eine ihrer lustigsten Erinnerungen.

Als Stoelping wieder in Berlin war, erzählte er seinem Vater beinahe wahrheitsgetreu seine Erlebnisse der letzten Tage. Nur zeitlich nahm er kleine Veränderungen vor. So legte er seine Eröffnung über die Unmöglichkeit einer Ehe *vor* den Abstieg in Eisenach, weil er wusste, dass sein Vater ihn sonst tadeln würde. So aber lachte der Alte, klopfte ihm auf die Schulter und sagte:

»Ich gönne dir solche Eskapaden, mein Junge. Du hast dir jedenfalls nichts vorzuwerfen. Und von den Engländerinnen wirst du nun hoffentlich ein für alle Mal geheilt sein.«

»Ich gebe dir das Recht, mich zu entmündigen«, erwiderte Stoelping, »falls ich rückfällig werde.«

Achtzehntes Kapitel.

Wie der junge Stoelping eine Verbindung mit Ilse herstellte.

In den nächsten Tagen war Stoelping in mehreren Prozessen beschäftigt und hatte daher keine Zeit, über die Fortführung seiner Untersuchung »in Sachen Hempel« nachzudenken. Auch aus taktischen Gründen rührte er nicht daran und sah wohlbedacht auch von jeder weiteren Vernehmung Hempels ab. Dagegen ließ er Ilse Schott, die schon am nächsten Morgen um eine Unterredung mit Hempel bat, die der Referendar ihr in Abwesenheit Stoelpings verweigern musste, zu sich bitten, entschuldigte sich, dass er in der Fülle der Geschäfte vergessen habe, dem Referendar Anweisungen zu geben – in Wahrheit hatte er es absichtlich unterlassen – und bat sie, sich so oft sie wolle, und wenn sie das Bedürfnis dazu fühle: alle Tage, an ihn zu wenden. Auch wenn es sich um etwas anderes als gerade um einen Besuch bei Dr. Hempel handle, stehe er ihr jederzeit mit Auskunft und Rat zur Verfügung.

Ilse vergaß in solchen Augenblicken, dass Stoelping der Gegner Hempels war – so fasste Stoelping wenigstens die Situation, die sich ohne sein Zutun erst verschob, als sein Interesse für Ilse merklich zunahm. Da kam es denn vor, dass er eines guten Eindrucks auf Ilse wegen dann und wann sogar auf Chancen verzichtete, die sich ihm Hempel gegenüber boten. Und Ilse empfand dann beinahe freundschaftlich für Stoelping, der einen Händedruck oder dankbaren Blick in solchem Falle für Zuneigung nahm.

Dreimal war Ilse in dieser Woche bei Hempel gewesen. Der hatte dann möglichst vermieden, von sich zu sprechen. So oft sie anfing, sein Schicksal zu behandeln, hatte er ihr versichert, dass er sich mit allem abgefunden habe und zufrieden sei. Die Größe, die sie in diesen Tagen aufbringe, die Ruhe und Entschlossenheit, mit der sie ihm zur Seite stände, mache ihm sein Los zu einem Martyrium, das er stolz trage, ja nicht einmal mehr missen möchte. Wäre sie anders, brächte sie die Kraft nicht auf, und würde er sehen, dass sie unter seinem Schicksal zusammenbräche, er wäre verzweifelt. Aber die Sicherheit und Ruhe, mit der sie sich in Unabwendbares schicke, stehe ihm immer vor Augen und lege sich wie ein ewiger Frieden über seine Seele. So kröne ihre Liebe das Werk, für das er gelebt habe und nun, wenn es sein müsse, gern alles auf sich nähme.

Das etwa war der Sinn seiner Worte, mit denen er sie zu beruhigen suchte.

Den Ausbruch ihres Schmerzes sah er nicht! Wenn sie zu Haus vor seinen Briefen oder seinem Bilde, wie vor den Erinnerungen eines Toten saß und laut aufschrie, oder wenn sie vor ihrem Bette kniete und die gefalteten Hände ineinander presste und betete:

»Gib mir auch morgen wieder die Kraft, Gott, nur die eine Stunde, die ich bei ihm bin. Nachher, da will ich alles leiden, nur ihn lass nicht sehen, wie ich mich quäle.«

Und jeden Tag, wenn sie zu ihm ging, nie ohne eine Blume, war es ihr, als wenn sie einen Toten besuchte. Sie stand und zitterte und biss die Zähne aufeinander und redete sich zu. Aber jedes Mal, wenn sich die Tür auftat, hatte sie das Gefühl, als öffne sich ein Grab; ihr wurde schwarz vor den Augen, sie zitterte, und der Referendar stützte sie dann immer und legte sie Hempel in die Arme; dann erst ging er.

Sie tastete dann mit ihren Händen seinen Körper ab, als wollte sie sich überzeugen, dass er lebte; dann schlang sie die Arme um seinen Hals und schmiegte sich an ihn. Er sprach starke, mutige Worte, und sie hörte ihm zu; es dauerte nicht lange, dann war alles still und ruhig in ihr. Und die starke Zuversicht und Ruhe, die von ihm ausging, wirkte in ihr nach; oft Stunden lang, in denen sie ruhig und beinahe heiter war.

In der Verfassung sah sie meist Stoelping, der ihr immer, wenn sie von ihrer Begegnung mit Hempel kam, auf dem Flur oder unten in der großen Halle begegnete und sie ins Gespräch zog.

Eines Tages kam Ilse gerade hinzu, als Stoelping einen älteren Mann, der um Strafaufschub bat, weil Frau und Kind sonst hungern müssten, hart anfuhr:

»Das kümmert uns nicht! Sie treten morgen an, sonst werden Sie geholt!«

»Darf man wissen, was der arme Sünder verbrochen hat?«, fragte sie.

Stoelping, der sie nicht hatte kommen sehen, war im ersten Augenblick verlegen:

»Sie sind's, mein Fräulein!«, sagte er, wandte dem Mann den Rücken und reichte ihr die Hand.

»Darf man's nicht wissen?« wiederholte Ilse.

»Aber ich bitt' Sie«, erwiderte Stoelping, »seien Sie froh, dass Sie sich mit dem Schmutz nicht zu befassen brauchen. – Ich hätte Sie übrigens gern einen Augenblick gesprochen.« – Dann wandte er sich zu dem alten Mann und sagte:

»Also verstanden, morgen früh!«

Ilse ließ Stoelping stehen und ging auf den Mann zu.

»Auf wie lange müssen Sie von Hause fort?«, fragte sie.

Der alte Mann verstand sie nicht.

»Ein Jahr? – Sechs Monate? – oder wie lange?« fragte Ilse.

»Acht Monate, dabei bin ich ...«

Stoelping war hinzugetreten.

»Aber so lassen Sie doch!«, bat er Ilse.

Sie achtete nicht auf Stoelping, bat den Mann um Namen und Adresse und sagte in freundlichem Tone:

»Sie können morgen in aller Ruhe Ihre Strafe antreten; für Ihre Frau und Ihr Kind wird gesorgt, bestens gesorgt! Sie können beruhigt sein!«

Sie reichte ihm die Hand. Dem Alten traten die Tränen in die Augen. Er wollte ihr die Hand küssen, aber sie zog sie zurück.

»Aber das nächste Mal, da geschieht nichts! Da gehen Frau und Kind elend zugrunde! Also bessern Sie sich!«

»Mein Wort!«, rief der Alte, »ich – ich bessere mich! – Nie wieder rühr' ich was an, was mir nicht gehört! Schon – schon –« und er wies schluchzend auf Ilse – »Ihretwegen nicht –« und man las förmlich in seinen Augen, wie dieser Vorsatz sich in ihm festsetzte.

»Sie wollten mich sprechen?« wandte sich Ilse jetzt an Stoelping.

»Wenn Sie auch für mich einen Augenblick übrighaben?«, sagte er gekränkt.

»Aber gewiss! Nur schien mir, dass mich dieser Ärmste im Augenblick nötiger brauchte.«

Sie gingen in Stoelpings Arbeitszimmer.

Auf Stoelpings Aufforderung setzte sich Ilse, dann nahm auch er Platz.

»Ich habe eine Bitte«, begann Stoelping.

»Sie ist von vornherein erfüllt, falls es in meiner Macht steht.«

»Sie sind sehr gütig,« erwiderte Stoelping.

»Ich schulde Ihnen so viel Dank, dass ich über jede Gelegenheit froh bin, die sich mir bietet.«

Er wehrte ab.

»Nicht aus Dankbarkeit, wenn ich bitten darf –«, sagte er, »was ich will, ist einfach ein Appell an Ihr gutes Herz.«

Ilse zuckte leicht zusammen; ihm entging das nicht, absichtlich wiederholte er:

»Ich möchte Ihr gutes Herz gern in den Dienst einer guten Sache stellen.«

»Bitte!«, sagte Ilse.

»Es gibt einen Fürsorgeverein für entlassene Strafgefangene.«

»Ich kenne ihn!« erwiderte Ilse.

»Umso besser! Mein Vater ist Vorsitzender des Vereins, ich bin sein Schriftführer. Aus Gründen, die nichts zur Sache tun, habe ich die Schriftführerin der Abteilung für weibliche Strafgefangene ersucht, ihr Amt niederzulegen. Es erfordert große Umsicht und viel Liebe zu den Menschen – beides haben Sie; wollen Sie mir die Freude machen und das Amt übernehmen? Ich biete es Ihnen hiermit in aller Form an.«

Ilse, die nicht ahnte, dass die Schriftführerin noch im Amte war, und dass Stoelping erst, wenn er Ilses Zustimmung hatte, irgendeinen Vorwand für ihre Amtsenthebung suchen würde, überlegte nicht lange, sondern stimmte freudig zu.

»Sie machen mir mit Ihrem Anerbieten eine Freude, eine große Freude. Und wenn Sie glauben, dass ich imstande bin ...«

»Ich bin davon überzeugt.«

»Und wenn mein Vater nichts dagegen hat ...«

»Soviel ich weiß, ist Ihr Herr Vater einer der wohltätigsten Männer Berlins.«

»Das ist er, und er ist sehr glücklich, dass ich darin mit ihm so gleich fühle und in vielen seiner Vereine tätig bin. Nur ist er stets in Sorge, ich könnte mich überanstrengen. Ich rede ihm das ja meist aus und sage immer, eine Arbeit, die einem Freude macht, strengt nicht an. Aber ich bin eben sein einziges Kind – Mama lebt auch nicht mehr – da ist es natürlich, dass er ständig in Angst um mich lebt.«

»Ich glaube, Ihr Herr Vater wird Ihnen unter den augenblicklichen Verhältnissen die Bitte, nicht abschlagen.«

»Gewiss nicht«, erwiderte Ilse, »und was *mich* betrifft, so erkläre ich mich vorbehaltlich seiner Zustimmung gern bereit.«

Sie stand auf und reichte ihm zum Zeichen ihres Einverständnisses die Hand; er schlug ein, und indem er ihre Hand wohl etwas intensiver als nötig drückte, sagte er:

»Sie wissen gar nicht, wie glücklich mich das macht, dass Sie nun mit mir arbeiten werden.«

Ilse zuckte leicht zusammen und entzog ihm die Hand.

»Wieso mit Ihnen?«, fragte sie erstaunt. »Ich tue es der Sache wegen, weil ich Mitleid auch mit Menschen habe, die mal straucheln.«

»Ich weiß es!« erwiderte Stoelping. »Auch dieser Menschen wegen freue ich mich; denn – ich sagte es schon einmal – ich kenne Ihr gutes Herz.«

»Woher sollten Sie wohl mein Herz kennen?«, fragte sie nicht gerade freundlich.

»Soll ich es Ihnen sagen?«, fragte Stoelping.

»Ich bitte.«

»Gestern Mittag, als Sie von hier kamen, hatte ich Gelegenheit, Sie zu beobachten.« Ilse wich unwillkürlich einen Schritt zurück. »Sie gingen etwa zwanzig bis dreißig Schritte vor mir. An der Ecke der Emser und Baruther Straße war ein Auflauf. Sie erinnern sich. Irgendeine Frau hatte aus der Auslage eines Gemüseladens einen Kopf Kohl oder etwas Ähnliches entwendet und sollte verhaftet werden. Sie legten sich ins Mittel, zahlten, wahrscheinlich das Zehnfache des Preises, und sorgten dafür, dass man die Frau unbehelligt ließ.«

»So lassen Sie das doch!« wehrte Ilse ab. »Ich kann nicht leiden, wenn andere Leute sehen, was ich tue.«

»Einer guten Handlung braucht sich niemand zu schämen«, erwiderte Stoelping.

»Aber breitzutreten braucht man sie noch weniger.«

Sie verabschiedete sich höflich und ging.

Stoelping stand noch lange in Gedanken. Je öfter er Ilse sah, umso stärker empfand er, dass er sich, wenn er in seinen Gefühlen überhaupt noch wandlungsfähig war, dann nur unter der Einwirkung dieser Frau ändern würde.

Neunzehntes Kapitel

Wie der alte Schott den jungen Stoelping abfertigte

Der Diener brachte dem Geheimrat Schott eine Visitenkarte ins Arbeitszimmer. Der nahm die Karte und las:

Willi   von   Stoelping
Staatsanwalt.

»Ich lasse bitten!«

Schott schob einen Stoß von Briefen und Zeitungen, die vor ihm auf dem Schreibtisch lagen, beiseite und stand auf.

Stoelping trat ins Zimmer.

Schott ging ihm entgegen, sie verbeugten sich, gaben sich die Hand und setzten sich. Schott an den Schreibtisch, Stoelping ihm gegenüber.

»Herr Geheimrat«, begann Stoelping, »ich darf annehmen, dass Ihnen das Verhältnis, in dem ich als Mensch und Beamter zu Ihrem Fräulein Tochter stehe, nicht unbekannt ist.«

Schott nickte mit dem Kopf und sagte:

»Meine Tochter erzählt mir alles.«

Stoelping schien überrascht.

»Dann wissen Sie am Ende auch von den Besuchen Ihres Fräulein Tochter bei Dr. Hempel?«

»Ich sagte schon: Es gibt zwischen meiner Tochter und mir kein Geheimnis.«

»Darf ich wissen, ob Sie diese Besuche billigen?«, fragte Stoelping.

»Sie schaffen meinem bedauernswerten Kinde Erleichterung – also billige ich sie. Im Übrigen hat mich die menschliche, mitfühlende Art, mit der Sie, Herr Staatsanwalt, meine Tochter behandeln, sehr berührt. Ich hatte seit Tagen die Absicht, Sie aufzusuchen und Ihnen zu danken.«

»Ich folge nur meinem Gefühl«, erwiderte Stoelping, »es gibt eben Fälle, in denen der Beamte hinter den Menschen zurücktritt. Für solche Fälle gibt's keine

Norm. Ich möchte fast behaupten, dass sie unabhängig von unserem Willen sind.«

»Eine schöne Regung auf alle Fälle! Und jedenfalls selten bei jemandem, der seinem Beruf nach gewöhnt ist, menschliche Handlungen nicht nach ihren Motiven, sondern lediglich nach Gesetzesparagrafen zu beurteilen.«

Stoelping verbeugte sich leicht.

»Nichts Ungewöhnliches!«, sagte er, »indessen habe ich den Eindruck, dass Ihr Fräulein Tochter ein außerordentlicher Mensch ist.«

»Nach welcher Richtung?«, fragte der Geheimrat.

»Selbstlos bis zur Aufopferung, zielbewusst, aufrichtig ...«

»... und *treu*!« ergänzte Schott, der die Begeisterung Stoelpings dadurch etwas abzuschwächen hoffte.

»Treu?« wiederholte Stoelping, stutzte, dachte einen Augenblick nach und verstand. Und mit verändertem Tonfall sagte er:

»Ja! Und treu. Und das ist auch einer der Gründe, aus denen ich mit Ihnen sprechen wollte.«

Schott tat sehr erstaunt und fragte:

»So?«

»Ich weiß nicht, ob Ihnen bekannt ist, dass ich Ihrem Fräulein Tochter den Schriftführerposten in der Frauenabteilung unseres Vereins für entlassene Strafgefangene angeboten habe.«

»Herr Staatsanwalt«, erwiderte Schott mit Nachdruck, »Sie dürfen wirklich alles, was meine Tochter angeht, bei mir als bekannt voraussetzen.«

»Nun und ...?«, fragte Stoelping, »Sie haben die Erlaubnis erteilt?«

»Ja! Nicht gern! Und zwar war ich weniger aus Furcht, sie könnte sich überbürden, gegen die Übernahme eines neuen Amtes ...«

»Ich versichere Sie, Herr Geheimrat, ich werde dafür sorgen, dass Ihr Fräulein Tochter in jeder Weise entlastet wird, ich werde ihr eine Hilfskraft zur Seite stellen ... sie braucht sich um nichts zu kümmern ...«

Schott schüttelte den Kopf.

»Da kennen Sie meine Tochter schlecht! Sie liebt nichts Halbes! *Wo sie ist, da ist sie ganz*! Und das ist auch gut so. – Nein!« fuhr er fort, »meine Bedenken gegen dies Amt liegen wo anders. Und zwar fürchte ich, dass es sie bei ihrem starken Mitempfinden seelisch zu arg angreifen wird, mit Menschen zu tun zu haben, die einen – seien wir ehrlich! – doch oft verdammt dauern können, und die – gestehen wir's nur! – selten aus Gründen, für die sie allein die Verantwortung tragen – meist sind es die sozialen Verhältnisse – aus der geraden Bahn gerissen werden. Ich kenne mein Kind und weiß, dass es einfach nicht imstande ist, außen zu bleiben, dass es sich hineinkniet in die Dinge und die Menschen – und dann, sehen Sie, da ist das weitere, was ich fürchte, anfängt, an einer Gerechtigkeit zu zweifeln, – und schließlich verbittert wird.«

»Ich habe aus den wenigen Begegnungen mit Ihrem Fräulein Tochter gerade den Eindruck gewonnen«, erwiderte Stoelping, »dass es nichts schadet, dass es vielleicht sogar eine Notwendigkeit ist, ihr den blinden Glauben an Dinge und an *Menschen* zu nehmen, zu denen sie sich aus irgendeinem Grunde irgendwie und irgendwann einmal bekannt hat.«

»O nein!«, erwiderte Schott, »meine Tochter ist vielleicht etwas vertrauensselig, das geb' ich zu, zu unbekümmert und zu gerade heraus, das kommt, weil sie in ihrem Gefühl zu unmittelbar, zu einfach, zu unkompliziert, zu primitiv ist. Die Folge ist, dass sie bei anderen keine Heuchelei und Unaufrichtigkeit vermutet. Aber ehe sie sich zu etwas bekennt, da braucht sie Zeit, viel Zeit. Sie glauben gar nicht, wie gründlich sie gerade darin ist! *Hat* sie sich aber schließlich zu etwas bekannt – die Fälle, in denen es geschah, sind zu zählen – dann freilich hält sie durch, – ob es sich nun um eine gewonnene Erkenntnis, um eine Freundin oder um irgendetwas anderes handelt.«

»Den Eindruck habe auch ich, und deshalb eben, da mir das Wohl Ihres Fräulein Tochter am Herzen liegt, habe ich mich entschlossen, Sie um diese Unterredung zu bitten. Meinen Einwirkungen allein nämlich, fürchte ich, wird es kaum gelingen; weiß ich indessen, dass auch Sie, Herr Geheimrat, in der gleichen Richtung auf Ihr Fräulein Tochter einzuwirken suchen, so glaube ich bestimmt, dass der Erfolg nicht ausbleibt.«

»Und welches wäre dieser Erfolg, den Sie erstreben?«, fragte Schott.

Schott und Stoelping sahen sich fest in die Augen.

»Ich hoffe ...«, fuhr Schott fort, – »aber nein!« brach er seine Rede ab – »was für eine Ungeheuerlichkeit! Die ich da eben dachte – wie konnte ich Sie – auch nur in Gedanken – derart kränken.«

»Was bitte dachten Sie?«, fragte Stoelping bestimmt.

»Nun, dass Sie meine Tochter dazu benutzen wollten, um gegen Dr. Hempel ...«

»Bitte, sprechen Sie es nicht aus!« wehrte Stoelping. »Ich durfte nach dem, was Sie mir vorhin sagten, bei Ihnen als bekannt voraussetzen, dass ich Ihr Fräulein Tochter ausdrücklich von der Pflicht entbunden habe, mir über ihre Unterhaltungen mit Dr. Hempel zu berichten.«

»Ich weiß und würdige das, Herr Staatsanwalt, und bitte Sie in aller Form um Entschuldigung, wenn sich meine Gedanken einen Augenblick lang verirrten.«

»Kein Grund, Herr Geheimrat, Sie kennen mich nicht und sehen in mir nur den Beamten. Ich begreife daher, dass Sie in der Sorge um Ihr Kind auf einen derartigen Gedanken kamen.«

»Herr von Stoelping!«, erwiderte der Geheimrat und nahm dabei die Visitenkarte auf, die vor ihm auf dem Schreibtisch lag. »Die *Form* haben Sie Ihrem Besuch gegeben, aber ich gestehe gern, auch mir ist es lieber, ich spreche zu dem Menschen als zu dem Staatsanwalt von Stoelping!«

»Umso offener kann auch ich sein. Und was ich jetzt sage, bitte ich, was mich betrifft, zunächst ganz unpersönlich zu fassen und zu prüfen.«

»Gern!«, versprach der Geheimrat.

»Ihr Fräulein Tochter hat diesem Dr. Hempel die Ehe versprochen« – der Geheimrat nickte –, », und zwar mit Ihrem Einverständnis, wie ich vermute.«

Abermals nickte der Geheimrat.

»Die Situation des Herrn Dr. Hempel ist Ihnen bekannt?«

»Gewiss! Er sitzt in Untersuchung, und man beschuldigt ihn eines schweren Verbrechens.«

»Eines Mordes,« ergänzte Stoelping. »Und ich darf hinzufügen, dass es meinen Nachforschungen schon heute gelungen ist, den Beweis seiner Schuld beinahe lückenlos zu erbringen.«

»Und wen«, fragte der Geheimrat, »soll dieser Dr. Hempel ermordet haben?«

»Wenngleich das Auswärtige Amt, das mich des Vertrauens gewürdigt hat, diesen Prozess zu führen, nicht wünscht, dass darüber gesprochen wird, so mache ich bei Ihnen doch gern eine Ausnahme ...«

»Oh, ich bitte!« wehrte der Geheimrat Schott ab, »mir zuliebe sollen Sie keine Indiskretion begehen.«

»Aber nein«, erwiderte Stoelping, »ich kann es Ihnen ruhig sagen. Es ist sowieso nicht mehr lange geheim zu halten – es handelt sich um den russischen Minister Kowalski.«

»Gottlob, dass der tot ist!« platzte der Geheimrat heraus.

»W–a–a–a–s?«, fragte Stoelping ganz entsetzt.

»Ob nun Dr. Hempel oder ein anderer dieser Verbrecherlaufbahn ein leider viel zu spätes Ende gesetzt hat, soviel steht fest: demjenigen, der diesen Massenmörder über den Haufen geschossen hat, verdanken Hunderttausende unschuldiger, junger Menschen ihr Leben.«

»Das ist ja Anarchie!«, rief Stoelping und sprang auf. »Und den Standpunkt vertreten *Sie*, eine der anerkannten Stützen der Gesellschaft, ein namhafter Gelehrter, ein Rat zweiter Klasse!«

»Ein *Mensch* vor allen Dingen, wenn ich bitten darf«, erwiderte Schott. »Wie ich als Staatsbürger denke und handle, steht auf einem anderen Blatt. Im Interesse des Staates muss ich den Mord natürlich verurteilen – schon aus Gründen der Ordnung und Opportunität – und dafür stimmen, dass man den Täter zur Rechenschaft zieht und nach dem Wortlaut des Gesetzes bestraft. Auch wenn es Dr. Hempel, der Verlobte meiner Tochter, ist. Als Mensch aber bleibt es mir unbenommen, ihm meine Sympathie, und was in diesem Falle vielleicht schwerer wiegt, – meine *Achtung* zu bewahren.«

»Einem Mörder?«, fragte Stoelping ganz benommen.

»Aus dem die Geschichte vielleicht einmal einen Helden macht«, erwiderte Schott. »Ich möchte jedenfalls nicht unter den Geschworenen sitzen, die ihn dem Henker überantworten.«

»Sie haben freie Anschauungen, Herr Geheimrat. Wohin würde es führen, wenn sich auch nur die politisch extremsten Gegner untereinander als Freiwild betrachten würden.«

»Hier handelt es sich nicht um politische Gegnerschaft, sondern um pathologische Cäsareninstinkte! Wie man um der Menschheit willen einen Nero, einen Caligula umbringen durfte – wohlverstanden! Immer nur vom ethischen Standpunkte aus; die strafrechtliche Verantwortung bleibt in jedem Falle bestehen! – so auch diesen Kowalski. – Aber, Herr von Stoelping, kommen wir zur Sache, wir verlieren uns.«

»Mir scheint auch, es ist besser, wir sprechen von anderen Dingen. – Ich deutete schon an, dass sich mein Interesse für Ihr Fräulein Tochter nicht im Prozessualen erschöpft. Ich habe den aufrichtigen Wunsch, dass sie, ohne seelisch Schaden zu nehmen, über diese unglückselige Affäre hinwegkommt.«

»Darin, Herr von Stoelping, begegnen sich; bei aller Verschiedenheit unserer sonstigen Auffassung, unsere Wünsche. Sie begreifen, auch mich beschäftigt diese Seite des Falles am meisten. Offen gesagt, ich kann mir noch keine rechte Vorstellung davon machen, wie das geschehen soll.«

»Wenn ich mir da vielleicht erlauben darf ...«

»Bitte!«, sagte der Geheimrat.

»Ich meine, ob es nun zu einer Verurteilung kommt oder nicht – für mich besteht darüber übrigens kein Zweifel –, Sie werden zugeben, dass auf alle Fälle die Trennung Ihres Fräulein Tochter von diesem Dr. Hempel schon in diesem Stadium ebenso menschlich selbstverständlich wie gesellschaftlich notwendig ist.«

Stoelping erwartete, dass der Geheimrat zustimmen würde; der aber schwieg und bat Stoelping durch eine leichte Bewegung des Kopfes, fortzufahren:

»Selbst Dr. Hempel hat sich so viel Einsicht und Takt bewahrt, dass er Ihr Fräulein Tochter nicht in den Prozess hineingezogen haben möchte. Da eine offizielle Verlobung glücklicherweise nicht erfolgt ist, so ist bis zum Augenblick wenigstens auch Ihr Fräulein Tochter noch nicht kompromittiert; ja, es ließe sich vielleicht sogar ermöglichen, dass sie völlig außen bleibt.«

»Ich kann Ihnen verraten, Herr von Stoelping, dass meine Tochter, falls *Sie* nicht Wert auf ihr Zeugnis legen, im Einverständnis mit Dr. Hempel darauf verzichtet, als Leumundszeuge aufzutreten. Für die Anklagebehörde kann das ja nur von Vorteil sein; denn dass das Zeugnis meiner Tochter, die von der Sache selbst natürlich nichts weiß, für Dr. Hempel nicht gerade ungünstig lauten würde, kann man wohl annehmen.«

»Dann wäre damit die gesellschaftliche Seite des Falles erledigt, und es bliebe noch die rein menschliche.«

»Wie denken Sie sich das?«, fragte der Geheimrat.

»Durchaus einfach: Die *äußerliche* Trennung ist ja in dem Augenblick der Verurteilung Dr. Hempels von selbst vollzogen. Nicht aber, was wesentlicher ist, die *innere*. Und da, meine ich, könnten Sie viel wirken; zum Mindesten dazu beitragen, dass der seelische Prozess des innerlichen Überwindens beschleunigt wird.«

»Ja, Herr von Stoelping, ich muss gestehen, ich bin einigermaßen überrascht«, erwiderte der Geheimrat, »dies Interesse geht ja denn doch so weit, dass ich Sie um eine

Erklärung darüber bitten muss, was Sie eigentlich zu dieser ungewöhnlichen Anteilnahme veranlasst.«

»Ich bitte Sie, Herr Geheimrat, Ihnen die Antwort darauf vorläufig schuldig bleiben zu dürfen und sich für den Augenblick mit der Versicherung zu begnügen, dass ich es gut mit Ihrer Tochter meine – so gut, wie man es mit einem Menschen überhaupt nur meinen *kann*. Die Umstände aber scheinen mir jetzt nicht geeignet, näher darauf einzugehen.«

»Mir auch nicht«, erwiderte der Geheimrat und zog die Stirn in Falten. – »Wenn ich Sie recht verstehe,« sagte er nach einer Weile, »dann wollen Sie, dass ich auf meine Tochter einwirke.«

Stoelping nickte.

»Das meine ich.«

» Und zwar in dem Sinne«, fuhr der Geheimrat fort, »dass sie diesen Dr. Hempel überwindet ...«

Abermals nickte Stoelping; diesmal lebhafter und mehrmals hintereinander.

»... und ihre Gefühle Ihnen zuwendet.«

Der Geheimrat ließ Stoelping nicht aus den Augen.

»Dem Sinne nach ja ...«, erwiderte Stoelping, »nur, dass es natürlich in dieser Form und in dieser Situation ungewöhnlich klingt – und nicht gut angeht, dass ich von meinen Gefühlen spreche, die ich, wenn auch nicht unterdrücke – dazu sind sie zu stark –, so doch gern zurückstelle, bis die Verhältnisse wieder normale geworden sind.«

»Und wenn auch die Gefühle meiner Tochter zu diesem Dr. Hempel zu stark wären, um sie zu unterdrücken?«, fragte der Geheimrat, »was dann?«

»Darum eben bin ich hier,« erwiderte Stoelping, »um mir Ihren Beistand zu sichern. Denn schließlich scheint es mir ja auch im Interesse Ihrer Tochter zu liegen ...«

Der Geheimrat stand auf.

»So! Nun will ich Ihnen mal etwas sagen, Herr von Stoelping,« begann er in einem Tone, der erkennen ließ, dass er einen Entschluss gefasst hatte. »Wenn ich Sie recht verstehe, so fordern Sie von mir, dass ich mir meine Tochter hereinrufe und ihr sage: Mein liebes Kind, der Mann, den du liebst und dem du Treue gelobt hast, der ist ins Unglück geraten – und zwar ist er ein Opfer seiner Überzeugung geworden. Ob er ein Verbrecher oder ein Held ist, darüber kann man, je nach seinem inneren Menschen, verschiedener Ansicht sein. Feststeht: *Er ist erledigt!* – Und das allein gibt den Ausschlag – und zwar so gründlich erledigt, dass jede weitere Gemeinschaft mit diesem Menschen dich kompromittiert. Ich verlange also von dir, dass du ihn fallen lässt! Gefühle, die dich etwa noch an ihn binden, unterdrückst ...«

Hier gab Stoelping abermals seiner Zustimmung Ausdruck.

»... und sie einem andern, und zwar Herrn von Stoelping, zuwendest! – *Meinen Sie das?*« fragte der Geheimrat und trat nahe an Stoelping heran.

»Ich erlaubte mir, schon einmal zu sagen: dem Sinne nach ja; nur in der Form vielleicht hier oder da etwas anders. Aber das müssen Sie, die Sie Ihre Tochter ja kennen, am besten wissen.«

»Gewiss, ich kenne sie. Und darum will ich Ihnen auch verraten, Herr von Stoelping, was meine Tochter mir erwidern würde. Ich sehe sie deutlich vor mir. Sie würde die Hände auf meine Schultern legen, mir in die Augen sehen, den Kopf schütteln und sagen: ›Nein, Vater, das verlangst du nicht! Was du von mir verlangst, ist, dass ich ihm treu bleibe und umso fester zu ihm halte, je offensichtlicher sich alle Welt von ihm abwendet.‹ – Und wissen Sie, was ich daraufhin täte? Ich würde mein Kind in die Arme schließen und zu ihm sagen: »Verachtet hätte ich dich, wenn du mir eine andere Antwort gegeben hättest.«

Stoelping war sich im ersten Augenblick nicht im Klaren, ob es dem Geheimrat mit dem, was er da sagte, wirklich ernst war. Aber der Blick, mit dem er ihn maß, nahm jeden Zweifel.

»Ja – und die Welt – die Menschen – was würden die sagen ...?«

»Das würde mein Kind so wenig kümmern, wie mich. – Sie nehmen es mir also nicht übel, Herr von Stoelping, wenn ich Ihnen Ihre Bitte abschlage.«

»Wenn die Dinge so liegen«, erwiderte der, »dann freilich will ich niemandes Gefühle verletzen. Dann warte ich lieber ab, ob nicht vielleicht doch die Tatsachen eines Tages so laut sprechen, dass Sie und Ihr Fräulein Tochter Ihre Meinung ändern.«

»Das scheint auch mir im Augenblick das Richtige zu sein«, erwiderte der Geheimrat, und ich hoffe, dass uns unsere Offenheit ein gutes Stück näher gebracht hat. *Ich* wenigstens werde mich freuen, wenn unsere Bekanntschaft nicht auf diese Unterhaltung beschränkt bliebe.«

Der feine Takt, mit dem der Geheimrat dem jungen Stoelping über seine ziemlich verfahrene Situation hinweghalf, wirkte so wohltuend auf Stoelping, dass er rein gefühlsmäßig – wann je war das schon bei ihm vorgekommen! – dem Geheimrat die Hand entgegenstreckte und sagte:

»Ich danke Ihnen für Ihre Offenheit! Hoffentlich geben Sie mir bald Gelegenheit, mich über andere Dinge mit Ihnen zu unterhalten.«

»Aber gern!«, erwiderte der Geheimrat und begleitete Stoelping an die Tür.

*

Als Stoelping in sein Auto stieg, war er sich klar, dass sein Entschluss trotz allem unverändert fortbestand. Dass sich ihm Hindernisse in den Weg stellten, konnte ihn nicht umstimmen, bestärkte ihn nur; denn die gerade waren ihm ein neuer Beweis für die Gesinnung, derentwegen er eine Verbindung mit Ilse Schott erstrebte.

Da Hempel mit dem Urteil ausschied, auch wenn ihn diese Schotts aus einem Gefühl heraus, das ihm fremd war, aber imponierte, noch nicht fallen ließen, bezweifelte er keinen Augenblick. Also hing von dem günstigen Ausgang des Prozesses nicht nur seine Karriere ab; auch für die Möglichkeit, Ilse zu erobern, war es die Vorbedingung.

Er zündete sich eine Zigarette an, gab sich Mühe, nicht über den Eindruck, den er bei dem alten Schott hinterlassen hatte, nachzudenken und zwang seine Gedanken vorwärts, auf den Prozess zu, der nun keinerlei Unterbrechung mehr erfahren sollte.

Der Geheimrat ließ, als Stoelping ihn verlassen hatte, seine Tochter zu sich rufen.

»Aus welchem Grunde glaubst du wohl«, fragte er sie, »gestattet dir dieser Staatsanwalt von Stoelping, Dr. Hempel zu besuchen?«

»Wie kommst du zu der Frage?« erwiderte Ilse erstaunt.

»Nun, du wirst zugeben, dass es zum Mindesten ein ungewöhnliches Verfahren ist.«

»Gewiss ... das schon.«

»Vermutlich also auch eine ungewöhnliche Ursache hat.«

»Darüber habe ich noch keinen Augenblick lang nachgedacht.«

»Hättest es aber tun sollen.«

»Ja, warum denn?«, fragte Ilse ängstlich.

»So tue es jetzt.«

Ilse überlegte.

»Ich kann mir nur denken«, sagte sie, »dass es Mitgefühl ist, – das ist ja wohl auch verständlich ...«

»Mitgefühl mit wem?«, fragte der Geheimrat.

»Nun mit Günther ...«

»Glaubst du?«

»Oder auch mit mir – das ist ja doch aber auch ganz gleich, warum es geschieht.«

»Doch nicht ganz; denn du darfst nicht vergessen, dass du dich Herrn von Stoelping dadurch verpflichtest.«

»In welcher Form?«

»Eben das ist die Frage. Und wie ich Herrn von Stoelping beurteile, ist es möglich, dass er Mittel und Wege findet, diese Form zu bestimmen.«

»Was willst du damit sagen?«

»Dass ich den Eindruck habe: Herr von Stoelping liebt dich.«

»Was?«, rief Ilse, fuhr zurück und hielt sich die Hände vor die Ohren.

»Ganz sicher bin ich mir noch nicht. So viel aber weiß ich: Sein Wunsch und Wille ist es, dich zu heiraten.«

»Das ist empörend!«, rief Ilse und ballte die Faust, »wo er weiß, dass ich und Günther ...«

»Er hält ihn für verloren, – jedenfalls rechnet er nicht mehr mit ihm.«

»Dann wünsche ich nur, dass er sich damit so verrechnet wie mit mir!«, sagte Ilse, »Darauf soll ein Mensch seine Hoffnung bauen! Ist das nicht furchtbar – Vater?«

»Ungewöhnlich zum Mindesten. Wenigstens für unser Empfinden,« erwiderte der Geheimrat. »Wärst du aus demselben Holz geschnitzt wie dieser Stoelping, so könntest du aus seiner Neigung Kapital für Dr. Hempel schlagen. Da du das nicht kannst, so gib acht, dass du ihm wenigstens nicht schadest.«

»Nun, wo ich das weiß«, erwiderte Ilse, »werde ich mich vorsehen,« und nachdenklich verließ sie das Zimmer.

*

Der Geheimrat war hart und alles eher als sentimental. Seine Frau und den einzigen Sohn hatte er innerhalb eines Jahres verloren. Er hatte es überwunden, ohne dass Ilse, die damals ein Kind von dreizehn Jahren war, ihm eine Veränderung anmerkte. Und ohne seine Arbeiten zu vernachlässigen, hatte er es verstanden, dem Kind über die Leere, auf die es nach dem Tode von Mutter und Bruder schon rein äußerlich auf Schritt und Tritt stieß, hinwegzuhelfen.

Diese neue Prüfung aber, die er hart und ungerecht fand, ging über seine Kraft. Das Schicksal, das über sein Kind hereinbrach, schien ihm so gewaltsam und beispiellos, dass er kein Mittel sah, es aufzuhalten oder auch nur in seiner Wirkung abzuschwächen.

»Es muss durchlebt werden!«, sagte er zu seinem Freunde. »Ich kann es nicht aufhalten. Und wenn mein Kind und ich dabei zugrunde gehen,« – er zog die Schultern hoch – »nun, *dann soll es so sein*. Ich bin mein Leben lang kein Fatalist gewesen. Das jetzt hat mich dazu gemacht! – Das Einzige, was wir tun können, ist, uns treu bleiben, damit wir, wenn das Schicksal über uns hereinbricht, ein gutes Gewissen haben und uns sagen können, wir haben unsere Pflicht getan. Darüber hinaus gibt es nichts.

Zwanzigstes Kapitel.

Wie Ilse von Dr. Hempel Abschied nahm.

Als Ilse am nächsten Tage bei Günther war, sagte sie:

»Ich komme heute zum letzten Male!«

Er sah sie an und schwieg. Nach einer Weile nickte er und sagte:

»Das ist recht von deinem Vater, dass er mit dir fortgeht.«

»Das ist es nicht,« erwiderte Ilse. »Auch denke nicht etwa, weil ich nicht mehr die Beherrschung aufbringe. Ich bin ganz ruhig, seitdem ich fühle, dass ich dir auch *jetzt* etwas sein kann. Von Tag zu Tag bin ich ruhiger geworden. Und nun gar, seitdem ich weiß, dass du zufrieden bist, ist es ganz still in mir geworden. Das sollst du wissen, Günther und es mir glauben.«

»Ich glaube es dir. Und doch habe ich dir schon alle Tage sagen wollen, du solltest deinen Vater bitten, irgendwohin, weit fort mit dir zu gehen, wo du möglichst nichts hörst von dem, was hier vorgeht. – Sieh mal, zu wissen, dass ich ganz ruhig und zufrieden bin und bis zur letzten Stunde durch dich glücklich war, das muss auch dich glücklich machen. Alle Tage nahm ich mir vor, es dir zu sagen und redete mir zu und bin weiß Gott doch nicht schwachmütig. – Aber glaubst du, ich brachte es fertig? Immer sagte ich mir: das nächste Mal. – Siehst du, Ilse, darum ist es gut, dass du nun kommst und es mir sagst. Deinetwegen. Aber auch für mich. Es wird doch leichter für mich sein, dich fort zu wissen.«

»Wenn es dich erleichtert, – du weißt ja, Papa tut alles, um was ich ihn bitte. Wir sprechen jetzt zwar nicht viel miteinander; aber wir verstehen uns doch. Und dass ich so sein kann, wie du mich siehst, Günther, danke ich nur ihm. Merkwürdig aber, es ist, als wenn er in jedem Augenblick wüsste, was ich fühle. Was er dann sagt – oft ist es nur ein Wort –, aber es hat immer den Ton, der mir gut tut.«

»Ja, darauf kommt alles an im Leben zweier Menschen, den Ton zu finden, in dem der andere fühlt. Dazu gehört ein so feines Gefühl, dass selbst die Liebe es nur selten aufbringt. Denn wo das ist, da muss alles, auch das Kleinste, ineinanderstimmen. Und so, Ilse, war es bei uns.« – Er beugte den Kopf zur Seite und sah sie nicht an. – »Wenn ich wüsste, du könntest das noch einmal finden, – Ilse! Wenn ich dich glücklich wüsste! – Versprich mir, dass du dem Zufall nicht ausweichst, wenn er sich dir noch einmal bietet. Es gibt mehr Menschen wie ich. – Ein Mann, der dich glücklich macht, glücklich in dem Sinne, in dem wir es fassen, für den opferte ich selbst die Erinnerung an dich, die ja doch das einzige ist, was mir nachher bleibt, wenn ich hinter diesen Mauern sitze.«

»Ich kann es dir ruhig versprechen«, erwiderte Ilse, »denn, was du sagst, kann es nicht geben. Dazu müsste ich erst ein anderer Mensch werden.«

»Das sollst du nicht«, erwiderte Günther.

Ilse drückte ihm die Hand.

»Auch darfst du nicht glauben, dass es Papas Wunsch ist, wenn ich heute zum letzten Male bei dir bin.«

»So?«, sagte er erstaunt, »ich nahm es an und fände es nur natürlich, wenn es so wäre.«

»Nein, das hätte Papa nie von mir verlangt; heute so wenig wie in Jahren. Auch wenn er es sich vielleicht wünschte, dass ich irgendwann einmal darüber hinwegkäme.«

»Dann ist es also dein eigener Wille, und du tust es aus Rücksicht auf mich? – meiner Ruhe wegen?«

»Nein«, sagte Ilse, »ich habe nicht an dich dabei gedacht, oder doch nicht in erster Linie. Aber jetzt sehe ich, wie schlecht das von mir war; denn ich hätte es mir längst sagen müssen, dass es für dich besser wäre. Du brauchst deine Energie und darfst sie jetzt – jetzt am allerwenigsten – auf mich verschwenden. Denn ganz so stark bist du wohl nicht und so in dein Schicksal ergeben wie während der Stunde, in der wir zusammen sind. Ich fühle ja, was es dich kostet an Kraft und Nerven.«

Und sie musste daran denken, dass sie ja selbst den ganzen Tag über und die halbe Nacht nichts weiter tat als sich auf diese eine Stunde vorbereiten.

Günther schwieg. Nach einer Weile sagte er:

»Da du es fühlst, so will ich nicht widersprechen. Ja! Es ist, wie du sagst. Wenn du nicht wärst, fiele es mir leicht, mich in mein Schicksal zu ergeben und Verzicht zu leisten. Mit allem habe ich mich abgefunden, selbst mit dem Kummer meiner alten Mutter! Sie hat ihr Leben hinter sich – und glaubt an Gott! – Aber das Leben *vor* sich und das Glück in Händen haben, wie ich, so greifbar vor sich« – und er streckte die Arme nach ihr aus – »Gott im Himmel ja, ich bringe die Kraft nicht auf, es leicht zu nehmen.«

»Zwing' dich nicht! Lass dich gehen!«, bettelte Ilse und schlang die Arme um seinen Hals. »Beherrsch' dich nicht länger! Gib dich, wie du bist. Ich bin nicht schwach, Günther, ich ertrag's – und dann denke: *Ich habe ja so viel Zeit* – und kann mich schonen – und habe den Vater, der für mich sorgt – und deine Mutter, die mich tröstet, *alle Menschen habe ich* – und du hast nichts! Niemanden! Als nur mich! Und mich zum letzten Male!« – sie nahm seinen Kopf zwischen ihre Hände und drückte ihn an sich –, »so, wein' dich aus, Günther, sieh, wir sind gewiss immer stark und hart mit uns gewesen und haben uns nie wie verliebte Leute gebärdet – lass dich *einmal* gehen! Ein einziges Mal wollen wir weich mit uns sein! Und unseren ganzen Jammer hinausschreien!«

Da zwang sich Günther nicht länger, schmiegte sich fest an Ilse und schrie seinen Schmerz heraus! Sie lagen sich in den Armen und schluchzten – und sahen nicht, wie Stoelping, der an einem angelehnten Fenster der Halle stand und alles mit anhörte und alles mit ansah, ihnen jetzt den Rücken wandte, mit der Hand ein paar Tränen aus den Augen wischte und in starker Erregung hinten im Gange verschwand.

»Was geht nur mit mir vor?«, sagte Stoelping vor sich hin, als er seine Tränen bemerkte und fühlte, dass er sich schämte, sie belauscht zu haben.

»Nein! Diese Menschen!« sagte er laut vor sich hin und schloss sich in sein Zimmer ein. –

Draußen in der Halle lagen sich Ilse und Günther noch immer in den Armen.

»So!«, sagte Günther nach einer Weile, nahm Ilse bei beiden Händen und sah ihr fest in die Augen: »Und nun werden wir noch mal so stark sein!«

»Ich bin es!« erwiderte Ilse.

»Und darum sollst du nun, ehe du von mir gehst, alles wissen – auch das letzte. Höre alles an und erwidere nichts. Du wirst es im Augenblick nicht übersehen und es daher vielleicht morgen anders beurteilen als heut. Ob du es dann billigst oder verwirfst – auf alle Fälle wirst du es begreifen, und das ist alles, was ich will! – Dann habe ich keinen Wunsch mehr. Also höre!

»Ich habe dir viel von dem Friedensbund erzählt und von seinen Erfolgen seit seiner Gründung im Jahre 1916. Seine größten Erfolge sind nach außen nicht in die Erscheinung getreten, wenigstens nicht als Werk des Bundes, wenn die Segnungen seines Wirkens auch Millionen Menschen zugutekommen. Der Bund hätte seine Methode preisgeben müssen und hätte sie damit für alle Zukunft ihrer Wirkung beraubt. Was die über die ganze Erde verbreiteten Riesenorganisationen des Friedens zutage fördern, ist nichts als Theorie; die Arbeiten, Schriften, Beschlüsse und Veranstaltungen all der unzähligen Vereine, der parlamentarischen Konferenzen, des Internationalen Friedensbureaus, der Gesellschaften der Friedensfreunde, die Liebesbeteuerungen Besuche machender und Besuche erwidernder Monarchen, die Friedensreden der sie begleitenden Minister, die Freundschafts- und Verbrüderungsschwüre wallfahrender Korporationen von Industriellen, Parlamentariern und Oberlehrern, – das alles mag ein amüsanter Zeitvertreib für die Beteiligten sein; aber alles, was dabei herauskommt und was damit erreicht wird, das ist in dem Augenblick, wo es zwischen zwei Völkern zu einem ernsten Konflikte kommt, von der Riesenwoge nationaler Begeisterung hinweggefegt wie ein Strohhalm.

Auch aus Barmherzigkeit, wie Christus wollte, wird der ewige Friede nie zustande kommen. Denn die Unbarmherzigkeit der Menschen hat mit dem Wachsen des Kapitalismus, der die nächsten Jahrhunderte die Welt regieren wird, Schritt gehalten. Die Religion der Barmherzigkeit aber ist die Religion der Armut. Mit ihr also ist es für heute und morgen und für die nächsten Jahrhunderte nichts. Hingegen hat in demselben Maße, in dem die rohe Gewalt im Werte gesunken ist, die Achtung vor der Macht des Geistes zugenommen. Und das ist der Gedanke, von dem der Friedensbund ausgeht. Denn warum soll der Satz, der längst *für den Einzelnen* gilt: Es ist widersinnig, die Entscheidung über strittige Punkte der Kraft der Muskeln zu überlassen! Nicht eines Tages auch *für ganze Völker* gelten? Die Welt ist ja nicht nur von Gurkhas, Hindus und Engländern bevölkert. Diesen Zeitpunkt beschleunigen helfen, nicht etwa ihn herbeiführen, ist die Aufgabe des Friedensbundes, wie er nach außen in die Erscheinung tritt.

Für ein solches Programm aber hätte ich nie meinen Beruf aufgegeben, nie meine Kraft, geschweige denn mein Leben eingesetzt. Aber es gibt neben diesem Bunde eine Gemeinschaft, die nur die wenigen kennen, die zu ihr gehören. Sie hat keinen Namen und keine Gesetze und besteht eigentlich nur durch den Willen und die Herzen weniger, die eine große Liebe für die Menschen und ein großes Mitleid mit ihren Schmerzen haben. Barmherzige Brüder könnte man sie nennen, wenn nicht der Wille zur Tat in ihnen so stark wäre, dass sie vor nichts, selbst vor dem Äußersten nicht zurückschrecken, wenn es gilt, der Menschheit zu helfen.

Sieh, jeder Gedanke, wenn zu seiner Ausführung später auch Millionen gehören, ist in dem Kopf *eines* Menschen entstanden. So auch jeder Krieg. Es wäre für den Historiker eine interessante Arbeit, den eigentlich Schuldigen für jeden Krieg, oder besser: den eigentlich Verantwortlichen – denn es gibt Kriege, die *durchaus* geführt werden *müssen*, auch wenn es keine Abwehrkriege sind –, herauszufinden; *den*, in dessen Kopf die Idee dieses bestimmten Krieges *entstanden* ist. – Nun ist nicht etwa immer der Erreger derjenige, der die Fähigkeit, die Macht oder auch nur den überzeugten Willen hat, die Idee zu fördern oder gar sie in die Tat umzusetzen. Es kann ein harmloser Leitartikler, ohne dass er ahnt, was er damit anrichtet, vielleicht nur wegen eines interessanten Vorsatzes für einen Artikel, mit dem Gedanken spielen. Der Artikel fällt, aus bloßem Zufall, einem Diplomaten in die Hände. Der denkt ihn weiter und hält auch die Fäden in der Hand, um ihn fortzuspinnen. Er trägt ihn gesprächsweise in Kreise, die politischen Einfluss haben, und in denen er nun von selbst fortwuchert und immer weitere Kreise zieht. Seinetwegen bildet sich schließlich eine Partei. Und während es anfangs für den Diplomaten vielleicht nur ein Gedanke war, mit dem er kaum ernstlich einen Begriff verband, eine Liebhaberei, mit der er nur spielte, allenfalls ein Traum für seinen Ehrgeiz, an dessen Verwirklichung er ernstlich niemals dachte, so ist es nun plötzlich ohne seine Absicht und ohne sein Zutun ein Programm geworden, auf das Tausende schwören, und das er nun öffentlich vertreten und für das er Gründe suchen muss. Und von da bis zu dem Augenblick, in dem er in der Verwirklichung des Programms, das Krieg bedeutet, die Aufgabe seines Lebens sieht, ist oft nur ein Schritt.

Du ahnst nun gewiss schon, worauf ich hinaus will. Unsere Gemeinschaft ersehnt zwar als Höchstes und gleichsam als Endziel aller Kulturarbeit den ewigen Frieden. Sie ist sich aber bewusst, dass es angesichts der kulturellen Rückständigkeit der meisten Völker bis dahin noch gute Wege hat. Infolgedessen ist die Gemeinschaft, der national gesinnte Männer aller Nationen angehören, weder eine Gegnerin des Militarismus, in dem sie bei dem gegenwärtigen Kulturniveau der Völker viel weniger eine Kriegs*gefahr* als eine *Sicherung* des Friedens sieht, noch will sie bei Ausbruch eines Krieges etwa zur Renitenz auffordern oder gar während der Feindseligkeiten den Frieden predigen. Ihre Tätigkeit ist vielmehr lediglich eine präventive.

Gefahren wittern, rechtzeitig vorbeugen, Mittel und Wege finden, um einen Krieg zu verhüten! Möglichst schon in einem Stadium der ersten Verstimmung, wo irgendwo ein Anzeichen darauf hindeutet – oft ist es nur ein Wort oder eine Gebärde –, da setzen wir ein. Es sind Diplomaten, Politiker, Gelehrte aus fast allen Städten Europas, die sich während der Arbeiten des Internationalen Friedensbundes ohne Aufforderung und ohne Statuten im Laufe der Zeit von selbst zu dieser Gemeinschaft zusammengefunden haben. Es ist eine im Stillen wirkende internationale Friedenspartei. Eine Art Notwehr, gegen die in jedem Lande mehr oder weniger einflussreiche Kriegspartei. Es ist ein Krieg in Permanenz, den wir gegen Kriegshetzer führen, ohne dass sie von uns als Organisation eine Ahnung haben. So ist uns mancher Minister – manchmal erst nach jahrelanger Arbeit – zum Opfer gefallen oder hat, unserem unsichtbaren Drucke folgend, infolge von Umständen, die wir herbeiführten, seinem Glauben nach freiwillig abgedankt. Auch hat man gefährliche Kriegshetzer in wirtschaftliche Positionen gebracht und sie damit politisch desinteressiert. Wie überhaupt oft schon in der Stellung der Frage: Warum treibt der oder jener zum Kriege? Auch schon die Antwort darauf liegt: Wie treibt man ihm den Gedanken aus?

Als der spätere Minister Kowalski noch reaktionärer Abgeordneter der Duma war, wurde ihm das Verschulden der Progroms in Mirgorod, Priluki und Woronesch nachgewiesen. Er hatte sich aber nicht mit der Anzettelung begnügt, sondern sich selbst an den Menschenschlächtereien beteiligt. Wenngleich Progrome und deren Verhütung nicht eigentlich Angelegenheiten unserer Gemeinschaft sind, so beschäftigten wir uns doch schon damals mit der Persönlichkeit dieses Ehrenmannes und stellten zahllose von ihm begangene Grausamkeiten fest, die man fast alle auf sadistische Veranlagung zurückführen konnte. Ende April 1938 wurde Kowalski Zivilgouverneur von Kiew; am 5. Mai desselben Jahres war der berühmte Kiewer Progrom, bei dem Kowalski in dem Blute von 14 000 unschuldigen Judenweibern und Judenkindern waten konnte. Der Petersburger Professor Kinski, der auch zu uns gehörte, hat unter seinen Dokumenten einen Brief Kowalskis vom 5. Mai 1938 aus Kiew, der mit den Worten beginnt: »Es ist eine Lust zu leben!« Als Professor Kinski seine Materialsammlung gegen Kowalski beendet hatte und im Begriffe stand, sie der Regierung vorzulegen, wurde er eines Morgens tot

in seinem Bette aufgefunden. Das Material war verschwunden.

Zwei Jahre später ist Kowalski Minister. Nun beginnt
die Tätigkeit unseres Bundes. Als Minister begnügt sich
Kowalski nicht mehr mit Progromen; jetzt hat er die
Macht, Kriege anzuzetteln! Mit Bulgarien missglückt's,
da es uns gelingt, einflussreiche russische Kreise, von
denen Kowalski weiß, dass sie seine Stellung erschüttern
können, von seinen Intrigen zu überzeugen. Und
obschon die Situation kaum noch haltbar scheint, ist er
es jetzt selbst, der einlenkt und aufgrund geschickt ge-
führter Verhandlungen die Spannung behebt. Der fried-
liebende Zar zeichnet ihn daraufhin aus und stattet ihn
auf seinen Wunsch hin mit weitgehenden Vollmachten
für Finnland aus, das, wie er behauptet, im Stillen den
Anschluss an Schweden vorbereitet. Es gelingt ihm
auch, der Organisation dieser Bewegung auf die Spur zu
kommen. Zu ihrer Unterdrückung vom Zaren mit dikta-
torischer Gewalt ausgestattet, wird innerhalb dreier
Monaten nicht nur an über 4000 Finnen das Todesurteil
vollstreckt, sondern durch seinen Nachweis, dass die
Fäden der Verschwörung nach Schweden hinüberrei-
chen, die Situation zwischen Russland und Schweden
unhaltbar.

Als uns eben mit ungeheuren Opfern der Nachweis gelingt, dass diese ganze schwedisch-finnische Organisation ein Werk Kowalskis ist, und sein Sturz unmittelbar
bevorsteht, wird eines Tages in Kristiania der russische
Gesandte ermordet. Ein äußerst geschickter Gegenzug
des uns überlegenen Kowalski. Die unmittelbare Folge
ist bei der aufs Höchste gereizten Spannung, der Aus-

bruch des Krieges, durch den sich Kowalski abermals im Sattel hält. Nach der ersten großen den Schweden günstigen Schlacht richtet der ausgezeichnete König von Schweden vom Schlachtfelde aus spontan an den Zaren ein Telegramm: »Mein Verantwortungsgefühl vor Gott und meinem Volke zwingen mich, angesichts der Toten, die das Schlachtfeld decken, Eurer Majestät nochmals den Vorschlag zu unterbreiten, in einen Frieden zu willigen, der neben dem *Status quo* Sicherheiten für die ruhige Zukunft meines Landes bietet.«

Der Zar stimmt zu; es kommt zu einem Waffenstillstand, im Verlaufe dessen Verhandlungen in Paris gepflogen werden. Die drohen, trotz Deutschlands Intervention, an der Renitenz des russischen Bevollmächtigten zu scheitern. Der russische Bevollmächtigte aber ist niemand anders als Kowalski. Millionen von Briefen, Bittschriften und Gesuchen treffen täglich für die Friedensunterhändler aus aller Welt in Paris ein. Im Namen der Menschlichkeit fordert die Presse der ganzen Welt, dass Russland dem großmütigen Rat des Schwedenkönigs folge. Millionen Mütter, Frauen, Kinder der Krieg führenden Länder betteln in rührenden Worten: Schonet unsere Kinder, Männer, Väter! Aber Kowalski erwidert dem schwedischen Minister grinsend: »I was, Soldaten sind dazu da, um erschossen zu werden!« Und in den Nachtlokalen des Montmartre verkündete er ruhmredig beim Champagner den Kokotten ›C'*est ma guerre!*‹

Hier war ein Fall gegeben, wo der Bund, wenn überhaupt seine Existenz noch eine Berechtigung haben sollte, eingreifen musste. Alle Mittel, die man Kowalski gegenüber zur Anwendung gebracht hatte, blieben ohne

Erfolg. Da trat in Berlin der Ausschuss zusammen. Fünfundzwanzig Männer waren es, Deutsche, Schweden, Franzosen, Österreicher, Russen, Italiener, – keiner, der nicht in der Politik, Wissenschaft oder Industrie eine hohe Stellung bekleidete, keiner, dem sein Vaterland nicht höher als sein Leben stand. Alle aber als Menschen von demselben Gefühl durchdrungen, dass hier ein Personalkrieg schlimmster Art, koste es, was es wolle, verhütet werden müsse. Du weißt, wie der berühmte Pazifist Courcelles durch meine Abhandlung über Carl Hauptmanns »Krieg« auf mich aufmerksam wurde, mich ins Vertrauen zog und trotz meiner Jugend in den kleinen Kreis aufnahm. Courcelles war es auch jetzt wieder, der kurz ein Bild von der Persönlichkeit Kowalskis entwarf und ihn an der Hand des gesammelten Materials als den Typ des sadistischen Massenmörders brandmarkte. Nachdem alle gangbaren Mittel, ihm sein verbrecherisches Handwerk zu legen, erschöpft seien, habe sich der Ausschuss darüber schlüssig zu werden, ob man zu ›ungewöhnlichen‹, von der Not diktierten Mitteln greifen wolle. Und nachdem er in lebendigen Farben ein Riesengemälde des Jammers, der durch diese Kreatur über Hunderttausende von Familien hereingebrochen sei und über weitere Hunderttausende hereinzubrechen drohe, entworfen hatte, fragte er noch einmal: ›Können wir vor Gott und unserem Gewissen *jedes* Mittel verantworten, durch das die Welt von diesem Ungeheuer befreit wird?‹ Ein laut jubelndes, einstimmiges ›Ja!‹ war die Antwort.

Dass nur noch ein *direktes* Verhandeln mit Kowalski infrage kam, und dass, wenn man im Guten nicht erreichte, Gewalt sprechen musste, wussten alle. Aus sprach es keiner. Aber die Bestimmtheit und der heilige Ernst, der auf den Gesichtern aller dieser Menschen lag, zeigte, dass jeder von ihnen in dem Bewusstsein voller Verantwortlichkeit bereit war, die Mission zu erfüllen. Ein letzter Versuch, auf sein Gewissen und damit auf seine Entschließungen einzuwirken und ihn zur Demission zu bestimmen, wurde beschlossen. Mit ihrem vollen Namen deckten alle eine Anklageschrift, in der seine Schandtaten knapp und scharf benannt und mit Beweisen belegt wurden. Diese Anklageschrift sollte den Regierungen aller Länder und sämtlichen Pressebureaus, falls er sich weigerte, abzudanken, unverzüglich übermittelt werden. Versagte auch das, dann blieb als letztes noch immer Gewalt. Zehn Seiten stark war die Schrift, die wir verfassten; aber was sie enthielt, glich einem Dokument des Teufels, der seine größten Schandtaten zu einem Ruhmesblatt flocht. Wo noch der Rest eines menschlichen Gefühls sich regte, da musste es sich beim Lesen in Wut und Hass entladen; wen es gar anging, den musste ein derartiges Entsetzen vor sich selbst packen, dass er in dem aussichtslosen Bestreben, vor sich selbst zu fliehen, dem Wahnsinn verfiel, falls er es nicht vorzog, rechtzeitig Hand an sich zu legen.

Wem sollte die ›schwere, aber heilige Mission‹ – wie Courcelles sich ausdrückte – zufallen? Jeder Einzelne erklärte sich, falls ihn die anderen für geeignet und würdig hielten, dazu bereit. Jeder von ihnen hatte zu Hause Frau und Kind; aber statt dass das Bedenken und Rücksicht bewirkte, befreite es im Gegenteil in Gedanken an die Millionen anderer Väter, Mütter und Kinder, denen man diente, nur das Gewissen. Man loste. Der berühmte zweiundfünfzigjährige Pariser Akademieprofessor Gaston Rémond zog als Fünfter den Zettel mit dem kleinen Kreuz; alle anderen Zettel waren unbeschrieben. Courcelles übergab ihm die Schrift. Wir drückten ihm der Reihe nach die Hand. Keiner sprach mehr ein Wort. Wir gingen auseinander.

Am übernächsten Tage hatte ich im Pariser literarischen Verein einen Vortrag zu halten. War es mehr als natürlich, dass ich Rémond, der noch am selben Abend nach Paris fuhr, meine Begleitung anbot? Er war mein Lehrer. Ich habe während meiner Pariser Semester wie ein Kind in seinem Hause verkehrt. Ich kannte seine Frau, seine Kinder, sein Herz. Wusste, dass er seit Jahren tief in einer großen Arbeit steckte, die ihrem Abschlusse nahe war. War es da schwer, sich in die Gemütsverfassung Rémonds zu versenken? Er empfand meine Gesellschaft als eine Wohltat und war froh, einen Vertrauten zu haben, mit dem er über alles sprechen konnte. Er war gefasst und entschlossen; aber aus der Frage: ›Glauben Sie, lieber Doktor, dass er sich unterwerfen wird?‹ – die alle Stunde wiederkehrte, entnahm ich, dass er, nun zum Mindesten nicht resigniert war.

Ich glaubte es nicht! Und so kurz vor der Entscheidung, wo es in Eile Vorkehrungen treffen und Entschlüsse für *alle* Fälle fassen hieß, hielt ich es für gewissenlos, ihn in seinem falschen Glauben zu bestärken. Ich sagte ihm also, was ich dachte. Je näher wir Paris kamen, umso unruhiger wurde er. Ich brachte das Gespräch auf alles Mögliche, obschon ich genau wusste, dass Gehirn und Nerven ausschließlich auf einen Gedanken reagierten.

Ich gab meine Versuche, ihn abzulenken, schließlich auf, als er mir auf eine wissenschaftliche Frage, von der ich wusste, dass sie sein Interesse hatte, und die man sonst nur anzudeuten brauchte, um ihn leidenschaftlich zu erregen, erwiderte: ›Der zweite Schuss gilt selbstverständlich mir!‹ ›Ausgeschlossen‹, rief ich und sprang auf. »Das wäre ein Verbrechen, das Sie an sich, an der Wissenschaft, an Ihrer Frau und Ihren Kindern, vor allem aber an unserer Sache begingen! Wir *vertreten*, was wir handeln. Jeder von uns wird vor Ihre Tat treten und sie decken. Man wird Ihnen den Prozess machen, gewiss! Aber man wird Ihre Gründe hören und Sie freisprechen! Und mehr als das, Sie werden den Dank der ganzen gesitteten Welt ernten.‹

›Nein‹, erwiderte Rémond, ›dadurch, dass wir uns zu Märtyrern machen, schaden wir der Sache. Nur solange unser Wirken denen, gegen die es sich richtet, unsichtbar bleibt, werden wir Erfolge haben.‹

Ich sah das ein; das bedingte jedoch nicht, dass ich seinen Entschluss billigte, der mir nur im Falle eines Gewissenskonfliktes berechtigt schien. Der aber lag nicht vor. Und ich war sehr froh, ihn davon überzeugen zu können, noch ehe wir in Paris waren.

Da es ihn beruhigte, stieg ich gegen meine Gewohnheit im Meurice ab, wo Kowalski wohnte; Rémonds Wohnung lag in der Chaussee d'Antin.

Die Pariser Abendblätter, auf die wir uns, kaum dass der Zug stand, stürzten, brachten die Nachricht, dass die Friedensverhandlungen fortdauerten, ohne dass eine Verständigung nähergerückt sei. Und der ›Matin‹ brachte eine von russischer Seite, also von niemand anders als von Kowalski stammende Notiz, die besagte, dass die Wiederaufnahme der Feindseligkeiten stündlich zu erwarten sei.

Ich kann dir nicht sagen, wie schwer mir der Abschied von Rémond wurde, dem seine Frau und seine drei Kinder in der Bahnhofshalle einen Empfang bereiteten, aus dem die ganze Innigkeit ihres Verhältnisses sprach. Rémond beherrschte sich wie ein Held; aber ich sah doch, wie er zitterte, als er Frau und Kinder in die Arme schloss.

Frau Rémond lud mich für den nächsten Tag zum Essen. Ich wagte nicht, zu ihm aufzusehen und nahm an.

›Kommen Sie! Kommen Sie *auf alle Fälle!*‹ bat er und drückte mir die Hand.

›Ich bin *jederzeit* für Sie zu sprechen‹, sagte ich. ›Ich bereite mich auf meinen Vortrag vor und gehe nicht aus dem Hotel.‹

Er verstand mich und dankte mir mit einem Blick, der sein ganzes Herz enthüllte.

Was dann geschah, weiß ich nicht. Ich fuhr ins Hotel, aß auf dem Zimmer, suchte zu arbeiten, war zu unruhig, gab es auf, zwang mich, ein Buch zu lesen, dachte aber immer nur an Rémond, der jetzt vielleicht gerade bei Kowalski war, dessen Zimmer auf demselben Stock am anderen Ende des Flures lagen.

Es war mittlerweile neun. Ich war so unruhig, dass ich aus dem Zimmer ging, den Flur entlang bis zu Ende. Als ich an den Zimmertüren des Ministers war, stockte mir der Atem, mein Herz ging so schnell, dass ich unwillkürlich stehen blieb und hörte, wie ein Diener einem Pagen sagte: Exzellenz hat eine Konferenz und wünscht nicht gestört zu werden. Ob Rémond es war, mit dem er konferierte, wusste ich nicht, wie ich mir denn überhaupt keine rechte Vorstellung davon machen konnte, wie er eine Audienz unter vier Augen mit dem vielbeschäftigten Minister erzwingen wollte. Dann war Rémond auch gewöhnt, dass sich seinem Namen die Türen von Fürsten und Königen öffneten, so war es doch immerhin ungewöhnlich, dass ein Gelehrter bei einem fremden Minister, der in politischen Geschäften in Paris war, eine Audienz nachsuchte. Ich ging auf mein Zimmer zurück. Ich suchte auf alle mögliche Weise mich zu zerstreuen. Meine Stimmung wurde immer verzweifelter; ich ließ mir Wein aufs Zimmer bringen; ich trank und rauchte, ganz gegen meine Gewohnheit; alle halbe Stunde öffnete ich die Tür und ging auf den Flur. Die Ruhe ringsum war mir unheimlich. Ich hatte das Gefühl, als müsste man Türen schlagen, Menschen kommen und gehen und laut reden hören. Aber alles blieb still.

Als meine Erregung unerträglich wurde, suchte ich mich dadurch auf andere Gedanken zu bringen, dass ich mir meinen Vortrag, den ich morgen halten sollte, ins Gedächtnis rief. Ich kam über den ersten Satz nicht hinaus. Das machte mich wild. Ich stürzte von meinem Sessel auf und war entschlossen, mich selbst zu überzeugen, wo sich der Minister aufhielt und wer bei ihm war. In dem Augenblick öffnete sich die Tür, und Rémond trat herein.

›Großer Gott!‹, rief ich und trat nahe an ihn heran, ›sind Sie es wirklich? Von wo kommen Sie? Sie sehen ja aus wie der Tod.‹

Rémond erwiderte nichts. Er sah mich an, zitternd und verängstigt.

›Sie waren bei ihm?‹, fragte ich ihn.

Er nickte.

›Sie haben versucht, ihn umzustimmen?‹

Er nickte abermals.

›Sie haben ihm die Schrift vorgelesen?‹

Wiederum nickte Rémond.

›Und er hat sich trotzdem geweigert ...?‹

Rémond nickte mehrmals kurz hintereinander. Ich zögerte einen Augenblick – trat dicht an ihn heran. –

›Dann haben Sie ihn also ...?‹, sagte ich, sprach es aber nicht aus; er musste ja wissen, was ich meinte.

Da schüttelte Rémond den Kopf und sagte:

›Nein!‹

›Nein?‹, rief ich erregt, und er fuhr fort:

›Das ist es eben! Ich habe es nicht getan.‹

›Auch nicht versucht?‹, fragte ich ihn.

Wieder schüttelte Rémond den Kopf.

Ich schwieg. Nach einer Weile fragte ich:

›Was soll nun werden?‹

Er zog die Schultern hoch und sagte:

›Ich weiß es nicht!‹

›Wie hat er's aufgenommen?‹, fragte ich ihn.

Und nun erzählte Rémond, der Minister sei erfreut gewesen, einen Mann von seiner Bedeutung kennenzulernen. Rémond habe ihn unterbrochen und ihm erklärt:

›Ich komme nicht als Gelehrter zu Ihnen, sondern um als Mensch zum Menschen zu reden.‹

Und der Minister habe erwidert:

›Darf ich Sie dann bitten, das Gespräch bis nach Erledigung meiner hiesigen Mission zu vertagen?‹

›Um diese Mission eben handelt es sich,‹ habe er zur Antwort gegeben, die Schrift herausgeholt, sich vor ihn hingestellt und mit dem Vorlesen begonnen.

›Nach dem ersten Abschnitt‹, fuhr Rémond in seinem Bericht, den er in seiner Erregung außer Atem und wortweis hervorstieß, fort, ›hielt ich inne, um die Wirkung zu sehen; denn ich begriff nicht, dass ein Mensch das über sich mit anhören konnte, ohne aufzuspringen und mir an den Hals zu gehen. Der Minister saß da, sah zu mir auf, verzog keine Miene und sagte bestimmt, aber höflich:

›Bitte, fahren Sie fort!‹

Und ich las weiter und fühlte, wie meine Stimme zitterte und an Stellen, wo die Anklagen stark und bestimmt wie Keulenschläge niedergingen, in die Höhe ging und sekundenweis aussetzte.

Der Minister rührte sich nicht, und ich sah deutlich, dass seine Sicherheit und Ruhe nicht geheuchelt oder erzwungen war.

Ich war zu Ende, auf alles gefasst, bereit, zu handeln, wenn es nötig wurde.

›Würden Sie mir die Schrift mal auf einen Augenblick gestatten‹, bat der Minister, als handle es sich um einen xbeliebigen Artikel, der ihn nichts anging.

Ich reichte ihm automatisch das Blatt, er sagte: ›Danke!‹, blätterte und machte sich ein paar Notizen.

›Darf ich Sie bitten, sich nunmehr zu entschließen?‹, forderte ich in einem Tone, der bestimmt und dringend war.

Er überhörte es, oder er tat doch so.

›Hm‹, sagte er nach einer Weile in ruhigem, nachlässigem Tone und reichte mir mit einer leichten Verbeugung die Schrift zurück, ›was die russischen Herren angeht, die es für klug befanden, zu unterzeichnen, so dürfen Sie Ihren Freunden sagen, dass die noch im Laufe des morgigen Tages verhaftet werden.‹

Ich fühlte, ich wurde blass und wich unwillkürlich ein paar Schritte zurück.

›Im Übrigen bin ich Ihnen dankbar, lieber Professor, dass Sie mich aufgeklärt haben. Ich begreife nun manches, wofür ich bisher keine Erklärung hatte.‹ – Er war so unverändert im Ton und Wesen, dass ich nicht wusste, ob das sein Ernst oder Verstellung war. ›Wirklich! Einen wertvollen Dienst haben Sie mir geleistet ... Und was die Verhandlungen mit Schweden anbelangt‹, dabei stand er auf, ›so will ich Ihnen verraten, dass die Feindseligkeiten morgen wieder aufgenommen werden. Ihr Bericht dürfte daher, durch die Ereignisse überholt sein, zum Mindesten aber an Interesse verloren haben. Gestern noch hätte er *vielleicht* einiges Aufsehen gemacht.‹

Er verbeugte sich und ging aus dem Zimmer; ich stand wie festgenagelt, ohne ein Wort zu erwidern, wohl fünf Minuten lang und starrte zur Tür, durch die er gegangen war, ohne die Kraft zu haben, mich fortzubewegen oder auch nur die Hand aus der Tasche zu ziehen, in der mein Revolver steckte. – Und nun‹, endete Rémond und sah mich verzweifelt an, ›bin ich hier.‹

Ich sah in diesem Augenblick neben der Gefahr für unsere russischen Freunde und die Gefährdung unseres Bundes nur eins: den durch Rémond, also durch uns alle mitverschuldeten Neuausbruch des Krieges, zu dem Kowalski nun doppelt drängte, weil er damit der Anklage Aufmerksamkeit und Wirkung nahm. Das im letzten Augenblick noch zu verhindern, war der natürliche und einzige Gedanke, der mich jetzt trieb.

Ich schob Rémond einen Sessel hin, goss ihm Wein ein, den er hinunterstürzte, trank selbst, goss ihm wieder ein und *trieb ihn mit allen Mitteln des Herzens und des Intellekts, sich zu besinnen, sich zusammenzureißen und seine Pflicht zu tun!*

Ich sah, wie ich ihn aufrührte und erregte.

›Noch ein Glas!‹, sagte er, stand auf, drückte mir feierlich, als wenn er mir ein Gelöbnis ablegte, die Hand und ging hinaus. –

Ich stand noch auf demselben Fleck, das Gesicht zur Tür, den Arm noch ausgestreckt und fühlte noch deutlich den Druck seiner Hand, als er über und über mit Schweiß bedeckt ins Zimmer stürzte und sich mir an den Hals warf. In der Hand hielt er den rauchenden Revolver.

Er hatte ohne Überlegung und ohne Vorsicht gehandelt – unter meiner Suggestion – *der Täter war ich.*

Trotz des vielen Weines war mein Verstand klar; ich überlegte scharf alles, was nun geschah.

Eine Stunde später lag Rémond in seiner Villa Rue Chaussée d'Antin in seinem Bett. Er selbst sagte mir, als ich ihn am nächsten Vormittage aufsuchte: ›Und wenn Sie mich unter meinem Eide fragen, ob das, was ich in dieser Nacht erlebte, wirkliches Geschehen oder nur ein Traum war – ich wäre um die Antwort verlegen.‹

Am nächsten Morgen wurde der Kammerdiener des Ministers verhaftet; auf die Feststellung hin, dass er die Nacht bei einer Grisette auf dem Boulevard Rochechouard zugebracht hatte, und dass außerdem der Schuss eines geräuschlosen Revolvers selbst vom Nebenzimmer aus nicht zu hören sei, wurde er schon am Nachmittag wieder auf freien Fuß gesetzt.

Ich hielt abends – *erleichtert*, nicht *beschwert* – meinen Vortrag; denn die Verhandlungen, die anstelle des ermordeten Kowalski auf telegrafische Verständigung hin mit dem Zaren der russische Botschafter in Paris führte, hatten nachmittags um 6 bereits zu einer vollkommenen Verständigung geführt. Die Kriegsgefahr war beseitigt, der Waffenstillstand definitiv, der Friede gesichert! –

Das, Ilse, ist mein Geständnis – und nun urteile du, ob ich danach noch ein Recht auf deine Liebe hatte.«

»Du hast getan, was du tun musstest! – Ein Verbrechen wäre es gewesen, wenn du anders gehandelt hättest.«

»Ich danke dir!«, sagte Günther und drückte ihr die Hand.

»Und Rémond? – ist er zur Ruhe gekommen?« fragte Ilse.

»Ein paar Monate lang hatte er mit seinen Nerven zu tun – dann ist er ein anderer Mensch geworden, heiter und um Jahre jünger. Und wenn einer seine Werke lobt, dann antwortet er: ›Das alles ist nichts. Das einzige Werk, auf das ich stolz bin, und das man erst in Jahrhunderten würdigen wird, das kennt ihr alle nicht!‹«

»Er hat allen Grund, stolz zu sein,« erwiderte Ilse. »Aber du auch! Du mehr als er!«

Man sah, wie glücklich ihn das machte.

»Dass du das sagst«, erwiderte er, »wo du der einzige Mensch bist, der darunter leidet.«

Nach einer Weile sagte Ilse:

»Du musst sehr glücklich sein!«

»Jetzt, wo du es weißt, ja! – Und nie ist ein Mensch stolzer und freier vor seine Richter getreten als ich.«

Ilse sah, wie viel stärker er war als sie. Gewiss, auch sie war stolz auf ihn und seine Tat, aber das vermehrte nur die Schmerzen, die sie in dem Gedanken litt, ihn nun für immer verlieren zu müssen.

Sie nahm ihre ganze Kraft zusammen, um jetzt, als er sie zum letzten Abschied in die Arme schloss, gefasst zu scheinen.

Er war fester und zuversichtlicher als zuvor und schien beinahe glücklich. Sie aber biss die Lippen aufeinander, schritt wankend den Gang entlang, hielt sich mühsam aufrecht, und erst als sie glaubte, dass er sie nicht mehr sehen konnte, lehnte sie sich an die Wand, führte die Hände vor das Gesicht und schluchzte laut auf:

»Großer Gott! Das ertrag' ich nicht!«

*

Stoelping war nach einer Weile wieder auf den Flur getreten. Mit anderen Gefühlen, schien ihm, wartete er heute darauf, dass Ilse von ihrer Begegnung mit Hempel kam.

Hielt sich bisher – worüber er sich genau Rechenschaft gab –, das Interesse, das er an ihr als Menschen hatte und für das Sympathie wohl kaum mehr die richtige Bezeichnung war, mit dem Interesse, das sie ihm in prozessualer Hinsicht bot, die Waage, so war es nun fast ausschließlich der Mensch, dessentwegen er jetzt voller Unruhe auf dem Korridor stand und sie erwartete. Und es war nichts anderes als Eifersucht, die ihn quälte, als Viertelstunde um Viertelstunde verging, ohne dass Ilse kam. Mehrmals überlegte er, ob er nicht aufgrund seiner Befugnis einfach dazwischentreten und der Unterhaltung ein Ende machen solle. Sein Instinkt bewahrte ihn davor.

Endlich sah er am Ende des Ganges einen Schatten, der langsam näher kam, und als er in der Helle eines Fensters war, erkannte er deutlich, dass sie es war. Leicht nach vorn gebeugt, ohne nach rechts oder links zu sehen, *glitt* sie mehr vorwärts, als dass sie die Füße setzte.

Stoelping ging ihr entgegen.

Sie sah ihn nicht.

Ist Ihnen was?«, fragte er und trat ihr in den Weg.

Sie fuhr erschrocken auf, sagte »wie?« und sah jetzt erst, dass es Stoelping war.

Bitte lassen Sie mich!«, sagte sie bittend und doch bestimmt.

Er trat zur Seite, und sie glitt, wieder nach vorn gebeugt, an ihm vorbei, den Gang entlang und verschwand durch die Tür, die auf die Straße führte.

Stoelping stand und sah ihr nach.

Er überlegte.

Sollte er ihr ein Geständnis abgelegt haben? Schoss es ihm sofort durch den Kopf – und im selben Augenblick stand auch schon wieder das Interesse für den Prozess bei ihm im Vordergrunde.

Einundzwanzigstes Kapitel.

Wie der junge Stoelping Ilse zum Sprechen brachte.

Stoelping ging wieder in sein Zimmer. Er setzte sich an den Schreibtisch, stützte den Kopf in beide Hände und überlegte:

Wenn ich sie jetzt bei mir hätte! In dieser Verfassung! Ihr Widerstand wäre schnell gebrochen, und sie sagte mir alles. – Lässt man ihr aber Zeit, und ist der erste Schreck überwunden, nimmt sich womöglich der Vater ihrer an, und kommt sie zur Ruhe, dann wird es schwer sein, sie zum Sprechen zu bringen. Und zwingen kann man sie nicht. Sie ist seine Braut und kann ihr Zeugnis verweigern, – davon also, dass ich diese Stunde geschickt nutze, hängt für den Prozess viel, vielleicht alles ab! – Er schloss für einen Augenblick die Augen: Ja! Entschied er, ich bin es meiner Karriere schuldig.

Aber im selben Augenblick kamen ihm auch schon wieder Bedenken. Wenn sie mir dadurch verloren ginge! Wird sie nicht den, der ihr das Geheimnis entlockt hat, hassen? Oder ist es etwa gerade dies Geheimnis, um das kein Dritter weiß, das sie womöglich noch fester mit ihm verbindet? Das, wenn es erst einmal heraus ist und die Welt es kennt, seinen Reiz verloren hat? – Wieder schob er die Stirn in Falten. – Ohne Zweifel! Entschied er, so ist es! Also heißt es *handeln*. Heute noch! Und zwar auf der Stelle.

Er drückte auf die Klingel, ließ sich Hut und Mantel bringen, befahl seinem Chauffeur, neben ihm Platz zu nehmen und fuhr mit der höchsten Geschwindigkeit, ohne sich durch die Warnungen der Polizisten aufhalten zu lassen, in der Richtung nach Wannsee.

Zwischen Hubertus und Paulsborn überholte er das Auto, in dem Ilse saß. Trotz der Kälte fuhr sie im offenen Wagen. Sie saß tief zurückgelehnt, die Augen halb geschlossen und sah nicht das Auto neben sich, an dessen Steuer Stoelping saß.

Erst jetzt, als er mit lauter Stimme dem Chauffeur »Halt!« zurief und beide die Bremsen anzogen, fuhr sie aus ihren Gedanken auf und sah erschrocken zu ihm hinüber.

»Fahren Sie!« wollte sie ihrem Chauffeur zurufen, aber sie brachte kein Wort heraus, saß wie gebannt auf ihrem Sitz und starrte ihn an, der kein Auge von ihr ließ.

Die Autos kamen zur gleichen Zeit zum Stehen. Im selben Augenblick sprang Stoelping auch schon aus seinem Wagen und stand vor Ilse, zog den Hut und sagte:

»Verzeihen Sie, verehrtes Fräulein, ich muss ein paar Worte mit Ihnen reden.«

»Nein! Nein!« wehrte Ilse, »nicht heute! Nicht jetzt! Ein andermal. Bitte, sagen Sie meinem Chauffeur, er solle weiter fahren.«

»Ja, ich begreife nicht ...«

»Ich habe nur eine Bitte: Lassen Sie mich jetzt allein.«

»Um alles in der Welt! Was geht mit Ihnen vor? Ich verlange ja keinen Dank für die Art, in der ich auf Ihre Gefühle Rücksicht nehme und Ihnen entgegenkomme; aber mich derart vor den Kopf zu stoßen, haben Sie, wie mir scheint, denn doch keine Veranlassung.«

»Gewiss nicht! Und es ist auch wirklich nicht meine Absicht, Sie zu kränken. Aber sehen Sie denn nicht, dass ich in einer Verfassung bin, in der ich niemanden sehen kann und allein sein muss?«

»Ich sehe es. Aber darum gerade will ich mit Ihnen sprechen. Es geht nicht, dass Sie sich sozusagen unter meiner Verantwortung zugrunde richten. Diese Besuche ...«

»Es war der letzte«, fiel ihm Ilse ins Wort.

»Wie?«, fragte Stoelping erstaunt, »warum, aus welchem Grunde?«

»Darf ich Sie erinnern, dass Sie mich der Pflicht enthoben haben, Ihnen zu berichten, was wir miteinander sprechen?«

»So hat *er* also den Anstoß dazu gegeben?«, fragte Stoelping und machte ein Gesicht, aus dem Ilse einen Vorwurf für Günther las.

»Nein!«, widersprach sie lebhaft, »er nicht! Bestimmt nicht. Bitte, glauben Sie mir das.«

Stoelping nützte das Interesse, das sie daran hatte, ihn zu überzeugen, aus.

»Da Sie mich bitten, so muss ich es wohl. Aber ich muss Ihnen sagen, – leicht fällt es mir nicht.«

»Ich gebe Ihnen mein Wort, es ist so,« beteuerte Ilse, »im Übrigen, wenn Sie es denn durchaus wissen wollen …«

»Aber nein,« wehrte Stoelping ab, »ich möchte nicht, dass Sie sich meinetwegen etwa bemühen und nicht bei der Wahrheit bleiben.«

»So!« fuhr Ilse auf, »nun, dann will ich es Ihnen sagen, was mich dazu gebracht hat, meine Besuche einzustellen.«

»Nun?«, fragte Stoelping.

»Niemand anders als *Sie*!«

»Da muss ich denn aber doch auf eine Erklärung dringen!«, forderte Stoelping, und Ilse erhob sich und erwiderte:

»Die sollen Sie haben.«

Er reichte ihr die Hand und half ihr aus dem Wagen.

»Warten Sie hier!«, rief er den Chauffeuren zu und ging mit Ilse in den Wald hinein.

»Ich bin sehr ungeduldig!«, sagte Stoelping.

»Sie waren bei meinem Vater!«

»Können Sie mir daraus einen Vorwurf machen, dass ich um Sie besorgt bin?«

»Gewiss nicht, aber da ich nun weiß, dass Ihre Besorgnis einem Gefühl entspringt, das ich nicht erwidern kann, so werden Sie begreifen, wenn ich von Ihrer Güte keinen Gebrauch mehr mache.«

Stoelping stutzte.

Dass Ilse so gerade heraus und so ohne jede Beschönigung sagen würde, was sie empfand, hatte er nicht erwartet; und die Einfachheit der Situation, die sie durch ihre Offenheit schuf, verwirrte ihn, der sich gerade in den kompliziertesten Gedankengängen am leichtesten zurechtfand.

»Darf ich Sie bitten, von dem einmal ganz abzusehen!«, bat er sie.

»Das ist es eben, was ich nicht *kann*. Ich bringe es nicht fertig, meine Gefühle und Gedanken je nach Zweckmäßigkeit einzustellen oder auszuschalten.« »Ich verlange nichts weiter, als dass Sie einen Augenblick lang mal an nichts anderes denken als an sich.«

»Und welches Interesse haben Sie daran?«

»Ihnen zu zeigen, dass ich, auch ohne dabei an mich zu denken, Ihren Vorteil im Auge habe.«

»Wirklich, ich lege keinen Wert auf diese Feststellung.«

»Dann bitte ich Sie, mir zu sagen, was Sie eigentlich gegen mich haben. Mein Interesse kann Sie doch unmöglich kränken?«

» *Ja, fühlen Sie das denn nicht?«*

»Nein«, erwiderte Stoelping und sagte damit die Wahrheit.

»Dann haben Sie noch niemals einen Menschen lieb gehabt.«

»Das ist wahr«, sagte er nachdenklich; – und ohne dass er es überlegte, setzte er versonnen hinzu: »Sie sind die Erste.«

Ilse erschrak, nicht über das, was er sagte. Sie kannte ja seine Absicht. Aber der Ton, in dem es herauskam und dessen Unmittelbarkeit und Echtheit sie fühlte, traf sie.

»Großer Gott!«, rief sie, »Sie tun mir leid.«

Stoelping stutzte. Was war das? Er führte die Hand vor die Augen und suchte sich zu orientieren. Wahrhaftig! Sein Gefühl war mit ihm durchgegangen. Das war ihm noch nicht vorgekommen. Das kannte er nicht an sich. Damals im Grunewald, als er dem Engländer den Sieg versperrte, stand er unter Suggestion, und der Anstoß kam nicht wie hier, von innen, sondern von außen.

Er biss die Zähne aufeinander und riss sich zusammen. Bedauern sollte sie ihn nicht, dann lieber hassen. Aus Hass konnte Liebe werden. Mitleid mit einem Manne war der erste Schritt zur Verachtung.

»Warum also kränkt Sie mein Interesse?«, fragte er sie noch einmal.

»Weil Sie den Wunsch und die Macht und am Ende gar die Pflicht haben« – sie blieb stehen und holte tief Atem – »ihn zu vernichten.«

»Sie müssen darüber hinweg«, sagte Stoelping, »und sollten mit aller Gewalt gegen Gefühle ankämpfen, die Sie immer wieder dahin zurückziehen.«

»Wirklich? Sollte ich das?«, fragte Ilse und lächelte wehmütig.

»Ja!« drängte Stoelping», und zwar mit allen Mitteln!«

»Und wie müssten wohl diese Mittel aussehen?«

»Darf ich es sagen?«

»Gewiss!«

»Nun denn: Ich wäre solch Mittel! Wenn Sie sich überwänden und mir folgten! Ich würde Sie mit aller Rücksicht und Sorgfalt umgeben. Sie würden sich nicht mehr, wie jetzt, eigenwillig jeder Einsicht verschließen. Mein stärkerer Wille würde nicht nur Ihr Gefühl, sondern auch Ihre Gedanken zwingen. Sie würden, was hinter Ihnen liegt und tot ist, vergessen. Ein neues Leben würde für Sie beginnen! Und in der Kraft meiner Liebe läge die Bürgschaft, dass Sie glücklich würden.«

Ilse geriet in starke Erregung. Als wenn sie seine Nähe unangenehm empfände, trat sie ein paar Schritte zur Seite, sah ihn verächtlich an und sagte:

»Wissen Sie, an wen ich denken muss, wenn ich Sie so vor mir sehe und mit anhören muss, was Sie da reden? Gerade *Sie!* – An Gloster, nachmals Richard III. Der Vergleich ist hart, aber was Sie tun, ist so gewissenlos, so niederträchtig, etwas, was mir so gegen das Gefühl geht, dass ich mich für Sie schäme.«

Stoelping war am Ersticken. Als wenn ein paar Eisenklammern ihm die Gurgel zuschnürten, traf ihn jedes

Wort, das Ilse sprach. Was er seit zwanzig Jahren fühlte, woran er wie an einem unentrinnbaren Schicksal schleppte, wofür er keine Erklärung hatte, – das brachte diese Frau auf eine Formel. Und wie sie die einzige war, die ihn erkannte, so würde sie – das fühlte er alle Tage deutlicher – auch die einzige sein, die ihn wandeln könnte. Denn dafür, dass sich das wandeln ließ und von außen an ihn gekommen war, dafür bürgten Vater und Mutter und darüber hinaus, deren Eltern, die bis ins sechste Glied hinauf keinen Tropfen fremden Blutes aufwiesen. – Und stärker als je war es in dieser Stunde Stoelpings Wille, sich diese Frau, die ihm ein seltener Zufall in den Weg geführt hatte, zu erobern. – Er wusste, dass die Ausschaltung Hempels die Vorbedingung jedes Erfolges war, und so holte er denn zu einem letzten verzweifelten Schlage gegen ihn aus.

»Wenn Sie durchaus das Bedürfnis fühlen, sich für jemand zu schämen«, sagte er höflich, aber bestimmt, »dann glaube ich, gibt jemand, der Ihnen leider näher steht als ich, mehr Grund dazu.«

»O nein«, erwiderte Ilse lebhaft, »da irren Sie gewaltig, Herr von Stoelping. Das Gefühl, das ich für die Tat Dr. Hempels habe, ist durchaus etwas anderes als Scham oder gar Verachtung.«

»So?«, sagte Stoelping, »das ist sonderbar. Ich glaubte, Sie wären eine Frau, die sich ihr klares Urteil auch da bewahrt, wo ihre Gefühle beteiligt sind.«

»Das tut sie auch,« erwiderte Ilse. »Und Sie dürfen mir aufs Wort glauben, dass ich die erste wäre, die ihn verurteilen würde, und die letzte, die ihn in Schutz nähme, wenn ich nicht wüsste, dass ich es mit gutem Gewissen tun kann.«

»Ich enthalte mich jedes Urteils, schon um Sie nicht zu kränken. Aber Sie werden mir doch trotz Ihrer Liebe, die Sie, ohne dass Sie es wissen, blind macht, nicht bestreiten, dass ein gemeines Verbrechen aufseiten des Täters eine gemeine Gesinnung voraussetzt.«

»Ist es ein gemeines Verbrechen, die Menschheit von einem Vampir zu befreien?«

»Mord bleibt Mord, und um es anders einzuschätzen, dazu verlange ich von dem Täter den Mut, dass er unbekümmert um die Folgen offen bekennt und stolz vor seine Tat tritt ...«

Ilse zitterte vor Erregung.

»... nicht aber, dass er sich feige verborgen hält und sich durch seine Dialektik vom Galgen loszudiskutieren sucht – *wie er es tut.*«

»Kennen Sie denn die Gründe!«, rief Ilse zitternd und ganz verzweifelt und war mit ihrer Beherrschung, die sie mühsam aufgebracht hatte, zu Ende.

»Es kann nichts geben, was sein Verhalten entschuldigt«, erwiderte Stoelping. »Es ist sehr wohlfeil, sich berufen zu fühlen, die Welt von einem Vampir zu befreien und das eigene Leben dabei zu schonen. Ich habe auch Verständnis und menschliches Gefühl für manches, was nach außen wie ein Verbrechen wirkt. Solcher Art Helden aber sind erbärmlich und gehören einfach in die Kategorie der Meuchelmörder.«

Ilse war dicht an ihn herangetreten und nahe daran, ihm die Fäuste ins Gesicht zu schlagen.

»Schweigen Sie!«, schrie sie, »und hören Sie mich an! Sie sollen ihn kennenlernen! Ich will Sie auf die Knie vor ihm zwingen! Er schont sein Leben, meinen Sie? O nein, er opfert es für einen anderen.«

Stoelping hielt es für angebracht, ungläubig zu lächeln. Das machte ihre Verzweiflung vollkommen.

»Sie glauben es nicht? Weil Ihnen die Größe dazu fehlt! Er aber hat sie! –« *Und nun erzählte sie leidenschaftlich und in großer Erregung, wie alles sich zugetragen hatte. –*

Stoelping stand dabei und ließ sie reden und hörte sie an mit dem Gefühl eines Feldherrn, dem der Feind unter seinen Augen in die fein gestellte Schlinge geht.

Und der Augenblick kam, wo sie mit ihrer Verteidigung zu Ende war.

»So, nun wissen Sie, was für ein Mensch er ist!«, schloss sie und war außer Atem.

Eine Pause entstand.

»Freilich«, erwiderte Stoelping und sah sie an, » *nun weiß ich alles.«*

Da zuckte Ilse zusammen, riss Augen und Mund weit auf, führte die Hände vors Gesicht, taumelte und rief:

»Großer Gott! Was habe ich getan!«

Stoelping trat an sie heran, sie lehnte an einem Baumstamm und stierte vor sich hin, war steif und unbeweglich, hielt noch immer Mund und Augen offen und ließ es sich gefallen, dass er sie am Arm nahm und zu ihrem Wagen führte.

Er half ihr hinein, und als sie im Wagen saß, nahm er ihre Hand und küsste sie.

Dann rief er dem Chauffeur zu:

»Fahren Sie das gnädige Fräulein nach Haus!«

*

Er selbst fuhr mit der Absicht, nicht zu denken, über zwei Stunden lang in rasendem Tempo die Kreuz und Quer.

Es war spät Nachmittag, als er nach Hause kam.

Er trug dem Diener auf, dafür zu sorgen, dass er bis zum Abend ungestört blieb. Er ging in sein Zimmer, löschte das Licht und warf sich auf die Chaiselongue. Jetzt wollte er denken und versuchen, sich über die Lage klar zu werden, die nun plötzlich eine ganz andere war.

Zweiundzwanzigstes Kapitel

Wie der alte Schott dem jungen Stoelping ins Gewissen redete

Geheimrat Schott beriet sich mit seinem Freunde, dem bekannten Strafrechtslehrer Klotz, einem Schüler Liszts, in seinem Arbeitszimmer über Maßnahmen zugunsten Hempels und sprach über die Rolle, die er und seine Tochter voraussichtlich in dem Prozesse spielen würden.

»Ich an deiner Stelle«, sagte Klotz, »nähme mir mein Kind und machte mit ihm eine Reise um die Welt und häufte Eindruck auf Eindruck und blieb so lange fort, bis sie diesen Hempel vergessen hat.«

»Du kennst mein Kind nicht«, erwiderte Schott, »ich aber kenne es und weiß, dass, es gewaltsam in Zerstreuungen stürzen, ihren Schmerz vertiefen heißt. Je größer der Kontrast ist, umso deutlicher wird ihr ihr Unglück vor Augen treten. Hier aber, wo sie sich ihm und seinem Schicksal nahe fühlt, wird sie sich am ehesten zurechtfinden. Tiefer Schmerz muss sich ausleben; nur oberflächliche Naturen können sich ihm entziehen. Und oberflächlich ist jeder Schmerz, den Eindrücke ablenken, die von außen kommen.«

»Dann steht es freilich schlimm um sie«, sagte Klotz.

»Und doch ist es mir lieber, sie ist so«, erwiderte der Geheimrat, »als wenn die bunten Feste in den Gärten von Tokio oder die Karnevalsspäße von Nizza ein wirksames Gegengift für ihre Gefühle wären.«

In diesem Augenblick wurde, ohne vorheriges Klopfen, die Tür aufgerissen – der Geheimrat und der Professor sprangen auf –, und Ilse, der der Wind während der Autofahrt Haar und Schleier zerzaust hatte, stürzte ins Zimmer.

»Jetzt ist alles verloren!«, rief sie ihrem Vater zu», und zwar durch mich!«

Schott, der täglich von Neuem bewunderte, wie Ilse gegen ihren Schmerz anging und sich beherrschte; und der wusste, dass sie gerade in Dingen, bei denen es um das Gefühl ging, große Worte hasste, sah sofort, dass hier Besonderes sich geeignet hatte. Er ging auf sie zu, legte den Arm um sie, mühte sich ruhig zu scheinen und sagte:

»Du bist ja ganz außer Atem, Kind; so komm doch erst zu dir.«

Er schob einen Sessel heran, und als Ilse sich gesetzt hatte, nahm er ihre Hand, streichelte sie und sagte:

»Was es auch ist, mein Kind, du hast mich, und wir werden alles miteinander tragen, auch das Schwerste.«

»Also denke«, begann Ilse, » *Günther hat mir alles erzählt,* was außer ihm und ...« sie besann sich und sah zu Professor Klotz hinüber. Der stand auf.

»Sie nehmen es mir nicht übel?«, fragte Ilse.

Klotz schüttelte teilnahmsvoll den Kopf, trat an Ilse heran und drückte ihr die Hand.

»Ich bin immer für Sie da«, sagte er, nickte Schott zu und ging.

»Du *weißt also alles*?«, fragte der Geheimrat, als Klotz draußen war.

»Ja, Vater, aber ich gebe dir mein Wort, Günther ist der Mensch, für den du und ich ihn immer gehalten haben.«

»Ich habe keinen Augenblick daran gezweifelt.«

»Auch wenn er jetzt verurteilt wird?«

»Du fürchtest ...?«

»Ja!«, sagte Ilse, », und zwar *durch mich.*«

»Was soll das heißen?«

»Also nicht wahr, ich wusste nun alles! Günther hat nichts getan, was nicht alle Welt billigen und bewundern muss; – aber nach dem Gesetz, da wird es bestraft, – auch wenn es an sich eher Lohn verdiente.«

Der Geheimrat begann zu begreifen.

»Ich war sehr lange bei ihm«, fuhr Ilse fort, »wohl eine Stunde. Es war ja das letzte Mal. Ich habe alles mit an-

gehört, Vater, und mich gehalten, obschon mir schwarz
vor den Augen war. Dann bin ich hinausgewankt, ohne
dass ich noch recht wusste, was eigentlich geschehen
war, so hatte das alles auf mich gewirkt; denn denken
konnte ich nicht. Ich weiß nur, im Gange irgendwo, da
stand plötzlich Stoelping vor mir und sprach mich an.
Was er sagte, weiß ich nicht. Ich schob ihn, glaube ich,
zur Seite und ging weiter. – Und dann saß ich im Auto
und wollte nach Haus. Unterwegs schrie plötzlich jemand, und mein Wagen hielt, und vor mir stand wieder
dieser Stoelping. Ich bat ihn, mich allein zu lassen; aber
er redete auf mich ein – und dann gingen wir, ohne dass
ich mich erinnere, warum ich aus dem Wagen stieg, miteinander. Und er redete mir zu, Günther zu vergessen
und an ihn zu denken. Ich war, glaube ich, sehr schroff
und sagte Nein. Da fing er an, Günther schlecht zu machen. Das reizte mich. Ich widersprach. Wir kamen in
Streit. Wenigstens schien es mir so. Schließlich schmähte
er Günther und schalt ihn feige und nannte seine Tat
gemein und verächtlich. – Und ich, noch voll von dem,
was ich wusste, trat für ihn ein und *erzählte ihm alles.*«

So ein Lump! Lag es dem Geheimrat, der Stoelping zu
durchschauen glaubte, auf der Zunge, aber er sprach es
nicht aus, sondern sagte:

»Ich fahre sofort zu ihm. Er wird keinen Gebrauch davon machen. – Es sei denn, er muss es nach dem Gesetz.«

»Dann ist alles verloren! Nicht nur Günther. Auch andere. Und die Idee, für die er gelebt hat!«

Schott stellte sich mit Rücksicht auf seine Tochter zuversichtlicher als er war. Er sorgte dafür, dass Ilse etwas aß, sich niederlegte und ihm versprach, nichts zu unternehmen, bevor er von Stoelping zurückkehrte.

*

Stoelping kannte sich nicht wieder. Wie hatte er diesen Augenblick herbeigesehnt! Was hätte er nicht alles für den Erfolg dieses Prozesses, an dem seine Karriere hing, geopfert. Auf den Sport, ohne den er geglaubt hatte, niemals leben zu können, auf alle Frauen der Welt hätte er, ohne Überwindung, zeitlebens verzichtet – wenn es ihm den Erfolg dieses Prozesses verbürgte.

Nun war er da, der Erfolg! Lückenloser in der Form und größer in Wirkung und Bedeutung, als er und sicherlich auch der Minister es erwartet hatten. Er hatte den Nachweis seiner Befähigung erbracht. Besser als jetzt konnte er sich nie für den diplomatischen Dienst qualifizieren. Seine Übernahme ins Auswärtige Amt war nicht mehr zweifelhaft. Er hatte allen Grund, mit sich zufrieden zu sein.

Und doch wurde er des Erfolges nicht froh; war verstimmt und bedrückt. Nicht dass er sich über die Mittel, die er in Anwendung gebracht hatte, Gedanken machte. Danach zu fragen wäre ihm nie in den Sinn gekommen. Der Erfolg entschied. Und der war bei ihm. Das Natürliche und Nächstliegende wäre gewesen, dass er auf dem nächsten Wege zum Minister gefahren und ihm Vortrag über das Ergebnis seiner Tätigkeit gehalten hätte! Aber was ihn zurückhielt und ihn um die Freude seines Erfolges brachte, war die Gewissheit, dass in demselben Augenblick Ilse für immer für ihn verloren war. Das hätte er sich nicht träumen lassen, dass er einer Frau wegen seinen Aufstieg auch nur um einen Tag verzögern würde. Und nun fehlte ihm Ilse wegen Lust und Initiative, eine Gelegenheit zu nutzen, die ihm ermöglichte, sich mit einem Schlage durchzusetzen.

Immer wieder suchte er sich zu einem Entschluss aufzuraffen. Dass er ihn fassen, und wie er aussehen würde, wusste er. Er war dem Gesetz beinahe dankbar, dass es ihm keine Wahl ließ. Aber im nächsten Augenblick beherrschten ihn auch schon wieder seine Gefühle, und er verwünschte das Gesetz, das er gerade in Bezug auf politische Verbrechen, deren Unterdrückung oft im Interesse des Staates liegen konnte, kurzsichtig und unklug fand.

Da klopfte der Diener und meldete, dass ein Herr draußen sei, der sich durchaus nicht abweisen ließe.

Stoelping warf einen Blick auf die Karte, sprang von der Chaiselongue auf und sagte:

»Ich lasse bitten!«

Geheimrat Schott trat ins Zimmer. Beide verbeugten sich.

»Darf ich Sie bitten, Platz zu nehmen?«, fragte Stoelping.

»Danke!«, erwiderte der Geheimrat und blieb nahe der Tür stehen. Den Mantel hatte er draußen abgelegt, den Hut hielt er in der Hand.

»Sie haben mir gestern Ihren Besuch gemacht, Herr von Stoelping. Die Verhältnisse zwingen mich, ihn heute zu erwidern. Der Grund Ihres gestrigen Besuches war das Geständnis, dass Sie mein Kind lieben. Der Grund meines Besuches ist, Ihnen zu sagen, dass mein Kind in Gefahr ist. In unmittelbarer Gefahr, Herr von Stoelping! Und wie ich hinzusetzen darf: durch Sie!«

Stoelping fuhr zusammen. Und Schott, der die Wirkung seiner Worte sah, hielt einen Augenblick inne. Dann fuhr er fort:

»Ob Sie meinem Kinde das Geständnis nun fahrlässig oder wissentlich entlockt haben, bleibt sich gleich. Sie hätten die Wirkung voraussehen müssen. Was, frage ich Sie, gedenken Sie zur Rettung meines Kindes zu tun?«

Stoelping schwieg.

»Darf ich um Antwort bitten?«, sagte der Geheimrat.

»So schlimm steht es um sie?«, fragte Stoelping, »das habe ich allerdings nicht vorausgesehen.«

»Ein Beweis, dass Sie mein Kind nicht kennen. Sie hätten sich sonst sagen müssen, dass es unmöglich weiterleben kann, wenn dieser Hempel durch ihre Schuld verurteilt wird.«

»Sie glauben also nicht, dass es noch gelingt, sie von ihm abzubringen? – auch jetzt nicht, wo sie weiß, was ihn erwartet?«

»Abbringen?«, erwiderte der Geheimrat, »ich kann mir denken, dass man jemand durch Argumentation von einer falschen Idee abbringt; aber ich weiß nicht, wie Sie es sich vorstellen, eine Frau, die Herz und Charakter hat, von ihrer Liebe abzubringen, weil über den Mann, den sie liebt, ein unglückliches Schicksal hereingebrochen ist.

Oder wollen Sie sagen, dass er ihrer Liebe nicht mehr
würdig ist? Wäre das der Fall, dann brauchte weder ich,
noch ein Dritter sich zu bemühen; meine Tochter wüsste
dann selbst, was sie zu tun hätte.«

»Früher hätte ich es so beurteilt«, erwiderte Stoelping.
»Unbedenklich hätte ich ihn verurteilt und für unwürdig erklärt. Heute ist mir, als hätte ich zwei Augen mehr
im Kopfe. Als sähe ich alles außer mit *meinem* Verstande
auch durch *den* Ihrer Tochter. Oder besser wohl durch
ihr Herz. Und sage mir oft: Was würde sie in diesem o-
der jenem Falle wohl fühlen. Und ich weiß immer die
Antwort. Mehr als einmal habe ich mich schon dabei ertappt, wie ich, ohne meinen Verstand zu fragen, *einfach
durch sie* gefühlt habe. Das ist es ja, was mich zu ihr hin-
zieht: diese unmittelbare Einwirkung, die aus mir das
macht, was mir fehlt. – Aber das sind Dinge, die Sie
nicht fassen können, und die nur der fühlt, den sie angehen.«

Er drückte die Hand an die Stirn und fuhr sich über die
Augen, als wenn er sich auf andere Gedanken bringen
wollte, dann fuhr er fort:

»Sehen Sie, darum kann ich diesen Dr. Hempel heute
innerlich auch freisprechen, – ich kann ihn sogar bewundern. Eine Größe liegt darin und eine Selbstentsa-
gung, die ich nicht aufbringe – nie aufbringen werde –,
es sei denn, dass Ihre Tochter –« er hielt inne, schüttelte
den Kopf und schloss die Augen –, »aber davon wollen
wir nun nicht mehr sprechen.«

»Das also sind Sie?«, sagte der Geheimrat. Und der
veränderte Ton, in dem er es sagte, und der Ausdruck

seines Gesichts verrieten seine Teilnahme. Er ging auf ihn zu und reichte ihm die Hand.

»Herr von Stoelping«, sagte er, »ich habe Sie verkannt. Ich glaube jetzt zu ahnen, was in Ihnen vorgeht. Ich erkenne die unbewusste Einwirkung meines Kindes. Was bei Ihnen jetzt in Fluss kommt, wie das lebendige, warme Gefühl gegen starre Vorurteile des Verstandes ankämpft, Ihre ganze innerliche Bewegung, alles das zeigt mir, was in Ihnen vorgeht. Und ich glaube Ihnen nun auch, dass Ihr Gefühl für mein Kind, mag Sie anfangs auch das Interesse an dem Prozess geleitet haben, wahr und aufrichtig ist.«

»Ich bin sehr froh, dass Sie das erkennen«, erwiderte Stoelping, »ich selbst staune ja über die Wandlung, die mit mir vorgeht oder sich doch zum Mindesten vorbereitet. Sie sehen, ich gebe mich Ihnen, wie ich bin. Das tat ich noch niemandem gegenüber. Aber jetzt, wo es sich, wie Sie sagen, um das Leben Ihres Kindes handelt, da muss jede andere Rücksicht schweigen.«

»Sehen Sie einen Ausweg?«, fragte der Geheimrat und setzte sich.

Stoelping ging im Zimmer umher und überlegte.

»Ich weiß nicht, ob Sie die gesetzlichen Bestimmungen kennen? Da ist nicht herumzukommen.«

«Ich kenne sie«, erwiderte der Geheimrat.

»Wenn Ihr Fräulein Tochter widerriefe! Es wäre ja immerhin möglich, dass sie in einem Zustande der Überreizung gehandelt und in ihrer Erregung mehr gesagt hat, als sie vertreten kann. Dann wäre, wenn sie in aller Form erklärte, dass das alles nur so eine Idee von ihr

gewesen sei, zum Mindesten doch ihr Verantwortungsgefühl nicht das gleiche, – wennschon natürlich die Wirkung ...«

»... dieselbe wäre,« ergänzte der Geheimrat. »Und damit wäre natürlich wenig geholfen.«

»Was ich weiß oder nach dem Widerrufe Ihrer Tochter
zum Mindesten vermute, darf ich natürlich, ohne mich
strafbar zu machen, nicht fallen lassen, bin vielmehr gezwungen, gesetzlich gezwungen, ihm nachzugehen.
Aber das könnte man ihr sagen – und auch vertreten–,
dass auch ohne ihre Äußerungen der Fall in allernächs-
ter Zeit seine völlige Klärung gefunden hätte. Und das
Verfahren abgekürzt zu haben – der einzige Vorwurf,
den sie sich machen kann –, heißt in solchem Falle ja
nur, dem Beteiligten die Qualen verkürzen. Wenn Ihre
Tochter diesen Erwägungen zugänglich wäre ...«

»Es gäbe nur einen Ausweg, die Tat meiner Tochter
ungeschehen zu machen«, erklärte der Geheimrat. »Dieser Ausweg setzt freilich voraus, dass Sie bereit sind, ein
großes Opfer zu bringen. – Ihre Liebe zu meiner Tochter
müsste also schon groß, ja selbstlos sein, wenn Sie sich
dazu bereitfinden würden.«

»Das wäre?«, fragte Stoelping.

»Dass Sie aus einem Grunde, der sich leicht finden ließe, die Weiterführung des Prozesses in dem Stadium, in
dem er sich heute früh befand – also vor Ihrer Unterredung mit meiner Tochter –, einem Ihrer Kollegen über-
ließen.«

Diese Forderung Schotts führte ihm noch einmal mit aller Deutlichkeit vor Augen, was für ihn auf dem Spiele

stand. Der Preis war reichlich teuer, wenn er bedachte, dass damit noch nicht einmal sein Zusammenschluss mit Ilse vollzogen war. Gewiss brachte ihn der Verzicht der Erfüllung näher, und die Wahrscheinlichkeit war groß, dass sich Ilse, wenn er dies Opfer brachte, ihm verpflichtet fühlen und vielleicht im Laufe der Zeit auch ihre Gefühle ihm zuwenden würde. Sicher aber war das nicht.

Andererseits aber gab er eine Chance auf, wie sie in diesem Leben gewiss nie wiederkehrte. Das wollte zum Mindesten bedacht sein. Auch war es ja nicht ausgeschlossen, dass es noch einen anderen Ausweg gab, als gerade diesen, und so sagte er denn:

»Ich will natürlich alles tun, Herr Geheimrat, was zur Beruhigung Ihres Fräulein Tochter führen kann. Ohne Rücksicht auf meine *Person*. Wie weit das auch für mein *Amt* zutrifft, vermag ich im Augenblick nicht zu entscheiden. Aber auch da bin ich zu jeder nur denkbaren Konzession bereit, die ich vor meinem Gewissen verantworten kann. Das will natürlich überlegt sein. Ich kann also, was Ihren Vorschlag anbelangt, im Augenblick weder ja noch nein sagen. Es ist ja auch möglich, dass sich ein anderer Ausweg findet, der, ohne so radikal zu sein, die gleiche Wirkung tut.«

»Sie werden keinen anderen finden«, erwiderte der Geheimrat. »Und da Sie wissen, was für mich auf dem Spiele steht, so begreifen Sie auch, wenn ich Sie bitte, Ihre Entscheidung jetzt zu treffen. Ich kann nicht zu meinem Kinde zurück ohne eine bestimmte Antwort von Ihnen.«

»Sie sollten mir nicht derart die Pistole auf die Brust setzen«, erwiderte Stoelping. »So sehr ich mich in Ihre Lage versetzen kann, – ein wenig Rücksicht auf meine Situation sollten Sie auch nehmen.«

»Sie haben diese Situation selbst geschaffen, Herr von Stoelping. In der Verfassung, in der Sie meine Tochter antrafen, hätten Sie sie nicht einmal dann anhören dürfen, wenn sie aus eigener Initiative, ohne jede Einwirkung von Ihrer Seite, die ja doch zweifellos vorlag, gesprochen hätte.«

In diesem Augenblick ging die Tür, und der Diener meldete:

»Fräulein Ilse Schott.«

Stoelping und der Geheimrat sprangen auf.

Ilse trat ein; festen Schrittes ging sie auf Stoelping zu, sah ihm in die Augen und sagte:

»Ich muss mit Ihnen sprechen, Herr von Stoelping.«

Stoelping verbeugte sich und erwiderte:

»Bitte.«

Der Geheimrat war an Ilse herangetreten.

»Ich glaube, du darfst Vertrauen zu Herrn von Stoelping haben«, sagte er, – »er meint es aufrichtig mit dir und wird alles tun, um den Vorgang von heute Mittag ungeschehen zu machen.«

Es schien, als ob diese Worte auf Ilse ohne Eindruck blieben. – Sie nahm die Hand ihres Vaters und sagte:

»Bitte, lass mich und Herrn von Stoelping ein paar Augenblicke allein.«

»Was hast du nur?«, fragte der Geheimrat.

»Ich will ihn um etwas bitten. Du erfährst es später. – Ich bitte dich, geh!«

»Was hast du vor, Ilse? Übereile nichts! Du bist augenblicklich nicht in der Verfassung, um ruhig zu erwägen. Du solltest daher mit mir sprechen, ehe du handelst.«

»Mach' dir keine Gedanken, Vater. Ich bin wieder vollkommen ruhig, wirklich! Ich bin mir ganz klar über alles.«

Der Geheimrat wandte sich an Stoelping.

»Dann rechne ich auf Sie, Herr von Stoelping. Sie werden der Stimmung meiner Tochter Rechnung tragen. Sie sind der einzige, der ihr helfen kann.«

»Und helfen *wird*!« ergänzte er die Worte des Geheimrats.

Sie gaben sich die Hand; der Geheimrat küsste Ilse auf die Stirn, dann ging er hinaus. Stoelping begleitete ihn zur Tür.

Auf der Diele sagte der Geheimrat:

Lassen Sie sich nicht durch ihre Ruhe täuschen. Schonen Sie mein Kind! Ich will weder drohen, noch bitten: Aber über Sie kommen die Folgen, Herr von Stoelping, wenn sich mein Kind etwas zuleide tut. Sie allein tragen die Verantwortung.«

»Beruhigt es Sie, wenn ich Ihnen sage, dass ich mit meinem Leben für das Ihres Kindes einstehe?«, fragte Stoelping. »Hätten Sie mich in Gegenwart Ihrer Tochter gebeten, den Prozess abzugeben, ich glaube, ich hätte nicht gezögert, ja zu sagen.«

»Wirklich?«, sagte der Geheimrat erfreut, »wenn ich also meine Bitte wiederhole?«

»Dazu bleibt noch immer Zeit; lassen Sie mich erst den Vorschlag Ihrer Tochter hören.«

Er führte den Geheimrat in die Bibliothek, die im ersten Stockwerk lag und eilte dann zu Ilse zurück, die noch immer an demselben Fleck stand, zur Tür sah und seine Rückkehr erwartete.

»So, gnädiges Fräulein, da bin ich wieder. Und damit Sie es gleich wissen: Bin ich in der Lage, Ihre Bitte zu erfüllen, so wird es geschehen. Ihnen zuliebe tue ich alles!«

Ilse sah ihn an.

»Wollen Sie mir das versprechen?«, sagte sie.

Und ohne zu überlegen, gab er ihr die Hand und sagte:

»Ja!«

»Können Sie das Verfahren gegen Dr. Hempel niederschlagen?«, fragte sie.

Stoelping stutzte.

»Es wäre eine ...«

»Ich will nicht wissen, was es wäre«, unterbrach sie ihn. »Nur ob Sie – rein technisch oder juristisch oder sonst wie – in der Lage dazu wären, möchte ich wissen.«

»An sich schon. Ich müsste den Antrag auf Einstellung des Verfahrens stellen und begründen; und die Beschlusskammer würde nach meinem Antrage beschließen, sie tut es immer!«

»Und Sie könnten es ihr in diesem Falle besonders leicht machen, wenn Sie aus der Rechtsfrage eine Frage des Gewissens machten.«

»Das ist leider nicht meines Amtes«, erwiderte Stoelping, »wir müssen uns an den Buchstaben des Gesetzes halten.«

»Als Staatsanwalt schon, aber nicht als Mensch! Mir zu Gefallen seien Sie in diesem einen Falle einmal Mensch, auch wenn Sie es nicht sein dürfen.«

»Ihr Herr Vater hatte einen anderen Ausweg; er meinte, wenn ich die Weiterführung des Prozesses einem Kollegen übertrüge – und zwar in seinem gestrigen Stadium –, dass dann die Vorgänge des heutigen Tages nicht bekannt zu werden brauchten.«

Ilse schüttelte den Kopf.

»Es gibt in diesem Stadium keine Kompromisse mehr. Ja, fühlen Sie denn nicht, dass alles Halbe hier zwecklos ist und nur die Qual verlängern heißt? Lieber trete ich, um ein Ende zu machen, schon morgen vor die Richter und wiederhole alles ...«

»Sie haben als seine Braut das Recht, die Aussage zu verweigern!«

»Ich bin nicht mehr seine Braut!« erwiderte Ilse. »Wir haben das Verlöbnis gelöst. *Ich bin frei* – das ist es ja, was mir den Mut gibt, Sie zu bitten – das allein, *dass ich über mich verfügen kann.*«

Jetzt erst verstand Stoelping.

»Sie *wollen* ...?«, fragte er und trat auf sie zu.

Ilse schüttelte den Kopf.

»Nein!«, sagte sie, »ich will nicht. – Aber Sie können mich zwingen. – Den Preis kennen Sie. – Überlegen Sie's! – Können Sie's so – ohne mein Opfer – bringen Sie so viel Größe auf – niemand wird froher sein als ich – vielleicht, dass ich's Ihnen dann doch noch einmal danke, wenngleich ich nicht glaube, dass meine Gefühle jemals andere werden.«

»Was Sie von mir fordern«, erwiderte Stoelping, »und was Sie mir bieten, das ist – jedes an sich – so ungeheuer viel – so einschneidend und so bestimmend für mein Leben, eins wie das andere, dass ich unmöglich gleich jetzt dazu Stellung nehmen oder mich gar entscheiden kann.«

»Gewiss«, erwiderte Ilse, »das sehe ich ein. Und es liegt mir fern, etwa auf Ihre Entschließung einzuwirken. – Das müssen Sie mit sich selbst abmachen. Genau, wie ich es getan habe, bis ich zu dem Entschluss gekommen bin. Da kann einem kein Dritter, selbst wenn er es noch so gut meint, raten. Denn wie es in einem aussieht, das weiß man am Ende ja doch nur selbst.«

»Wenn ich wüsste, es wäre für Sie kein Opfer – ich glaube, dass der Entschluss mir leichter fiele; obschon mir der Gedanke eines Rechtsbruchs – und der bliebe es, auch wenn man vielleicht in diesem Falle mit seinem Gewissen nicht in Konflikt geriete ...«

»Das alles erwägen Sie«, unterbrach ihn Ilse, »und sobald Sie sich entschieden haben – das wird ja wohl bis morgen möglich sein –, dann sagen Sie ›ja‹ oder ›nein‹; zu begründen brauchen Sie's nicht, das eine so wenig, wie das andere. – Wollen Sie das tun?«

»Ja!«, versprach Stoelping. »Eins nur wüsste ich gern. Nehmen Sie an, ich sagte: nein. Was geschähe dann mit Ihnen? Was würden Sie tun?«

»Über das, was ich tue, falls Sie sich gegen mich entscheiden, schulde ich Ihnen keine Rechenschaft. Entscheiden Sie sich aber für mich, so würde ich es als die Aufgabe meines Lebens betrachten, Sie dem Manne ähnlich zu machen, für den ich mich opfere; und wenn ich sehe, dass sie mir gelingt, darin Befriedigung finden. – Sie sehen, ich täusche Ihnen keine Gefühle vor. Ich bin ganz offen. Ich fühle auch Ihnen gegenüber meine Verantwortung.«

»Ihm ähnlich,« wiederholte Stoelping halblaut vor sich hin, nickte mit dem Kopf und sagte:

»Morgen früh werden Sie meine Antwort haben.«

Sie gab ihm die Hand und sagte:

»Danke!«

Dann führte er sie hinaus und rief den Geheimrat, dem er auf seine erregte Frage: »Also – was ist?« zur Antwort gab: Bis morgen wird sich alles klären.«

Der Geheimrat nahm Ilse unter den Arm und verließ mit ihr das Haus.

Dreiundzwanzigstes Kapitel

Wie sich der junge Stoelping für Ilse entschied

Stoelping ging in sein Zimmer zurück, schloss sich ein und setzte sich an den Schreibtisch, stützte den Kopf in die Hände und dachte nach.

Es war mitten in der Nacht, als er einen Briefbogen aus dem Schreibtisch nahm, zur Feder griff und schrieb:

»Mein sehr verehrtes und gnädiges Fräulein!

In dem Konflikt, in dem in dieser Stunde mein Herz mit meinem Gewissen liegt, ist die Entscheidung gefallen. Um es vorweg zu sagen: Weder die Aussicht auf eine große Karriere, noch die Pflicht meines Amtes, das mir ohne Rücksicht auf Sentiments einfach gebot, zu *handeln*, haben gegenüber dem Gefühl, das mich in Gedanken an Sie bewegt, etwas auszurichten vermocht.

Ich versichere Sie, dass es bis zum heutigen Tage Pflicht und Ehrgeiz waren, die allein mein Denken und Handeln bestimmten. Wie stark muss ein Gefühl sein, das die Kraft hat, beide auszuschalten!

Ich erfülle also Ihren Wunsch und schlage das Verfahren nieder.

Ernster und schwerer war die zweite Frage. Würde ich die Größe aufbringen, um Verzicht zu leisten? Ich empfand die Notwendigkeit, es zu tun, denn ich fühlte, dass auf den Preis bestehen, mich Ihnen verächtlich machen musste. *Kreuzigen Sie mich*: Aber ich bringe die Kraft nicht auf!

Um das zu verstehen, müssten Sie mich besser kennen. Weder ist es Berechnung, die nur Logik kennt, noch Verliebtheit, die sich der Vernunft verschließt, noch gar Eigensinn, der keine Gegengründe duldet, – es ist vielmehr die unerschütterliche Erkenntnis, *durch Sie ein anderer zu werden*!

Wenn Sie das doch verstehen könnten! Sie würden dann zum Mindesten nicht verächtlich von mir denken. Sie würden über das Verständnis hinaus mir vielleicht sogar Ihre Sorgfalt und Ihr Interesse zuwenden!

Ich hatte es beinahe aufgegeben, gegen Regungen anzukämpfen, die instinktiv in mir zum Ausbruch kamen und mich fühlen und oft auch handeln ließen, dass ich mich vor mir selber schämen musste, ohne dass ich die Kraft hatte, es zu ändern. Doch wozu brauche ich Ihnen das zu erzählen? Ihnen gerade, die Sie die Wirkungen davon an sich selbst zu spüren bekamen? Dabei wusste und sah ich genau, wie andere handelten und dachten und mühte mich, solange ich denken kann, ihnen nachzustreben. Aber ich brachte es nicht fertig, meine Person hintanzustellen und eine Sache um ihrer selbst willen zu tun. Ich verfiel immer wieder meinen Instinkten, und so sehr mich bei anderen Unwahrhaftigkeit, Neid, Selbstsucht und Heuchelei abstieß und verletzte, – immer von Neuem ertappte ich mich selbst dabei und fühlte, dass es mir *gegen die Natur* ging, wenn ich mich hin und wieder zwang, anders zu handeln, als ich es meinem Gefühl nach musste.

Da traten Sie in mein Leben. Und, um was ich andere beneidete, das fand ich in Ihnen zehnfach gesteigert. Und da geschah das Sonderbare! Ich empfand es so stark, dass sich die Wirkung nicht wie bisher in Form von Neid und Zorn äußerte, dass ich vielmehr deutlich spürte, wie in mir ein Gefühl sich regte, *das auf eigenem Boden wuchs*! Die erste *unmittelbare* Wirkung ging von Ihnen aus! Ich brauchte mir nun nicht mehr mittels des Verstandes vorzustellen, wie dem zumute war, der fühlte wie Sie! Ich begann, es selbst zu fühlen! Wenn auch mehr im Unterbewusstsein und noch kaum bemerkbar, so doch deutlich genug, um zu wissen, dass, wenn überhaupt ein Mensch die Kraft hat, mich zu wandeln und zu dem zu machen, was Selbstzucht und Erziehung nicht zuwege brachten, *dass dann Sie es sind*!

Das, Fräulein Ilse, ist der Grund, aus dem ich um meiner selbst willen, auf die Bedingung, deren Erfüllung Sie in Aussicht stellten, nicht verzichten kann.

Ich werde Ihnen mit aller Rücksicht begegnen und Ihnen mit meiner Liebe nicht zur Last fallen. Erst wenn ich weiß, dass ich Sie damit nicht kränke, will ich Ihnen sagen, was Sie mir bedeuten.

In   Aufrichtigkeit   Ihr
Willi von Stoelping.«

*

»Sehr geehrter Herr Doktor!

Auch ich will Ihr Opfer nicht mit meinem verquicken.

Dass Sie sich entschlossen haben, mir zuliebe zu handeln, ist, was Dr. Hempel und daher auch mich betrifft, in seiner Wirkung so bedeutsam, dass ich Ihnen von Herzen dafür danken muss.

Dankbar aber bin ich Ihnen auch, dass Sie mir die Gründe nennen, aus denen Sie auf mein Opfer nicht verzichten können. Die Gründe leuchten mir ein, und *so schwer* ich unter Ihrer Entschließung leide, so würdige ich doch die Gesinnung, der sie entspringt und bin weit entfernt, Sie Ihres Entschlusses wegen zu verachten. Vielmehr geben mir Ihre Gründe die Gewähr, dass Sie die Rücksicht, zu der Sie sich verpflichten, auch wirklich auf mich nehmen werden.

Unter dieser Voraussetzung wiederhole ich hiermit meine Bereitwilligkeit zur Ehe, bitte Sie aber, den formellen Schritt erst dann zu tun, wenn Dr. Hempel in Freiheit ist. Die Erledigung der Prozessformalitäten werden ja wohl einige Zeit in Anspruch nehmen. Das Gebot der Vorsicht und Hempels seelische Verfassung werden ihn nach seiner Freilassung nicht einen Tag lang in Berlin dulden. Dann werde ich Mittel und Wege finden, das Band zu lockern und es allmählich ganz zu lösen: in einer Form, die weder ihn zur Verzweiflung treibt, noch mich der Verachtung preisgibt. Eins wie das andere wird für uns beide die Vorbedingung einer Annäherung sein.

Dass ich mit meinem Vater alles bespreche, wissen Sie. So kennt er auch Ihren Brief und meine Antwort. Anfangs hat er versucht, mich umzustimmen. Er hat es schließlich aufgegeben und sich damit abgefunden. Umso leichter, als ich mich in seiner Gegenwart so zusammennehme, dass er – so fein er sonst alles fühlt, was mich angeht –, nicht merkt, wie schwer ich in dem Gedanken an die Zukunft leide. Diese Unaufrichtigkeit, die mich viel Überwindung kostet, ist notwendig, da ich weiß, dass Vater meinen Schritt sonst niemals billigen würde.

Wie weit es möglich und geboten sein wird, Ihre Eltern über die tatsächlichen Verhältnisse aufzuklären, kann ich nicht beurteilen. Sollten Sie ihnen – was ich vermute, und was wohl auch im Interesse aller das Beste ist – nichts von den traurigen Begleitumständen unserer Ehe sagen, so dürfen Sie bei mir auf so viel Rücksicht rechnen, dass ich auch ohne Liebe im Herzen in jeder Situation die Korrektheit aufbringe, die Ihre Eltern von der Frau ihres Sohnes erwarten dürfen. Ich werde Tag und Nacht an mir arbeiten, um mich in eine Welt einzustellen, die so abseits von all den Gefühlen liegt, die mich in so starkem Maße bewegen, dass ich nur dann durchhalten kann, wenn ich von Ihnen Rücksicht und Zurückhaltung erfahre.

Ich werde mich Ihnen immer so geben, wie ich bin; wird dadurch Ihre innere Wandlung, die Sie ersehnen und über die Sie sich in Ihrem Briefe so wohltuend freimütig auslassen, gefördert, so werde auch ich darin sicherlich eine Befriedigung finden.

Ich erwidere Ihre Grüße, Herr von Stoelping, und bin Ihre ergebene

Ilse Schott.«

*

An einem der nächsten Tage besuchte Stoelping mit seinen Eltern den Geheimrat.

Alle wussten von dem bevorstehenden Schritt, der aber selbst in diesem engsten Kreise noch nicht als vollzogen galt. So wahrte jeder die Form, und man unterhielt sich über alles, nur über das, was außer Ilsen jeden auf der Zunge lag, schwieg man sich aus.

Als Stoelping wieder in ihrem Wagen saßen, strahlte der Alte und sagte:

»Wenn du mich gefragt hättest, Ella, wie wünscht du dir mal deine Schwiegertochter, dann hätte ich sie dir, ohne dass ich sie kannte, akkurat so beschrieben wie dieses Fräulein Schott.«

Und Frau Ella nickte und sagte:

»Fein und hübsch ist sie und gut erzogen und auch klug und zu ihrem Vater zärtlich und voller Sorgfalt; aber von einer großen Liebe zu unserem Jungen habe ich nichts gemerkt.«

»Ich bitt' dich«, widersprach Stoelping, »wo sie das erste Mal mit uns zusammen war und doch alles noch geheim ist, woran willst du da sehen, dass sie ihn liebt.«

»Man hat das so im Gefühl – wir waren auch heimlich verlobt – nicht mal die Eltern wussten's, aber das hat uns nicht abgehalten, auch wenn sie dabei saßen, uns heimlich mal einen Blick zuzuwerfen oder uns sogar die Hände unterm Tisch zu reichen. Das Fräulein Ilse aber hat unseren Jungen die ganze Zeit über auch nicht ein einziges Mal angesehen; ich habe sie ganz genau beobachtet.«

»Andere Zeiten!«, erwiderte der alte Stoelping. »Du bist altmodisch! So was gibt es heut nicht mehr. Das ist Romantik.«

»I was, verliebte Leute betragen sich heute genau so töricht wie vor hundert Jahren – und wenn irgendwo junge Menschen zusammen sind, die sich lieben, da mögen sie sich noch so gut verstellen, man merkt's doch.«

»Warum will sie ihn denn heiraten, wenn sie ihn nicht liebt. So ein Mädchen bekommt alle Tage einen Mann.«

Frau Ella nickte.

»Das sag' ich mir ja auch! – Und trotzdem ...«

»I was!«, unterbrach sie der Alte, »ich lass mir die Freude nicht verderben. Mir gefällt sie, und dann – ich möchte mal wissen, warum sollte sie unseren Jungen denn *nicht* lieben?«

»Da hast du recht!«, sagte Frau Ella und gab ihm die Hand: » *Warum* sollte sie ihn nicht lieben. Ich will verständig sein und mich mit dir freuen.«

»Bravo!«, sagte der Alte und drückte ihr kräftig die Hand. »Es soll zum Guten sein! –«

»Gott geb's!«, sagte Frau Ella, aber es war, als wenn es ihr schwer von Herzen kam.

Vierundzwanzigstes Kapitel

Wie der alte Stoelping zum alten Schott kam

Am nächsten Morgen bat der alte Stoelping den Geheimrat telefonisch um eine Unterredung.

Eine Stunde später saßen die Väter in Schotts Arbeitszimmer. Der Geheimrat bot seinem Gast eine Zigarre an; dann sprachen sie von ihrem Beruf und ihren Pflichten, von ihrem Werdegang und ihrer Jugend, bis sie auf den europäischen Krieg zu reden kamen, den beide, Stoelping als Rittmeister bei den 7. Husaren, Schott als Oberleutnant bei den Oldenburger Dragonern, mitgemacht hatten.

Sie redeten sich, wie immer, wenn zwei Veteranen von 1915 auf diesen Krieg zu sprechen kamen, warm und tauschten Erinnerungen über Erinnerungen aus. Und als sie feststellten, dass sie bei Masuren in derselben Division gestanden und gesiegt hatten, da drückten sie sich die Hände und umarmten sich wie zwei Jugendfreunde, die sich längst aus den Augen verloren hatten, die aber bei der ersten Begegnung gleich wieder den alten Herzschlag spürten und glaubten, es sei erst gestern gewesen, dass sie sich zum letzten Male gegenübersaßen. Und von selbst schwand der förmliche Ton; zwei Kameraden saßen sich gegenüber.

Als die Zimmeruhr schlug, fuhren beide auf und stellten fest, dass sie beinahe zwei Stunden lang zusammensaßen.

»So haben wir die Zeit verplaudert, lieber Freund«, sagte Stoelping, »ohne von dem zu sprechen, was mich zu Ihnen führt! – Meine Frau und ich sind sehr entzückt von Ihrer Tochter und billigen nach jeder Richtung die Wahl unseres Sohnes.«

»Auch ich habe allen Grund, zufrieden zu sein«, erwiderte der Geheimrat. »Ihre Familie gibt mir die Gewähr, dass der erste Grundsatz: Art zu Art, erfüllt ist. Das ist immerhin eine gewisse Garantie dafür, dass derselbe Geist in beiden Häusern herrscht. Und darin liegt, wenn zwei Menschen nicht *zu* verschieden voneinander sind, meines Erachtens schon immer die Grundlage für gegenseitiges Verständnis, ohne das ein Zusammenleben intellektueller Menschen ja unmöglich ist.«

Das, was der Geheimrat da sagte, ließ nicht gerade auf große Liebe vonseiten Ilses schließen, dachte Stoelping, und er erinnerte sich der Wahrnehmungen seiner Frau, die er in den Worten des Geheimrats bestätigt fand.

»Ich glaube, aufseiten meines Sohnes doch für mehr und, wie mir scheint, für das Glück zweier Menschen Wesentlicheres, als nur für die gleiche geistige und gesellschaftliche Sphäre einstehen zu können. Ich habe den Eindruck, dass seine Gefühle für Ihre Tochter tief und aufrichtig sind; und zwar habe ich ganz bestimmte Gründe, das zu glauben.«

»Das freut mich zu hören«, erwiderte der Geheimrat, der klug genug war, um aus Stoelpings Worten einen leisen Vorwurf herauszuhören. »Meine Tochter besitzt alle Eigenschaften, einen Mann, den sie achtet, glücklich zu machen. Sie ist gut und klug, und das scheint mir für das Glück einer Ehe wichtiger als die sogenannte große Liebe, die oft auf ganz falschen Vorstellungen beruht – sowohl was den Gegenstand der Liebe anbelangt, wie die Ehe selbst – und von der, wenn die Feiertagsstimmung erst dem Alltag weicht, meist nicht viel mehr übrig bleibt als ein lebenslänglicher Katzenjammer.«

»Darin stimme ich Ihnen durchaus bei«, sagte der alte Stoelping, »und kann Ihnen, der ich sein Vater und Vorgesetzter in gleicher Person bin, versichern, dass mein Junge nicht nur gescheit ist, sondern auch Herz hat; nie ist mir das deutlicher geworden als gerade jetzt, bei dieser Ehe. Ich weiß nicht, ob Sie seine Ambitionen kennen; er will zur Diplomatie, und es war immer seine Absicht, sich durch Heirat den Weg in die diplomatische Karriere zu bahnen. Da er alle Vorbedingungen erfüllt, so brauchte er sich nur umzutun – Gelegenheit gab es genug; das Haus jedes Ministers steht ihm offen. – Wenn er trotzdem die Tochter eines Gelehrten wählt, so ist das ein Zeichen dafür, wie stark sein Herz bei seiner Wahl beteiligt ist.«

»Auch ich kann Sie versichern, dass meine Tochter nicht, wie die meisten jungen Mädchen, die Ehe wie eine Überraschungen und Amüsement versprechende Reise in ein Land antritt, zu dem ihr der Zugang bisher verschlossen war. Sie weiß vielmehr ganz genau, dass sie Ihrem Sohne gegenüber Pflichten übernimmt.« »Ich bin davon überzeugt. Der Grund, aus dem ich zu Ihnen komme, ist denn auch ein anderer. Ich habe lange gezögert, da ich nicht wusste, auch jetzt noch nicht recht weiß, ob ich ein Recht – Sie werden im Gegenteil vielleicht sagen, dass ich sogar die Pflicht habe –, Ihnen eine Eröffnung zu machen, die vielleicht alle unsere Berechnungen über den Haufen wirft.«

»Sie machen mich neugierig«, sagte der Geheimrat.

»Zuvor müssen Sie mir versprechen, und zwar ohne Rücksicht darauf, wie Sie sich entscheiden, dass mein Sohn von dem, was ich Ihnen jetzt sagen werde, nichts erfährt.«

Er streckte dem Geheimrat die Hand hin, der schlug ein.

»Es handelt sich um nichts Geringeres als um die Herkunft meines Sohnes. Wenngleich ich damals alle Formalitäten so erledigt habe, dass weder mein Sohn noch sonst jemand jemals zu erfahren braucht, was sich vor 25 Jahren zugetragen hat, so lässt es mir doch jetzt, wo er im Begriff steht, sich mit Ihrer Tochter zu verloben, keine Ruhe. Es mag eine Dummheit, vielleicht sogar ein Verbrechen an ihm sein,« – er zog die Schultern in die Höhe –, »möglich, sogar wahrscheinlich! – ich kann mir nicht helfen: Es drängt und muss heraus.«

»Was bedeutet denn das?«, fragte der Geheimrat, »ich verstehe kein Wort.«

»Also, hören Sie. Ich hatte damals, als der europäische Krieg ausbrach, einen Jungen ...« Und nun erzählte er den ganzen Hergang, bis zu der Stunde, wo der vierjährige William Smith als Sohn in das Haus der Frau von Stoelping kam. Und er schloss:

»Ich bekenne ohne Weiteres, dass diese Eröffnung wichtig genug ist, um auf Ihre und Ihrer Tochter Entschlüsse einzuwirken.«

Der Geheimrat hatte den Alten, ohne ihn auch nur ein einziges Mal zu unterbrechen, angehört. Jetzt saß er vornübergebeugt, den Kopf in die Hand gestützt, tief in Gedanken.

»Also Engländer väterlicher- und mütterlicherseits«, sagte er halblaut vor sich hin, und laut fügte er hinzu: »Sie verdienen alles Lob für das, was Sie aus ihm gemacht haben.«

»Meiner Frau gebührt das, nicht mir,« erwiderte Stoelping.

»Und er ist nie durch Zufall oder ein Papier oder einen Bekannten darauf aufmerksam gemacht worden?«

»Dafür hab' ich gesorgt. Durch besondere Beziehungen habe ich erreicht, dass er mit allen Rechten an die Stelle meines verstorbenen Sohnes Willi getreten ist, dessen Namen er auch trägt. Der Engländer William Smith existiert nicht mehr, auch nicht in England. Zwei Vettern in London, die darum wissen, sind abgefunden und haben auf jeden weiteren Anspruch verzichtet. Ich habe gerade noch dieser Tage, als mir mein Sohn von seinem Heiratsprojekt erzählte, an meinen Anwalt in London geschrieben, er soll sich auf der Präfektur nochmals davon überzeugen, dass kein Mann namens William Smith, der mit meinem Sohn identisch ist, mehr in den Büchern geführt wird.«

»Sie glauben also, dass ihn die Wahrheit arg erschüttern würde? Ich habe gerade den Eindruck, dass er Mannes genug ist, um die Wahrheit zu ertragen!«

»Jede! Nur nicht die! Das haben wir mit unserer Erziehung, die natürlich alle angeborenen Eigenschaften zu bekämpfen und restlos auszumerzen suchte, erreicht. Es vergeht nicht ein Tag, an dem er nicht stolz sein Deutschtum betont und gleichzeitig sein ›Gott strafe England‹ betet. Unser ganzes Leben war nur ein Zittern, er könnte jemals etwas von seiner Herkunft erfahren. In dieser Besorgnis haben wir schon oft versucht, gegen seinen Hass anzukämpfen; er ist zu tief, zu überzeugt – er wird zeit seines Lebens unverändert bleiben.«

»Wie in uns allen,« ergänzte der Geheimrat. »Und wenn Ihre Sorgfalt hier wirklich mit Erfolg alle angeborenen Eigenschaften unterdrückt hat – in seinem Unterbewusstsein leben sie gewiss fort; denn sie liegen im Blute und lassen sich vielleicht zurückdrängen, nie aber ausmerzen.«

»Ins Gegenteil kehren lassen sie sich«, widersprach Stoelping, »das ist es ja, was wir bei unserem Sohne alle Tage wahrnehmen können.«

Der Geheimrat schüttelte den Kopf.

»Das liegt doch wohl anders«, sagte er. »Aber ein Verdienst für Ihre Frau und Sie ist es darum doch – nicht zuletzt natürlich auch für Ihren Sohn. Wenn ich mir vorstelle: Was muss der Ärmste an sich gearbeitet haben, um als Engländer so zu werden, wie er heute ist.«

»Ich kann also annehmen, dass Ihre Entscheidung dadurch keine Veränderung erfährt?«, fragte Stoelping.

»Wenn es mir gelingt zu vergessen, was Sie mir da eröffnet haben, und was ich – ich sage es ganz offen heraus – lieber nicht gehört hätte, dann ja. Den Gedanken, einen Engländer zum Schwiegersohn zu haben, würde ich, glaube ich, nicht ertragen.«

»So wenig, wie ich den Gedanken in Bezug auf meinen Sohn ertrüge. Aber ich versichere Sie, dass er mir nie kommt, in Jahren nicht ein einziges Mal. Und so wird es auch Ihrer Tochter gehen. Wenn etwas ihr auffällt, dann wird es seine ungewöhnlich starke Abneigung sein gegen alles, was englisch ist.«

»Trotzdem wird man es ihr jetzt, nachdem ich es weiß, sagen müssen«, erwiderte der Geheimrat. »Auch kann ich Ihnen nicht verhehlen, lieber Freund, dass es mich, je mehr ich darüber nachdenke, umso bedenklicher stimmt. Schließlich handelt es sich ja nicht nur um meine Tochter – man muss auch weiter denken –, der Gedanke, dass meine Tochter Kinder von einem englischen Vater zur Welt bringt, ist mir kaum erträglich. Ich habe sehr viel Verständnis für einen gesunden Kosmopolitismus, aber unter Ausschaltung Englands.«

»Ich gebe Ihnen mein Wort, dass Ihnen das niemand mehr nachfühlt als mein Sohn! Und wenn Sie mit Ihrer Tochter davon sprechen, dann bitte, heben Sie das alles so stark wie möglich hervor. Glauben Sie mir, was Sie nach dieser Richtung auch sagen werden, wird zu wenig sein.«

»Vielleicht ist es besser, Sie sagen es ihr selbst – und zwar jetzt gleich, in meiner Gegenwart.«

»Ich bin gern bereit dazu.«

»Nur eine Bedingung muss ich stellen. *Ich* habe Ihnen, ohne zu wissen, um was es ging, versprochen, dass ich schweige. Von meiner Tochter dürfen Sie das nicht fordern; vielmehr muss sie als die Nächstbetroffene, das Recht haben zu entscheiden, ob Ihr Sohn mit dieser Lüge in die Ehe gehen soll.«

Stoelping erschrak.

»Das ist eine schwere Forderung, Herr Geheimrat. *Wie* schwer sie ist, kann nur beurteilen, der sich, wie ich, 25 Jahre lang bemüht hat, ihm das zu ersparen.«

»Natürlich gilt das nur für den Fall, dass sich meine Tochter darüber hinwegsetzt. Tritt sie, was ich beinahe annehme, aufgrund Ihrer Eröffnungen zurück, so wird sich für ihren Rücktritt ein anderer Grund finden lassen.«

»Da weiß ich, bei aller Sympathie für Ihre Tochter, fast nicht, was ich wünschen soll«, sagte der Alte. »Denn es lässt sich einfach nicht voraussehen, wie mein Sohn auf diese Eröffnung reagieren wird.«

»Dasselbe gilt für meine Tochter. Denn wenn ich auch sonst immer weiß, wie etwas auf sie wirkt – in diesem ungewöhnlichen Falle habe ich nicht einmal eine Vermutung.«

Er rief den Diener und ließ Ilse zu sich bitten.

Im selben Augenblick öffnete sich auch schon die Tür, und Ilse trat ins Zimmer. Der alte Stoelping stand auf und ging ihr entgegen.

»Herr von Stoelping kommt deinetwegen«, sagte der Geheimrat.

Ilse tat durchaus nicht erstaunt.

»Sie wissen also ...?«, fragte sie.

»Ja, mein Fräulein, und ich möchte Ihnen sagen, auch im Namen meiner Frau, wie sehr wir uns der Aussicht freuen, Sie als die Braut meines Sohnes ...« und dem alten Stoelping schien es, als wenn in diesem Augenblick ihre Hand, die er eben zur Bekräftigung seiner Worte fester drücken wollte, zu zittern begann, »... bei uns aufnehmen zu dürfen.«

Er ließ die Hand jetzt los, die sie schnell zurückzog, und wartete auf eine Antwort. Aber Ilse stand unbeweglich und sah ihn an, als warte sie, dass er noch etwas sagen würde.

Eben wollte der Geheimrat das Schweigen, das immerhin peinlich war, brechen, als Ilse den Vater ansah. Und in einem Ton, in dem weniger Angst als frohe Erwartung lag, fragte:

»Ist es so weit, Vater?«

Der alte Stoelping, der sie missverstand oder – da er ja die Abmachungen seines Sohnes nicht kannte –, missverstehen *musste*, erwiderte:

»Ich freue mich sehr, dass Sie den Augenblick herbeiwünschen, uns werden Sie jederzeit willkommen sein.«

»Sie sind sehr liebenswürdig«, erwiderte Ilse, »aber das hängt ja wohl von Ihrem Sohne – oder doch von Umständen ab – ich meine von seiner amtlichen Tätigkeit; er hatte ja, glaub' ich, noch einen Prozess, der ihn in Anspruch nahm, und den er erst zu Ende führen wollte!«

»So ist er!«, sagte der alte Stoelping, »gewissenhaft bis zur Pedanterie. Als wenn so ein Prozess einem davonliefe!«

Aber Ilse verteidigte ihn.

»Sie tun ihm unrecht. Wenn jemanden ein Vorwurf trifft, so bin ich es. Wirklich, er nimmt jede Rücksicht auf mich, und ich habe allen Grund, ihm dankbar zu sein.«

Der Geheimrat machte dem Gespräch ein Ende.

»Herr von Stoelping hat dir etwas Ernstes zu sagen,« wandte er sich an seine Tochter, »höre ihn ruhig an. Sage nicht ja, nicht nein; denn du wirst im Augenblick gar nicht imstande sein, die Bedeutung abzuschätzen. Das will in Ruhe überlegt und in all seinen Folgen bedacht sein.«

Ilse, die nur *einen* Gedanken hatte, dachte sofort an Günther. Wenn er etwa die Abmachungen seines Sohnes kannte und nun kam, um ihr auseinanderzusetzen, was sie längst wusste: dass das nicht ginge, dass er sich strafbar mache, dass es ihre Pflicht sei, ihn davon zurückzuhalten, dass auf diese Weise statt *eines* Menschen *drei* unglücklich würden – sie war entschlossen, allen Einwürfen, die gewiss logisch und verständig und berechtigt waren, damit zu begegnen, dass sie erklärte: Ich habe sein Wort! Schriftlich habe ich es! Und wenn er Ehre im Leibe hat, dann muss er es halten!

Sie setzten sich, und Stoelping erzählte noch einmal den ganzen Hergang, vom Beginn des Krieges an bis zu dem Tage, wo der elternlose Knabe in sein Haus kam, wie er bei ihnen aufwuchs, unter Leitung der Eltern alles abstreifte, was fremd und nicht deutsch an ihm war; wie sein Charakter sich bildete, und wie er in seiner Gesinnung immer fester wurde, so tief in seinem deutschen Empfinden und so stark in seinem Hass gegen England, dass er ihnen, den Eltern, schon beinahe darin zu weit ging. Und Stoelping versicherte am Schluss:

»Hätte er sich, was ja trotz unserer Erziehung immerhin möglich war, anders entwickelt, so wäre es ein Betrug und ein Verbrechen von mir gewesen, wenn ich ihm die Ehre gelassen hätte, Deutscher zu sein. Ich hätte ihm dann den ganzen Hergang erzählt und ihn dahin zurückgeschickt, wohin er gehörte. Es wäre dann eben ein Engländer *mehr*, ein Deutscher *weniger* auf der Welt. – Gewiss, das wäre für mich und vor allen Dingen für meine Frau eine schmerzliche Enttäuschung gewesen, und wir sind beide froh, dass es anders gekommen ist.« – Der alte Stoelping war ordentlich erschöpft, atmete tief auf und sagte:

»So, mein verehrtes Fräulein, das war das, was ich Ihnen von meinem Sohne zu sagen habe. Nun entscheiden Sie, ob Sie, nachdem Sie das wissen, noch glauben, seine Frau werden zu können.«

Ilse begriff nun erst, was in dem jungen Stoelping vorging; und die inneren Konflikte, von denen er in seinem Briefe sprach, und für die sie bisher kein Verständnis gehabt hatte, wurden ihr jetzt klar. Ein aussichtsloser Kampf war das! Denn nur eine verständnisvolle Leitung und selbstlose, opferwillige Hingabe – und die setzte Liebe voraus auf *beiden* Seiten – konnte die inneren Kämpfe zu dem Ende führen, das er ersehnte. Alles andere musste versagen; das bewies am besten die Selbsttäuschung des alten Stoelping, dessen fünfundzwanzigjährige Mühen so ohne jeden Erfolg geblieben waren.

Und da Ilse wusste, dass sie ihn nie lieben würde, so wurde sie nachdenklich. Er fing an, ihr leid zu tun. Sie überlegte, ob es nicht gewissenlos von ihr war, dass sie ihm durch diese Ehe für immer die Möglichkeit nahm, ein anderer zu werden. Es war ja nicht ausgeschlossen, dass, wenn sie jetzt zurücktrat, Stoelping eines Tages seine Gefühle einer anderen zuwandte. Vielleicht, dass die dann seine Gefühle erwiderte und bewirkte, was eben nur beiderseitige große Liebe bewirken konnte.

Diese Gedanken beschäftigten Ilse, während der alte Stoelping den Eindruck festzustellen suchte, den seine Erzählung von der Herkunft seines Sohnes auf sie machte. Nicht ein einziges Mal hatte sie ihn unterbrochen, hatte weder Erstaunen geäußert, noch Fragen gestellt. Und als er zu Ende war und sie mit einer gewissen Feierlichkeit fragte, ob sie nach alledem noch glaube, seine Frau werden zu können, da antwortete sie und dachte dabei nicht an seine Abstammung, sondern nur an ihre Verantwortung:

»Sie kennen Ihren Sohn? Ist er wankelmütig? Besteht seinem ganzen Charakter nach die Möglichkeit, dass er sich bald in eine andere verliebt?«

»Ich habe den ganz bestimmten Eindruck, dass er ein Gefühl wie dies nur einmal in seinem Leben aufbringt.«

»Das beruhigt mich,« erwiderte Ilse.

»Beruhigt dich?«, fragte der Geheimrat erstaunt. »Wenn du wüsstest, dass ihm ein Verzicht leicht fällt, müsste dich das doch weit mehr beruhigen.«

»Wieso?«, erwiderte Ilse und fuhr sich mit der Hand über Stirn und Augen und dachte nach. »Natürlich, du hast ja recht, das wäre ja weit beruhigender ...« sie sah ihn an. »Du meinst also, ich hätte die Pflicht ...? Oder wie meinst du das?«

»Wem gegenüber?«, fragte der Geheimrat, der natürlich die Gedanken seines Kindes nicht erriet.

»Das geht alles so durcheinander«, sagte Ilse und war sich klar, dass ihre Verantwortung für Stoelpings Glückseligkeit in keinem Verhältnis zu ihren Pflichten gegenüber Günther stand, für den weit mehr als nur das Leben auf dem Spiele stand. Und so sagte sie denn:

»Herr von Stoelping, es tut mir leid; aber ich habe das Wort Ihres Sohnes; ich habe es schriftlich. Ich bestehe darauf! Und wenn er ein Ehrenmann ist, so wird er es halten.«

Stoelping und der Geheimrat sahen sich an.

»Aber mein liebes Fräulein«, sagte der Alte, »er ist ja weit entfernt, es zu brechen.«

»Nun also!«, erwiderte Ilse.

»Ja, aber du bist ja gar nicht im Bilde«, sagte der Geheimrat besorgt, »du bist mit deinen Gedanken ja ganz wo anders! Hier handelt es sich darum, dass Stoelping gar nicht der natürliche Sohn des Generalstaatsanwalts ist; er hat ihn nur angenommen – an Kindes Statt. – Verstehst du das?«

»Das habe ich wohl verstanden!«

»Aber das hast du wohl überhört, dass er seinem Blute nach Engländer ist?«

Überhört hatte sie's nicht; aber sie hatte nicht recht einen Begriff damit verbunden. Eben weil infolge der anderen Bedenken ihr nicht Zeit geblieben war, darüber nachzudenken. Jetzt, in dieser krassen, unvermittelten Form, in der der Geheimrat es vorbrachte, wirkte es stärker.

»Engländer?« wiederholte sie; »der Ärmste! – Aber ganz recht natürlich! Sie sagten es ja! Ich entsinne mich; das gab mir ja erst die Deutung für so vieles, was ich mir nicht erklären konnte.«

Und als der alte Stoelping nochmals beteuerte, dass nichts, aber auch nichts mehr in ihm sei, was an seine Herkunft erinnere, da lächelte sie, schüttelte den Kopf und sagte:

»Da irren Sie, Herr von Stoelping, davon ist noch viel in ihm.«

Als sie aber Stoelpings Entsetzen sah, milderte sie es mit den Worten: »Ich kenne mich übrigens darin nicht aus! Ich war nur ein einziges Mal in meinem Leben, und auch da nur ein paar Stunden lang, mit einer Engländerin zusammen, und zwar in der Dresdener Pension. Sie war, glaube ich, aus Birmingham. Da aber sämtliche deutsche und französische Pensionärinnen für den Fall ihres Bleibens mit Obstruktion drohten, so reiste sie abends wieder ab.«

»Das ist durchaus begreiflich«, meinte Stoelping, »und gerade bei meinem Sohne dürfen Sie bei Gefühlsäußerungen dieser Art auf volles Verständnis rechnen.«

»Du wirst nun also zu entscheiden haben«, sagte der Geheimrat zu seiner Tochter, »ob du glaubst, dich über die Herkunft des Herrn von Stoelping hinwegsetzen zu können.«

»Wenn Herr von Stoelping um seine Herkunft gewusst und sie mir verheimlicht hätte, so wäre das eine Unaufrichtigkeit, mit der ich mich schwer abgefunden hätte. Da er es *nicht* wusste, *heute* noch nicht weiß, und es, was ich ihm sehr wünsche, hoffentlich *nie* erfahren wird, so trifft ihn kein Vorwurf. Und was mich betrifft, – nun, ich werde versuchen zu vergessen, was Sie mir gesagt haben. – Ein bisschen Überwindung mehr – ich weiß ja so nicht, wie ich es ertragen werde!« – Sie erschrak, als sie wahrnahm, dass sie sich vergessen hatte. – »Sie verzeihen, Herr von Stoelping, was ich da sage, das steht natürlich damit in keinem Zusammenhang – ich habe Kummer und viel durchzumachen –, daher kommt es, dass ich zerstreut bin.«

»Kummer?«, fragte Stoelping teilnahmsvoll. »Oh, das tut mir leid – und weiß mein Sohn darum?«

»Gewiss! Er steht mir bei – er tut, was er kann – er ist sehr hilfsbereit; wirklich, ich bin ihm dankbar.«

»Ei tut nur seine Pflicht, wenn er alles versucht, um es Ihnen zu erleichtern.«

Ilse lächelte; um ihren Mund lag wieder der schwere, herbe Zug.

»Glauben Sie? – Ich weiß es nicht. Wer weiß denn überhaupt, ob er recht tut. Es ist sehr schlimm, wenn man jemanden wehtun muss. Ihm fällt es gewiss auch nicht leicht – so wenig, wie mir. Aber wir *müssen* eben beide! Und stehen beide unter einem Zwange – er, wie ich. Wenn Ursachen und Wirkungen auch noch so verschieden sind. Wenn jemand ihm nachfühlt, so bin ich's.«

Der alte Stoelping verstand kein Wort.

»Ja, was geht denn nur vor?«, fragte er und sah bald Ilse, bald den Geheimrat an.

»Glauben Sie mir, Herr von Stoelping, nichts, was wir nicht verantworten könnten; er sowohl wie ich. Wir werden zusammengehen, und Sie werden nie über mich zu klagen haben.«

»Ja, ist es denn etwas anderes als Liebe, was Sie zusammenführt?«, fragte Stoelping.

»Nein«, erwiderte Ilse und senkte den Kopf, » *die Liebe ist schuld daran!*« Der alte Stoelping stand auf und trat vor Ilse hin.

»Ich will nicht in Sie dringen, liebes Fräulein. Aber mir scheint, dass Sie Schweres durchmachen. Ob das mit meinem Sohn zusammenhängt, weiß ich nicht. Auch nicht, ob Ihr Vater darum weiß. Aber wenn Sie fühlen, dass Ihnen die Mutter fehlt, liebes Fräulein Ilse,« – und er legte die Hand auf ihren Kopf, »dann kommen Sie zu uns; es gibt keinen besseren Menschen als meine Frau. Wenn Sie sich quälen und sich nicht mehr zurechtfinden und sich verzweifelt fragen: »Wohin mit meinem Kummer?«, und Sie dann niemanden haben, der Sie versteht, glauben Sie mir, das Herz meiner Frau, die selbst viel gelitten hat, wird mit Ihnen fühlen.«

Ilse stand auf, ergriff die Hand des alten Stoelping, küsste sie und stürzte, während ihr die Tränen aus den Augen schossen, aus dem Zimmer.

»Ist sie oft so?«, fragte Stoelping den Geheimrat.

»Erst in letzter Zeit, es ist das viele Neue, das jetzt auf sie einstürmt. Ich hoffe, sie wird bald zur Ruhe kommen.«

»Was haben Sie für einen Eindruck? Sie kennen sie besser. Wie hat sie es aufgenommen?«

Der Geheimrat zog die Schultern in die Höhe:

»Das lässt sich schwer sagen.«

»Glauben Sie, dass ihre Erregung auch nur teilweise ihren Grund in meinen Mitteilungen hatte?«

»Kaum; mir schien es eher, als wenn sie sich in einer Art Anästhesie befinde. Sobald sie ruhiger geworden ist, werde ich noch einmal mit ihr davon sprechen.«

»Aber schonen Sie sie!«, bat der alte Stoelping, »sie scheint ein sensibler Mensch zu sein. Ich möchte nicht gern, dass man ihr mit einer Äußerung, die von uns kommt, wehtut. Wir alle werden jedenfalls jede erdenkliche Rücksicht auf sie nehmen.«

»Ich weiß, Herr von Stoelping, wohin mein Kind kommt, und dass es bei Ihnen gut aufgehoben ist.«

»Ich liebe so fein empfindsame Naturen. Sie haben ein reiches Innenleben. Und für jemanden, der es zu behandeln versteht, kann es die Quelle eines Glücks werden, die das ganze Leben lang ausreicht.«

»Das weiß niemand besser als ich«, erwiderte der Geheimrat.

»Ich kann Ihnen nachfühlen, wie schwer es Ihnen wird, sie fortzugeben.«

»Wenn ich wenigstens wüsste, dass sie glücklich wird.«

»Das kann Ihnen kein Mensch voraussagen. Aber hoffen wir's!« Er drückte dem Geheimrat die Hand und hatte das Gefühl, als wäre er in einem Trauerhause.

Unten vor der Tür nahm er den Hut vom Kopf und holte mehrmals tief Atem, um die Beklemmung loszuwerden. Dann erst stieg er in seinen Wagen, und während der sich in Bewegung setzte, sagte er laut vor sich hin:

»Das habe ich mir einmal anders gedacht!«

Fünfundzwanzigstes Kapitel

Wie Frau Ella das wahre Gesicht ihres Sohnes sah

Der alte Stoelping ging an diesem Abend seiner Frau aus dem Wege. Er wusste, dass sie aufsaß und voll Unruhe auf seine Rückkehr wartete; denn von dem Ergebnis dieser Unterredung hing für ihren Sohn – was sie mehr fühlte, als dass sie es wusste – viel, wenn nicht alles, ab.

Mit der Art, wie der Geheimrat und vor allem Ilse seine Eröffnung über Willis Herkunft aufgenommen hatte, war er zufrieden – und durfte es sein. Er berichtete telefonisch seiner Frau, sie könne sich ruhig schlafen legen, es habe sich alles ohne Verstimmung und leichter, als sie es erwartet hätten, erledigt. Ilse sei völlig ruhig, und sie solle es auch sein; auf ihn solle sie nicht warten, er bliebe in der Stadt und käme erst spät nach Hause.

Frau Ella atmete auf und zog, wie immer, wenn sie in guter Stimmung war, den alten Diener ins Gespräch und erzählte ihm, dass nun bald viel Leben ins Haus kommen werde.

»Dacht' ich's mir doch«, erwiderte der Diener, »dass irgendetwas im Hause vorgeht. Umsonst läuft doch der junge Herr nicht, statt zu schlafen, die halben Nächte lang in seinem Zimmer umher. Und während er früher, wenn ich des Morgens 'runter kam, meist schon an seinem Schreibtisch saß, schläft er jetzt so fest, dass er nicht wach zu kriegen ist.«

»Ist es möglich!«, rief Frau Ella erregt. »Und das haben Sie mir nicht längst gesagt? Dagegen muss etwas geschehen; damit richtet er sich ja zugrunde.«

Der Diener lächelte.

»Gnädige Frau können unbesorgt sein, so sind alle Männer, wenn sie verliebt sind. Da wird nur immer gedacht und gedacht – zum Schlafen hat man da keine Ruhe. – Aber gegen Morgen, da ist man dann wie zerschlagen und stände am liebsten überhaupt nicht auf.«

Frau Ella hatte ihrem Diener zugehört, als wenn es die tiefste Weisheit wäre, die er zum Besten gab. Längst quälten sie Zweifel, ob das Gefühl ihres Sohnes für diese Ilse auch wirklich tief genug für eine Ehe war. Ihr schien er stiller, ernster, in sich gekehrter als damals, als er mit seinen Gedanken bei Miss Harrison war. Freilich, wie schnell war das vorübergegangen! Fast zu schnell, so sehr sie es an sich gewünscht hatte. Und sie dachte damals, dass er in diesen Dingen doch recht oberflächlich, wenn nicht überhaupt eines tieferen Gefühls unfähig sei. Die schwere, versonnene Art, in der er jetzt umherging, als Liebe zu deuten, war ihr nie eingefallen. Und als der alte Diener jetzt sagte:

»Alles habe ich dem jungen Herrn zugetraut, aber dass er eines Tages sein Herz entdecken würde« – er schüttelte den Kopf –, »das habe ich nicht für möglich gehalten!«

Da dachte Frau Ella: Selbst er fühlt also, wie wenig Herz der Junge hat. Und weniger mit Rücksicht auf ihn als in Gedanken an Ilse Schott, deren nicht eben frohes Bild ihr Tag und Nacht vor Augen stand, ging sie jetzt trotz der späten Stunde am Arm des Dieners, den *sie* mehr stützte als *er* sie, zu ihm hinauf und blieb vor der Tür seines Arbeitszimmers stehen. –

Stoelpings Zimmer war halbdunkel, auf dem Schreibtisch, der einem Riesenberg von Akten glich, brannte eine elektrische Lampe. Die Fenster waren geschlossen, die schweren Vorhänge zugezogen. Stoelping saß, über die Akten gebeugt, las und blätterte; hin und wieder macht er sich Notizen. Aber schon nach ein paar Augenblicken lehnte er sich in seinen Sessel zurück, stützte den Kopf in die Hand, vergaß die Akten und dachte an Ilse. Oft zehn Minuten lang, bis er sich gewaltsam aus seinen Gedanken riss, sich wieder nach vorn über die Akten beugte, verzweifelt den Kopf schüttelte und ein anderes Aktenstück aufschlug. Das wiederholte sich einmal, ein zweites Mal und in Abständen, die immer kürzer wurden, stets von Neuem, bis er sämtliche Akten schließlich beiseiteschob, aufsprang und im Zimmer umherging.

Seine Karriere retten, ohne Ilse zu opfern – das war der eine und einzige Gedanke, der ihn fortgesetzt beschäftigte und ihn zu jeder anderen Arbeit unfähig machte.

Erwägungen diplomatischer Art gab es in Fülle, aus denen man einen politischen Prozess, der ohne Unruhe und Aufsehen zu erregen, nicht zu führen war, unterdrückte, wenn man seines Ausgangs nicht sicher war. Diese Erwägungen in geschickte Form zu kleiden, fiel ihm nicht schwer. Er brauchte den Stellen, die für ihn infrage kamen und Bedeutung hatten, nicht einmal die Erfolge seiner Untersuchung zu verheimlichen. Er konnte sie bis ans Ende aufzählen, sie in ein für ihn günstiges Licht rücken und ausführen, dass ihm der Beweis beinahe restlos, jedenfalls aber so weit wie überhaupt nur möglich gelungen sei. Ob freilich der Rest der Arbeit, der nicht ihm, sondern dem Gericht in der öffentlichen Verhandlung vorbehalten blieb, von diesem auch wirklich geleistet werden würde, entzog sich seiner Beurteilung. Um das zu beantworten, müsse er nicht nur den Geist der Kammer kennen, sondern auch die Zusammensetzung der Geschworenenbank. Und wenngleich er mit ziemlicher Sicherheit einen Erfolg verbürgen könne, so sei doch zu erwägen, ob es angesichts der Nachteile eines immerhin möglichen Freispruchs, die in keinem Verhältnis zu dem Vorteil einer Verurteilung ständen, politisch nicht klüger wäre, eine Affäre, an die kein Mensch mehr dachte, ruhen zu lassen. Und nun folgten die politischen Erwägungen, auf die er seinen ganzen Scharfsinn verwandte, und die ihm den willkommenen Anlass gaben, seine diplomatischen Fähigkeiten ins Licht zu rücken.

Nach zwei Tagen und drei Nächten, die er auf diese Arbeit verwandte; hatte er nun das bestimmte Gefühl, dass sie ihm gelungen war. Und er schloss sein Exposé mit den Worten:

»Nach alledem erfordert es die politische Klugheit, den Beklagten, ohne Rücksicht auf die geleistete Arbeit und das zusammengetragene Material, wenn er auch noch so schwer belastet erscheint, aufgrund mangelnden Beweises außer Verfolgung zu setzen.«

Seit vorgestern lag das Exposé, das über zwanzig Oktavseiten stark war, auf seinem Schreibtisch. Gestern schon wollte er damit zum Minister. Er hatte das Schriftstück schon in der Tasche – in der Haustür kehrte er um, ging wieder auf sein Zimmer, schloss sich ein, las und änderte, gab sich Rechenschaft über den Eindruck, entschied sich wieder für die erste Fassung, und wenn er es dann in ein Kuvert getan und sich eine Zeit lang gezwungen hatte, an etwas anderes zu denken, dann schoss ihm plötzlich der Gedanke durch den Kopf, das Schriftstück zu zerreißen und alles seinen natürlichen Gang gehen zu lassen.

Er sah seinen Aufstieg vor sich, fühlte sich schon in der Rolle, die er im politischen Leben spielen würde; er stellte sich vor, wie er die Kollegen ausstach und schließlich auch den Minister in den Schatten stellte, um dann eines Tages an seine Stelle aufzurücken. Er besaß das Zeug dazu, er wusste es; die Fähigkeiten und auch die Rücksichtslosigkeit, ohne die sich selbst das starke Talent nicht durchzusetzen vermochte. Und es gab dann Augenblicke, in denen er nicht begriff, dass er auf diese Chance ohne Not verzichten sollte.

In dieser Stimmung ging er eben wieder in seinem Zimmer umher und quälte sich, als die Tür, die heute unverschlossen war, aufging und Frau Ella zu ihm ins Zimmer trat.

Stoelping erschrak.

»Was ist?«, fragte er, »dass du so spät noch ...«

»Es ist nichts,« beruhigte sie ihn. »Ich bin allein und wollte dir, bevor ich schlafen gehe, nur Gute Nacht sagen.«

Aber Stoelping sah ihr an, dass sie beunruhigt war.

»Wo ist Vater?«, fragte er.

»Er ist in der Stadt geblieben. Weshalb weiß ich nicht, auch nicht, mit wem er zusammen ist. Ich weiß nur, dass er nachmittags bei Schotts war ...«

»Wie?«, rief Stoelping interessiert und völlig verändert, »bei Schotts? Warum? Was wollte er da? Was ist mit ihnen? Hat er Ilse gesprochen?«

Frau Ella lächelte zufrieden. Mehr als alle Worte zeigte ihr diese Erregung, wie sehr das Herz ihres Sohnes an dieser Ehe hing.

»Bist du so ungeduldig, es zu erfahren?«, fragte sie und sah ihn gütig an.

»Ich bitt' dich,« drängte Stoelping, »wenn irgendetwas sich ereignet hat – nicht wahr, das siehst du ein –, ich muss es doch wissen – ich zuerst. – Wenn sie etwa aus irgendeinem Grunde – man kann ja nicht wissen – vielleicht, dass sie es sich überlegt hat – sie ist ja Herr ihrer Entschließungen – aber ich habe ihr Wort – und wenn sie nicht glücklich ist, nicht wahr, Mutter, so kann sie's doch werden – du musst ihr das sagen – ich will auch auf alles andere verzichten. Und wenn es vielleicht auch Stunden gibt, wie eben wieder, bevor du kamst, in denen ich anders denke – ich gebe es zu – dagegen kann ich nicht an – *es sei denn durch sie.* – Siehst du, Mutter, das ist es: In dem Gedanken an *sie*, da bin ich plötzlich ein anderer Mensch – und fühle, wie du und Vater und ihr alle fühlt – und nicht wie sonst, so häufig, dass ich über mich selbst erschrecke und mich oft schäme und mir sage: Warum bist du so und nicht anders!«

»Aber mein Junge«, sagte Frau Ella begütigend und suchte ihn zu beruhigen, »was sind das für Reden! Du arbeitest zu viel, du bist überreizt, du musst dir mehr Ruhe gönnen. Du machst dich sonst krank.«

»Das wird ja alles anders! Verlass dich darauf – wenn sie erst bei mir ist. Aber erst beruhige mich, Mutter, und sage mir, dass nichts geschehen ist – oder weißt du was? – Hat sich irgendetwas geändert seit gestern?«

»Aber nein!«, versicherte Frau Ella, »ich weiß nichts, und ich glaube auch nicht, dass sich was verändert hat.«

Und sie stand vor ihrem Sohn und sah ihn nur immer an und war starr und sprachlos über die Wandlung, die in ihm vorging.

»Aber ruhiger musst du werden. Weniger Ehrgeiz musst du haben! Warum muss denn bei dir alles immer schneller gehen als bei anderen Menschen? Zu einem ruhigen, inneren Genießen lässt du es überhaupt nicht kommen. Als ob darin das Glück läge, anderen den Rang abzulaufen und überall der Erste zu sein.«

»Ich bin auf dem Wege dahin, glaub' es mir, Mutter. Das wird nun alles anders werden.«

»Solange du bei uns warst, da ging das; Eltern haben keinen Anspruch auf ihr Kind, wenn es erwachsen ist und in seinem Beruf aufgeht. Aber von dem Augenblicke an, wo du heiratest, da gehört es sich, dass du auch Zeit für deine Frau hast, auch wenn du dadurch ein paar Jahre später dein Ziel erreichst.«

»Und wenn ich es gar nicht erreiche!«, erwiderte Stoelping, »ich sagte es ja: Ich würde gern auf alles verzichten, wenn ich nur wüsste, dass wir dafür glücklich werden.«

»Wenn ihr euch lieb habt, warum zweifelst du daran?«, fragte Frau Ella.

»Meinst du, Mutter, dass es *davon* abhängt? Glaubst du nicht, dass man auch, ohne sich lieb zu haben, zufrieden sein kann?«

»Menschen in eurem Alter?« sie schüttelte den Kopf, »nein! Das glaube ich nicht. Aber wie kommst du auf die Frage? Bei euch trifft das doch hoffentlich nicht zu?«

»Gewiss nicht!«, erwiderte Stoelping. Und da Frau Ella sich damit nicht zufriedengab, so setzte er hinzu: »Ich hätte ebenso gut fragen können, ob darin, dass man sich lieb hat, eine Gewähr liegt, dass man glücklich wird.«

»Liebes Kind,« gab Frau Ella zur Antwort, »in dem, was ich unter Liebe verstehe und von dem Tage an, an dem ich die Frau deines Vaters wurde, darunter verstanden habe, darin scheint mir allerdings eine zuverlässige Gewähr zu liegen, dass man den anderen glücklich macht und selbst glücklich wird.«

»Und was ist das?«, fragte Stoelping, »was verstehst du unter solcher Liebe?«

»Das lässt sich schwer sagen, mein Junge, das hat man im Gefühl.«

»Versuch's!« drängte Stoelping seine Mutter.

»Nun, vor allem: *Dem anderen alles zuliebe tun;* darin liegt, scheint mir, das Beste von dem, was man Liebe nennt. *Aufrichtig sein und die Kraft haben, Opfer zu bringen, also selbstlos sein!* Frage dich, den ich immer für einen Egoisten gehalten habe, ob du glaubst, dass du das könntest.«

Stoelping wurde nachdenklich.

»Alles dem anderen zuliebe tun!« wiederholte er halblaut vor sich hin, »die Kraft haben, Opfer zu bringen – und das, meinst du, wäre ein Prüfstein?«

»Wenn du glaubst, dass du *das* kannst,« wiederholte Frau Ella, »dann hast du ein Recht auf sie und kannst mit ruhigem Gewissen in ihr Schicksal eingreifen.«

»Und wenn ich das nicht kann?«, sagte er nachdenklich, »wäre damit gesagt, dass ich sie nicht glücklich mache?«

»Wenn sie dich *sehr* lieb hat, und du sie sonst nicht kränkst, – vielleicht, dass sie dann doch bei dir ihr Glück findet. Ein anderes freilich, als ich mir denke.«

»Und du als Mutter, was wirst du mir raten,« drang er jetzt mit großer Bestimmtheit in Frau Ella, »wenn ich dir sage, dass ich sie zu meinem Leben einfach *brauche*, weil sie die einzige ist, bei der ich die Kraft aufbringe, mich von meinen schlechten Trieben freizumachen, gegen die ich ankämpfe, seitdem ich denken kann, und die mir zusetzen, Mutter, und mich quälen und mich vor mir selbst erniedrigen. Ich kann es dir nicht beschreiben, *wie* – ohne dass ich die Kraft habe, sie zu unterdrücken!«

»Großer Gott! Mein armer Junge!«, rief Frau Ella entsetzt und außer Atem. »Das ist ja furchtbar! Das trifft ja nicht dich, das trifft ja uns! Deinen Vater und mich! Wir sind die Schuldigen!«

»Höre mich zu Ende, Mutter. Niemanden trifft die Schuld, weder euch noch mich; so eben bin ich nun einmal; und so geht es mir. Du weißt es nun. Und nun stell' dir vor, dass ich mürbe von all den Kämpfen und verzweifelt plötzlich sehe, dass es eine Rettung gibt: *Ilse!* – Du als Mensch und Mutter sage mir –« und er fasste sie um die Gelenke, hielt sie fest und sah ihr in die Augen. »Darf ich mich retten, auch wenn ich weiß, dass sie mich nicht liebt, und dass ich sie nicht glücklich mache!?«

Frau Ella hatte das Gefühl, als zöge man sie für ein schweres Verbrechen zur Verantwortung. Ihr war, als müsste sie es laut hinausschreien, dass sie schuldig sei. Hilflos sah sie zu ihrem Sohne auf, der noch immer ihre Arme festhielt und bettelte:

» *Rate mir, Mutter, was soll ich tun? Darf ich mich retten?*«

Frau Ella starrte ihn an. Ihre Augen standen unbeweglich. Sie sagte nichts. Langsam bewegte sie den Kopf – hin und her.

Nein! – nein! Hieß das. *Du darfst es nicht.*

Da ließ er sie los, warf sich auf die Chaiselongue, vergrub sein Gesicht in die Kissen und schluchzte laut.

Frau Ella trat lautlos an ihn heran. Sie legte ihre Hand auf seinen Kopf und dachte: Es ist das erste Mal, dass ich ihn weinen sehe.

Sechsundzwanzigstes Kapitel.

Wie der junge Stoelping durch Ilse die Wahrheit erfuhr.

Am Vormittag des nächsten Tages ließ Ilse den jungen Stoelping durch ein Briefchen, das ein Bote in Schotts Auto brachte, um eine Unterredung bitten.

*

»Lieber Herr von Stoelping«, schrieb sie, »ich muss Sie sobald wie möglich sprechen. Sie werden vermutlich noch heute Besuch erhalten, den Sie bitte *nicht* empfangen wollen. Am besten: Sie setzen sich gleich in mein Auto und fahren zu mir. Mit freundlichem Gruß

Ilse Schott.«

*

Stoelping war vor dem Boten auf der Treppe, stürzte durch den Park in den Wagen und rief dem Boten, der lief, so gut er konnte, aber kürzere Beine hatte, zu:

»So kommen Sie doch endlich!«

Der Weg zu Schotts erschien ihm eine Ewigkeit. Musste das Auto des Verkehrs wegen an einer Straßenecke stoppen, so war er ungeduldig, beugte sich aus dem Wagen und redete auf Chauffeur und Polizisten ein.

Er hatte die ganze Nacht über wach gelegen und nachgedacht, ohne zu einem Entschluss zu kommen. Jetzt, fühlte er, kam die Entscheidung. Er sah sie voraus: Ilse würde ihm sagen, dass sie das Opfer doch nicht bringen könne und nicht die Kraft habe, so gegen ihr Gefühl zu handeln. Und er würde es mit anhören und schweigen, obschon er wusste, dass es sein Todesurteil war.

Das Auto hielt. Stoelping sprang aus dem Wagen, riss die Gartentür auf, stürzte die Treppe hinauf und rief, noch bevor er oben war, dem Diener zu, der die Flurtür öffnete:

»Das gnädige Fräulein bitte!«

Mantel und Hut warf er dem Diener in den Arm und stand vor Ilses Tür, klopfte, öffnete und trat, ohne gemeldet zu sein, ein.

Ilse stand mitten im Zimmer, trat ruhig und bestimmt auf ihn zu:

»Das ging aber schnell!«, sagte sie und reichte ihm die Hand.

Schon das war freundlicher, als er erwartet hatte.

»Störe ich?«, fragte er.

»Aber nein! Im Gegenteil! Mir lag daran, Sie sobald wie möglich zu sprechen.« – Sie sah ihn an. – »Ich sehe, Sie sind sehr erregt! Wissen Sie etwa schon ...?«

»Nichts weiß ich!«, erwiderte er lebhaft, »als dass ich ohne Sie ...«

»Lassen wir das!«, unterbrach ihn Ilse und schnitt ihm nicht nur das Wort ab, sondern sprach und trat, ohne unfreundlich zu sein, so bestimmt auf, dass Stoelping, dessen Entschlusskraft durch das tagelange Hin und Her seiner Gefühle gelitten hatte, nicht mehr zu sagen wagte, was er auf dem Herzen hatte.

»Bitte, nehmen Sie Platz!«, sagte sie und setzte sich auf die Chaiselongue, während er auf einem Sessel Platz nahm, der in der Nähe stand.

»Nun, Herr von Stoelping, wie weit stehen wir?«

Er sah sie an.

»Sie meinen ...?«, fragte er erstaunt.

»Ja! Kennen Sie unsere Abmachungen nicht mehr? Ich war der Ansicht, dass Sie ein Interesse an der Beschleunigung haben – oder habe ich mich darin geirrt?«

»Durchaus nicht!«, erwiderte Stoelping und lebte förmlich auf; denn er sah, dass er sich geirrt hatte, und Ilse
gar nicht an einen Rücktritt dachte. Aber auch der Eindruck, den das Verhalten seiner Mutter auf ihn gemacht
hatte, war jetzt, wo er Ilse vor sich sah, beinahe vergessen.

»Mir liegt gewiss sehr viel daran«, sagte er. »Ich habe
alles vorbereitet. Ich habe in einem ausführlichen Exposé
an den Minister ...«

»Bitte!« wehrte Ilse ab, »wie Sie das machen, das muss
ich Ihnen überlassen. Ich wünsche von Herzen, dass Sie
einen geraden Weg finden und nicht mit Ihren Pflichten
in Konflikt geraten – aber wie gesagt, das ist Ihre Sache,
davon verstehe ich nichts.«

»Ich bin weit entfernt, die Verantwortung von mir ab-
zuwälzen, geschweige denn Ihnen einen Vorwurf zu
machen.«

»Lassen wir auch das unerörtert«, bat Ilse. »Nur das eine will ich sagen, dass ich mich durchaus nicht frei fühle. Ich weiß genau, wo meine Verantwortung für das,
was Sie tun, anfängt und wo sie aufhört. Aber das habe
ich – wie so manches andere – mit mir selbst abzuma-
chen.«

»Warum« – fragte Stoelping teilnahmsvoll –, »tragen
Sie das alles allein mit sich herum? Warum vertrauen Sie
mir nicht an, was Sie drückt. Glauben Sie nicht, dass ich
so viel Verständnis für Sie aufbringe, um mit Ihnen zu
fühlen und Ihnen tragen zu helfen?«

»Herr von Stoelping«, erwiderte Ilse erregt, stand auf
und trat vor ihn hin. »Fühlen Sie denn wirklich nicht,

wie ganz unmöglich das ist? Soll ich dem Manne, dessen Frau ich eines Tages sein werde, von meinen Schmerzen sprechen, die ich um einen anderen leide? Soll ich ihm sagen, dass ich Tag und Nacht nur einen Gedanken habe: *ihn!* Und wenn ich es der ganzen Welt in die Ohren brüllen wollte, was ich leide, *einem* müsste ich es verschweigen, einem einzigen – und das sind Sie!«

Stoelping wich ihrem Blick aus und senkte den Kopf.

»Vielleicht, dass die Zeit das ändert«, sagte er kleinlaut.

»Ich will Ihnen den Glauben nicht nehmen«, erwiderte Ilse, – » *Sie* haben es ja auch nicht leicht! – Aber was mich betrifft,« sagte sie resigniert, »so kann ich es mir nicht einmal wünschen, dass es jemals anders in mir aussieht. Denn wenn ich mir vorstellen sollte, dass die Zeit das ändert, dass mein Gefühl sich mit den Jahren etwa abgestumpft, und dass ich eines Tages anders an ihn denke als heute – ja, fühlen Sie denn wirklich nicht, dass das treulos, klein, miserabel von mir wäre, dass ich mich dann verachten müsste! – Sie fuhr sich mit der Hand über die Stirn – »Aber wozu die Gedanken! Dahin wird es nicht kommen. Dazu müsste ich selbst erst eine andere werden – und das werden selbst Sie nicht wünschen.«

Eine Pause entstand, dann sagte Stoelping, der noch immer nicht wagte, aufzusehen:

»Ist es das, was Sie mir sagen wollten?«

»Nein!«, erwiderte Ilse und trat ans Fenster. »Gerade das wollte ich Ihnen ersparen. – Und es tut mir leid, dass ich Ihnen wehgetan habe« – sie wandte sich zu ihm um und streckte ihm die Hand hin –, »Verzeihen Sie mir!

Wirklich, es war nicht in meiner Absicht, Sie zu kränken.«

Stoelping stand auf und schlug ein.

»Ich weiß, wie gut Sie sind!«, sagte er.

»Ich habe den Eindruck, als wären auch Sie mitfühlender, weicher geworden«, erwiderte Ilse.

Stoelping strahlte.

»Wenn das der Fall ist, dann durch Sie!«, sagte er lebhaft und fügte nachdenklich hinzu: »Das ist es ja, weshalb ich nicht von Ihnen los kann – weil ich das fühle. –«

»Mir wäre fast lieber, Sie wären härter, Herr von Stoelping, denn ich muss Ihnen etwas sagen, was Sie schwer kränken wird.«

Beide setzten sich wieder.

»Geht es Sie an?«, fragte Stoelping.

»Nein, mich nicht.«

»Dann nehmen Sie keine Rücksicht! Es wird mir nicht wehtun, was es auch ist.«

»Ich fürchte doch,« erwiderte Ilse. »Und wenn es nach mir ginge: Sie hätten es nie erfahren! Aber die Menschen sind schlecht! Und da Sie es nun einmal erfahren müssen, so habe ich mir gedacht: besser ich sage es Ihnen, als dass diese niederträchtigen Menschen es Ihnen in die Ohren brüllen.«

»Ja, was ist bloß?«, fragte Stoelping und dachte nach, »ich habe nicht den geringsten Anhalt. –«

»Sie können nicht von selbst darauf kommen! Wenn Sie es bis heute nicht wussten, so danken Sie das der Liebe und Rücksicht Ihrer Eltern. Auch deren Wunsch war es, dass Sie es nie erfahren. – Und wenn ich es bedenke: Im Grunde ist es nicht einmal so ein großes Unglück! – Ein Mensch, und vor allem ein Mann, ist schließlich das wert, was er leistet und aus sich macht. Wenn Sie heute also – und leider durch mich – erfahren müssen, dass Sie nicht der natürliche Sohn Ihrer Eltern sind, so sind Sie darum in den Augen jedes vernünftigen Menschen nicht um einen Deut weniger wert! Ich für meine Person gebe Ihnen mein Wort darauf!«

Stoelping war aufgesprungen, verbarg sein Gesicht in den Händen und stand so ein paar Minuten lang, ohne sich zu bewegen. Dann ließ er die Arme fallen, sah Ilse groß an und fragte:

»Und Sie wissen, wer meine Eltern sind?«

»Ja! Ein paar schlechte Menschen, die Kapital daraus zu schlagen suchen, haben es mir verraten.«

»Furchtbar ist das!«, stöhnte Stoelping und sah zur Erde.

»Und da sie bei mir waren und mir drohten, Ihnen die Augen zu öffnen, und ganz den Eindruck machten, als wenn sie fähig wann, ihre Drohung wahr zu machen, so habe ich mir gesagt, das darf nicht sein! Das muss ich Ihnen ersparen! Dann nehme ich es lieber auf mich ... Das war der Grund, aus dem ich Ihnen schrieb und Sie zu mir bat.«

»Und das alles tun Sie, obschon *ich* auf Ihre Gefühle so gar keine Rücksicht nehme!«, sagte Stoelping bewegt, – »*so* gut sind Sie!«

»Ich täte es für jeden! Um wie viel mehr für jemanden, dem ich Dank schulde.«

Stoelping reichte ihr die Hand.

»Sie wissen noch nicht alles!«, sagte Ilse. »Diese beiden Menschen, die nichts mit Ihnen gemein haben, auch wenn sie irgendwie verwandt mit Ihnen sind, haben durch den Notar Ihres Vaters von dem Plan unserer Ehe erfahren. Das gab ihnen den Anlass, herüber zu kommen.«

»Sind das etwa meine ...?«, er brachte das Wort nicht über die Lippen, aber Ilse verstand ihn.

»Nein! Nein!«, sagte sie schnell und ergriff seine Hand: »Ihre Eltern leben nicht mehr! Schon als Kind, das kaum laufen konnte, haben Sie sie verloren.«

»Beide?«

»Ja! – Es war ein Unglück, dem sie zum Opfer fielen – großer Gott! Es fällt mir so schwer! – aber Sie müssen Mann sein und es tragen, versprechen Sie mir das!«

Er nickte.

»Da ich es von Ihnen erfahre, so wirkt alles milde! Und wenn mich etwas hält, dann ist es Ihr Mitleid.«

»Es war im Kriege – irgendwo in Frankreich. – Herr von Stoelping war Offizier, und da geschah es, dass er mit Ihren Eltern zu tun bekam. Geben Sie sich damit zufrieden! Wirklich! Sie müssen sich zwingen, dass das alles Ihnen innerlich fremd bleibt – Sie müssen sich sagen, dass das alles Dinge sind, die nichts mit ihnen zu tun haben, die weit ab von allem liegen, was Ihr Leben angeht; für Sie, da dürfen als Eltern nur die Stoelpings existieren, und Sie müssen vergessen, dass es jemals anders war. Und wenn Ihnen jemand davon sprechen will, – das können nur schlechte Menschen sein! – so hören Sie sie nicht an, sagen Sie, Sie wissen alles, durch mich! Und wenn sie es Ihnen vielleicht in einem Briefe mitteilen, bringen Sie die Kraft auf und lesen Sie nicht weiter, sobald Sie sehen, um was es sich handelt! Was kann Sie das heute noch kümmern, was vor dreißig Jahren einmal war! Es tritt schon ohne unser Zutun so viel Schweres im Leben an uns heran, dass wir uns nicht noch mühen sollen, Dinge zu erfahren, – auch wenn sie einen noch so sehr angehen, – von denen wir wissen, dass sie uns außer dem Wunsch, sie so schnell wie möglich wieder zu vergessen, nur Schmerz bereiten.«

Stoelping geriet ganz unter den Eindruck von Ilses Worten. Die Mühe, die sie sich mit ihm gab, das Bewusstsein, dass sie mit ihm fühlte, wirkten so stark, dass er die Eröffnung hinnahm wie eine Prüfung, die an seinem Schicksal nichts mehr andern konnte.

»Ihre Teilnahme, die ich nicht verdiene,« erwiderte Stoelping, »bewegt mich so, dass ich schon Ihnen zuliebe versuchen will, mich damit abzufinden.«

»Nicht *mir* zuliebe«, erwiderte Ilse wehleidig, – »um Ihrer selbst willen bitte ich Sie, dass Sie es tun!«

Und Stoelping musste an das Wort seiner Mutter denken, das er unbewusst gebraucht hatte: Einen Menschen lieben, heißt, ihm alles zuliebe zu tun – das also lehnte sie ab; es tat ihm weh, wenn er auch wusste, dass sie einen anderen liebte.

»Und ich soll nichts weiter erfahren?«

»Später vielleicht, wenn Sie dann noch den Wunsch haben. Nicht jetzt! Ich möchte Sie sogar noch um etwas anderes bitten.«

Stoelping lag es zentnerschwer auf der Brust, wenn er sich vorstellte, dass Stoelpings nicht seine Eltern waren, dass womöglich irgendwelche ... nein! Nein! Ilse hatte schon recht: nur nicht denken! – Er wandte sich ihr wieder zu und sagte:

»Um was wollen Sie mich bitten?«

»Schreiben Sie diesen Menschen, dass Sie auf ihre Enthüllungen verzichten! Dass sie Ihnen nichts Neues sagen könnten, dass Sie alles wüssten, und zwar durch mich. Und dass Sie sie nicht empfangen würden. – Wollen Sie das tun?«

»Wünschen Sie, dass ich mich jetzt entscheide?«, fragte Stoelping.

»Wenn überhaupt, dann auf der Stelle! Später, da wird es Sie womöglich treiben, mehr zu erfahren. Bringen Sie die Überwindung auf! Tun Sie's!«

Sie ging an den Schreibtisch, nahm Briefbogen und Kuvert heraus und sagte:

»Kommen Sie! Ich habe zwar nur Briefpapier mit meinem Namen. Aber umso besser! Daran sieht man dann gleich, dass Sie bei mir waren!«

Stoelping überlegte nicht mehr, er ging zum Schreibtisch, setzte sich, nahm den Halter und fragte:

»Also an wen?«

»An Mister Edward Smith, Hotel ...«

Weiter kam sie nicht.

Stoelping fiel der Halter aus der Hand, er sprang auf, und am ganzen Körper zitternd, wiederholte er entsetzt:

»Smith!« Sein Mund blieb offen – seine Augen standen still. – Hatte er nicht irgendwann diesen Namen schon gehört? – Wie eine weite, ferne Erinnerung stieg es in ihm auf – er hielt sich krampfhaft an den Ecken des Schreibtisches fest –, sah eine bleiche schlanke Frau mit blondem Haar, die sich über eine Wiege beugte und ein Kind emporhob – Soldaten kamen, nahmen ihr das Kind und rissen sie fort; sie warf die Arme hoch und schrie verzweifelt: William!

Ihm wurde schwarz vor den Augen.

» *William Smith!*«, wiederholte er leise, dann verlor er das Bewusstsein und brach zusammen.

Siebenundzwanzigstes Kapitel

Wie der junge Stoelping abtrat

Als die alten Stoelpings spät in der Nacht das Licht in ihrem Zimmer löschten und sich, wie gewöhnlich mit einem Händedruck Gute Nacht wünschten, sagte der Alte:

»Er hat es besser überstanden, als ich dachte. Er ist ruhig und gefasst und findet sich damit ab.« Frau Ella seufzte.

» *Zu* ruhig ist er mir, ganz unnatürlich ruhig. Mir wäre lieber, wenn er ein bisschen toben würde.«

»Du kannst ganz unbesorgt sein! Die Ilse, die ist die richtige Frau für ihn, die gibt acht und lässt es gar nicht dazu kommen, dass er viel darüber nachdenkt. Man tut am besten, man spricht überhaupt nicht mehr mit ihm davon. Dann kommt er am schnellsten darüber hinweg.«

»Gott gebe, dass du recht hast!«, sagte Frau Ella – und lag, ohne ein Auge zu schließen, die ganze Nacht über in schweren Gedanken. Der alte Stoelping aber legte sich auf die Seite und schlief ein. –

Der junge Stoelping war, als Arzt und Eltern ihn verlassen hatten, erst noch einen Augenblick liegen geblieben. Dann hatte er sich im Bett aufgesetzt und die Tritte der Eltern verfolgt – wie sie die Treppe hinuntergingen, die Tür zu ihrem Zimmer öffneten, eintraten, die Tür hinter sich schlossen –, dann war er eilig aus dem Bett gesprungen.

Er setzte sich an den Schreibtisch, öffnete den Umschlag, der seine Exposé über den Fall Hempel an den Minister enthielt, entfaltete es hastig und las es noch einmal. An vielen Stellen nickte er zustimmend mit dem Kopf – er war mit seiner Arbeit zufrieden.

Dann sah er nach der Uhr. Es war eben 11 Uhr vorbei. Er klingelte nach dem Diener.

»Legen Sie mir meinen Frack heraus, ich gehe noch eine Stunde in den Klub.«

Der Diener staunte, und als er einen Augenblick zögerte, klopfte ihn der sonst so förmliche Stoelping auf die Schultern und sagte heiter:

»Was, Johann, da staunen Sie! Aber mir geht's wieder ganz gut. Besser als je! Und darum gehe ich noch eine Stunde in den Klub.«

Fünf Minuten später saß er im Pelz und Frack in seinem Auto. Er überzeugte sich, dass er das Exposé für den Minister bei sich hatte, zündete sich eine Zigarette an, streckte sich behaglich in seinem Wagen und sagte vor sich hin:

»Jetzt ist mir viel leichter! Viel leichter ist mir jetzt!«

Er stürzte die Treppen zum Klub hinauf, fragte den Diener: »Ist Exzellenz Möller oben?«, zog sich, als der erwiderte: »Bereits seit einer halben Stunde«, seinen Pelz aus und betrat, als wenn er von einem Diner oder aus dem Theater kam und im Vorübergehen noch ein paar Freunde begrüßen wollte, die Klubräume.

Wie zufällig kam er an den Ekartétisch des Ministers, sah erst zu, sprang dann, als sein Partner ging, für ihn ein, spielte eine Stunde lang angeregt und in bester Stimmung und trank dann im Vorraum mit dem Minister noch eine Tasse Mokka.

»Warum machen Sie sich so selten?«, fragte der Minister.

»Arbeit, Exzellenz! In den letzten Wochen hat mich der Prozess Hempel völlig in Anspruch genommen.«

»Richtig! Wie steht's denn? Was ist daraus geworden?«

»Ich wollte mir dieser Tage erlauben, Exzellenz zu bitten, mir eine halbe Stunde in der Angelegenheit zu opfern.«

»Aber gern! Sie wissen, ich bin für Sie immer da ... Na, haben Sie was erreicht?«

»Sind Exzellenz jetzt in der Stimmung? Diesen Abend habe ich mein Exposé beendet. Ich glaube« – er tat, als wenn er überlegte –, »aber natürlich! Ich habe es in meinem Mantel. Ich könnte, wenn Exzellenz gestatten ...«

»Selbstredend! Ich bin sowieso die nächsten Tage stark beschäftigt.«

Und Stoelping holte das Exposé und las es dem Minister vor.

Der Minister gab mehrmals seine Zustimmung zu erkennen und sagte schließlich:

»Sie haben mich vollkommen überzeugt! Dieser Prozess darf unter gar keinen Umständen geführt werden!« – Er steckte das Exposé zu sich. – »Ich werde morgen sofort veranlassen, dass dieser Dr. Hempel auf schnellstem Wege außer Verfolgung gesetzt wird. Möglichst unter Umgehung der Beschlusskammer. Je weniger um die Sache wissen, umso besser. Und Dr. Hempel wird ja kein Interesse daran haben, sie breit zu treten.«

Gleich darauf sprachen sie schon wieder von anderen Dingen, und als sie auseinandergingen, sagte der Minister:

»Ich möchte Ihnen nochmals sagen, lieber Stoelping, wie sehr mich Ihr Exposé befriedigt hat. Ich wünschte, ich hätte in meinem Ressort viele solcher Beamten. Jedenfalls werde ich dafür sorgen, dass Sie nun bald von uns übernommen werden.«

»Verzeihung, Exzellenz«, erwiderte Stoelping, – »ich wollte morgen gerade um einen zweijährigen Urlaub einkommen.«

»Was?«, rief der Minister – »auf zwei Jahre wollen Sie sich beurlauben lassen? Was bedeutet denn das? Was haben Sie vor?«

»Mir die Welt ansehen! Ich war nie draußen und fühle, dass ich es nötig habe.«

»Dazu kann ich nichts sagen!«, erwiderte der Minister. »Aber ich nehme an, Sie werden Ihre Gründe haben.«

»Allerdings!« bestätigte Stoelping.

»Und nach dem Urlaub? – wird man da von Ihnen hören?«

»Exzellenz ersparen mir die Antwort«, bat Stoelping.

Der Minister drückte ihm die Hand.

»Leben Sie wohl, junger Freund!«, sagte er und stieg mit ernster Miene in seinen Wagen.

*

Als Stoelping am nächsten Morgen, wenn möglich heiterer als sonst, seine Eltern begrüßte, sahen die sich an und wussten es nicht zu deuten. Und als er ihnen bestimmt und ruhig erklärte, dass er die Absicht habe, auf zwei Jahre Urlaub zu nehmen und sich die Welt anzusehen, da sperrten sie vor Schreck und Staunen Mund und Augen auf und sagten gar nichts.

Stoelping aber sprach fröhlich von tausend Dingen, sagte der Mutter, die verängstigt dasaß, zärtliche Worte und ließ sie fühlen, wie stark und dankbar er empfand, was sie in ihrer Liebe alles für ihn getan hatte.

Und als der Alte sich ein Herz nahm und mitten während der Erzählung seines Sohnes, der erinnerungsfroh von tausend längst vergangenen Dingen sprach, unvermittelt fragte:

»Und wann gedenkst du deine Reise anzutreten?« – und Frau Ella erschreckt zusammenfuhr, sah er den Vater frei und offen an und sagte:

»Heute noch.«

Da griff Frau Ella mit zitternden Händen nach dem Arm ihres Sohnes. Wollte sie den Sohn festhalten, oder suchte sie einen Stützpunkt, da sie fürchtete, zusammenzubrechen?

»Und Ilse?«, fragte der Alte.

Da strahlte Stoelping über das ganze Gesicht.

»Zu der gehe ich jetzt!«, sagte er freudig. »Nie bin ich froher und freier zu ihr gegangen als heute!«

Dann stand er auf, küsste die Mutter auf die Stirn und drückte dem Alten die Hand.

Frau Ella mühte sich auf, ging ans Fenster und sah ihm nach. Dann wandte sie sich zu ihrem Mann und sagte mit einer Stimme, die tot und leer klang:

»Wir werden ihn nie wiedersehen!«

Der Alte stand auf, legte seinen Arm um sie und erwiderte:

»Ich glaube es auch.«

»Dann haben wir am Ende doch nicht recht getan!«, sagte Frau Ella und hing mit ihren Augen an dem Bild ihres verstorbenen Jungen, das zwischen den beiden Fenstern hing.

Und die alte Wunde brach wieder auf, so innerlich stark, wie am ersten Tage.

*

Ilse hatte sich schon früh am Morgen bei dem alten Diener nach dem Befinden des jungen Stoelping erkundigt. Als sie hörte, dass er des Nachts noch im Klub gewesen, heute Morgen in aller Frühe aufgestanden und in bester Stimmung über eine Stunde lang im Park geritten sei, wusste sie nicht, was sie davon denken sollte.

Entweder glaubt er nicht, was er erfahren hat, oder er hat den Verstand verloren, entschied sie. Und während sie noch überlegte, was sie nun tun und wie sie sich verhalten sollte, kam die Zofe und meldete:

»Herr von Stoelping!«

Ilse stürzte ihm entgegen.

»Wie geht es Ihnen?«, fragte sie ängstlich und reichte ihm die Hand.

»Gut!«, erwiderte Stoelping, »gut durch Sie.«

Ilse verstand ihn nicht.

»Weil ich *Ihnen* gute Nachricht bringe, darum geht es mir gut *liebe Ilse*!«

Sie entzog ihm die Hand.

»Wir sind noch nicht ver...«

Stoelping sah sie gütig an.

»Und doch darf ich Sie so nennen. Meine Mutter hat mir gesagt, einen Menschen lieben, heißt, ihm zuliebe leben, selbstlos handeln und bereit zu jedem Opfer sein! Das konnte ich bisher nicht! Aber das war nicht meine

Schuld; denn das setzte voraus: seine Person ausschalten und imstande sein, *eine Sache um ihrer selbst willen zu tun! Das heißt: deutsch zu sein!«*

»Und nun?«, fragte Ilse bewegt, – »nun könnten Sie's?«

»Ja!«, rief Stoelping strahlend, » *für Sie kann ich es!* Ihnen danke ich das Glück, dass ich einmal in meinem Leben deutsch empfinden und deutsch handeln konnte.«

»Ja, was bedeutet das bloß?«

»Oder ist es etwas anderes, dass ich mich jetzt mit Ihnen freue, wenn Sie nun mit Ihrem Dr. Hempel glücklich werden?«

»Wie ist das möglich?«, fragte Ilse erregt, – »wie kann das geschehen?«

»Es *ist* geschehen!«, erwiderte Stoelping, »ich habe heute Nacht bewirkt, dass er freikommt!«

»Ja! – und?«

»Und an mich sollen Sie wie an einen guten Freund denken – auch wenn Sie mich heute zum letzten Male sehen – und nie vergessen, dass ich glücklich war, als ich von Ihnen ging.«

Ilse war gerührt.

»Das hat die Liebe aus Ihnen gemacht?«, sagte sie.

Stoelping nickte.

»Ja!«, sagte er. »Einen Deutschen hat sie aus mir gemacht. – Und nun leben Sie wohl!«

Er nahm ihre Hand und küsste sie.

»Gott sei mit Ihnen, guter Mensch!« Und sie geleitete ihn auf den Flur und die Treppen hinunter, bis ans Gartentor.

Da reichten sie sich zum letzten Mal die Hand.

Er ging aufrecht, den Hut in der Hand, ohne sich umzusehen.

Ilse stand und sah ihm nach, und es schien ihr, als wenn, je weiter er kam, sein Schritt immer schneller wurde. Bald war er nur noch ein Punkt, der sich von dem hellen Kies wie eine schwarze Kugel abhob, die unaufhaltsam rollte – bis sie ganz entschwand.